REVERIE

- **Dirección editorial:** María Florencia Cambariere
- **Edición:** Melisa Corbetto con Stefany Pereyra Bravo
- **Coordinación de arte:** Valeria Brudny
- **Coordinación gráfica:** Leticia Lepera
- **Diseño de interior**: Cecilia Aranda
- **Diseño y arte de tapa:** Leo Nickolls

*un sello de
VR Editoras*

© 2020, 2022 Ryan La Sala
© 2022 VR Editoras, S. A. de C. V.
www.vreditoras.com

Esta edición se publica mediante acuerdo con Sourcebooks LLC, a través de International Editors & Yáñez Co' S.L.

Dakota 274, colonia Nápoles, C. P. 03810,
alcaldía Benito Juárez, Ciudad de México.
Tel.: 55 5220-6620 · 800-543-4995
e-mail: editoras@vreditoras.com.mx

Todos los derechos reservados. Prohibidos, dentro de los límites establecidos por la ley, la reproducción total o parcial de esta obra, el almacenamiento o transmisión por medios electrónicos o mecánicos, las fotocopias o cualquier otra forma de cesión de la misma, sin previa autorización escrita de las editoras.

Primera edición: agosto de 2024

ISBN: 978-607-637-042-1

Impreso en México en Litográfica Ingramex, S. A. de C. V.
Centeno No. 195, colonia Valle del Sur, C. P. 09819,
alcaldía Iztapalapa, Ciudad de México.

RYAN LA SALA

REVERIE

Traducción: Marina Andrea Raimundo

A mi hermana, Julia,
quien vio cómo podría ser el mundo
y peleó para lograrlo.

"Un sueño que se sueña a solas es solo un sueño.
Un sueño que se sueña con otros es una realidad"
–Yoko Ono

UNO

REDUCIDO A ESCOMBROS

Aquí es donde sucedió. Aquí es donde encontraron el cuerpo de Kane.

Fue a principios de septiembre; el río Housatonic rebalsaba por las lluvias de aquellas últimas semanas de verano. Kane estaba parado entre unas hierbas que hacían espuma en la orilla, tratando de imaginar cómo había sido la noche del accidente. En su cabeza, que lo hubieran arrastrado para sacarlo del río debió haber sido violento. La luz de la luna caía como confeti sobre las aguas negras, mientras los paramédicos tironeaban de él para sacarlo de allí. Pero este mismo río, durante el día, parecía incapaz de provocar violencia. Era demasiado lento. Se veía como aguas doradas cubiertas con canicas de polen que le besaban las piernas desnudas, y una flota de peces plateados lentamente le rodeaban los tobillos.

Kane se preguntaba si los peces recordarían aquella noche. Sentía el impulso de preguntarles. Él mismo no recordaba nada del accidente. Todo lo que sabía era lo que le habían contado en esos cinco días desde que despertó en el hospital.

Algo le golpeó la cabeza. Una piña. Esta cayó en el agua y los peces plateados se esfumaron.

—Deja de soñar despierto y ayúdame.

Kane pestañeó y se volvió hacia Sophia. Ella estaba parada sobre la orilla donde las hierbas se abrían camino a través del cemento agrietado. Consideró ignorarla, pero Sophia tenía varias piñas más y buena puntería. En realidad, era buena en *todo*. Era una de esas personas. Por lo general, Kane se resentía con ese tipo de gente, pero ella era su hermana menor. La adoraba. Y hasta lo hacía sentir un poco intimidado. Como la mayoría de las personas. Por eso le había pedido que lo acompañara esa noche.

—No estaba soñando. Estaba pensando —repuso Kane.

—Conozco esa mirada. Estabas pensando en cosas tristes y poéticas sobre ti mismo. —Ella le arrojó otra piña y él la esquivó.

—No es cierto. —Kane reprimió una sonrisa.

—Sí lo es. ¿Recuerdas algo?

—En verdad no. —Se encogió de hombros.

—Bueno, siento distraerte de tu depresión, pero podrían verte desde el puente. Cualquiera que pase conduciendo podría verte.

—Tenía razón. El puente, enorme y elegante, se extendía sobre el aire brillante de verano como una telaraña—. Debemos encontrarnos con mamá y papá en la estación de policía en unos… —revisó su teléfono— cuarenta y ocho minutos. Y estamos invadiendo propiedad privada. Y en realidad tú la estás invadiendo *otra vez* si cuentas…

—Lo sé. No tenías que venir. Sabes eso, ¿cierto? —Kane dejó que la irritación le diera otro tono a su voz.

—Lo siento por tratar de ayudar a mi hermano en su momento de crisis.

—No estoy en crisis. Solo estoy…

—¿Confundido?

Kane se apenó. *Confundido.* Cuando despertó por primera vez en el hospital luego del accidente, cuando se dio cuenta por primera vez que estaba en problemas, le pareció una buena idea esconderse detrás de esa palabra hasta que pudiera entender qué estaba sucediendo. La policía le hacía preguntas y los pocos recuerdos que tenía del accidente casi no tenían sentido. *Estaba* confundido. Pero ahora la palabra se sentía como un amigo del que no se podía escapar, siempre apareciendo allí para avergonzarlo. Para desacreditarlo.

—No estoy confundido. Solo estoy intentando limpiar mi nombre.

—Bueno, la estás cagando. —Sophia se limpió una mancha de savia que tenía en la palma.

Tenía razón. Él había estado actuando bastante mal desde el accidente. Estaba evasivo. Lúgubre. Nervioso. Pero Kane siempre había sido así. Solo que ahora las personas lo buscaban para pedirle explicaciones. Querían respuestas, o al menos ver al valiente sobreviviente de algo terrible. En vez de eso, se encontraban con Kane: evasivo, lúgubre, nervioso. A nadie le gustaba eso.

—Escuché a mamá decir que el detective Thistler hoy te hará una evaluación psiquiátrica. Van a hacerte muchas preguntas, Kane —dijo Sophia.

—Ya me han hecho muchas preguntas, *Sophia.*

—Tal vez puedas considerar darles alguna respuesta esta vez. Por ejemplo: ¿por qué?

–¿Por qué qué?

Lo fulminó con la mirada

–¿*Por qué* estrellaste un *coche* en un *sitio histórico*?

Mientras observaba a través del terreno los restos carbonizados del viejo molino, la mente de Kane se puso en blanco. Pasaba cada minuto desde que había despertado haciéndose esa misma pregunta.

–Mamá dijo que la policía no presentará cargos mientras estés siendo evaluado, pero oí que el condado podría llevarte a juicio –Sophia continuó.

¿El condado entero? ¿Todos, al mismo tiempo? Kane se imaginó a la población completa de Amity del Este, Connecticut, apretujados en un estrado. La idea le robó una sonrisa.

Otra piña aterrizó en su hombro. Caminó con dificultad de regreso hacia la orilla, dejando que los pies se secaran sobre el cemento abrasador. Mientras tanto, Sophia tomaba fotografías del puente. Cuando finalmente se secaron, ya no pudo postergarlo más.

–De acuerdo, hagamos esto rápido. Solo necesito husmear en el sitio del accidente. Continúa tomando fotografías, ¿está bien? –decidió mientras se ponía las botas.

–¿De verdad crees que es seguro entrar allí?

Observaron el molino.

Kane se encogió de hombros. Definitivamente no era seguro.

Con una mitad colapsada, el molino se encontraba clausurado detrás de una red de cintas de peligro. Detrás de él, a través del joven bosque de abedules, estaba el resto del viejo complejo industrial: un laberinto de fábricas y depósitos abandonados que representaban lo más próspero de la era industrial de Amity del Este. Se extendían por kilómetros, orgullosos y en constante deterioro por abandono mientras que el bosque crecía debajo de ellos. Lo llamaban el Complejo de cobalto. El edificio frente a los hermanos (el viejo molino que daba al río) era el sitio del accidente. La escena del crimen. El querido trozo de historia de Connecticut en el que, una semana atrás, Kane había embestido un Volvo, y el cual luego explotó.

Ni siquiera creía que los automóviles explotaran al impactarse. Esas eran cosas de películas. Aun así, el molino y todo lo que había a un radio de quince metros quedó carbonizado.

Kane se ataba las botas de cuero marrón. El viejo molino era un símbolo de Amity del Este que aparecía pintado con acuarelas en las postales que vendían por toda la ciudad. Kane imaginó la versión en acuarelas de su accidente. Los vidrios salpicados en la acera. El infierno plasmado en distintos tonos de naranja pastel. El humo grasiento arremolinándose hacia arriba; hermosos torbellinos contra los tonos lavanda del incipiente amanecer. Muy hermoso. Muy Nueva Inglaterra.

—Vamos, Kane, concéntrate. —Sophia lo reprendió mientras lo arrastraba por debajo de las cintas.

Ningún recuerdo nuevo aparecía a la sombra fría que generaba el molino. En cambio, sintió una picazón, de esas que hacen hervir las venas. Fue un instinto. Había estado reptando debajo de su piel desde que llegaron a aquel lugar. Le decía: *no debiste haber regresado*.

Kane se mantuvo firme. Necesitaba respuestas y las necesitaba ahora.

—¿Recuerdas algo?

—No.

Sophia suspiró. Con el codo se deshizo de una viga ennegrecida.

—Sigue intentando. Usa tu imaginación —sugirió.

—Creo que usar mi imaginación es lo opuesto a lo que debería estar haciendo. —Kane intentó calmarse mientras calculaba su peso sobre una escalera inclinada. El quinto escalón soltó un quejido, pero resistió.

—Estás inventando cosas todo el tiempo.

—Si… pero en este caso podría ser ilegal.

Sophia se dejó llevar más lejos en el oscuro interior mientras Kane subía al segundo piso. Desde allí abajo, ella contestó en voz alta:

—Quien sabe. Tal vez estés suprimiendo tus recuerdos de forma inconsciente.

Él pensó que era una forma inteligente de hacerlo sentir culpable por no ser capaz de dar una explicación. Ella continuó:

—Tal vez solo se manifestará a través del arte o algo parecido. Deberías intentar dibujar o pintar o… —Un pequeño ruido despertó a unas crías de murciélagos que se encontraban en las vigas. Sophia apareció al final de la escalera. Los murciélagos se calmaron—. Tal vez deberías hacer decoupage sobre algo. Solías hacerlo en muchas cosas.

—¿Crees que rendir mi testimonio con un proyecto de manualidades cursi va a convencer al juez de que no soy peligroso?

—Tal vez.

—Sophia, eso es lo más gay que he escuchado en mi vida.

La broma familiar estalló entre ellos como una chispa repentina. Los hermanos recitaron al unísono su dicho favorito:

—*¡Suficientemente gay para que funcione!*

Ambos rieron y, por un segundo, Kane no se sintió invadido por el terror.

Sophia saltó sobre unas botellas rotas para unirse a él, que se encontraba debajo de un umbral desmoronado que daba hacia el río. Se sentaron en silencio en el aire estancado del molino hasta que ella lo abrazó por el hombro. Kane se sorprendió; ella odiaba dar abrazos.

–Ey, todos estamos felices de que estés bien. Eso es lo que más importa. Deberíamos estar agradecidos solo por eso –murmuró.

Una punzada de culpa se clavó con fuerza en el pecho de Kane. Estaba de acuerdo con que estar bien era lo que más importaba. Solo que no creía sentirse lo suficientemente bien.

–Además, tus cicatrices se verán estupendas –agregó ella.

Kane sonrió. Le picaron los dedos al sentir la prolija red de quemaduras que se amontonaban como una corona alrededor de la nuca, de una sien a otra. Desconcertaban a los médicos. Eran poco profundas y sanarían rápidamente, pero a veces, por las noches sentía un cosquilleo caliente y hacían que sus sueños se convirtieran en humo y cenizas.

Una ráfaga atravesó el río, rompió en la costa y agitó los abetos y los abedules.

–¿Has hablado con alguien de la escuela? –Sophia quiso saber.

–La profesora guía me envió una tarjeta. Las bibliotecarias me enviaron flores.

–¿Qué hay de tus amigos?

–Lucía me envió una nota.

–Lucía es la señora de la cafetería, Kane.

–Lo sé. –Se mordisqueó la carne blanda de la mejilla interna.

–Ya sé que lo sabes. Pero ¿qué hay de tus compañeros de clase?

–Emm… la profesora guía me envió una tarjeta. –Kane sintió que su consideración era más bien algo físico.

Sophia desistió y él se lo agradeció. En el pasado, ella había tomado la responsabilidad de crearle una vida social, con lo que aseguraba que le daría una maravillosa autoestima. *¡Maravillosa!* Desde luego, pronunciado con manos de jazz. Era un hobby bien intencionado que tenía su hermana, pero que siempre lo había avergonzado profundamente, ya que, para empezar, no creía que tuviera una baja autoestima. Él no era como ella, que necesitaba hacerse amiga de todos y de todo. No, a Kane le gustaba pensarse como ¡discernidor! con manos de jazz.

Y además, si en verdad lo quería, Kane podía hablar con la gente. Pero ¿a qué costo? Lo sentía antinatural. Era mejor resignarse a tener compañías más seguras: perros, plantas, libros, y Lucía, la señora de la cafetería, que le daba papas fritas extra los Martes de pizza.

Algo le tocó la mejilla. Espantó a Sophia como a una mosca.

—¿Qué?

—Dije que hoy escuché a papá hablar por teléfono con la policía. Dicen que tu accidente… no parecía ser un accidente. Que la cosa parecía pensada y elaborada y que se preguntaban si tal vez estabas intentando…

Las cigarras rompieron el silencio como una multitud invisible que chismorreaba alrededor de ellos. Ahora Kane debía tener cuidado con sus palabras. Sophia había hecho una pregunta sin formularla.

—No estaba intentando suicidarme —dijo él.

—¿Cómo puedes saberlo si no puedes recordar esa noche ni los meses anteriores a ella?

Kane podía sentir la negación como un serrucho en la garganta. Intentaba quitarlo, pero solo conseguía clavarlo más. Solo lo *sabía*.

—Kane, dos días son demasiado tiempo para irte sin que supiéramos de ti. ¿Y robar el coche de papá? Eso es hurto mayor. Y sé que no quieres hablar de esto, pero si no aclaras tu evaluación psiquiátrica, mamá dice que tal vez tendrías que ir a vivir a…

—Ya basta. Mira, lo siento. Desearía poder contarte más. Desearía saber dónde estuve o qué estuve haciendo —ahora sonaba más duro.

—O con quién estabas —agregó su hermana con un hilo de voz.

–¿Qué?

–Bueno, alguien debió haberte sacado de ese edificio en llamas y luego haberte ayudado a llegar al río. Debieron haber buscado huellas digitales en tu cuerpo.

De todas las cosas, esto era lo que más molestaba a Kane, como si pudiera sentir a los fantasmas sujetando su carne. Sentía cómo se vería el molino: historia, reducida a escombros, embrujada por ese tipo de sombras escurridizas.

–Ni que se pudiera dejar huellas en un cuerpo. Lo corroboré –agregó ella.

Una sensación familiar enfureció a Kane. Sophia siempre lo había visto un poco como un proyecto. ¿Acaso la investigación del accidente se había vuelto su más reciente interés? ¿Acaso ella sabía más sobre esto de lo que le estaba contando?

–¿Qué más sabes?

Kane pudo haber notado que Sophia apartó la vista demasiado rápido, si no hubiera estado observando una sombra detrás de ella que se separó de la pared y corrió a toda prisa como una araña gigante a través de una puerta.

–Hay algo aquí –susurró.

–¿Qué?

Tiró de ella debajo del umbral y la llevó hacia la pared; no quitó la vista de la puerta.

–Hay algo aquí. Vi que algo se movió –repitió.

–Kane, relájate. Probablemente sea un murciélago.

En ese instante, ambos oyeron un crujido en las escaleras: era el quejido del quinto escalón. Quien fuera que haya sido, debió haber abandonado su posición. El molino tembló como si algo grande y rápido sacudiera las escaleras y explotara sobre el segundo piso.

Kane y Sophia corrieron a la habitación más cercana. Esta tenía un cielorraso abovedado cubierto de hollín, el suelo podrido y una pesada puerta de metal. Kane la cerró de un golpe y cerró el pestillo el instante antes de que algo la embistiera del otro lado. Las bisagras crujieron, pero el pestillo no cedió. Una y otra vez, algo trataba de empujar la puerta, y con cada impacto, el cielorraso emanaba coágulos de polvo. Luego oyeron el espantoso sonido de un metal contra otro metal. ¿Sería una llave acaso? ¿O garras?

—¡Allí! —Sophia empujó a Kane hacia una ventana sobre una parte del techo que estaba tan dañada que parecía a punto de desplomarse. Juntos se abrieron camino entre vigas rotas. Dentro del edificio, las sombras se agitaban como figuras gigantes, irreales, que se escabullían entre la oscuridad y los perseguían.

»¡Kane!

Él logró atrapar a Sophia de la muñeca cuando su pierna se atascó en una parte de techo podrido, pero el peso de ambos fue demasiado. En una columna de polvo y putrefacción, el techo se balanceó debajo de sus pies y los arrojó al suelo con tanta fuerza que Kane chasqueó los dientes al caer. Estaban… ¿afuera? Habían caído del lado trasero del molino. A su alrededor había helechos secos convertidos en trizas, bañados en una espesa luz amarilla. Detrás de ellos, la estructura continuaba temblando de forma siniestra. Kane encontró la mano de Sophia y corrieron, aplastando aquel bosque de retoños chamuscados, mientras una parte del molino colapsaba por completo. Una lluvia de astillas cayó a sus espaldas.

Kane echó un vistazo sobre un hombro y vio una sombra imponente como impresa sobre la nube ondulante de polvo y cenizas; era tan alta que podría haber sido un árbol. Pero luego se volteó y, al verlos, se lanzó hacia adelante.

Kane estaba enfocado solo en seguir corriendo con Sophia hasta meterse en el Complejo de cobalto, aquel laberinto creciente de edificios antiguos, calles rotas y restos de equipos cubiertos de hiedras, hacia los bordes, donde las cercas podridas contenían el bosque. Habían escondido el auto de Sophia en un vecindario cuya parte trasera daba al molino, detrás de una pared de laurel de montaña.

–Vaya, mierda. Eso fue… –dijo ella cuando se desplomó dentro del coche en el lado del acompañante. Tragaba aire.

El sonido de las sirenas fue para Kane como una guillotina que acababa de caer. En ese momento, una patrulla de policía apareció entre las sombras y se detuvo delante del vehículo detenido. Sophia soltó una elaborada cadena de vulgaridades.

–Señor Montgomery, creímos que podía ser usted. Bájese del automóvil, por favor –dijo una de ellos. Kane ni siquiera pudo verla a los ojos.

Se bajaron juntos del vehículo. Sophia fue la primera en sacarse de encima la tensión.

–Ustedes no entienden. Solo estábamos caminando por allí cuando de la nada apareció una *cosa* enorme y comenzó a seguirnos. Era un animal gigante…

Sophia siseaba y Kane se preguntó si ella había visto la sombra que los siguió. Uno de los oficiales dijo algo por la radio. La otra se dirigió a Kane.

–El Complejo de cobalto es una escena de crimen, señor Montgomery.

A Kane se le secó la boca. Asintió.

–Además, es propiedad privada.

Asintió otra vez.

–Que ya ha invadido una vez.

El suelo comenzó a temblar debajo de sus pies. Se tomó del automóvil para evitar caer. ¿Qué demonios eran esas cosas? No había forma de describirlas y tampoco tenía sentido hacerlo. La policía no creería nada de eso. Pensarían que Kane mismo había causado el daño al molino. Otra vez.

Mierda.

–Fue mi idea. Lo fue, lo juro. Yo le pedí que viniera. Quería ver… ver todo esto por mí misma. El molino. Kane ni siquiera quería venir. Yo lo hice regresar. Por favor, no lo pongan en más problemas –soltó Sophia.

Los oficiales la miraron incrédulos. Su cabello, del color de cacao en polvo, se había destrenzado y flotaba por la mandíbula; algunos mechones salían con escupidas brillantes alrededor de su ceño fruncido. Llevaba puesto su uniforme de Pemberton (la escuela privada solo para chicas, una institución honorable y misteriosa que hacía que la gente del pueblo hiciera una pausa de superstición), pero estaba hecho un desastre luego de la corrida. Aun así, los policías hicieron la pausa.

Uno asintió en dirección a Kane.

–El detective Thistler nos informó que tienes una cita con él y con tus padres esta tarde.

–Sí… estábamos de camino. Nos dirigiremos hacia allí ahora mismo, lo prometo –repuso Kane.

Todos esperaron que sucediera algo y así fue. Ese mismo oficial rodeó la patrulla y abrió la puerta trasera.

–Señorita, usted váyase a casa. Kane, toma tus cosas. Vienes con nosotros.

DOS

LAS BRUJAS

En la estación de policía de Amity del Este había tres salas de interrogatorio. Dos de ellas eran simples cajas de cemento donde había solo mesas y sillas de hierro. Interrogatorio elegante. Mientras lo guiaban por los pasillos de la estación, a Kane le indicaron que la tercera era la que llamaban el Cuarto blando. Allí había sofás, una canasta de geranios de plástico con cajas de pañuelos desechables a los costados y una lámpara.

Kane se aferraba a esos detalles. Nadie iba a torturarlo en una habitación donde había sofás tapizados, ¿cierto? La sangre empaparía la tela. Se necesitaría un pequeño lago de soda para quitar las manchas.

Nadie le había informado lo que pasaría con él. No se les

permitía hablar con él hasta que llegaran sus padres y eso lo hacía querer vomitar. Se preguntaba qué le pasaría mientras se retorcía en sí mismo como un nudo de extremidades temblorosas sobre el sofá. Se preguntaba si una persona podía temblar hasta desmoronarse. Si así sucediera, ¿pasaría lentamente o todo a la vez, como si fuera una torre de Jenga que se desploma al quitar una sola pieza en un cuidadoso movimiento?

Kane estaba harto de preguntarse cosas. Se abrazó a sí mismo con fuerza y tomó un libro de su mochila: *Las brujas* de Roald Dahl, su favorito. Había tomado la mochila del coche de Sophia antes de que se lo llevaran en la patrulla. Volteaba las páginas a cada rato, solo para simular que leía, en caso de que lo estuvieran observando.

¿Acaso la policía se encontraría con sus padres por separado? ¿Debía enviarle un mensaje a Sophia? Había perdido su teléfono en el accidente, pero ella le había prestado uno viejo.

Kane volteó otra página, aunque no eran palabras lo que veía, sino la sombra del Complejo de cobalto. Su mente iba a la deriva, a tientas, como si se acercara al recuerdo de un sueño que se esfuma en cuanto quien sueña está cerca. Incluso con agudeza, sabía que había algo retorcido acerca de lo que había visto. Algo irreal e increíble.

Se quitó de encima la sensación. No podía pensar en cosas *increíbles* en ese mismo momento. Necesitaba resolver cómo explicaría todo aquello. Una explicación *real* sobre lo que *realmente* había pasado. Y necesitaba resolverlo antes de que lo hiciera el detective Thistler.

Kane se tensó al pensar en Thistler y su traje con su placa atada al cinturón, que olía a cigarros y menta. Thistler estaba siempre sonriendo cuando lo interrogaba, como si pensara que tendrían una aventura secreta juntos. Kane le temía a la gente que sonreía demasiado y Thistler le probaba por qué. En su primer encuentro en el hospital, Thistler lo puso al tanto sobre su situación con una explicación alegre, a las apuradas, como alguien que cuenta sobre su hobby raro con entusiasmo. Decía cosas como "incendio en propiedad ajena" y "antecedentes penales" con un gesto triunfal. Cuando hubo entrado en pánico, Thistler comenzó con sus extrañas y dispersas preguntas sobre la vida de Kane. ¿Tenía novia? *No.* ¿Novio? *No todavía.* ¿Participaba en clubes escolares? *No.* ¿Qué pensaba de la escuela? *Estaba bien.* Y así.

Hacia el final de las dos horas, Thistler comenzó a darle vueltas a algo mucho más grande que los datos inútiles sobre la vida de Kane. Estaba apuntando a su estabilidad. Las preguntas se habían vuelto filosas. ¿Por qué mientes para evitar a la gente? *No… no lo sé.* ¿Por qué querrías lastimarte a ti mismo? *No lo haría. No lo hice.* Pareces enojado. ¿Hablar de lo que hiciste te enoja? *Sí, pero…* ¿Por qué será? *… pero no quería hacer lo que usted cree.* Pareces molesto. ¿Por qué estás molesto?

Kane se dio cuenta de la naturaleza traicionera de aquellas preguntas demasiado tarde para poder evadirlas. Era como si se hubieran encendido las luces de un escenario donde no quería estar, y mostraran una obra en la que no sabía que estaba actuando. La obra era una tragedia. Él era el protagonista: un chico gay, solitario, suicida, lleno de angustia. Había interpretado su papel de mil maravillas.

Incluso ahora, el cuerpo entero de Kane ardía de humillación. Sus padres habían estado allí. Luego habían estado hablando en privado con Thistler en el pasillo, y los susurros habían continuado hasta el día siguiente cuando le anunciaron que debía someterse a una evaluación psiquiátrica. La segunda oportunidad de Kane.

–Eres un Montgomery. Eso significa algo en este pueblo, lo sabes. Tu tío está en el ejército –había dicho su papá.

–Eres afortunado. Te están dando la oportunidad de probar que estás comprometido a ayudarte a ti mismo. No todos la tienen, cariño –había dicho mamá.

–Estás jodido. Creen que te volviste loco. Tendrás que resolverlo tú solo. Demuéstrales que están equivocados –había dicho Sophia.

Y así fue cómo fueron a parar al molino.

El miedo le astillaba las entrañas. Si podía superar esta conversación con Thistler, Kane prometía que jamás regresaría al Complejo de cobalto. Ni siquiera se acercaría allí.

La puerta del Cuarto blando se abrió.

–Detective Thistler, puedo explicarle… –Kane se paró de golpe.

Pero no era Thistler quien estaba en la puerta, o sus padres. Rodeada por la luz fría del pasillo, había una persona completamente nueva para el pequeño y desastroso mundo de Kane.

–¿Señor Montgomery? Espero no haberlo hecho esperar tanto en este lugar sombrío y triste. Vine tan pronto como recibí el llamado.

La persona hablaba con gracia, con una voz adornada con una cadencia teatral que templó la pequeña habitación. Tenía puesto un traje entallado, ceñido en la cintura, unos pantalones elegantes de satén. Todo el conjunto estaba cubierto de unos exquisitos hilos dorados que revelaban un entramado irregular a la luz de la lámpara. Incluso su piel brillaba con un lustre de oro que acompañaba sus movimientos al sentarse. Kane también se sentó, un poco deslumbrado por la perfección del rostro de aquella persona, que no le permitía preguntarle si era un hombre, una mujer, ambos o ninguno.

Elle extrajo un anotador de su bolsa y miró de cerca a Kane a través de sus pestañas rizadas.

–¿Qué? ¿Acaso nunca viste un hombre que use máscara de

pestañas? —dijo como respuesta a la pregunta que Kane había formulado con la cara.

—Lo siento. —Las mejillas le ardían. ¿Cuántas veces le habían hecho esa pregunta a él? ¿Cuántas veces más la había contestado sin que se la preguntaran, solo para no incomodar a la gente que no comprendía la ambigüedad, quienes ignoraban lo que esta persona tenía para decir, mientras se preguntaban con agresión sobre su identidad?

»Lo siento. No quise… —Kane repitió.

La persona hizo un ademán en el aire como borrando las disculpas de Kane. Él se sintió más avergonzado aún. No era el tipo de persona que se solía encontrar en los suburbios de Connecticut. No era una persona de la que Kane supiera cómo esconderse. En cambio, sintió la necesidad de impresionarle.

—Usted no es el Detective Thistler —dijo, aunque eso no podía ser más obvio.

—Oh, qué astuto. Me dijeron que eras listo. —El hombre le guiñó un ojo en señal de complicidad, lo cual le sacó una sonrisa a Kane—. Thistler está ocupado con… no lo sé. Lo que sea en que se ocupan los heterosexuales patológicos. Tal vez está tratando de encontrar un uso más a su champú tres en uno, además del acondicionador y jabón para el cuerpo. Tal vez debería probarlo como enjuague bucal, ¿no crees? Le ayudaría con el arcoíris decolorado que tiene como sonrisa y que se empeña en mostrar a todo el mundo.

Kane se sorprendió a sí mismo al reír con ganas.

—Como sea. Hoy seremos usted y yo, señor Montgomery. Puede llamarme Dr. Poesy.

Kane estaba fascinado con le Dr. Poesy, en especial por su llamativo lado queer. No era lo suficientemente inocente para descartar la similitud entre él mismo y le doctor como coincidencia, porque (como regla general) Kane no creía en las coincidencias. Hasta ahora, la vida le había mostrado que había algo horrible y condicionado en la forma en que el mundo se acomodaba para las personas como él. Una especie de mala suerte seductora que se repetía hasta el infinito en pequeñas y crueles formas. Al principio Kane creyó que le Dr. Poesy era parte de ese diseño malvado. Un poco más de mala suerte, enviado para molestarlo una vez más. Pero ¿cómo alguien tan parecido a él podría ser malo para Kane? En el fondo de su desconfianza, sintió que algo perdido volvía a despertar: la esperanza. Esta reunión no era una coincidencia, pero tal vez tampoco era la mala suerte. Tal vez le Dr. Poesy era buene. Tal vez estaba allí para ayudar a Kane a liberarse de los diseños malvados de su vida. Tal vez, quizás, le Dr. Poesy era el filo más brillante del destino.

La idea le hizo arder los ojos. Se tragó la emoción y se recordó que esa nueva esperanza era peligrosa. Tenía que mantener la guardia alta. Se borró la emoción del rostro y preguntó:

—Eres de psicología, ¿verdad? Estás aquí para mi evaluación psiquiátrica, ¿cierto?

—Soy una de las tantas personas que estamos aquí para ayudarlo. Y sí, estoy aquí para evaluarlo, aunque hoy solo hablaremos. Sus padres fueron informados y ya se retiraron de la estación —respondió le Dr. Poesy.

—¿Ellos saben lo que sucedió?

—No del todo. Les dije a los oficiales que me dejaran a mí hablar con ellos y aún no he decidido qué les diré. Supongo que lo haré durante esta reunión. —Le Dr. Poesy sonrió con malicia.

Kane retrocedió un poco. ¿Acaso era una amenaza? ¿Qué quería decir?

–Veo que trajiste un libro. ¿Cuál es?

Kane aún se aferraba a *Las brujas*.

–Ah. Nada. Es un libro para niños.

Le Dr. Poesy le echó un vistazo. Sus ojos tenían un color que cambiaba entre negro, azul y olvido.

–Me interesan las brujas –comenzó–. Si observas la mayoría de los arquetipos femeninos (la madre, la virgen, la prostituta), sus poderes vienen de su relación con los hombres. Pero eso no sucede con la Bruja. La Bruja toma su poder de la naturaleza. Convoca sus sueños con hechizos y encantamientos. Con poesía. Y creo que por eso les tememos. ¿Qué aterra más al mundo de los hombres que una mujer limitada solo por su imaginación?

Kane se inclinó hacia adelante en su asiento. Sintió que debía responder, pero ¿qué diría? ¿Acaso esto era parte de la evaluación? No había sido cuidadoso con Thistler. Tendría que serlo con le Dr. Poesy.

–Es solo un libro –dijo con precaución.

Le Dr. Poesy buscaba entre sus archivos. Un bolígrafo dorado apareció en su mano y lo balanceaba con arrogancia mientras escribía.

–Entonces, en sus propias palabras, ¿por qué estamos aquí, señor Montgomery?

–Estuve en un accidente de auto.

–Esas pinceladas anchas no lo llevarán lejos conmigo. Intente de nuevo.

–Yo… –Kane puso una voz más firme. Se armó de valor, sabía lo que tenía que decir–. Hui de casa hace una semana. Robé el coche de mis padres y lo conduje por el Complejo de cobalto luego de que hubiera una gran tormenta. Perdí el control del coche cerca del río y lo choqué contra un edificio. El auto se incendió; también se incendió el edificio. Me zafé y la policía me encontró en el río. Me desmayé y entré en un breve estado de coma, pero desperté en el hospital más tarde. Estoy en serios problemas. No recuerdo nada de todo aquello.

Le Dr. Poesy observó a Kane por un largo rato.

—Y, desde luego, hoy regresó al molino. ¿Recordó algo?

—No. —Eso no era mentira, pero ¿debería contarle a le Dr. Poesy acerca de la cosa que los persiguió? ¿Cómo podría empezar a describir siquiera lo que había sucedido sin que sonara aún más culpable?

Pero le Dr. Poesy continuó:

—¿Por qué un fugitivo vuelve a su casa solo para robar un coche?

—No lo sé. No recuerdo haberlo hecho. —La mente de Kane quedó en blanco. Nadie le había preguntado eso aún.

—¿Cómo es que un edificio que está casi todo hecho de ladrillos se prende fuego bajo la lluvia?

—El…. el auto debió haber explotado o algo así.

—Eso sucede en las películas, pero los coches no suelen funcionar así. Sin embargo, se encontraron rastros de gasolina por todas partes en el lugar del accidente.

—Los automóviles funcionan con gasolina. La gasolina explota. —Kane frunció el ceño.

—Inteligente. —Le Dr. Poesy se dio golpecitos en la sien con su bolígrafo dorado y tomó unas notas.

—¿Qué está escribiendo? Yo no incendié aquel edificio a propósito.

—Yo no dije en absoluto que usted lo hiciera, pero ese es un pensamiento curioso. —Le doctor continuó escribiendo.

—Yo no lo haría… quiero decir, yo no… —Kane se desplomó en su asiento, escandalizado.

Le Dr. Poesy alzó una mano para silenciarlo una vez más:

—Seré honesto con usted, señor Montgomery, de la manera en que nadie más lo será, porque lo entiendo y comprendo su mala suerte. Quiero que sepa que busco lo mejor para usted, incluso si siendo honesto soy duro, no soy cruel —esperó que Kane asintiera en señal de consentimiento antes de continuar—. Primero, la historia de su desgracia es claramente falsa. Nada de ello tiene sentido, ¿verdad? Intentó desaparecer, pero no lo consiguió. Destruyó su teléfono celular, pero aun así ni siquiera se molestó en borrar lo que publicó en sus redes sociales. Robó el coche de su familia, pero no se llevó efectivo o tarjetas de crédito. Condujo aquel automóvil, milagrosamente, a través de varios perímetros de seguridad por un camino directo al río, antes de virar el volante a último momento contra un edificio. Una persona no sobreviviría un accidente así, por lo general, pero los paramédicos lo encontraron inconsciente y casi ileso, sentado en el río a varios metros de distancia, así que, no pudo haber estado dentro del coche al momento del impacto. ¿Sabe cómo lo describieron en el informe policial? "Educado y distante". Esos fueron los términos exactos. El informe dice que lo encontraron sentado más adentro de la orilla, tarareando una canción y cortando flores. Y solo luego de que estuviera a salvo, de pronto cayó en estado de coma. Eso es demasiado raro, me parece.

Kane sentía el ceño rígido en su rostro y luchó para suavizarlo. Era muy difícil mirar a le doctor, así que prefirió concentrarse en sus puños apretados.

—Nada de esto tiene sentido, ¿no es así?

Kane se encogió de hombros. Eso era todo lo que sabía.

Le Dr. Poesy se reclinó hacia atrás.

—Y aquí es cuando le cuento la verdad real, señor Montgomery.

Mis colegas están en desacuerdo con mi decisión de hacerlo, pero creo que es importante que entienda la realidad de la situación en la que se encuentra. O, al menos, lo que hasta ahora es real.

La actuación alegre dio paso a una mirada clínica indescifrable. Dr. Poesy sonreía como si recién hubiera aprendido a hacerlo. La sonrisa estaba en los labios, pero no había nada en los ojos.

—¿Qué quiere decir?

—Quiero decir que su historia sucede dentro de una mucho más grande, un caso en desarrollo más grande que la jurisdicción del departamento de policía de su propio pueblo. Ha logrado captar la atención de unas personas muy poderosas y muy malas, señor Montgomery, quienes irán hasta las últimas consecuencias para mantenerlo callado acerca de lo que vio. Gracias a la buena suerte, yo llegué primero. Yo puedo protegerlo.

—¿Acaso estoy en peligro? —Kane se retorció en su asiento.

Le Dr. Poesy metió una mano (con perfecta manicura) dentro de su bolsa y puso un papel cuadrado sobre la mesa, entre los dos. De una manera absurda, era una de las postales en las que Kane había estado pensando. Las que mostraban al molino pintado con esas acuarelas nostálgicas.

—Déjeme mostrarle la obra de Maxine Osman. Nació en el año 1946 y ha sido un clásico de Amity del Este por setenta y cuatro años. Estuvo casada, pero su esposo falleció hace muchos años. No tiene hijos. Solía encabezar el Sindicato de artesanos de Amity del Este. Se la conoce por las obras en acuarela que realiza cada año para el consejo de turismo de Amity del Este. De hecho, es muy conocida por las series de la estación del Complejo de cobalto. Pinta doce cada año para el calendario oficial de Amity del Este. Su tema favorito era el viejo molino, el que usted hizo explotar.

Kane miró fijamente a la postal. Había algo allí que él conocía. Algo importante que no podía comprender del todo.

—¿Usted cree que la artista está tras de mí porque quemé el molino?

—Se dirigía a pintar el molino en la mañana de su accidente. Estaba lista para pintarlo al amanecer, cerca de cuando ocurrió el accidente. —Le Dr. Poesy se toqueteó el puente de la nariz.

—De verdad lo siento. Puedo disculparme con ella —Kane intentó una vez más.

—No, no puede disculparse, señor Montgomery, porque ella está muerta.

—¿Ella... qué? —Los ojos de Kane se abrieron como platos, secos, sin pestañear.

—Muerta. Fallecida. Difunta.

—Sé lo que significa muerto.

Entonces, Kane se dio cuenta a qué se refería le Dr. Poesy y la habitación quedó sin aire. La sonrisa del doctor se volvió más ancha y ahora hablaba con soltura pausada.

—Maxine tenía una pequeña caja de elementos que llevaba consigo cuando salía a pintar. De aluminio, con broches y una manija. Adentro debía guardar sus pinceles y pinturas. Herramientas de otros artistas. —Los ojos de le Dr. Poesy tenían una naturaleza felina. Kane creyó que, si las luces se apagaran, el cobalto de aquellos ojos se volverían discos iluminados por la luna—. Esa caja fue encontrada entre las cenizas del molino, derretida hasta no poder abrirse. Lo que está claro es que usted estuvo presente para la obra final de Maxine. Lo que no es tan claro es *por qué*.

Los ojos de Kane ardían. No podía resistir el impulso de pasarse los dedos sobre las quemaduras, esconderse detrás de sus nudillos blancos. El doctor se inclinó hacia adelante, intrigado por la reacción de Kane, como si supiera que era culpable.

—Sus padres no saben acerca de Maxine Osman. La policía tampoco sabe. Yo no soy su psicólogo designado, como Thistler cree, y tampoco respondo al Departamento de policía de Amity del Este. Trabajo para fuerzas mucho más poderosas. Esas fuerzas están interesadas en la desaparición de Maxine. Esas fuerzas quieren que esta investigación se mantenga en secreto, y que usted esté involucrado en ella pone en riesgo ese secreto, pero no creo que usted sea un riesgo en sí mismo, señor Montgomery. Creo que usted es la respuesta.

Kane pensó que conocía el miedo, pero este nuevo tipo de horror recalibraba todo lo malo que había vivido hasta ese momento. Esto era mucho peor que lo que creía. Debió haber pasado un largo rato hasta que Kane emitió respuesta, o tal vez jamás respondió, porque lo que oyó después fue una risa estridente, que sonó como un martillo.

—No se espante tanto, señor Montgomery. No creo que usted haya asesinado a Maxine Osman. No estoy seguro de quién lo hizo. Por eso estamos aquí, juntos.

Kane se sacudió la impresión. No podía perder el control ahora.

—¿Necesitan mi ayuda para resolver el asesinato? —preguntó.

—Ah, ¡entonces *sí* es inteligente! Sí, tengo una propuesta. Una pequeña tarea para usted. —Le Dr. Poesy sacó una libreta de su bolsa y se la entregó a Kane. Era delgada y tenía una cubierta flexible de cuero rojo tan brillante que Kane creyó que el color le mancharía las manos. Tenía su propio bolígrafo dorado en un broche de cuero, y las páginas estaban en blanco, a excepción de la primera, que decía *Mi diario de sueños.*

—¿Usted quiere que escriba un diario de sueños?

–Por supuesto que no –le Dr. Poesy rio–. Tal vez no sea su psicólogo real, pero aún se encuentra bajo mi evaluación, y mientras ese sea el caso, la policía no podrá tocarlo. Escribir en este diario, además de vernos una vez por semana, debería darle el tiempo y la inspiración necesarios para que me de la información que quiero sobre Maxine Osman y su noche de incendio juntos. Haga esto por mí, y yo me ocuparé del resto.

–Pero le dije a la policía todo lo que sé. –La voz de Kane era como un susurro azul pálido.

Le Dr. Poesy sonrió.

–Usted y yo sabemos que hay más detrás de su historia. Tal vez mintió. Tal vez no. Tal vez sus sueños le revelen lo que su mente en vigilia no puede tolerar. No importa, siempre y cuando eso lo vuelque en esas páginas. Cualquier detalle puede ser relevante. No retenga nada, o lo sabré. Tiene tres semanas.

–Pero…

Kane se interrumpió. ¿Qué estaba haciendo? ¿Revelar lo poco que sabía? Le Dr. Poesy había dicho que Kane era intocable mientras estuviera siendo evaluado. Si él perdía la fe en su capacidad de ser útil, la evaluación terminaría, y la libertad de Kane se esfumaría como una luz al apagarse.

Le Dr. Poesy cruzó las piernas a la altura de los tobillos. Puso una mano encima de la otra sobre la rodilla, y un resplandor dorado centelleó de una cadena en la muñeca al reflejarse contra la luz de la lámpara. Kane quedó cautivado, indefenso ante el miedo y el pánico que surgían en su interior.

–Míreme.

Kane le miró. Le Dr. Poesy se reclinó sobre la mesa, como desafiando a Kane a unírsele de cerca en un renovado susurro.

—Hay una verdad peligrosa dentro de usted, señor Montgomery, que ni la mentira más experimentada podrá esconder por mucho tiempo. Y, como sucede con todas las verdades peligrosas, el truco para sobrevivir a ella está en revelarla de una forma que pueda controlar. —Le Dr. Poesy se inclinó aún más cerca—. Las personas como nosotros debemos contar nuestras historias por nuestra cuenta, lo sabe, de otro modo estas nos destruirán en su propia forma violenta. Y le puedo asegurar que esta verdad lo destruirá a usted también si no se cuida. Lo quebrará desde adentro hacia afuera… como un huevo. —Kane se sacudió hacia atrás cuando le Dr. Poesy chasqueó los dedos a dos centímetros de su rostro.

Kane sintió la garganta áspera al respirar de golpe. El Cuarto blando daba vueltas. No podía creer que esta persona estuviera acusándolo de mentir y que lo extorsionara para escribir un diario. Un diario de *sueños* falso. De una forma absurda, sentía la necesidad de decirle a Sophia que había estado en lo cierto. Después de todo, le estaban pidiendo que resolviera su testimonio a través de arte y manualidades.

—Comprendo —susurró Kane.

—Estupendo. Supuse que lo haría. Ahora, cuando dejemos esta habitación, quiero que la sangre le vuelva al rostro. Que le vuelva la energía al cuerpo. Solo hemos estado conociéndonos, ¿no es así? —Su voz sonaba más suave.

—Desde luego. —Kane entendió la insinuación.

Abandonaron juntos el Cuarto blando; atravesaron los pasillos de la estación y las puertas que zumbaban al desbloquearse. Kane y le Dr. Poesy intercambiaron saludos en el vestíbulo y Kane se apresuró hacia la puerta doble.

—Kane.

Le Dr. Poesy estaba parade en el vestíbulo, jugando con el puño de su muñeca derecha.

—Tenga cuidado. Las cosas de las que no podemos escapar son contra las que debemos luchar, y usted no es un luchador. Necesitará ayuda. Me necesitará, y yo no protejo a los mentirosos.

Kane vio al monstruo sombrío en las nubes de polvo y luz. Lo vio volverse lentamente, con su cabeza sin ojos, se paró para observarlo. Y por supuesto, él había corrido. Y le Dr. Poesy lo sabía.

Un par de oficiales pasaron por allí. Le Dr. Poesy[1] sonrió al vacío mientras le entregó algo a Kane. La postal.

—Quiero que usted la tenga. Como un marcador de libros, así podrá recordar siempre cuál es su lugar.

El rostro le quemaba cuando la tomó. La sostuvo cerca mientras empujaba la puerta doble de la estación de policía, para huir de nuevo hacia el abrazo del verano y el canto de las cigarras.

---

1 Nota del editor: al igual que en la versión original, Poesy aparece con distintos pronombres a lo largo del libro. A veces neutros (elle), a veces femeninos (ella) y a veces masculinos (él). Esto responde a su naturaleza fluida y no debe considerarse, bajo ninguna circunstancia, un error.

TRES

CUIDADO CON EL PERRO

En el momento que Kane salió, su teléfono erupcionó con millones de mensajes; todos ellos eran de Sophia. Llegaban demasiado rápido para que él pudiera leerlos, así que decidió llamarla mientras se apuraba a alejarse de la estación de policía.

—Kane, ¿dónde has *estado*?

—En la estación de policía. Estoy bien. ¿Dónde están mamá y papá?

—Están en casa. ¿No leíste mis mensajes?

Kane se apresuró. Sentía el impulso de correr, pero todavía había gente por allí en el centro del pueblo. Estaba atardeciendo.

—Aún no los leí. ¿Qué sucedió?

—Tú dime qué sucedió. No lo entiendo. Llegué a casa y mamá y papá llegaron veinte minutos más tarde. Dijeron que la reunión se había cancelado y que tú te reunirías con un terapeuta para tu eva——luación, o algo así. Les dije que te recogería, ¡pero eso fue dos horas atrás! Entonces les dije que fuimos a comprar yogur helado. Creo que ganamos un poco de tiempo para hablar.

A Kane no lo alivió enterarse de eso. Sospechaba que la reunión con le Dr. Poesy había sido de algún modo extraoficial. No hubo papeleo. Nada que documentara lo que habían estado hablando. Como una página en blanco en su vida. Tal como con el accidente.

—¿Qué sucedió, Kane? ¿Dónde estás?

Kane se mordisqueó la mejilla interna; trataba de decidir si debía mentir o no. Sophia ya estaba demasiado involucrada en el asunto.

—No sucedió nada malo. Solo me encontré con un terapeuta, como dijeron. Tuve que escribir algunas respuestas en un informe y hablar de lo que sentía. Fue estúpido. —Aquella mentira lo hacía sentir más solo que nunca.

—¿Dónde estás? Estuve leyendo en Roos. Pasaré a recogerte.

—Quiero caminar a casa.

—Se supone que no debes estar solo. Mamá dijo que debía…

—Miente por mí otra vez, ¿sí?

Kane colgó y apagó el teléfono. Sintió la necesidad de arrojarlo entre los rododendros que había al costado del camino de St. Agnes, la universidad del centro de Amity del Este. Acortó el camino a través del campus y se apresuró hacia el arroyo Harrow.

Amity del Este era un pueblo mal planificado, un lienzo de cemento arrojado sobre la vegetación húmeda de las tierras inundadas por el Housatonic. Por esa razón, aquel paño suburbano con forma de cuadrícula estaba hundido en algunas partes, sumergidas por los desfiladeros que se llenaban de agua de lluvia y donde pequeños bosques crecían a su alrededor. El arroyo Harrow serpenteaba a través de aquellos bosques pequeños, conectado a la tierra firme por un sendero para corredores. Era el camino menos directo hacia casa. Pero era seguro. Ningún automóvil que lo estuviera buscando podía pasar por allí. O hermanas menores en busca de sus hermanos.

Kane necesitaba tiempo y espacio para pensar, y el sendero siempre le había ofrecido ambos.

Miró hacia arriba a través de los abedules que se entrelazaban como redes contra el cielo que anochecía. En el momento que se encontraba al lado del arroyo, la noche había oscurecido la distancia y corría una cortina de sombras justo hacia el costado del sendero. A cada metro había un poste de luz encendido rodeado de polillas frenéticas con el neón. Más adelante, la orilla del arroyo se deslizaba sobre rocas gastadas, silenciosa y calma; todo lo opuesto al estado de Kane. Se cruzó con dos niños que se arrastraban sobre monopatines, seguidos por sus padres. Observaron fijamente a Kane y él se dio cuenta de que sea veía tan deprimido como se sentía.

Kane tomó la postal que le había dado le Dr. Poesy con manos temblorosas. En una esquina estaban las iniciales *M. O.* Maxine Osman. Un miedo asfixiante se le instaló en la garganta en el momento que se obligó a mirar aquellos colores apacibles de la pintura. La imagen no era diferente ahora que su creadora estaba muerta, aun así, de alguna manera rebosaba de vida nueva. Era todo lo que quedaba de ella, y en cierta forma era donde habitaba ahora. Atrapada en su propio mundo de acuarela.

Kane pensó en que había estado parado, mirando al molino, imaginándolo con aquel brillo ensoñador de la acuarela. En ese momento lo había sentido como soñar despierto otra vez, pero ¿cómo podía ser? Sintió su instinto habitual de correr, esconderse. Para evitar descubrir algo más.

Ahora sabía que antes no había estado soñando despierto: había sido un recuerdo.

Una ola de ansiedad le subió por el estómago. ¿Qué había hecho? ¿Dónde estaba? No quería recordar, pero tampoco tenía otra opción. Le Dr. Poesy había dicho que la verdad era su *única* opción si quería sobrevivir a esta historia.

Kane respiró para calmar los nervios; imaginó que su energía agitada se dejaba llevar desde las manos como olas de electricidad. Se sacudió, dio saltos en un pequeño círculo, luego hacia el lado contrario para deshacerlo. Esos pequeños rituales por lo general funcionaban, y la tensión en el cuerpo cedía. De esta manera le había dado resultado, claro que sí. No iba a dejarse vencer ahora.

—No soy un huevo —le dijo a la noche mientras tomaba el diario—. No soy un huevo —susurró sobre la suave cubierta de cuero.

Hasta ese momento, su única compañía en el sendero eran las nubes de mosquitos alrededor de la cabeza, junto con las polillas y el brillo ocasional de la luz de la luna sobre los bordes el arroyo. Cuando llegó hasta una banca debajo de un poste de luz, se desplomó sobre ella y abrió el diario.

A modo de experimento, Kane presionó el botón del bolígrafo dos veces. Hizo un sonido limpio y caro. Lo presionó seis veces más y luego dibujó algunos garabatos.

—Lo que su mente en vigilia no puede tolerar —murmuró mientras escribía con letras claras. Las leyó una y otra vez, hasta que las palabras ya no se vieron como tales. Finalmente, volvió a la postal.

Lo que fuera que le había sucedido a Kane, estaba de alguna manera conectado con Maxine Osman. Eso significaba que necesitaba averiguar todo lo que pudiera sobre ella. Ya tenía algo de información. Escribió su nombre. Le Dr. Poesy había dicho que había nacido en 1946, con lo cual debía tener setenta y cuatro años. Kane no agregó *cuándo murió*, porque se negaba a saberlo. No todavía. Poesy también había dicho que ella siempre vivió en Amity del Este, pero ¿dónde? Y que hacía cuadros para el consejo de turismo, una serie para el calendario del pueblo. Uno de esos calendarios colgaba en la cocina de Kane y así había sido cada año desde que él era pequeño. En cierta forma, había conocido a Maxine Osman durante toda su vida.

¿Ahora qué?

Kane pensó en la frustración que le hizo hervir las venas (como burbujas corrosivas de agua gasificada) cuando se paró en el agua del molino y no sintió nada. Pensó en las acuarelas, y en lo que dijo Sophia acerca de que alguien debió arrastrarlo lejos del fuego. No creyó que una anciana lo hubiera rescatado, lo cual significaba que alguien más debía haber estado involucrado.

¿Pero quién?

Se sentó encorvado en una banca a escribir una versión de los hechos de aquella tarde en el molino, una versión suavizada para le Dr. Poesy. Cuando llegó a la parte cuando salieron corriendo, en concreto, cuando él miró hacia atrás para ver lo que los estaba persiguiendo, dejó de escribir. Aún no entendía qué había visto. Cuanto más lo imaginaba, más recordaba. La cosa no se movía como una persona, de una pierna a la vez. Se movía como una araña, todas las patas al mismo tiempo.

Sintió escalofríos por todo el cuerpo; la noche se había vuelto fría sobre sus muslos. Rebotaba los talones con las botas sobre el cemento, ocho por cada pie, luego ocho con ambos. Debería irse a casa. Meterse dentro. Le Dr. Poesy le había advertido sobre aquellos que lo querían callado. ¿Qué quería decir?

Entonces lo supo. Le Dr. Poesy creía que Kane había estado con Maxine Osman al morir, pero que no la había matado. Eso significaba dos cosas: alguien más había asesinado a Maxine Osman, y esa persona sabía quién era Kane.

¿Por qué le Dr. Poesy no lo había mencionado? Kane apretó el bolígrafo. Estaba a punto de pararse cuando un resplandor como un filo de luz de luna captó su visión al otro lado del arroyo. Echó un vistazo en la completa oscuridad.

Allí estaba de nuevo: un borde de luz que flotaba sobre la otra orilla del arroyo. Se le aceleró el corazón cuando vio que una porción de sombra se desplazó y el resplandor desapareció. ¿Acaso era un lobo, o tal vez un lince rojo? Amity del Este era una cuna de bosques ondulantes y, a veces, los animales se volvían curiosos. Pero había algo sobre esa sombra que parecía antinatural de una forma conocida.

Se aferró al diario mientras se trepó al costado del sendero sin quitar la vista del otro lado de la orilla. Lo que sea que fuera, ahora no podía verlo, entonces estuvo atento a escuchar si el agua salpicaba para determinar si la cosa se estaba acercando. En cambio, oyó un chasquido erizante, como garras sobre piedras suaves. Y estaba justo detrás de él.

Algo enorme se precipitó sobre la banca y arrojó la mochila de Kane al suelo. Con la poca luz pudo ver una gran cantidad de patas, largas y unidas entre sí como una araña gigante, todas fusionadas en un revuelto grotesco. Se escabulló hacia atrás, toda despatarrada, y luego saltó en dirección a los árboles.

El corazón de Kane se atoró detrás de las costillas. Estaba demasiado asustado para gritar. Manoteó la mochila y corrió a toda velocidad hacia el final del sendero. A su alrededor, la noche se llenaba de viento y cigarras cuyo canto era como una extraña risa que lo aterraba. Aquellas patas. No podía olvidar aquellas patas. Esta vez no hubo nube de polvo alguna. Nada que escondiera aquella cosa que los había perseguido a él y a su hermana en el molino aquella tarde.

Lo había encontrado y estaba dispuesto a acabar con él.

Kane llegó a una curva en el sendero que subía en dirección a la calle. Lanzó un vistazo hacia atrás. La bestia se balanceaba del poste de luz como capullo de sombras. Una pata larga y delgada se desprendió del cuerpo principal y extrajo algo. *Las brujas.*

Kane se tropezó y cayó al suelo. Las manos le ardieron y las uñas se le llenaron de tierra. Estaba casi parado cuando oyó el chasquido otra vez, ahora estaba frente a él. Retrocedió un segundo antes de que otra masa de patas se escabullera sobre el sendero para bloquearle la salida.

—¡Déjame solo! —gritó. Le arrojó la mochila a la cosa y luego corrió hacia el arroyo. Se zambulló entre los juncos; se hundió hasta las rodillas en el fango apestoso del arroyo. Sin pestañear, sus ojos saltaban de una orilla a otra, a la guardia de captar movimiento. Esperó aferrado al diario rojo como seguridad.

Y esperó. La noche esperaba con él en completo silencio.

Luego oyó una voz.

—¡Hola! ¿Hay alguien aquí abajo?

Una chica apareció en el sendero, revisando los juncos. Se oía el canto de los grillos y el chapoteo del agua.

—Hola… —dijo otra vez. Kane sabía que debía advertirle, pero no podía respirar. En un silencio penoso, esperó que la oscuridad la tomara con todas sus patas, pero nada de eso sucedió.

La chica saltó hacia la orilla.

–¡Hola! Puedo verte. ¿Te encuentras bien? –Era mucho más grande que Kane; vestía un equipo de correr y sostenía la mochila enlodada de Kane. Se frenó de golpe cuando lo vio.

–Había algo… –Kane comenzó a decir. ¿Por dónde podría comenzar? ¿Debería intentar explicarle acaso?

Hubo un golpe de silencio cuando ambos notaron que se conocían. Luego, Kane sintió tanto miedo apoderarse de él, que creyó que se hundiría en el lodo.

–¿Kane?

–No. Es que no. No soy –espetó.

Ursula Abernathy, otra alumna de la Secundaria Regional de Amity, se aproximaba paso a paso. Grande y poderosa, era la estrella del equipo de atletismo. ¿O tal vez era del equipo de hockey sobre césped? Kane solo sabía que ella participaba de muchos deportes y que era buena en ellos, pero que fuera del campo de juego era supertorpe. Se habían burlado de ella cuando era pequeña. Kane lo sabía porque había sido parte de esas burlas. Ambos habían asistido a la misma escuela primaria.

No tenía sentido tratar de mentir ahora que ella lo había reconocido.

–Bien, soy yo –dijo.

–¿Te encuentras… bien?

-Sí.

Ursula claramente esperaba una explicación, pero Kane no tenía nada que decir. Estaba demasiado consciente de que para la mañana siguiente todos en el pueblo sabrían que Kane Montgomery, el chico gay malhechor, que incendiaba edificios y chocaba automóviles, había sido encontrado jugueteando por la noche en los afluentes lodosos del río Housatonic. Ya podía imaginar a le Dr. Poesy tomando nota en ese estúpido archivo. Con delicadeza, se levantó del lodo y caminó lentamente hacia la orilla, mientras que sus botas hacían un chapoteo indecente. Ursula lo siguió a distancia.

—¿Qué estabas haciendo aquí abajo?

Kane le lanzó una mirada. Llevaba puesta una camiseta andrajosa de mangas largas que tenía escrito en letra cursiva: *PATEA AL CEMENTO, NO A LAS PERSONAS. TRIATLÓN PARA ACABAR CON LA VIOLENCIA DOMÉSTICA.* Sus hombros y su cuello estaban perlados de sudor. Su cabello cobrizo estaba recogido en un moño desaliñado que parecía más un nido que un peinado; y el flequillo era un toldo encrespado para los ojos de pestañas largas que se veían preocupados. No llevaba maquillaje, ni siquiera bálsamo de labios para ayudarla a verse mejor.

—¿Estás seguro de que te encuentras bien? —preguntó de nuevo.

—Estoy bien —mintió. Echó un vistazo en la oscuridad para cerciorarse de que no estuvieran aquellas criaturas. Como no vio ninguna, comenzó a quitarse el fango de las botas. Era inútil. Estaba cubierto de lodo hasta las rodillas. Tenía el trasero empapado. El cuerpo entero acalorado. Deseó que simplemente pudiera desaparecer.

—Estaba corriendo y oí algo. No sabía que otras personas estuvieran tan tarde en el sendero, así que pensé que tal vez sería un animal, pero luego encontré tu mochila, y luego te vi caer al río y… —Ursula continuaba tratando de recomenzar la conversación.

—No me caí en el río.

—De acuerdo. Te vi que te tropezaste en el río y…

—No me tropecé.

—Pero, ¿estás bien? —Un hoyuelo de preocupación le atravesó la piel entre los ojos.

–¿Por qué me haces tantas preguntas? ¿Acaso te parece que *luzco* bien? ¿No te das una idea por el contexto? –Kane la miró.

Otra persona lo hubiera enfrentado, pero Ursula solo se estiraba el dobladillo de sus shorts y miraba al piso, avergonzada. En ese silencio incómodo hubo espacio para que Kane sintiera lo que siempre había sentido hacia Ursula Abernathy: culpa. Ella, al igual que él, era blanco fácil para las burlas cuando era niña. Deberían haber sido amigos, pero Kane era igual de antipático que los demás. Tal vez hasta incluso fue más odioso, solo para demostrar cuán diferentes eran, o cuánto más ella se merecía que sus compañeros de clase la humillaran. Una táctica de supervivencia de la que no estaba orgulloso. En tercer grado, inventó una historia sobre cómo Ursula Abernathy había sido adoptada de un refugio para perros. No recordaba cómo se volvió un rumor (solo que no había sido su intención) pero al día siguiente, toda la escuela hablaba de la leyenda. Aún se sentía mal por eso, en especial porque alguien había escrito CUIDADO CON EL PERRO en el escritorio de Ursula. Siempre que la miraba, la veía como la chica con la cara sonrojada, mirando el piso en un salón de clases lleno de niños que le ladraban. Así se veía ahora.

Kane nunca le había pedido disculpas. Se preguntaba si ella sabía que había sido él.

–Lo siento. Estoy bien, de verdad. ¿Quieres… quieres acompañarme a la calle? Lo apreciaría –dijo Kane.

Ursula echó un vistazo a su alrededor, probablemente en búsqueda de una excusa para no hacerlo, pero accedió. Caminaron por el sendero en silencio, Kane se esforzaba para ocultar que todavía estaba temblando. Fingió que eran escalofríos, aunque la noche estaba cálida.

–¿Qué tal la escuela? –preguntó. Ursula se sorprendió.

–La escuela es la escuela. Te extrañamos.

–¿Extrañamos?

–Sí… los maestros y todos. La gente se preocupó mucho.

–Pero estoy bien.

Ursula lo miró como si no creyera que él estuviera bien. Odió la forma en que lo miraba, como si fuera una niña en el zoológico.

–Bueno, tú sabes. Todo tu… todo tu incidente con el molino.

–¿Incidente?

–Cierto, cierto. Lo siento. Tu *accidente*. Todos se enteraron por Claire Harrington, su papá es policía. Hubo millones de preguntas y en la escuela convocaron a una asamblea en el gimnasio y abrieron la oficina de orientación para después de clases para cualquiera que quisiera hablar.

El horror que sintió Kane superaba todo lo que había ocurrido hasta ese momento de la noche. Una asamblea. ¿Sobre él? Era el infierno sobre la tierra.

–Estoy bien. Y Claire Harrington inventa basura todo el tiempo.

Ursula continuaba jalando del dobladillo de sus shorts. Se mordía los labios, insegura.

–Todos se pusieron muy felices cuando se enteraron de que habías despertado, aunque la profesora Keselowski dijo que todavía estabas muy confundido, y el profesor Adams dijo que era importante que te diéramos espacio y privacidad.

–¿Por qué los consejeros de la escuela le cuentan cosas a la gente? –Kane se enfureció–. ¿Acaso eso no está en contra del secreto profesional o algo así? Y *no* estoy confundido. Y si la gente realmente se preocupara por mí, tal vez no estarían inventando basura sobre mí o metiéndose en mis asuntos.

–Lo siento, no quise decirlo de esa forma. –Ursula se abrazó a sí misma.

—Aguarda. —Kane se detuvo antes de que llegaran a la calle—. ¿Tu hablaste con los consejeros de la escuela? ¿Fuiste a su oficina después de clase?

Aún en la oscuridad, el rostro de Ursula estaba rojo brillante. Lo había hecho.

Kane sintió que algo dentro de él se ablandaba. Escogió sus palabras con cuidado.

—Mira, lo siento por… no lo sé. Por lo que sea. Por cómo soy. Gracias por haber parado. Sé que no somos amigos, pero lo aprecio.

—No hay de qué. —Ella le sonrió con modestia.

Habían llegado a la entrada del sendero. Él esperaba que ella siguiera corriendo, pero en cambio, se acercó al él para devolverle la mochila y le susurró:

—¿Es cierto? Lo de tus recuerdos. Cuéntame rápidamente. Deben estar vigilándonos.

Kane se alejó. Ursula lo miraba con una dureza que un segundo antes no había estado en su mirada, que nunca había estado en su mirada. En ese momento, no había modestia alguna en ella.

—Tus recuerdos. Cuéntame, por favor. Necesito saber —lo presionó.

—Recuerdo todo. —Kane se puso a la defensiva.

Ursula sabía que era mentira y estaba determinada a oír la verdad.

—No recuerdas. Es cierto. Los otros tenían razón. —Miró a su alrededor hasta que recorrió con la vista algo sobre el hombro de Kane, como si viera cosas en las sombras que él no podía. Se le erizó el cabello de la nuca, las quemaduras le punzaban.

Cuidado con el perro pensó de repente.

—Recuerdo… —Kane volvió a sentir otra vez que sus recuerdos perdidos trataban de guiarlo—. Recuerdo a Maxine Osman.

Los ojos de Ursula se abrieron como platos, y Kane supo que sus sospechas habían dado con algo. Ella se acercó aún más para que el canto de los grillos envolviera su conversación, como si temiera que la oyeran.

—Nunca digas ese nombre otra vez.

—Pero…

—No puedo ayudarte. Debes encontrar tu camino de regreso hacia nosotros por tu cuenta, Kane. Revisa el cofre del tesoro.

Y luego la Ursula de siempre regresó. Modesta e insegura. Rodeada de ansiedad.

—Fue lindo encontrarte. Nos vemos en la escuela —murmuró, incapaz de verlo a los ojos.

Trotó hacia el sendero, con su moño despeinado rebotando. Kane la observó alejarse, observó la oscuridad cuando desapareció, y solo se movió cuando sintió que la oscuridad lo observaba a él.

CUATRO

JALADO DE LOS HUESOS

—KANE. DESPIERTA.

Un pie le pateó las costillas. Se dio la vuelta y presionó la mejilla contra la alfombra.

—Vamos. Tengo que practicar.

—Adelante. Me gusta cuando tocas el violín. Es agradable —Kane bostezó.

—Es una viola —aclaró Sophia mientras abría las cortinas de su habitación. Él gruñó; la luz de la tarde lo encandiló, pero a Sophia no le hizo gracia. No había sido muy amable con él desde que su hermano le colgó el teléfono unos días atrás.

Kane fingía que no le importaba. Bostezó. Le dolía la cabeza. Intentó recordar el sueño que había tenido, pero todo lo que lograba recordar era la usual melancolía espesa. Y, además de la melancolía, el mismo terror acumulado que no lo dejaba dormir desde que se había encontrado aquellas cosas en el sendero. Y, por supuesto, Ursula Abernathy. *Revisa el cofre del tesoro*, había dicho; era un acertijo que no lo dejaba descansar. Ahora solo dormía durante el día y por accidente. Se despertaba en la cocina con una cuchara en la mano, o desplomado en algún rincón soleado en el descanso de las escaleras, o sobre la silla otomana de la sala de estar con la PlayStation aún zumbando.

—Déjame adivinar —abrió el estuche de la viola—, has estado acostado aquí por horas, abatido.

—Sip.

—¿Comiste?

—Sip.

—¿Qué?

—Gomitas de fruta.

—¿Gomitas de fruta? Para mí, suena a canibalismo. —El instrumento resonó cuando Sophia lo tomó del interior de terciopelo.

—¿Esa es una broma gay? —Kane se propulsó para levantarse.

Como respuesta, Sophia deslizó el arco sobre las cuerdas y emanó un agradable bemol. Le dedicó una sonrisa vacía a su hermano, sostuvo la nota por un tiempo extra, y la terminó con gesto triunfal.

—Pues sí, fue una broma gay.

Kane frunció el ceño. El rostro de su hermana ahora era blanco y frío como la luna, y la sentía así de distante. Los secretos eran algo nuevo e incómodo entre ellos. Él no le contaría sobre su reunión con le Dr. Poesy, o que había sido perseguido en el sendero, o sobre Ursula Abernathy. En su lugar, sentía que ella guardaba su propio conjunto de secretos que le ocultaba a él. Además, las cosas habían estado tensas, y sus preguntas se habían vuelto filosas. Kane se había convertido en prisión y prisionero dentro de su relación de hermanos.

—Te cortaste el cabello —observó Sophia.

—Mamá me llevó engañado para que saliera de casa.

—Te ves como un caniche reclutado para el ejército.

—Gracias.

El metrónomo hacía tictac mientras Sophia tocaba notas de ejercicio. Kane se dejó llevar por las notas bamboleantes. Deseaba poder contarle todo, pero desde que se había enterado sobre Maxine Osman, su dolor se sentía fraudulento, inmerecido, como si la muerte de Maxine anulara su derecho a sentirse mal sobre su propia casimuerte. La culpa no lo desarmaba, sino que formaba una nueva armadura a su alrededor. Una guardia más pesada que anulaba la idea de pedir ayuda o incluso simpatía. Kane no temía hablar de su dolor; temía obligar a la gente a escucharlo.

Así que se guardaba todo para sí. Y, como había dicho le Dr. Poesy, en la ausencia de su propio relato, los otros contaban su historia. El *Vigía de Hartford* publicó un artículo sobre el accidente, y prometía actualizar sobre el progreso de la investigación. No nombraban a Kane, pero no necesitaban hacerlo. Amity del Este era pequeño y el pueblo guardaba silencio cada vez que Kane salía de su casa. La gente murmuraba y contaba sus propias versiones. Había sido un corte de cabello muy raro.

La vergüenza que le causaba el recuerdo lo impulsó a salir de la habitación de Sophia. Encontró a su mamá abajo, en su oficina.

—Sophia dice que parezco un caniche que se unió al ejército.

Su mamá lo observó. No había cómo negarlo. El barbero había dejado los rizos de Kane parados arriba y había hecho lo mejor que pudo para nivelar el cabello más reseco que tenía alrededor de las quemaduras, que ahora estaban más prominentes que nunca.

—¿Y si usas un sombrero? Solías usar la boina de tu abuela.

Kane negó con la cabeza. No podía darse el lujo de ser más gay.

—Mmm… no lo sé, cariño. Creo que tiene rock and roll, ¿sabes? Como un chico rudo. Un caniche rudo. O debería decir que se ve *guau*. —Ella sonrió.

—No es gracioso, mamá.

—Bueno, de verdad creo que te hizo crecer… *patas*.

Kane intentó no reír, pero no pudo. Las cosas habían estado tensas con sus padres también, y en ese momento parecían progresar. Habían intentado de todo para lograr que se abriera, pero como simplemente no lo hizo, la calidez de ellos se enfrió hasta un tipo de amor más estable. Era algo como miedo, en realidad. Los momentos de charlas informales no ocurrían a menudo, y Kane se inquietaba ante la oportunidad de simular que todo estaba bien.

—Le *ladras* al árbol incorrecto —dijo él.

—Ese no es el juego de palabras correcto, Kane.

—¿Arrójame un *hueso*? —Puso los ojos en blanco al decirlo.

—Ese es mejor, pero tus bromas son un poco jaladas de los *huesos*.

—Mamá, por favor. ¿Debo volver a la escuela viéndome así?

La pregunta la llevó de "mamá juegos de palabras" a "mamá psicoclínica", para lo que Kane estaba preparado. Ella enseñaba Psicología en St. Agnes, y esos cambios sucedían seguido desde *el incidente*.

—Como un corte de cabello no es razón suficiente para *no* regresar a la escuela, tu padre y yo hemos estado considerando la opción de que estudies en casa con nosotros. Siempre y cuando sientas que la presión de regresar sería una mayor distracción. ¿Es algo que te gustaría que conversáramos?

Su melancolía habitual se impuso sobre la alegría fugaz que había sentido hacía tan solo un momento. El terror subió por su interior como la bilis. Tal vez había algo peor que regresar a la escuela, y eso sería quedarse atrapado en su casa. Le aterrorizaba la forma en que la casa cambiaba con el calor de aquellas últimas semanas de verano; las puertas se abrían y las corrientes de aire colmaban las habitaciones. Además, su madre no estaba yendo al trabajo, por miedo a que él se hiciera daño. Kane se imaginaba como un pájaro raro: amado pero enjaulado.

—No. Regresaré, pero no aún. ¿Está bien?

Su madre lo observó y volvió a salir del modo psico.

—Tal vez regresar a la escuela será perfecto para tu…

—¿Qué? ¿Otro juego de palabras?

—No puedo evitarlo, soy tu madre.

—Ya dilo —Kane se cruzó de brazos.

—Melan-*collie*-a.

—Eres cruel.

Ella rio, y dado que él no era del todo desalmado, también rio. Luego lo echó de su oficina con un alegre:

—Cenamos a las seis, *perra*.

Kane se paseó por la casa. Le volvieron las ganas de leer *Las brujas*, pero lo había perdido mientras lo perseguían la noche que se encontró con Ursula. Pensó en la idea de volver a la habitación de Sophia, pero ella había cerrado la puerta. También estaba la opción de sentarse a escribir en el diario acerca de su miedo a regresar a la escuela, pero no creyó que a le Dr. Poesy le interesara leer eso. De hecho, debía estar buscando pistas y hacer lo que había estado evitando desde que había regresado del hospital.

Debía explorar su propia habitación.

Apoyó la cabeza sobre la puerta y dejó una mano sobre la perilla. Solo entraba allí durante unos minutos al día para recoger ropa o algún libro, pero luego sentía pura incomodidad de estar rodeado de todos esos objetos y salía disparado. Reconocía la mayoría de esas cosas, pero algunas le parecían ajenas a él por completo. Aún no le había hablado de eso a sus padres, o incluso a Sophia, lo que demostraba que había olvidado mucho más que los eventos de aquel verano. Lo que fuera que había sucedido, no había logrado regresar del todo. Tal vez ni siquiera en su mayoría. Entonces, ¿en quién lo convertía? El chico que temía entrar, atrapado afuera de su propia vida, con miedo de descubrir cuánto había perdido.

Kane se repetía una y otra vez que no era un huevo. Quien sea que fuere, necesitaba descubrir su propia historia. Tal vez esa era la llave para finalmente regresar a casa.

La puerta rechinó al entrar.

Era una habitación grande encogida por el desorden que se acumulaba en cada superficie. Kane minimizó esa molestia punzante y comenzó por el escritorio. Estaba repleto de libros a medio leer y cómics. Había cuadernos de bocetos a medio usar y artesanías a medio hacer. Una pajarera a medio pintar lo esperaba sobre un charco seco de pintura en hojas de periódico. Kane no tenía un pájaro. Lo que sí tenía era un pez.

—Hola, Rasputín —saludó a la pecera. El betta negro lo contempló con ansiedad y se escondió detrás del castillo en miniatura.

—Yo también. —Dejó caer algunos copos dentro de la pecera y trató de imaginar cómo sería que el propio alimento cayera mágicamente sobre uno, sin aviso. Luego pensó en cómo supo el nombre del pez, pero no sabía de dónde había salido.

Continuó con la biblioteca, una bestia pesada de caoba amurada a la pared porque él solía treparse a ella. Kane acarició los objetos que estaban sobre los estantes y se sorprendió ante los signos precoces de su hábito de acumulador. Había frascos de caracoles de la costa de Connecticut, tazas de cerámica que contenían pinceles con las cerdas erizadas, figuras de plástico de superhéroes que venían en las cajas de cereal, animales de felpa sucios con sonrisas andrajosas, una cámara de fotos antigua, un puñado de vidrio de mar dispuesto meticulosamente en forma de ocho, y libros. Decenas de libros con los lomos agrietados y páginas manchadas y cubiertas que se salían, con las puntas redondeadas. Los títulos le susurraban a Kane, competían por su atención, pero él resistió la necesidad de abrir uno y sumergirse en él. Ese era el viejo Kane. El nuevo debía enfocarse en lo real.

Pasó las manos temblorosas sobre todos aquellos objetos, buscando las lagunas de su memoria. Había muchos, y sin ese tono de nostalgia, todo se sentía como chatarra. Chatarra inútil.

Algunas lágrimas rodaron por sus ojos, pero las empujó hacia las sienes. No era tristeza lo que sentía, era añoranza. Añoraba el lugar al que ya no podía visitar, un hogar que ya no era el suyo. Entonces, su vista aterrizó sobre una vieja caja de alhajas que estaba en el último estante de arriba.

Había pertenecido a su abuela y él lo había heredado cuando ella falleció. Era un regalo apropiado. A Kane le encantaba jalar de los cajones cuando era niño, solía tomar las joyas de sus compartimientos de terciopelo, hasta que un día extravió la llave. Su abuela, amante de las bromas, le dijo que tendría que hacer explotar la caja, con las joyas adentro, y comenzar de nuevo con la colección. Kane estaba tan preocupado que le rogó a su padre que la golpeara con un martillo para abrirla. Se le otorgó la herramienta con solemnidad y, para el deleite de Kane y diversión de su abuela, solo un golpecito fue suficiente. Años más tarde, la abuela le mostró (solo a él) que haciendo un poco de presión sobre el cajón de arriba los compartimientos se abrían sin mucho esfuerzo. La cerradura jamás había funcionado.

Ella lo nombró heredero de su cofre del tesoro.

En la habitación de al lado, Sophia tocaba notas en acorde menor. Kane sintió escalofríos al recordar el cántico de los grillos cuando estaba en el sendero, y las palabras de Ursula volvieron a él: "revisa el cofre del tesoro".

La escala de menores sobre la viola llegó a la nota más alta. Kane colocó el alhajero sobre el suelo, rozó aquellos bordes familiares hasta que encontró el punto de presión y lo apretó. Algo hizo clic y abrió el cajón de arriba, en parte esperaba que algo espantoso saliera de adentro. Una plaga de langostas o algo del estilo de la caja de Pandora. En cambio, lo que encontró fue…

Más chatarra.

Había un par de tijeras de coser doradas, manojos de hilo y una pequeña almohadilla para alfileres con forma de fresa que lo miraba desde un fondo de terciopelo gastado. Pero en el cajón siguiente encontró una foto donde había dos personas: una era curvilínea y alta, llevaba el cabello atado, desaliñado, tenía rizos pelirrojos y una sonrisa boba. El brazo le colgaba de los hombros de la otra persona de una forma amistosa. Innegable e inequívocamente era Ursula Abernathy.

Y la otra persona era Kane.

Kane se desgarró la piel de la mejilla interna con los dientes, y sintió la sangre en su lengua un segundo después de que pudiera reponerse del shock. Echó un vistazo a la cámara vieja que reposaba en el estante, luego revisó el dorso de la foto y encontró una fecha: julio, dos meses atrás.

Los ojos se le cerraron y los apretó sin pensarlo; no querían ver lo que su mente comenzaba a entender. Podía oír dos cosas: los latidos de su corazón y Sophia, que tocaba notas en escala mayor.

Se zambulló otra vez en los cajones, tironeó de ellos y volteó la caja y la sacudió. Varias fotos aterrizaron sobre la alfombra. Las separó entre sí; el terror se había reemplazado por una euforia ardiente.

Estaba Ursula, sonrojada mientras la abrazaba un payaso. En otra, había una nube de algodón de azúcar de un color azul eléctrico que escondía el rostro de una persona. En otra más, Kane montaba un unicornio de cera en un carrusel; mostraba una sonrisa gigante. La cuarta foto mostraba a Ursula abrazando a Kane mientras un dragón mecánico de un rojo resplandeciente exhalaba vapor.

Y finalmente: Ursula de espaldas a un juego para arrojar aros, con una de las manos sobre la cadera y con la otra presumía de una bolsa frente a la cámara. La bolsa estaba llena de agua y un pez negro aleteaba dentro de ella.

Sophia volvió a tocar escalas menores, y con ellas la euforia de Kane se convirtió en un miedo molesto. Miró alrededor de su habitación, y observó el desorden de una vida que no reconocía.

Ursula Abernathy no era quien él creyó que era.

Pero tampoco lo era él.

CINCO
SIEMPRE ALIMENTA A LAS AVES

La Secundaria Regional de Amity era una bestia antigua, erigida con ladrillos y concreto en 1923 que se amplió a medida que la población fue creciendo. Kane y su padre estaban sentados en un coche rentado en el camino de entrada de la escuela, observaban el rocío evaporarse con la brisa de la mañana. Se veía sospechosamente idílico.

Su papá se acercó a las puertas de entrada, apagó el motor y le lanzó una mirada de resignación sombría antes de preguntarle:

—¿Estás seguro que quieres hacerlo?

No.

—Sí —respondió.

—Tu madre me dijo que ayer le estabas rogando no regresar.

Habló con el director. Tienes permiso para tomarte otra semana en casa.

—No, quiero regresar.

Nadie sabía acerca de las fotos que había encontrado; así que, nadie en su familia entendía su repentino entusiasmo por regresar a la escuela, mucho menos su papá. Ambos compartían un vínculo evasivo que era prácticamente hereditario entre los hombres de la familia Montgomery. Kane se escondía en sus mundos de frondosa fantasía; su padre moraba en la dispersa dimensión de los dibujos arquitectónicos. Kane solía imaginar a ambos deambulando en esa dimensión, sentados en las terrazas de edificios transparentes hechos de líneas pintadas de un azul gélido y cristales blancos finos como un papel.

—Tierra a muchacho.

—¿Qué?

—¿Lo conoces?

Su papá señaló a un chico que se había materializado sobre los escalones de la entrada. Kane no lo había visto pasar.

¿Por qué los padres creen que sus hijos conocen a cada chico de su escuela? Luego se dio cuenta: si conocía a ese chico, ¿lo recordaría? Lo miró con detenimiento. El chico tenía la vista clavada en el auto. En verdad miraba fijamente. La luz limpia de la mañana le bañaba el rostro de piel morena y facciones angulosas, iluminando sus ojos verdes grisáceos.

Como la espuma de mar, pensó Kane.

El chico debió haber estado muy concentrado en sus pensamientos; la tensión se le notaba en la mandíbula y en el cuello. La distancia se abría en aquellos ojos.

—No lo conozco. Vamos, terminemos con este asunto —dijo Kane.

Apresuró a su padre para llegar a la oficina, donde tuvieron que llenar un puñado de formularios para asegurar que Kane estaba apto para volver a la escuela. O algo así. Solo oyó la mitad, no podía evitar mirar al pasillo; el corazón le saltaba cada vez que alguien se cruzaba por su campo visual.

—Ahora debemos pasar por la enfermería —dijo papá mientras examinaba unos formularios.

Kane lo condujo a dicha sala, y se perdió en un miedo turbio cuando pensó en las fotos. Las llevaba con él en la mochila, listas para el momento de confrontar a Ursula cuando se la encontrara. Estaba ensayando qué le diría. *Tú me conoces. Me conocías.* Repasaba la conversación que habían tenido en el sendero. *Me dijiste dónde buscar. Sabías.*

En medio de una charla con las enfermeras sobre las medicinas, Kane notó que estaba totalmente furioso. La alegría de descubrir que tenía una amiga fue eclipsada por completo al darse cuenta de que ella le había hecho creer que él estaba solo y que le había dado un acertijo para resolver por su cuenta.

O tal vez él lo estaba inventando. Tal vez, al igual que él, Ursula no tenía idea de que fueran amigos. Tal vez, al igual que él, su memoria estaba confundida.

A pesar de sus dudas, Kane sabía que eso no era cierto. Ursula había ido al sendero por un motivo, y ese motivo era Kane. Entonces, ¿por qué no le contó?

Cuando estuvieron afuera de la escuela, su papá le dio un abrazo fuerte mientras el cuerpo de Kane continuaba convulsionando por la ira contenida.

—Kane, estás temblando.

—Nervios.

–Estarás bien, ¿de acuerdo? Y si quieres regresar a casa, solo tienes que enviarnos un mensaje.

–De acuerdo.

Ese era el momento para una sincera despedida, pero Kane notó entre la multitud de estudiantes una cabeza de cabellos anaranjados que le resultaron conocidos. Estaba en la zona para aparcar bicicletas. Le dedicó una sonrisa radiante a su papá, le dijo que llegaría a casa más tarde, y salió corriendo.

Quince metros. Seis metros. Kane se abría paso entre el millar de estudiantes que estaban en el estacionamiento, practicaba en voz baja lo que iba a decir mientras se acercaba. Tres metros. Ella acababa de amarrar su bicicleta cuando él se frenó en seco. En el instante que ella lo vio, Kane supo que tenía razón. El shock se podía ver en su cara, que luego se volvió neutral.

–Hola, bienvenido.

Las palabras que Kane había practicado desaparecieron en su garganta. Todo lo que pudo pensar decir fue:

–Tengo algunas preguntas.

Ursula se echó la mochila al hombro y se alejó de Kane, quien no lograba confrontarla de la manera que había imaginado decenas de veces. Por suerte, ella se volteó.

–¿Conoces el parque viejo?

El parque viejo. No era un parque de verdad. Solo eran lozas de concreto enjauladas por paredes sin ventanas que se abrían al área arbolada detrás de la escuela. Un lugar de encuentros perfecto para faltar a clases, fumar, e ir a besarse. Al menos eso suponía Kane. Nunca había hecho nada de eso. Pero sabía para qué era.

–Veme allí luego de orientación –dijo ella antes de que él llegara a asentir, y luego se alejó.

En la hora de orientación claramente estaban esperando a Kane. Irrumpió en el aula, la cabeza le zumbaba, y solo se dio cuenta de los aplausos frenéticos cuando terminaron y se instaló el silencio.

Todos lo observaban, esperando que él dijera algo.

—Gracias por la tarjeta —murmuró.

Viv Adams levantó una mano. La profesora Cohen, que se había congelado mientras escribía ¡¡¡BIENVENIDO, KANE!!! en la pizarra, parecía que dudaba en darle la palabra, pero así lo hizo de todos modos.

—Me gusta tu corte de cabello —dijo Viv.

—Gracias.

—Luce como si doliera.

Alguien rio con disimulo. El aula se volvió eléctrica con una energía cruel cuando el resto de los estudiantes reprimió la risa. Viv siempre andaba diciendo que era brutalmente honesta, pero le preocupaba más ser brutal que ser honesta. Kane no estaba de humor.

—No, Vivian, cortarte el cabello por lo general no duele a menos que, como tú, tengas la cabeza metida en tu propio trasero.

—*¡Señor Montgomery!*

Y así, el regreso triunfal a la escuela terminó en su propio choque intenso.

Antes de que se diera cuenta, Kane estaba afuera de la escuela, en el patio trasero. Solo. Al fin.

Lo primero que hizo fue desperezarse. La ansiedad le subía como un torbellino en el pecho, mientras una brisa juntaba basura y hojas de árbol en un pequeño remolino. Estaba mareado. Se dejó caer sobre una mesa de picnic y pronto el diario estuvo en sus manos.

Registró la extraña serie de eventos del día anterior y de esa mañana; de forma desordenada y dispersa y llena de detalles embellecedores.

Hay algo irreal acerca de todo, y tengo pruebas, escribió, *así que, ¿por qué siento que estoy inventando todo esto? ¿Por qué siento que soy el loco, cuando el mundo es el que está mal?*

Rebotaba los talones sobre la banca, y se preguntaba si era un error venir a la escuela a buscar respuestas sobre quién era él. Allí era menos auténtico, y a propósito. La exclusión de Kane era algo que él había cultivado por años, al apartarse de un mundo en el que siempre había sentido que no pertenecía.

No se debía a que fuera gay, o a ser quien era, sino a cómo había llegado a serlo. Sus excentricidades sacaron a Kane del clóset a una corta edad. Tal vez un niño más astuto se habría esforzado por controlarse, pero él fue el último en saber que era gay y, en consecuencia, no tuvo el poder de negarlo una vez que finalmente se lo contaron. Lo descubrió cuando los otros niños comenzaron a evadirlo en la escuela primaria. Las invitaciones a pijamadas y a fiestas de cumpleaños dejaron de llegar. Los maestros se volvieron por demás amables, lo que le aseguraba su vergüenza. Estaba marcado. Una curiosidad colocada en el limbo entre los mundos de los niños y de las niñas.

Ese limbo se distanciaba un poco más cada año, y nadie aún se atrevía a unirse a él. En su soledad, Kane sentía que se había deformado en una persona que no confiaba en nadie. A veces recibía mensajes a través del limbo (gente que se comunicaba con él con notas sin firmar o correos electrónicos anónimos que decían que ellos deseaban salir del clóset, como él), pero era difícil determinar cuáles eran reales. En la mayoría de los casos eran bromas, surgían de las pijamadas a las que ya no lo invitaban. En más de una ocasión, esas conversaciones se divulgaban por toda la escuela. Eventualmente, Kane dejó de responder.

Por estadísticas, sabía que no era la única persona gay en la Regional de Amity, pero había sido marcado de tal manera que ponía en riesgo a otros estudiantes que se asociaran con él. Eso lograban las curiosidades: llamar la atención. Nadie quería estar en el foco del mismo escrutinio que vigilaba a Kane. Lo observaban a la distancia y Kane estaba cómodo en esa costumbre de esconderse.

La gente lo dejaba solo y a él le gustaba. Aunque ya no. Los comentarios de Vivian serían los primeros de tantos, como sus compañeros le recordaron (además de que no les caía muy bien).

Una vez más, mientras se encontraba en el patio trasero, Kane sintió que lo estaban observando. Ahora era peor que en la clase de orientación, porque no eran los ojos de la multitud, sino la mirada fija de un depredador.

Kane levantó la vista.

A casi veinte metros hacia el bosque, estaba parada la sombría figura del chico que había visto por la mañana, como si cortara el brillo del día. No se acercada. Solo le clavaba la mirada, con tanta intensidad que los huesos de Kane resonaban del impulso a salir corriendo.

Como un acto reflejo, intentó saludarlo con la mano; y el chico no le devolvió el gesto. En cambio, le señaló el diario. De donde nunca había reparado, encontró una foto entre las costuras donde se unían las páginas. La tomó. Había cuatro pares de calzado vistos desde arriba. Cuatro personas paradas en un círculo tan cerrado que los dedos de los pies casi se tocaban.

En la foto, reconoció sus propias botas y las que recordaba ser las zapatillas de correr de Ursula. Pero los otros dos eran anónimos:

un par de tobillos caucásicos en zapatillas de chico hetero y un par de sandalias grises con unos pies morenos.

Algo se le cruzó por la memoria, como un faro en la lejanía, batiendo su reflejo a través de las aguas negras, que perdió antes de que pudiera nadar hacia él.

Cuando Kane volvió a mirar hacia arriba, el chico había desaparecido. Ahora, a unos centímetros de él, estaba Ursula.

—¡Cielos! —De un golpe, Kane cubrió la foto con el diario.

—Viniste. —Ella sonrió. Llevaba un sombrero sobre los rizos y un rompevientos verde neón. La frialdad de la mañana se había derretido, pero la timidez aún le moldeaba la postura y el balanceo. Kane miró a su alrededor. El chico seguramente se había ido. Tal vez se habría asustado cuando la vio venir. ¿Cómo se las ingeniaba todo el mundo para tomarlo por sorpresa? ¿Acaso él era tan descuidado?

—¿Querías hablar? —preguntó Ursula.

Esta vez él estaba preparado.

—Sí… ¿cómo conseguí mi pez?

—¿Tu qué? —Ursula dejó de balancearse.

—Mi pez. ¿Dónde lo conseguí?

Allí estaba, pudo ver el destello de engaño en su mirada al momento que la apartó.

—No tengo idea de qué pez estás hablando.

Kane abrió la mochila de un tirón, tomó las fotos y las arrojó sobre la mesa. La foto de ella sosteniendo el pez en la bolsa de agua quedó arriba de todas.

—Estás mintiendo.

El rostro de Ursula cambió de rosado a rojo, y luego a gris. Intentó suavizar su expresión, pero no había forma de salvar la situación.

La había atrapado y lo sabía. Relajó su postura rígida y un atisbo de sonrisa apareció en los labios. ¿Se había aliviado?

–De acuerdo. Está bien –dijo a la defensiva–. Lo gané en la Feria de agricultura de Amity este verano en uno de esos juegos para arrojar aros, lo llamé Peter, pero mis hermanos insistían en jugar con él así que tú te ofreciste a cuidarlo. Y le cambiaste el nombre por Rasputín por el consejero místico del zar ruso, lo cual pensé que era en cierto modo horripilante por el lugar donde encontraron su cuerpo (el del consejero místico, no el pez), pero me dijiste que ese tipo de comportamiento autoritario me costaría derechos de visita, y…

–¿Éramos amigos?

Ursula se quedó en silencio por tanto tiempo que su respiración se mezcló con el canto de las cigarras. Entonces dijo:

–Aún lo somos; eso espero.

Palabras simples, honestas. Cayeron de golpe sobre Kane como trozos de vidrio de mar. Se hundieron en la profundidad y brillaron para él desde sus sombras, inescrutables. La verdad estaba dentro de él y muy lejos de su alcance.

Necesitaba saber más. Todo.

–¿Desde cuándo?

–Emm, creo que desde tercer grado cuando te pedí prestado un peine el día que nos tomarían la foto y tú les dijiste a todos que tenía pulgas de la perrera, o algo así, lo cual se convirtió en esa historia sobre mí y los perros, y luego tu papá te obligó a venir a casa para disculparte. Hemos sido amigos desde entonces. Excepto, creo, en una parte del séptimo grado porque estabas pasando por una fase gótica bastante intensa y comenzaste a leer cartas de tarot, lo que mi papá consideraba que era obra de Satán, entonces nos peleamos y tú me maldijiste.

Kane recordaba esa fase con mucho dolor. No recordaba a Ursula durante, antes o después de ella. La había borrado de la memoria por completo. ¿Cómo podía ser posible?

—¿Te maldije? Como, ¿con magia?

—Sí… eso creo. Era el objetivo, pero no fue con las cosas de verdad o algo así.

—¿Las cosas de verdad?

—¿Encontraste mi nota?

—¿Tu nota?

—Estaba en la caja que dejé en el hospital. Me dijeron que no aceptaban visitas excepto la familia así que, la dejé en la recepción.

Le habían dejado muchos regalos y flores. Sophia las había traído con cuidado a casa y, con el mismo cuidado, Kane las había tirado a la basura.

—No la vi. Lo siento.

—No te preocupes por eso. Era una tontería —sonó aliviada, pero luego del silencio incómodo, su voz se tornó dubitativa—. Mira, Kane, siento no haberte contado cuando te vi en el sendero. He pensado en aquella noche un millón de veces, y lo echo a perder todo el tiempo. Cuando no me reconociste yo… no lo sé. Entré en pánico. Oí rumores de que habías perdido la memoria, pero pensé que tal vez cuando me vieras…

Su voz se quebró. Tragó saliva.

—No debí haberte dejado así. Tan solo no quise confundirte más.

—No estoy confundido.

El aire entre los dos se volvió denso.

—De acuerdo. Lo siento.

Kane suspiró. En su mente veía a Ursula corriendo en la noche. Reproducía la imagen una y otra vez. La dureza, la angustia escondida. Le había parecido tan raro en ese momento, pero ahora lo entendía. Como una niebla gruesa, la pena amenazaba con bloquear su determinación. Sentía un impulso familiar de retirarse. Hundirse en el limbo, donde nadie pudiera encontrarlo. Pero se deshizo de él como un pez que se escapa de la oscuridad hacia las aguas iluminadas por el sol. Necesitaba entender.

—Escucha. No eres solo tú, ¿sí? Hay otras cosas que no recuerdo. No estoy seguro de cuánto podré recordar. O cuándo.

—De acuerdo.

—Y tal vez jamás recuerde nuestra amistad por completo.

—De acuerdo.

—O nada.

—De acuerdo.

—¿Puedes decir otra cosa que no sea "de acuerdo"?

—Esto es tonto, pero te traje algo. Cierra los ojos. —Ursula sonrió y tomo una bolsa de plástico de su mochila.

Kane los cerró. Ursula puso algo frío y suave en sus manos.

—De acuerdo, puedes mirar.

Al principio los confundió con unas muñecas planas de algún tipo. Una tenía un mechón de cabello castaño, y la otra tenía cabello rojo. Lo miraban con sonrisas débiles mientras él intentaba descifrar qué tipo de talismán extraño, ocultista, le habían dado.

—Tus botas no me salieron del modo que me habría gustado, pero encontré unos tips en un blog de pastelería, y pude hacer los cordones con un tubo fino —explicó Ursula señalando a la de cabello castaño.

—¡Ah! —Kane sostenía las galletas. Eran dos galletas de azúcar glaseada increíblemente detalladas que se parecían a él y a Ursula.

»¿Tú las *hiciste*?

—Sí…

—¿Y las estuviste llevando a todas partes?

—Ja. No. Tú y yo somos amigos de las señoras de la cafetería. Ellas me dejaron guardarlas en el refrigerador. Solo las fui a buscar.

—Pero… ¿por qué las hiciste?

—Necesitaba hacer *algo*, creo. Y te… te extrañaba. —La sonrisa de Ursula se volvió tímida y en su voz se elevaba un triste dolor—. Solíamos hacer una broma con mi papá sobre cuánto deseábamos poder vivir como personas de galletas en un reino de galletas y… en realidad, es difícil de explicar.

No se apenó. Sacudió la cabeza y continuó:

—Y quería probar esta nueva receta. Puede que estén asquerosas, solo te advierto.

—Se ven buenas.

—Ay, por favor. Tengo como cientos más. Toma. —Tomó una galleta, cortó una pierna y se la dio. Ambos le dieron un mordisco.

—Está… —Los ojos de Kane se agrandaron.

—Ay, Dios, están asquerosas. —Ursula fue la primera en escupirla.

Kane tragó con mucha voluntad.

—¡Ay, Dios! —Ella se la arrebató de la mano, y se quedó mirando a las caras de las galletas como si pudieran explicarle qué había salido mal. Ellas guardaban el secreto.

—Sabía que no debería haber probado una receta nueva en algo tan importante. Lo siento *tanto*, Kane. Ay, Dios, estoy tan avergonzada, esto es tan penoso, debes creer que quise *envenenarte*.

—Relájate, Urs. Está bien. Aún se ven muy bien —dijo él.

—Me llamaste Urs. —Su rostro se iluminó—. Así solías hacerlo.

No lo había hecho a propósito. Kane se encogió de hombros por la incomodidad. Saber eso no hacía que se sintiera más cercana que antes.

Ursula se sentó con él a la mesa. Unos gorriones volaron de manera inquisitiva alrededor de las migas. Ella cortó unos trozos de la anatomía humana de la galleta y se los arrojó a las aves.

—Ni siquiera te gustan las galletas de azúcar —confesó ella.

Kane se quedó quieto. Eso era cierto. Pensaba que las galletas de azúcar eran para personas que nunca habían probado la felicidad real, pero no iba a decirle eso a Ursula.

—La última vez que preparé galletas de azúcar me dijiste que eran para personas que nunca habían probado la fel...

—Detente. —No podía seguir escuchando que le repitieran sus propios recuerdos. La sensación tirante que tenía en el pecho lo amenazaba con romperse allí mismo, como si fuera la cuerda de un piano que se cortaba dentro de él.

El silencio lo alivió, pero luego empeoró las cosas. Necesitaba al menos darle una oportunidad.

—En realidad, me ayudaría que me contaras acerca de nosotros, supongo.

—Mm, de acuerdo. —Ursula le entregó el resto de su galleta—. Bueno, por ejemplo, solíamos sentarnos aquí por las mañanas, y tú solías arrojarles comida a las aves. Yo lo odiaba, a decir verdad. Les tenía terror. A todas las aves. Y solía enojarme tanto que tú intentabas que ellas se *acercaran*, pero luego un día, apareciste con migas de pan y me enseñaste que podía dirigirlas si les arrojaba migas en un lado y luego en otro. —Mientras le explicaba, le mostró arrojando un puñado de trozos de galletas a un lado del patio. La bandada irrumpió en un arco que cayó en picada a través del aire limpio. Ursula repitió la acción hacia el otro lado, las aves fluían como el agua.

—Me encanta. Solíamos hacer esto todo el tiempo, incluso en

las vacaciones de verano. Adonde quiera que fuéramos, siempre alimentábamos a las aves. Extraño eso –confesó.

Kane lanzó migas demasiado cerca de la mesa, y las aves corrieron a toda velocidad tan cerca que Ursula gritó y rio y tironeó de Kane para acercarse a él.

–Idiota. –Lo golpeó jugando–. Me alegra ver que no has cambiado ni un poquito.

Era raro aprender cosas acerca de sí mismo por medio de otras personas; era como leer su propia biografía. Lo ayudaba ver que Ursula parecía tan sincera. En ese momento, ella era como una persona que jamás había logrado mentir bien en su vida. Su versión anterior (la del sendero, la del sitio de bicis) parecía de lo más improbable y por completo esperable. Cuando el mundo de Kane terminó, lo mismo sucedió con el mundo que ambos habían construido juntos alguna vez. Tal vez no había estado tan solo en su propio limbo, después de todo.

Durante unos minutos, Ursula le habló sobre repostería y sus profesores y las frustraciones de hockey sobre césped. Kane se permitió un momento de paz. Lentamente, en algún sitio de su interior, su bandada de gorriones regresaba. No se animaba a mirar de cerca. Se dijo a sí mismo que debía ser paciente y continuar arrojando migas a ver qué sucedía.

La puerta se abrió con un golpe, una profesora apareció para anunciarles que debían regresar a clases. Los nervios de Kane regresaron. Y también la culpa. Mientras entraban, sonó la primera campanada y los corredores se llenaron de estudiantes. Todas las preguntas que había olvidado se agolparon en su mente.

–Urs, ¿nosotros… tenemos amigos?

–Claro, la Regional de Amity no es *tan* grande. La mayoría hemos estado juntos en la escuela desde siempre –le contestó luego de reír ante la pregunta.

Kane se esforzó por mantenerse cabizbajo, tratando de no cruzarse con las miradas de los otros estudiantes que lo observaban. Pensó en la foto de los zapatos que encontró en el diario. Sus zapatos, los de Ursula, y los otros dos pares.

–No, quiero decir amigos. Como alguien más que alimenta aves.

–Me temo que solo somos tú y yo. Lo siento, compa.

–No, está bien. Es solo que pensé… –Kane no sabía cómo decir lo que quería decir–. Creí haber reconocido a alguien. ¿Acaso conocemos a un chico? Alto, moreno, con pecas, ojos verdosos, muy delgado, luce como un modelo.

Ursula se ensombreció, como una nube que oculta al sol.

–Te refieres a Dean Flores.

–¿Dean Flores? ¿Lo conocemos? –Kane saboreó cierta familiaridad en cada sílaba del nombre.

–No. Es nuevo aquí. Se mudó a Amity del Este el año pasado, creo. Nunca habla con nadie. El único motivo por el que conozco el nombre es porque apareció en la fiesta de atletismo antes de que comenzaran las clases y se inscribió al equipo de natación. Evidentemente es muy bueno. Como nadador, supongo. No lo sé. No confío en él.

–¿Por qué no?

Ursula frunció el ceño.

–Emm, porque tú me dijiste que no lo hiciera. El año pasado me dijiste que debía evitarlo al segundo día. Creo que las palabras exactas fueron, "alguien que luzca tan bonito y melancólico, probablemente haya matado a toda su familia o está planeado hacerlo durante la próxima luna nueva". Así que lo evadimos desde ese momento.

Él rio. Sonó la segunda campanada y Ursula movió el pulgar sobre su hombro.

—Debo ir hacia allá. Tienes mi número, ¿verdad?

Kane lo tecleó en su teléfono prestado y le mostró para que ella corroborara. Ursula le mostró ambos pulgares arriba.

—Espera, antes de que te vayas. ¿Puedo hacerte otra pregunta? —Ursula asintió con duda—. Aquella noche en el sendero, había unas… unas cosas, que tenían muchas patas… como si fueran monstruos. —Unos chicos de primer año pasaron cerca, y Kane notó cuán extraño sonaba lo que decía. Ursula observó a los chicos, como si estuviera registrando quién los había oído. Kane bajó la voz.

»Y luego de que tú me salvaras de ellas, y que mencionara a Maxine…

Ursula lo interrumpió.

—Yo no te salvé de nada. Salí a correr. Siempre corro por las calles. Soy muy atlética —le dio una explicación claramente ensayada. Kane tenía razón, era pésima mintiendo. Ella continuó—, podemos hablar de lo que *creíste* ver más tarde. Aquí no. Y si *crees* ver algo más, me avisas, ¿de acuerdo? Solemos almorzar juntos luego de la sexta hora. Estarás bien hasta ese momento, lo prometo.

Y salió corriendo. Otra vez.

Kane quedó solo en el corredor, desconcertado. En algún momento de los últimos minutos había surgido cierta seguridad en la chica que horneaba galletas y temía a las aves. Había visto un destello de ese costado otra vez, y creyó haber visto otra versión del mundo. Una versión que Ursula pretendía resguardar.

Su mente volvió al chico. Dean Flores. Hasta pensar en el nombre le daba una sensación escalofriante de que estaba siendo observado, como si los ojos de Dean hubieran localizado a Kane y nunca hubieran dejado de hacerlo. Incluso en ese momento, sentía como si Dean pudiera perforar con la mirada a través de los ladrillos y el metal de la escuela para ver dónde se encontraba Kane, estupefacto, intentando unir las piezas del rompecabezas.

Apretó los puños, enderezó la espalda y dejó que la determinación se apoderara de él. *Dean Flores. Ursula Abernathy*. Estas personas lo conocían. O sabían de él. Estaba seguro que ellos se interponían entre él y las respuestas que necesitaba.

Y si ellos no iban a darle lo que él necesitaba, bien. Él las buscaría sin importar el costo. No tenía nada que perder.

SEIS

LOS OTROS

Durante la mitad del día nadie le dirigió la palabra a Kane, y eso fue estupendo.

En la clase de Análisis y Estadísticas le permitieron no hacer el examen. En la clase de idioma, la profesora Pennington lo salteó, ya que la actividad consistía en corregir oraciones que ella había repartido. En la clase de Biología, Kane no participó de las actividades en el laboratorio y se quedó en su escritorio para "ponerse al día con lo que no había leído". En cambio, tomó la foto de su mochila y se dedicó a estudiarla.

Y a nadie le importaba.

O, si así era, nadie se atrevía a decir nada. Se había difundido el rumor sobre el exabrupto que había tenido con Viv, y las cálidas bienvenidas de la hora de orientación se habían enfriado. La gente le daba espacio a Kane. Kane le daba espacio a Kane. Miraba sobre su propio hombro mientras hacía dibujos de zapatillas en el diario. Estaba a la deriva de él mismo, como un demonio que no estaba seguro de poseer *este* cuerpo, o un fantasma que se debatía a entrar a *esta* casa.

Se preguntaba quién usaba zapatillas blancas y quién usaba sandalias bajas grises.

Sonó la campana. Kane guardó la foto en un bolsillo cuando sus compañeros volvieron al salón a tomar sus cosas. Adeline Bishop entregó a todos la tarea que había asignado la profesora Clark, y cuando llegó al escritorio de Kane se quedó unos segundos más mirando el diario, curiosa. Kane lo cerró rápidamente y la miró con desprecio y, porque se trataba de Adeline Bishop, ella lo miró con satisfacción fulminante. Kane dejó la tarea sobre el escritorio para molestarla.

La siguiente clase fue la de Gimnasia. Deseó no haberlo recordado y ausentarse con la excusa de su falta de memoria, pero tenía una misión. Intentó encontrar los rostros de Ursula o de Dean en el corredor, pero no vio a ninguno. Cualquiera que hiciera contacto visual con él, quitaba la vista de inmediato. Era imposible descifrar quién podría esconderle algo, porque de una extraña forma, todos parecían esconderse de él en general. La frustración se enhebraba a través de él, y para cuando llegó al gimnasio, tenía un humor fatal.

Y entonces, de repente, cualquiera que hubiera sido el hechizo de su exabrupto en la hora de orientación, perdió el efecto cuando se acercó a unos chicos que estaban en las gradas y oyó que uno susurraba:

—Oigan, miren a Montgomery. Parece que durmió sobre una parrilla.

Todas las miradas se dirigieron a sus quemaduras. Comenzaron a reír disimuladamente y se escuchó un "oh" de los chicos de anteúltimo año que se creían exitosos. Manifestaban su estatus de superioridad fugaz burlándose básicamente de todos. Kane era un blanco popular cuando no podía quitarse de su camino, como en ese momento. Ellos eran la razón principal por la que ese año odiaba la clase de gimnasia y todos los años, la escuela.

Trágicamente, se referían a ellos mismos como Los chicos.

–Escuché que condujo él mismo a la escuela. Puedes oler el choque desde aquí –dijo uno de Los chicos. Zachary DuPont.

–Qué mal…

–Yo escuché que ahora conduce un unicornio.

–Yo escuché que corre sobre un arcoíris.

–Yo escuché que el arcoíris le sale de su…

Las risas interrumpieron el resto. Kane se desplomó sobre la parte más lejana de las gradas. No se atrevía a tomar el diario (atraería mucho más la atención). Deseó tener consigo *Las brujas*, pero en ese momento, el entrenador O'Brien apareció y tomó lista. Kane comenzó la tediosa tarea de volverse invisible otra vez. Estaba tan concentrado en eso que por poco no escuchó el anuncio de O'Brien.

–Tengo buenas y malas noticias. La buena noticia es que nadie tiene que cambiarse para la clase de hoy. La mala es que esta semana haremos danzas tradicionales.

Todos gritaron hurras sarcásticas, ya que estaban casi resignados a la extraña fijación con lo tradicional que tenían en Connecticut. Todos los años sucedía lo mismo, y hasta tenían un club que a veces se presentaba en las regionales de Waterbury.

Kane quedó paralizado de miedo. Lo aterraba lo que estaba por pasar: ponerse en parejas. Los chicos harían pareja con las chicas como si fueran gotas de agua que se unen, pero nadie elegía a Kane. En unos segundos, solo quedaron dos personas: Kane, y (por supuesto, porque siempre le pasaba a Kane) otro chico. Elliot Levi. Uno de *Los chicos*.

Mierda.

Esta vez, no escondieron las burlas. Los amigos de Elliot no le permitirían superar la vergüenza de bailar con otro chico, y mucho menos con el único chico abiertamente gay de la Regional de Amity.

–Prepara tus manos de jazz, Elliot.

–Y la malla.

–No dejes que se te acerque tanto.

–Asegúrate de dejar espacio para Jesús.

–Sí… un trío con Jesús y la cabeza de parrilla Montgomery.

El entrenador intervino luego del último comentario, pero el daño ya estaba hecho. Utilizaban a Kane para burlarse de Elliot, así que él haría cualquier cosa para castigar a Kane y salvarse a sí mismo. Así funcionaba el mundo de los chicos heterosexuales.

–Son unos idiotas.

Kane se paró de golpe. Elliot se sorprendió.

–¿Qué?

–Perdón por eso. Son idiotas. Ignóralos.

–¿De verdad vas a bailar conmigo? –El pulso de Kane le latía en el cuello.

–Seguro, ¿por qué no? –Elliot se encogió de hombros.

–Soy un chico.

–Genial, yo también. Vamos.

Kane comenzó a entrar en pánico de verdad. De alguna manera, esto hacía las cosas mucho peores. ¿Elliot iba a bailar con él por voluntad propia? ¿En qué trampa lo estaban metiendo?

Elliot levantó una mano. Kane lo analizó por demasiado tiempo. Elliot era tan molesto como el resto de Los chicos, pero tal vez era un poco más notorio porque se había mudado del oeste a Amity del Este en séptimo grado, su cabello era rubio ceniza y sus cejas eran más oscuras, y usaba una fina cadena de oro en el cuello. Kane recordaba que tenía una estrella de David reluciente. Como todos estaban parados en filas opuestas entre sí, pudo ver la forma de la cadena debajo de la camiseta blanca de Elliot, tirante sobre las clavículas.

Tarde, recordó que tiempo atrás había estado enamorado de Elliot. El entrenador probó el micrófono, se empezaron a escuchar pasos moviéndose al compás de un violín y Kane comenzó a sudar.

Elliot lo tomó de las manos. Kane seguía sonrojándose tanto como era posible.

—No soy… —comenzó Elliot.

—No te molestes. Sé que no eres gay —se adelantó Kane—. No tenemos que hacer esto. No iba a hacerlo, de cualquier forma.

Elliot sacudió la cabeza.

—Iba a decir que no soy como los otros chicos.

Se separaron, volvieron a acercarse. Las manos de Elliot estaban calientes.

—Ellos son tus amigos. —Kane apretó la mandíbula.

—Sí… lo sé, pero no soy como ellos.

—¿Cómo?

—Son unos imbéciles. Yo soy diferente.

El entrenador O'Brien se acercó, los observó, resopló y dio unas zancadas. Los amigos de Elliot se regodeaban con la situación, por supuesto. Intentaban llamar su atención. Zachary DuPont no paraba de gritarles *¡beso, beso!* Kane se sonrojó.

–No, no lo eres. Lo que sea que estén tratando de hacer, acaben de una vez –dijo Kane mirando hacia abajo.

Hubo una pausa larga.

–No estoy…

Kane se apartó de repente. Los que estaban a su alrededor dejaron de bailar; todos eran testigos de cómo Kane había dejado a Elliot en el medio del gimnasio y se desplomó en las gradas para tomar su mochila. Las burlas se hicieron oír, pero Kane las ignoró, tomó el diario y lo abrió con fuerza. Estaba buscando la foto de las zapatillas. Las zapatillas blancas.

Las mismas zapatillas que había estado mirando estaban en los pies de Elliot.

Encontró la foto y en ese momento estuvo seguro de que tenía razón. A la zapatilla derecha le faltaba el ojal de arriba, igual que la zapatilla de Elliot. Kane levantó la vista, el triunfo le iluminaba el rostro, estaba listo para confrontarlo, pero el gimnasio estaba vacío. La música sonaba como un lamento inquietante.

–¿Hola? –preguntó al vacío. Su voz sonó amortiguada, como dentro de un trozo de madera grueso.

–Dámela.

Se sobresaltó. Elliot apareció de la nada a su lado.

–La foto. Dámela –le exigió.

–¿Dónde está todo el mundo? ¿Qué ocurrió?

El teléfono de Elliot vibró. Respondió la llamada con mal humor:

–Sí… lo sé. Ya voy. Espérenme. ¿Qué? Sí… está aquí. No, todo está bien. Estaré allí en un instante. –Le arrebató la foto de la mano a Kane, la examinó e hizo una expresión como indicando que tal vez no estaría bien. Guardó el teléfono en un bolsillo y se dirigió a Kane:

–No le cuentes a nadie de esto, ¿de acuerdo?

–¿Acerca de qué?

Entonces, en un destello de brillo dorado, Elliot desapareció, y el gimnasio recuperó su versión llena de estudiantes que arrastraban los pies al compás de violines. El entrenador O'Brien gritaba:

–¡Deje de hacer caer a Erica, señor DuPont!

Todos parecían completamente ajenos.

–Montgomery, ¿todo bien? – le preguntó el entrenador al tiempo que aplaudía.

Kane no tenía idea de que había ocurrido. Era claro que el resto tampoco. Cualquiera hubiera sido el espacio que Elliot y Kane habían ocupado, había sido privado. Y había desaparecido, y Elliot con él.

Con aquella foto. Con la foto *de Kane*.

–Iré a la enfermería –contestó él. Tomó la mochila y salió corriendo detrás de Elliot. Si antes sospechaba que había una conexión entre ellos, ahora estaba seguro. Lógicamente, él sabía que debía tener miedo, pero todo lo que sentía era la electricidad azul de la adrenalina corriendo por sus venas.

Kane llegó al corredor justo a tiempo para vislumbrar que Elliot giraba rápidamente una esquina. Un momento después, Kane lo alcanzó, esperó unos instantes en caso de que Elliot mirara hacia atrás. Entonces lo vio correr escaleras abajo, lo cual era raro. No se permitía que los estudiantes bajaran al sótano. Allí se guardaba la utilería de teatro y era donde se encontraban las oficinas de los conserjes. Y estaba la sala de calderas.

La sala de calderas.

Algo dentro de él lo puso en alerta. Algo debajo de sus pensamientos, que no era un recuerdo, sino el cascarón de un recuerdo, como el frágil caparazón de una cigarra. Bajó en puntas de pie. Lo que fuere que estuviera recordando, lo contuvo en la mente con fuerza, como si fuera su único objeto apreciado. Para su sorpresa, el recuerdo lo guio por los túneles de sótano, hacia las puertas de la sala de calderas, sin que errara un solo giro.

Las puertas estaban entreabiertas. Salía un suspiro caliente de las máquinas que olía a grasa y polvo, y recordó todas las leyendas sobre los monstruos que vivían en las oscuras entrañas de la Secundaria Regional de Amity. Que comían carne humana. Cosas de estudiantes novatos de primer año. ¿Acaso podrían ser reales?

No había tiempo para preguntas. Quería su foto de regreso.

Fue fácil escabullirse en la ruidosa y oscura sala. Primero distinguió una voz entre el zumbido, luego dos y pronto pudo distinguir una conversación entera desde su escondite entre las tuberías.

Excepto que no era una conversación. Era un debate.

—¿Cómo puedes estar segura? —preguntó Elliot.

—Porque simplemente lo estoy, ¿sí?

Kane se llevó las manos a la boca. ¡Era Ursula!

—La foto prueba que aún está aquí —decía ella.

—Lo único que prueba esta foto es que no hicimos un buen trabajo cuando registramos su habitación.

El cuerpo de Kane se enfrió por completo y luego se paralizó. Estaban hablando de él. Estaban hablando de su habitación. Habían estado dentro de su casa.

—En todo caso, muestra que está tratando de resolver las cosas por su cuenta, usando pistas, que claramente *alguien* le está dejando, *Ursula*. ¿Qué le dijiste en el sendero? Querías que él encontrara esas fotos, ¿verdad? —continuó Elliot.

—¿Eso es una acusación? —El nivel de drama en su tono de voz le hizo suponer a Kane, y probablemente a Elliot también, que Ursula era culpable.

—Ya cálmense los dos —agregó otra voz. Era un tono soprano glacial que no podía reconocer—. Aunque hayamos dejado algunas fotos *por descuido*, ¿verdad, Urs? Kane no tiene ni idea de quiénes somos o qué hacemos. Me pasé toda la hora de Biología observándolo escribir en ese diario, y ni siquiera me miró hasta el final de la clase. No va a recordar nada por su cuenta. No puede.

—Tiene razón. Adeline sabe mejor que nadie acerca de estas cosas. Tendremos que continuar sin él —concluyó Elliot.

Kane se dio cuenta del nombre. Adeline, la chica que había intentado darle la tarea en Biología. Adeline Bishop. La palabra "popular" no le hacía justicia. Era más como la Sociópata regente de la Secundaria Regional de Amity. Kane no comprendía qué hacía alguien como ella en la sala de calderas. Trató de imaginarse la escena que estaba espiando: Ursula Abernathy, supuesta lesbiana deportista; Elliot Levi, un adonis de mandíbula espléndida; Adeline Bishop, la abeja reina bañada en oro, todos reunidos en secreto en el sótano de la escuela. Una reunión especial por la tarde.

—¿Y qué hay de las reveries? La tarea de desarmarlas es de Kane. ¿Y qué hay de esas cosas que lo perseguían? Sonaban como si hubieran escapado de una. Ni siquiera sabía que las cosas *pudieran* escapar de las reveries —planteó Ursula.

—Tal vez sea la próxima reverie. A veces, las más fuertes se forman de manera parcial al principio, por fragmentos. Kane las llamaba visiones. Tal vez la próxima reverie se forme cerca Arroyo Harrow —sugirió Adeline.

—No, la próxima ocurrirá aquí en la escuela. Estoy seguro —suspiró Elliot.

–¿Porque las langostas comenzaron a brillar en el laboratorio de biología?

–No son langostas, Adeline. Son isópodos. Una cosa completamente diferente.

–Elliot. Concéntrate. El brillo es lo que importa, no la taxonomía. –Kane no podía ver a Adeline, pero pudo imaginar que puso los ojos en blanco.

–Pero los isópodos son...

–¿A quién le importa? Lo que es importante es que Kane es quien por lo general desarma las reveries, y ahora básicamente no tiene poderes –interrumpió Ursula.

–Bien –dijeron Elliot y Adeline al mismo tiempo. Elliot continuó–: no podemos arriesgarnos a involucrarlo, no en su estado actual. Incluso si recuperase sus poderes. ¿Recuerdan lo que pasó con Maxine?

El estómago de Kane se le retorció. Ellos sabían de Maxine. Ellos sabían qué había ocurrido. Si había alguna duda de que había estado involucrado en la muerte de Maxine, había sido eliminada de raíz con la horrenda conexión que estaba generando aquella conversación.

–No podemos lidiar con otro encubrimiento. Apenas pudimos con este –dijo Elliot.

–Pero Urs tiene razón. No somos los Otros sin Kane. Lo necesitamos para hacer las cosas bien. Sé que dije que probablemente podría encargarme de borrar las reveries cuando se formen, pero no es lo mismo.

–Si se forman –dijo Ursula con esperanzas.

Adeline gruñó.

–*Cuando* se formen. Y lo harán. Lo sabes. Necesitamos sus

poderes, pero no podemos involucrarlo hasta que sepamos cómo arreglar a Kane.

Arreglar a Kane.

—No está roto. Solo está perdido —dijo Ursula.

—Como sea. En este momento es una carga —agregó Adeline.

—Es nuestro líder.

—Entonces, ¿por qué nos abandonó, Ursula?

La tensión silenció la sala de calderas, dejando que el ruido inundara la reunión secreta.

—Kane nos escondió muchas cosas, ¿no es cierto?

—Eso parece. Pero no podemos aferrarnos al pasado. Ese Kane se ha ido. Necesitamos avanzar con quien sea que es ahora, y no tiene idea de nada de esto. Tenemos que reclutarlo como él hizo con cada uno de nosotros para formar los Otros. Con amabilidad. De otra manera, colapsará otra vez —comentó Adeline.

—Tal vez no tengamos tiempo para amabilidades, Adeline. Las visiones de la próxima reverie son cada vez más frecuentes. Si estás presintiendo lo que yo, tal vez se forme hoy. Tenemos que estar allí para cuando pase así podrás hacer lo tuyo para el héroe de la reverie —dijo Elliot.

—¿Funcionará, Adeline? ¿Es seguro? —preguntó Ursula casi con pánico.

—Tendremos que probar —Adeline sonó distante.

—Basándonos en las visiones, hemos reducido la lista de posibles héroes a alguien de último año del equipo de fútbol americano o del equipo universitario junior de fútbol. Ambos equipos hoy tienen práctica así que, deberíamos separarnos. Y alguien tendrá que quedarse del lado de afuera para evitar que Kane entre y para protegerlo en caso de que *haya* algo peor persiguiéndolo —Elliot continuó.

–¿Quién?

–Tú.

–¿Yo? –La voz de Ursula subió una octava.

–Sí, tú. Puedo conjurar una ilusión alrededor de la reverie para evitar que la mayoría entre, pero necesito que tú estés afuera para detener a Kane –dijo Elliot.

–¿Por qué yo?

–Porque tú eres la que trajo a Kane de regreso a nosotros, Urs. Es tu culpa. Además, confía en ti. Debería ser fácil vigilarlo durante el resto del día, ¿verdad? Solo envíanos un mensaje si hace algo extraño. Ah, y Adeline, ¿podrías hacer algo mientras tanto para borrar la foto de su memoria?

–Tengo tarea de Latín.

–Adeline.

–Está bien. Urs, iré contigo para encontrarnos con él antes del almuerzo. Asegúrate que no se escape.

–Bien. Entonces, ¿tenemos un buen plan? –preguntó Elliot.

Las chicas gruñeron estar de acuerdo y la reunión culminó. Kane permaneció agachado con las manos sobre la boca, mientras los Otros abandonaron la sala de calderas. Los *Otros*. Estaba seguro que jamás había oído ese nombre antes, aun así, le resultaba más que familiar. Sentía como si le perteneciera, como si fuera algo que había usado con orgullo alguna vez.

Se hundió más en su escondite; sus manos retenían pequeños sollozos con espasmos mientras las lágrimas le bañaban las mejillas. Podía esconderse de los Otros, pero no podía esconderse de sí mismo. Su cuerpo lo estaba traicionando. Su vida lo estaba traicionando. Ahora más que nunca, deseó que pudiera retirarse, pero con su propia mente comprometida, no había a dónde escapar.

SIETE
CUIDADO CON EL PERRO II

Kane sí fue a la enfermería después de todo. Parecía que era el único lugar seguro donde ir. Los Otros sabían dónde vivía y habían revisado su habitación. Los Otros conocían sus horarios de clase, dónde se suponía que debía estar y cuándo. Kane pensó en irse de la escuela hacia algún sitio en el pueblo (tal vez en Roost, o St. Agnes), pero cada idea parecía demasiado predecible. Demasiado típico de él. Los Otros sabían todo de él y, por lo tanto, debía evitar hacer cualquier cosa que fuera usual.

La enfermería no era usual. La enfermera lo llevó a una sala trasera que tenía un pequeño catre envuelto en papel, donde se sentó y se quedó mirando al picaporte. Un rato más tarde, se sintió lo suficientemente valiente para tomar el diario, y durante las horas siguientes escribió todo lo que se le venía a la cabeza. Cada teoría. Cada impulso. No importaba cuán extraño o irreal fuera. Solo necesitaba volcar en el papel lo que tenía en la cabeza.

Más tarde, un golpe en la puerta lo despertó. No se dio cuenta de que se había quedado dormido. La enfermera le informó con amabilidad que la jornada escolar había finalizado y le preguntó si necesitaba usar un teléfono para llamar a su padre.

—Estoy bien. Prefiero caminar a casa —le respondió.

La escuela estaba vacía de una forma escalofriante a la luz dorada de la tarde. Se oían los ruidos de casilleros cerrándose y risas, pero eran sonidos distantes que venían de otro mundo. Kane parpadeó para quitarse el sueño. Como no sabía muy bien a dónde ir, caminó hacia la biblioteca y se desplomó en su sitio favorito en los estantes del fondo. Revisó las listas que había hecho en el diario antes de quedarse dormido. La primera se llamaba LOS OTROS:

URSULA ABERNATHY – MALA PARA MENTIR, DEPORTISTA. ODIA LAS AVES.

ADELINE BISHOP – UN POCO CRUEL PERO SIEMPRE TIENE RAZÓN.

ELLIOT LEVI – HETERO PERO ES UN LADRÓN MÁGICO.

DEAN FLORES – ¿ERMITAÑO SEXY?

La segunda se llamaba PREGUNTAS:

¿SOY UNO DE LOS OTROS? ¿DESARMO REVERIES?

¿QUÉ LE HICIERON LOS OTROS A MAXINE OSMAN?

¿QUÉ ES UNA REVERIE? ¿UNA VISIÓN? ¿SON MÁGICAS?

¿QUÉ ES REAL?

ISÓPODOS BRILLANTES (NO LANGOSTAS).

Luego, al final de la página, había escrito una palabra una y otra vez.

CARGA.

Kane guardó el diario en la mochila y se dirigió a la puerta principal, pero algo no le permitió irse a casa y rendirse. No estaba muy seguro (acerca de aquel mundo, de estas personas, de lo que significaba ser una carga), pero sí sabía una cosa: estaba vivo.

Desde el funeral de su abuela, se había dado cuenta de que cuando la gente cuenta historias sobre los fallecidos, crean vida en reversa. Lo que se recuerda sobre esa persona se vuelve real luego de que ya no están. Lo que sea que hubiera vivido, cualquiera que hubiera sido la misteriosa calamidad a la que había sobrevivido, dependía de *él* resolver que pasaría luego.

Le envió un mensaje de texto a Sophia:

Dile a mamá y a papá que me quedaré en la escuela para hacer algo.

Cambió la dirección; sus botas hacían eco en los corredores vacíos hasta que se topó con las puertas que daban a la parte trasera de la escuela. Los campos habían estado donde siempre, sin variaciones y sin nada especial. Los del equipo de fútbol estaban parados en una línea y practicaban tiros con el portero mientras que las chicas del equipo de hockey estaban sentadas en un círculo, estirando. Unas figuras pequeñas caminaban en círculos en la pista de atletismo que estaba alrededor del campo de fútbol americano; los de ese equipo de fútbol corrían a toda velocidad, golpeando las líneas blancas al cambiar la dirección. Podía oír gritos lejanos y silbidos que cortaban el aire dorado. El entrenador O'Brien bramaba. No había música tradicional.

Toda aquella normalidad le molestaba. ¿Qué esperaba?

Cansado, caminó al borde del campo. Tenía la oportunidad de encontrar a los Otros haciendo lo que fuere que iban a hacer. Su determinación no importaba; aquella historia había continuado sin él. Pero entonces, a pesar de su regodeo de autocompasión, oyó a alguien llamarlo.

Ninguno de los estudiantes que estaban en el estacionamiento lo estaba mirando. A su izquierda estaban las chicas de hockey, pero no conocía a ninguna del equipo.

Falso. Lo había olvidado.

Vio a Ursula de pie con sus rizos despeinados, a la luz de la tarde, formaban un halo alrededor de la cabeza. Mientras se acercaba con pasos largos, Kane notó que el enojo en su cuerpo se derritió en cuanto estuvo a su lado, y lo reemplazó con su soltura habitual. Había una cerca de tres metros entre ambos, pero no importaba. Lo habían descubierto.

—¡Hola! —Ursula lo saludó con una sonrisa amplia, como la de las fotos de la feria. Kane exploró su rostro en busca de una señal de hipocresía y la encontró: un pequeño hoyuelo de preocupación instalado entre las cejas, el mismo hoyuelo delator de la conversación en el sendero.

—Hola.

—¿Cómo te sientes?

—Bien. —Se dio cuenta de lo hosco que sonaba, así que agregó—: Siento no haber ido a almorzar contigo. Estuve la mayor parte del día descansando.

—Pero ¿ahora estás bien?

—Solo estoy cansado. —Comenzó a caminar por el camino que llevaba a la entrada del estadio. Ursula lo siguió. Lo ponía nervioso, pero la cerca tenía tres metros de alto. Tres metros enteros. Y era de metal.

—¿Y por qué no regresas a tu casa? —preguntó ella.

—Quería hablar con algunos de los profesores. Y necesito hablar con el entrenador O'Brien. —Kane se obligó a seguir caminando.

–No podrás. Está ocupado con la clase de fútbol –dijo con la voz entrecortada. Kane la observó para evaluar su reacción, pero tenía la mirada fija hacia el estadio.

–Está bien, seré breve.

–Ah, bueno… puedes hablarle mañana, ¿no? Además, están practicando. Está ocupado.

–Me está esperando. En la clase.

Ella enarcó una ceja. Kane se preguntó qué pretendía con una mentira tan obvia. Trató de recordar con desesperación cómo se jugaba al fútbol americano. Había visto unas pocas películas, y a veces veía el comienzo del Supertazón luego de que terminara la parte más importante, el himno nacional.

–Sí… me invitó a… que le llevara una moneda.

–¿Una moneda?

–Para la parte de la moneda.

–¿Te refieres a cuando lanzan la moneda?

–Sí.

Kane aceleró el pasó y ella lo siguió. Ahora estaban detrás de las gradas. El estadio tenía vestuarios y Kane podría usar la entrada trasera para atravesar la cerca.

–Ah, ¿sabes qué? Tengo una moneda en mi bolso de entrenamiento. ¡Le llevaré una! ¿Por qué no vuelves a tu casa? Se la daré por ti. ¿Acaso los amigos no están para eso?

Kane no tenía excusas y tampoco paciencia. Le temblaban las manos. De verdad le temblaban. Ursula lo indignaba con su desesperación. Él se indignaba a sí mismo con su desesperación por creerle. Le ardían los ojos, como si fuera a llorar. La cerca finalizaba al llegar a la esquina, y él estaba preparado para escapar.

–Kane, te ves algo pálido. ¿Por qué no te llevo a tu casa?

–Mantente *alejada* de mi casa.

El miedo se instaló en el rostro de Ursula.

–¿Qué?

–No te hagas la tonta. Te escuché hablando con Elliot y Adeline en la sala de calderas –espetó.

Ursula se puso blanca.

–Me estabas siguiendo aquella noche en el sendero, ¿verdad?

–Kane, escucha…

–¿Qué es una reverie, Ursula? ¿Por qué las langostas están brillando?

–Kane…

–¿Qué le ocurrió a Maxine Osman?

Los hoyuelos entre sus cejas se habían espacido en una serie de arrugas de incredulidad. Horrorizada, sacudió la cabeza lentamente.

–¿Ustedes la mataron?

–Kane, espera, no entiendes. Estás confundido, y si te calmaras…

–No estoy confundido, y no me digas que me calme. ¡Creí que eras mi amiga! –Su voz ardía.

–¡Lo soy! ¡Iba a contarte, pero no así! –Parecía estar dolida, como si de verdad le importara.

La fulminó con la mirada como única respuesta antes de girar hacia los vestuarios.

–¡Kane! Aguarda un segundo, ¿sí? Podemos buscar un lugar donde ir. Te explicaré. Te explicaré todo. Solo dame una oportunidad –le gritó.

–Ya te di una oportunidad –le gritó él, cansado de escucharla. Iba a averiguar por su cuenta lo que Ursula le estaba ocultando. Como una ola llegando al punto más alto, la traición lo impulsaba a correr.

—¡Kane, no puedes entrar ahí! –gritó.

Él la ignoró.

—¡ESPERA!

No fue un pedido. Fue una orden. Kane tenía que darse vuelta. Los dedos de Ursula estaban enredados entre las uniones metálicas de la cerca. Su rostro estaba oscurecido del repentino desprecio. Entonces, en un solo movimiento rápido, Ursula despedazó la cerca como si fuera una cortina de perlas.

Ahora Kane corría más rápido. Dobló una esquina a una velocidad peligrosa y se resbaló en un charco de lodo. Dio una vuelta y aterrizó en el lodo con las manos. Echó un vistazo hacia atrás. Ursula apareció por la esquina y acortaba a toda velocidad la distancia que los separaba.

Su mente le gritaba que se pusiera de pie. Que hiciera lo que fuera en vez de observar cómo se le venía encima. Y en vez de terror, tuvo una sensación que le pareció familiar y extraña al mismo tiempo. Como un impulso interno, una cristalización de pánico, enojo y determinación. Su cuerpo se movía en contra de su mente que le gritaba que huyera, impulsándolo a pararse y quedar de frente a Ursula. Alzó una mano para gritarle que parara.

—¡Déjame *solo*!

Un dolor punzante le atravesó las sienes mientras que una llamarada cegadora le envolvió las puntas de los dedos. Se oyó un ruido como si el aire mismo se destrozara y su mano estalló en iridiscencia pura. Golpeó a Ursula de lleno como si la envolviera con un chorro de agua que la arrastró de los pies y la hizo caer hacia atrás de una manera brutal.

Pasó un instante sin respirar. Ursula yacía en un pequeño cráter, le salía humo del cuerpo, probablemente estuviera muerta, y la mano de Kane aún restallaba con esa luz fuera de este mundo. Las flamas oscilaban como piedras preciosas, pero fluían como la neblina y en la profundidad atrapaba cada color que se pudiera imaginar.

Kane agitó la mano frenéticamente, desesperado por apagar el fuego sobre la piel. Hundió los nudillos en el barro espeso, pero aun así sentía la piel caliente.

—¡Ayúdenme! —gritó Kane, aunque el fuego no le quemaba. En cambio, sentía una vibración eléctrica que palpitaba a través de los huesos de la mano al mismo tiempo que las tenues llamas, como si no se estuviera aferrando al fuego, sino al sonido.

—Kane —se quejó Ursula intentando controlar el dolor, mientras se sentaba. El uniforme estaba quemado en algunos lugares. Tenía trozos de roca que le caían del cabello mientras se ponía de pie. Lo fulminó con la mirada con unos ojos que ahora brillaban con un rosa neón.

Caminó hacia él.

—Somos amigos, Kane. ¿Lo recuerdas? Si tan solo me escucharas, podría ayudarte.

—¡*Aléjate*!

Esta vez, cuando el humo erupcionó de la mano de Kane, no derribó a Ursula. En cambio, cayó a menos de medio metro de ella y colisionó con… Kane no sabía con qué. El rayo chocó con una barrera invisible y estalló, rodeando a Ursula en un millón de brasas inocuas.

Ahora estaba solo a unos pasos de él. Parecía *enfadada*.

Y así sin más, el fuego desapareció de la palma de Kane. Corrió por su vida. Los vestuarios eran la única opción y por una loca razón, la puerta estaba abierta. Se embistió contra ella mientras Ursula embestía contra él.

–¡No!

Kane cerró la puerta tras de sí y la sostuvo con todo el peso de su cuerpo.

–¡Te encontraré! –gritó Ursula a unos centímetros de distancia.

La puerta se cerró de golpe. Cerró con el seguro y se oyó un ¡CLAC! gratificante.

Kane estaba a salvo.

OCHO

SANGRE ESTROPEADA

Kane tragaba bocanadas de aire. Cada inhalación se le quedaba atorada como si fuera un jarabe. Mantuvo la vista fija en la puerta. Ursula había destruido una cerca de metal. ¿Podría detenerla una puerta?

De alguna forma, sí; y Kane estuvo a salvo. Por un momento.

Finalmente se permitió llorar.

Para algunos, la aparición repentina de magia podría ser estremecedora, pero para Kane era adecuado. Desde que era pequeño, desde que supo que era diferente, había guardado la esperanza de que hubiera magia en cada una de las decepciones del mundo. Por cada mirada con desdén, por cada mirada furtiva, por cada cumpleaños que pasaba solo con Sophia como su única invitada. Cada uno se sentía como una deuda.

Muéstrame que todo ha valido la pena, solía decirle al universo. *Déjame tener un poder que nadie me pueda quitar.*

Como los *X-Men*. Como *Sailor Moon*. Como *La leyenda de Korra*. Pensaba que, si sufría lo suficiente, la magia podría encontrarlo en un momento de peligro insuperable. Telekinesis, como Carrie. O controlar el agua, como Sailor Mercury.

En ninguna de esas posibilidades había imaginado que de sus manos podían erupcionar arcoíris como proyectiles.

Pero eso era lo que había sucedido. Mientras resollaba se inspeccionaba las manos. Para su sorpresa, no había quemaduras. Tenía la piel cubierta con una capa de suciedad de cuando cayó en el barro. De hecho, estaba cubierto de lodo por todas partes. Era una mezcla de fango, sudor y algo que era pegajoso y de olor fuerte.

Sangre.

Kane entró en un estado de histeria y se puso a buscar heridas, pero en su lugar, notó que la camiseta de algodón de repente estaba hecha de una sarga áspera. Y sus shorts ya no estaban, al igual que las botas acordonadas. Llevaba puesto unos pantalones cargo muy rotos y un par de mocasines que hacían ruido en el suelo desparejo del túnel en el que se encontraba y que estaba iluminado por una antorcha.

¿Antorcha?

¿Pantalones *cargo*?

Kane ya no estaba en los vestuarios. Ni siquiera estaba seguro de estar despierto. Estaba en un túnel de paredes sin revestir que se curvaba dentro de la oscuridad a sus espaldas. Había vetas cristalinas color escarlata enmarañadas en la piedra, que brillaban como un pulso y teñían el pasadizo de un horripilante carmesí. Una sola antorcha sobresalía de un candelabro en el sitio donde había estado el interruptor de luz del vestuario.

Kane tocó las paredes para cerciorarse que fueran reales. Lo eran. La mano siguió hacia la antorcha para ver si estaba caliente. Así era. ¿Qué estaba sucediendo? ¿Dónde demonios conducía la puerta del vestuario en realidad?

Aturdido, se volteó hacia la puerta a tiempo para ver cómo el metal se convertía en un mosaico empedrado. Aún era una puerta, pero ahora encajaba con este mundo nuevo. El mosaico mostraba una escena de figuras que se hincaban ante su dios, una cosa gigante con tenazas que tenía rubíes y granates rojo oscuro incrustados.

–La langosta brillante –susurró.

Esto es de lo que los Otros estaban hablando. Esto era una reverie. La revelación generaba más preguntas que respuestas, pero Kane se esforzó para mantenerse en foco. Ya no iba a llorar. Al menos por ahora.

Entonces la puerta se sacudió hacia arriba, y Kane soltó un quejido. Desde el final del túnel, provenían voces que siseaban y lo hicieron tropezarse hacia atrás. Intentó buscar el teléfono, pero en su lugar encontró un revolver enfundado a la altura de la cadera. Se sorprendió y lo arrojó con asco.

–¡*URÎB, URÎB!* –cantaban las voces al momento que la puerta se elevó. Sonaban como hombres, muchos.

Era absurdo, pero aparecieron subtítulos en la parte de abajo de su visión. Pudo leer: ¡TIREN, TIREN!

Pestañeó. Los subtítulos seguían allí. Las voces se oían más fuertes, y Kane corrió a toda velocidad en dirección opuesta, donde el túnel se inclinaba hacia abajo y terminaba dentro de una caverna que le quitaba el aliento. Los mismos cristales carmesí enmarañados en el techo, aquí se acumulaban y se desperdigaban como vasos sanguíneos, y contra un horizonte rojo reluciente se erigía una ciudad subterránea. Edificios de piedra, cristales y musgo empujaban hacia arriba el suelo de la caverna, cada uno medía cientos de metros de altura y tenían balcones como panales de abejas. Del techo de la caverna colgaban estalactitas gigantes; estas tenían ventanas talladas que mostraban el interior, donde se veían habitaciones iluminadas con antorchas. Había puentes hechos con cuerdas que colgaban entre las casas, y jardines con plantas de hojas blancas que colgaban de las avenidas surcadas y los caminos empedrados.

Todo aquello estaba articulado por los latentes cristales rojo sangre, que unían esa ciudad y luego desaparecían en la oscuridad con cada respiración.

Kane jamás había tenido un sueño tan realista. Se obligó a mantenerse en movimiento a través de las calles mientras esperaba despertarse. La ciudad estaba vacía, y podía adivinar dónde estaban los ciudadanos. Lejos, a la distancia, oyó una gran multitud que rugía tan alto que sentía el suelo vibrar a través de sus botas.

Entonces, desde atrás de él, oyó el ruido de hombres que se acercaban.

Se arrojó a unos charcos oscuros entre unas estalagmitas derrumbadas, ignorando los chasquidos furiosos de las criaturas a las que miraba alarmado.

¿Qué está ocurriendo? ¿Qué demonios está pasando? ¿Estoy muerto? ¿Moriré pronto?

Kane probó con cada truco conocido para despertarse. Se pinchó. Se mordió. Se abofeteó. Contuvo la respiración. Intentó orinar. Nada funcionaba.

En unos segundos los hombres ya estaban cerca, y Kane solo pudo observar. Había poco más de una decena y vestían uniformes futuristas que asemejaban un estilo bárbaro-chic: armaduras cromadas con un metal color beige sobre prendas de carne curada. Algunos usaban máscaras hechas con mandíbulas y dientes. Eran humanos, y estaban *vestidos* con humanos.

Kane se tragó la bilis y oyó de cerca cuando habló el líder. Las palabras aparecieron en un texto blanco a la vista de Kane.

—Parece que llegaron las otras caravanas. ¡Apresúrense, o serán quienes terminen en el bloque de sacrificios! —Era gigante, tenía músculos gruesos y enormes y blandía un látigo que parecía estar hecho de cabello tejido. Kane no necesitaba comprender el idioma para saber que había algo raro con la lengua del hombre, ya que se deslizaba con fuerza a cada palabra que decía.

Sus hombres lo entendieron sin problemas. Empujaban una jaula improvisada con madera petrificada. Sus ruedas se balanceaban sobre las piedras y hacían que la ciudad abandonada crujiera por todas partes. Dentro de ella, apiñadas, había un grupo de chicas que Kane reconoció de manera instantánea. Eran del equipo de animadoras, solo que, en vez de sus uniformes, lucían unas vestimentas que parecían extrañamente viejas y contrastaban con el ambiente hostil. Estaba Veronica McMann, que usaba una blusa azul y tenía el cabello recogido en un moño. Y Ashley Benson, un traje de sastre que alguna vez había sido color crema. Y la tercera parecía ser Heather Nguyen, pero no pudo verle el rostro ya que lo cubría con las manos mientras sollozaba.

Las chicas y sus prendas eran de una complejidad mayor a la que Kane pudo encontrarle el sentido. Pero el equipo de animadoras practicaba cerca del campo de fútbol. Podrían haber estado en el estadio también.

Lentamente, se dio cuenta: los hombres que empujaban las carretas también le parecían conocidos. Le había tomado un segundo luego de mirarlos con mucha atención para reconocerlos a través de las armaduras, pero esos rostros despectivos se veían como los de los chicos del equipo de fútbol americano.

—¡Apresúrense o los sacrificaré a todos! —gruñó el líder. Los chicos se animaron con alegría y las chicas se quejaron.

—Señor, sabe que ninguna de nosotras es virgen. ¡La Poderosa Cymotherian estaría furiosa si probara nuestra sangre estropeada! —dijo una en voz alta.

La brigada continuó avanzando y Kane los siguió entre las sombras.

Al intensificarse esa luz roja una vez más, pudo ver que había una cuarta chica en la jaula. Estaba en el fondo y no estaba llorando. Tenía los brazos cruzados sobre el pecho y se la veía como fuera de lugar, con una expresión de enojo. Tenía un vestido rosado, acampanado a la altura de las rodillas y un cinturón rígido color magenta amarrado a la cintura que combinaba con sus zapatos magenta brillante. Llevaba su cabello cobrizo peinado con una colmena alta, firme (enorme y orgullosa), que desafiaba la gravedad, y sobre la nariz respingada reposaba un par de gafas de carey. Era bastante claro que había un gesto de descontento entre las recientemente cejas delineadas.

Kane dio un grito ahogado. Era Ursula.

Comenzó a entender sus palabras finales antes de que cerrara la puerta de un golpe.

Te encontraré. No fue una amenaza. Fue una advertencia. Una promesa. Ella lo supo.

Esta era la reverie. *Esto* era lo que se suponía que no tenía que descubrir, pero que de alguna manera debía desarmar.

Se arrastró hacia la parte trasera de la carreta, donde no había ningún bárbaro, y pudo subirse a la jaula sin que nadie lo notara siquiera.

—Ursula.

Impaciente, ella daba golpecitos con la punta del zapato. No le contestó.

—Uuursulaaa.

Nada.

Kane metió un dedo por los barrotes y la tocó en un costado. Ella movió una mano como un resorte y le capturó el dedo. Luego lo atrajo hacia ella.

—Silencio. Tienes que esconderte. Ahora —le siseó sin mirarlo.

La forma de agarrarlo era como el acero. Kane recordó la cerca destrozada. ¿Con cuánta facilidad podría romperle los nudillos si así lo quisiera?

—Voy a sacarte de aquí —susurró él.

—Huye. —Lo apretó con tanta fuerza que le sorprendió que no le hubiese roto el hueso.

—Solo tienes que romper los barrotes. Sé que puedes hacerlo —le imploró.

—No puedo.

—Sí, *puedes*.

—Quiero decir, claro que *puedo*, Kane, pero *no puedo*.

—¿Por qué?

—No es femenino —resopló. Se escuchó un crack como si fuera un disparo, y Kane sintió que el brazo le estallaba del dolor. Lo arrastraron al suelo, y el látigo de cabellos trenzados lo quemó alrededor de la muñeca. Tiró con fuerza mientras el líder rodeaba la carreta y le hacía gestos a Kane. Los hoyos negros que tenía como pupilas le penetraban el blanco turbio del iris.

–Las manos fuera de la carne –farfulló.

Tironeó inútilmente de la atadura y el dolor le nubló la visión; solo consiguió que se hundiera más en la muñeca. La jaula se detuvo y los chicos se juntaron sobre la nueva presa. El hedor que tenían era real. Todo aquello era *real*.

–Encontramos a este toqueteando –dijo un subordinado, era un estudiante de segundo año que Kane conocía de la hora del almuerzo del año anterior, excepto que, en este mundo, tenía las mejillas cubiertas de cicatrices brillantes. A diferencia del líder, sus ojos tenían un azul inusual.

–¡Córtenle la mandíbula!

–¡Ahóguenlo con las propias tripas!

El líder se arrodilló sobre él.

–¿Dónde está el resto de los tuyos?

–¿El resto de los míos?

–Los otros *Keólogos*.

–Yo no…

El líder asintió y dos chicos sujetaron a Kane mientras otro jalaba del látigo y apretaba su brazo. Alguien le dio al líder un hacha gigante y tomó el látigo. Con cuidado, levantó a Kane del mentón con la punta dentada, demostrando el excelente control que tenía sobre el arma.

–Dímelo.

–¡Dije que no lo sé!

El líder se echó hacia atrás, levantó el hacha, dio dos pasos rápidos y la volvió a bajar sobre la extremidad de Kane. Él gritó y se sacudió contra el peso de los chicos que lo sujetaban, pero el corte del filo jamás ocurrió. Cuando abrió los ojos, vio que el estupor consumía la sed de sangre en el rostro del líder.

Uno de los otros bárbaros había intervenido y tomó el hacha por el palo.

—Suficiente.

Ese chico no era como los otros. Vestía un arnés hecho de cuero y huesos, pero su estatus estaba marcado con una elaborada máscara de fragmentos de huesos ajustada en el entrecejo, mejillas y nariz, como si su cráneo estuviera expuesto. Tenía un aura de muerte que el resto de los subordinados carecía. Una autoridad que incluso el líder se sentía obligado a obedecer a pesar de la juventud del chico. Se bajó el hacha.

—Deben ir a la ceremonia. Dejen a este —ordenó el salvador de Kane.

Gracias a Dios.

Desenfundó una espada del arnés.

—Quisiera masacrarlo yo mismo.

NUEVE

PARÁSITOS

Ay, mierda.

La brigada se apaciguó; susurraban, dudosos. Kane paseó la mirada desde el líder, al chico y a Ursula, pero no vio a ninguno de ellos. Solo veía las numerosas formas en que podía (en realidad iba a) morir.

–¿Por qué debería dejarte a este *Keólogo* a tu cargo? –preguntó el líder.

–Las ceremonias están por comenzar. Usted debe realizar los sacrificios.

–¿Por qué no lo llevamos para sacrificarlo?

La brigada murmuraba a favor.

–Porque es un *Tiẓxron*.

Ese término no tenía subtítulo. Solo apareció: <IMPROPERIO>.

—*¡Tijxron!* —el murmulló se oyó como un eco de horror.

—La Poderosa Cymotherian nunca aceptaría a alguien de sangre tan estropeada. Será mejor que lo masacremos detrás del santuario. De otra forma, nos arriesgaremos a la profanación —continuó el chico.

La brigada se apaciguó; susurraban, dudosos.

—Entonces que así sea. —El líder se encogió de hombros y le entregó el látigo al chico—. Pero no lo matarás. Déjalo en las mazmorras. Le cortaré la mandíbula luego de la ceremonia.

—Como usted ordene. —El chico enmascarado se inclinó.

Desanimados por la absoluta cortesía de la situación, la brigada retomó la lenta excursión y la carreta se movió. Kane trató de hacer contacto visual con Ursula, pero ella había volteado la mirada. Y ahora él estaba atrapado. El chico era mucho más grande que él. Más fuerte. Lo miró hacia abajo con un poco de desagrado.

—Vamos. En marcha —le dijo en su propio idioma y comenzaron a caminar. Kane trotaba detrás de él como si fuera un perro que no quería que lo llevaran de paseo. Buscó una oportunidad para escapar, pero el látigo estaba ajustado a la muñeca. Mientras caminaban el chico era menos hostil, casi desinteresado. Lo condujo por una red de pasadizos, entraron a una estalagmita hueca y subieron por una escalera de peldaños perfectamente tallados.

—¿A dónde estamos yendo? —Kane resolló cuando llegaron a un descanso.

—No a las cárceles de los bárbaros, lo aseguro.

—¿Quién eres?

—Un bárbaro.

—No suenas como un bárbaro.

—Bueno, lo soy.

Kane intentó recordar la palabra con la que lo habían denominado.

—¿Qué es un tiich... tiixoo...?

—*Tiixron*. Creo que significa que te acuestas con otros hombres. Los otros chicos la estaban diciendo, así que probé usarla. Lo que sea que signifique, funcionó.

—Entonces me sacaste del clóset.

—Te salvé la vida. —Tironeó del látigo.

—¿De verdad van a cortarme la mandíbula?

—Aj, no.

El pasadizo llegaba a la punta de la estalagmita y allí había un puente robusto que los conducía por un descenso vertiginoso hacia un túnel de media luna cavado dentro de la pared de la caverna.

—Pero dijiste...

—Dije lo que tenía que decir para sacarnos de allí. De otro modo Ursula tendría que haber salido de su personaje, y la reverie es demasiado fresca para eso. Solo se manifestó hace una hora. Ahora cállate y agárrate de mí —el chico le habló con desdén, mientras balanceaba el puente de forma arriesgada.

Kane se aferró mientras avanzaban por la red de túneles, similares al pasadizo en el que había aparecido por primera vez. Olía a humo, y en algún lugar se oía un goteo. Estaba más nivelado allí, así que Kane podía caminar erguido. Estaba a punto de hacer más preguntas, cuando el chico le ganó de mano.

—¿Aún quieres salir corriendo?

—Si fueras a matarme, lo habrías hecho. Creo que estoy más a salvo contigo que sin ti. —Se sorprendió de haber respondido con tanta honestidad.

—Está bien. Ahora dime, ¿qué recuerdas? —dijo mientras extrajo un cuchillo, y cortó el látigo de cabellos trenzados.

—Estaba huyendo de Ursula y traté de escapar hacia los vestuarios, pero en vez de eso, terminé aquí —le contó mientras se frotaba la muñeca.

—Antes de eso.

—Estaba tratando de ir al entrenamiento de fútbol americano a… llevar una moneda.

—Qué mentira tan grande. Mira, ¿esto significa algo para ti?

Trazó algo en el suelo húmedo con la punta de la daga.

—¿Es el número ocho? —preguntó Kane.

El chico no se impresionó con la respuesta.

—Bien. ¿Y qué recuerdas sobre las reveries?

—¿Reveries? ¿Como "ensoñación" en inglés? Son como, ¿sueños? —Kane se tropezó con una piedra suelta y el chico lo arrastró hacia adelante. Ahora caminaban más rápido.

—Algo así.

Se arrastraron dentro de otra cueva con piscinas de mármol bioiluminadas con el color del cielo despejado. Había cosas que se movían dentro de ellas y sus estelas tenían bordes fosforescentes.

—Las reveries suceden cuando el mundo imaginario de una persona se vuelve real. Son como realidades en miniatura, con sus propias tramas y reglas y peligros. Por ejemplo, esta reverie parece ser acerca de una civilización subterránea que adora un dios llamado *Cymo*. Supongo que estamos en la fantasía de rescate de alguien, que se ha vuelto realidad. Por ejemplo, tú pareces ser un tipo de… ¿cómo se llaman esas personas que estudian huesos y tierra?

—¿Arqueólogos?

—Eso. *Keólogos*, como les dicen aquí. La trama de la reverie parece ser sobre arqueólogos que se toparon con estas cavernas y deben rescatar a esas chicas.

–¿El equipo de animadoras?

–Es evidente.

–Pero ¿por qué estaban vestidas como secretarias sexis?

El chico se encogió de hombros.

–Y aquellos chicos... eran del equipo de fútbol americano, ¿cierto?

–Así es.

–¿Cómo es que nadie recuerda quién es?

El chico deslizó un brazo por la cintura de Kane para ayudarlo a pasar sobre un montículo de setas.

–La mayoría de las personas nunca saben quiénes son en una reverie. Sus mentes solo aceptan el nuevo mundo en el que están y el nuevo rol que se les da. Considéralo como una película, llena de actores, excepto que ellos no saben que están actuando. Creen que es real. Muy pocas personas se mantienen lúcidas como nosotros y Ursula, pero aun así tenemos que seguirles el juego o, si no, estaríamos en problemas.

–¿Qué tipo de problemas?

–Cada reverie tiene una trama. Si no sigues las reglas de la reverie, puedes desencadenar un giro inesperado, y estos pueden ser bastante fatales para las personas atrapadas en ella. Entonces, tenemos que seguir el juego, y debemos dar lo mejor de nosotros para mantener a la gente a salvo hasta que la reverie llega a su fin.

La piel del cuello de Kane le picaba. Algo salpicó cerca de ellos y se desvaneció con ondas brillantes.

–Pero si todo esto es solo una fantasía alocada, ¿cómo puede ser peligrosa?

La luz pálida lanzaba sombras en la cuenca de los ojos del chico.

–Solo porque algo es imaginario no significa que no sea peligroso.

A veces, las cosas en las que creemos son las más peligrosas acerca de nosotros mismos. Esa es la razón por la que las personas construyen mundos enteros en sus mentes. Porque creen que están a salvo, pero están equivocadas. Los sueños son como parásitos. Crecen en la oscuridad dentro de nosotros, y eso es mortal. Créeme cuando te digo que las reveries pueden matarte.

—No te creo.

—No tienes que hacerlo. Solo tienes que sobrevivir a ellas.

—¿Cómo?

El chico los empujó dentro de una caverna que tenía el cielorraso abovedado y columnas ubicadas de manera irregular.

—Las reveries no duran para siempre. Cuando llegan a su fin, se vuelven inestables y comienzan a colapsar. Si te mantienes vivo para ese entonces, puedes desarmarlas.

Desarmarlas, como habían dicho los Otros.

—¿Desarmarlas de qué manera?

—Creo que tendremos que averiguarlo.

El chico le pidió que guardara silencio. El clamor de multitud que Kane había oído antes ahora se escuchaba mucho más fuerte. Los sonidos vibraban de las piedras. Cuando salieron y llegaron hasta las ruinas de un puente antiguo y roto, el clamor se convirtió en un cántico.

No, una ovación.

Se paró en el borde y la altura lo mareó, entonces retrocedió. Esa caverna era un cuenco amplio; miles de personas se movían en manada en la pendiente baja. Coreaban y zapateaban, creando la idea del espacioso y tembloroso caos de un estadio. Y así de inconcebible y caótico era ese espacio, todo estaba amarrado como un jadeo hacia una sola figura: un santuario monstruoso sobre una pared lejana,

110

tallado en la forma de un rostro contraído por la ira. La boca, un infierno dorado, era tan grande que podría caber una casa grande sobre la lengua. De los ojos saltones caían corrientes de cascadas blancas que crepitaban sobre los labios agrietados. El vapor se colaba entre la multitud, que se retorcía y suplicaba más.

—¿Qué demonios es todo esto? ¿De dónde salieron todas estas personas? —susurró Kane.

—La mayoría no son reales. Lo puedes ver en sus ojos. Las personas creadas por la reverie tienen iris blancos —explicó el chico.

Kane recordó la mirada de hielo del bárbaro que lideraba la caravana. Todos los demás pertenecían al equipo de fútbol, pero él había sido una creación de este mundo.

—¿Qué están haciendo? —preguntó.

—Mira con atención, al estrado.

El estrado era una plataforma de obsidiana rodeada de magma, lo cual le daba un aura malevolente. En el centro, un hombre que vestía una toga inmunda daba vueltas y gritaba mientras blandía un bastón nudoso, que tenía un cascabel de calaveras pequeñas.

—El Gran hechicero —dijo el chico.

—¿Qué está haciendo?

—Presta atención.

En el mosaico oscuro del estrado, había un altar de marfil incrustado, tallado en forma de una mano gigante cubierta de cadenas. Había cosas colgadas de ella.

No eran cosas. Eran personas.

Kane reconoció a Adeline Bishop. Su piel oscura relucía contra el mármol frío que la sostenía.

Desde luego, murmuró para sí. Adeline había sido la tercera persona en la sala de calderas. Dentro de la lógica retorcida de aquel mundo, aquella *reverie*, tenía sentido que alguien tan poderosamente bella como Adeline Bishop fuera elegida para interpretar a la damisela en peligro. Parecía ser la damisela principal. Las otras chicas estaban amarradas a los dedos, mientras que Adeline colgaba de la palma con peligrosa vulnerabilidad.

–¿Qué va a suceder con ella?

–Es probable que sea sacrificada. Depende de si el héroe llega a tiempo para salvarla. Está cerca –murmuró el chico.

–¿Y qué pasará si no lo logra?

–Entonces, definitivamente será sacrificada.

Kane volteó la mirada al chico y entonces, tal vez por la luz que había en la caverna o por haber estado tan cerca de él, finalmente lo pudo reconocer. Él lo conocía. Fueron los ojos, el único rastro visible debajo de la gruesa máscara de huesos.

–Eres Dean Flores, ¿verdad?

El chico mantenía la mirada hacia el estrado, sin pestañear. Kane supo que tenía razón.

–Tú fuiste quien me dio esa fotografía de los Otros. Tú querías que encontrara la manera de llegar aquí, ¿cierto?

Dean lo miró.

–No exactamente, pero me alegra que estés aquí. Ellos te necesitan. Pero por ahora, tienes que mantenerte escondido hasta que aparezca Elliot. Él está con el héroe, la persona en el centro de la reverie, quien la está creando. Ellos están viajando a través de las trampas debajo de la caverna. Van a intentar impedir que se realice el sacrificio, y tal vez lo logren. Independientemente de eso, la reverie comenzará a colapsar luego.

–Pero…

–Y luego dependerá de ti desarmarla.

–Pero…

–Y esa última parte es muy importante, Kane. –El rostro de Dean era una máscara de sombras sin amor–. Nunca debes contarles a los Otros sobre mí. Si lo haces, intentarán lastimarte, y luego querrán lastimarme a mí. ¿Lo prometes?

Dean fue determinante. La curiosidad de Kane se aferraba para hacer más preguntas, para preguntar sobre los Otros y sus mundos secretos. Sobre su rol en todo aquello. Se prometió a sí mismo que lo haría si sobrevivía.

–Lo prometo.

–Bien. Ahora, no te muevas y trata de no meterte en problemas. Ya he pasado demasiado tiempo aquí, y no podré regresar.

Otra explosión emanó de la boca. Detrás de los dientes renegridos, se escapó una lengua carmesí que tragó algo hacia lo profundo de la garganta de la tierra.

Cuando se distrajo, Dean se había ido.

Dio una vuelta sobre sí. Dean se había deslizado dentro de las cavernas sin tocar una sola piedrita. Sabía que sería estúpido intentar alcanzarlo. El chico se había movido con la agilidad de un ciempiés a través de esas esquinas oscuras.

Kane tenía dos opciones: quedarse o irse.

Se decidió por una de ellas.

DIEZ

GIROS INESPERADOS

Kane se arrepentía de muchas cosas, y de alguna forma todas tenían que ver con Ursula. Entrar a hurtadillas en la sala de calderas y escuchar a escondidas la conversación de Ursula y los Otros. Confrontar a Ursula en el campo. Huir de ella y meterse en un mundo de fantasías letal. Perseguirla *otra vez* solo para que lo azoten con un látigo de *cabello* real. Repugnante.

Sin embargo, su lamento más reciente tenía que ver con Dean. Por supuesto, Kane había decidido desoír lo que le había dicho el chico. Estaba seguro de que podría encontrar la manera de salir de aquel caos cavernoso, pero tan pronto como volvió a entrar a los túneles, se perdió en ese mismo instante. Después de diez minutos no podía siquiera encontrar el camino de regreso a aquella especie de anfiteatro. Tenía la certeza de que los túneles se estaban recolocando. Dean había dicho que la reverie colapsaría. ¿Acaso estaba sucediendo eso? ¿Cómo se sentiría ser aplastado por miles de rocas y polvo?

—Excelente trabajo, Kane. De verdad, increíble. Estupendas decisiones. Eres brillante.

Estaba tan ocupado reprendiéndose a sí mismo que no oyó a los guardias bárbaros hasta que se escabulló en el pasadizo que estaban vigilando. Se pararon; estaban tan sorprendidos como él. Kane retrocedió de espaldas contra la pared como un rayo. Sus ojos eran normales; eran chicos de la escuela.

—*Keólogo* —gruñó el más grande con un tono amenazante.

Kane hubiera jurado que estaba frente a Evan, de la banda estudiantil, excepto que en esta versión tenía un mentón que lo favorecía mucho más. El otro, posiblemente era Mikhail Etan, también de la banda, tenía acné en las sienes, incluso en aquel mundo.

—¡Mikhail, Evan, soy yo! ¡Soy Kane, de la escuela! ¡Compartíamos la hora de orientación el año pasado!

Ellos pestañearon sin comprender.

Ellos no saben que están actuando. No saben que esto no es real.

—¡Esto no es real! Todo esto es como… un sueño o algo así. En realidad, ustedes no…

Entonces sintió un temblor nauseabundo que recorrió el túnel que derribó a los tres. Una electricidad oscura pasó por las fibras de aquel mundo y literalmente les dio una descarga. La reverie se había… enojado. La textura del aire se volvió densa y asfixiante, como si se retorciera alrededor del trío. Estaba castigando a Kane por haberse portado mal.

Los dos guardias lucharon, pero Kane fue más veloz. Huyó y

pronto, el mundo a su alrededor comenzó a retorcerse y a deformarse. Las rocas debajo de sus pies se movían a cada paso. Los túneles que tenía por delante se hacían añicos entre sí y se recolocaban en forma de nuevos caminos, que lo llevaban hacia algún lugar, como si fuera un ratón atrapado en un laberinto. Dean le había dicho que era imperativo que siguiera el juego a la reverie, y Kane había salido del personaje de una manera muy evidente. Ahora sentía que la reverie lo estaba llevando hábilmente hacia algo mucho peor. Pero no podía dejar de correr. Los guardias estaban detrás de él.

Kane dio un nuevo paso, pero pisó el vacío. Estaba cayendo dentro de una oscuridad hasta que se desplomó en una piscina de agua fría y salada. Chapoteó y escupió mientras la corriente lo arrastraba por paredes curvas cubiertas de mugre. Con las manos arañaba las paredes, pero estas eran resbaladizas. La corriente se aceleró y un resplandor pulsó hacia adelante. Desde allí oyó el cántico. Oyó el rugido de agua cayendo. Supo entonces qué pasaría.

La corriente lo llevó más abajo y lo expulsó hacia el caos de cascadas que caían sobre el anfiteatro. Se abalanzó sobre una pelota al mismo tiempo que se deslizaba cuesta abajo por una pendiente viscosa. Se sacudió y rebotó entre cúmulos de musgo hasta que finalmente rodó hasta detenerse.

A su alrededor, el vapor de agua susurraba sobre un suelo oscuro y brillante. Estaba consciente de que había caído en un silencio nuevo y aturdido, como cuando había ingresado a la clase de orientación esa mañana. Se sentó y miró a su alrededor. Tres mil ojos blancos como nubes lo miraban también. La multitud, el anfiteatro entero, estaban cautivados por el chico que había sido expulsado como un chorro del llanto del dios gigante.

Kane sintió que debía hacer una pose. O saludar. O hacer algo.

Se sentía extraño hacer tal entrada con tan poco estilo. Miró a Adeline, que estaba amarrada al altar, y su rostro era el único que no expresaba sorpresa. La nube oscura de sus rizos se balanceó cuando meneó la cabeza. Se la veía profunda y enérgicamente molesta con la llegada de Kane.

El resto de las vírgenes sacrificiales rompió el silencio cuando comenzaron a gritar.

–¡Estamos salvadas!

–¡Nuestro héroe!

–¡Sabíamos que vendrías!

Y así, se completó el giro inesperado de la trama. Kane pasó de ser un espectador distante a ser de repente el salvador. La indignación explotó entre la multitud y comenzó a exigir con gritos discordantes, el sacrificio. Sacrificio. ¡SACRIFICIO!

Los escalofríos le sacudieron el cuerpo y le hicieron rechinar los dientes. Había arruinado tanto las cosas que estaba comenzando a suceder lo peor y no había nada que pudiera hacer para impedirlo.

–¡Kane! ¡El hechicero! –gritó Adeline.

Visto de cerca, aquel hombre era una mezcla entre un cadáver y exoesqueleto. Tenía la piel cubierta de escamas quemadas, los dientes eran como piedritas podridas atascadas en encías viscosas. Tomó una daga de hueso doblada de la manga y, sin quitar la blanca mirada de Kane, se acercó a toda velocidad a Adeline. Llevó la daga hacia atrás, apuntando al estómago de ella. Adeline se resistió, pero no tenía a dónde ir.

A pesar de todos sus instintos, Kane corrió a toda velocidad para alcanzar al hechicero. No era tan rápido. La ropa empapada ralentizaba cada paso largo. No había forma de que alcanzara a evitar que la daga se hundiera en Adeline… pero…

Kane lo agarró de la bata putrida y tironeó tan fuerte como pudo. La daga se desvió hacia arriba y se atascó en el hueco de la mandíbula de Adeline; Kane tironeó con más fuerza y esta se dio vuelta. Cayeron al suelo juntos y se enredaron entre las telas pegajosas.

Kane manoteó el cuchillo sin mirar, y apretó con fuerza la muñeca del hechicero. El viejo escupió y se quejó y luego se oyó el ruido de la daga al caer al suelo. ¡Lo consiguió! Kane pateó para deshacerse de las batas, tomó el arma y corrió hacia Adeline.

Del cuello brotaban gotas de sangre que caían como joyas desperdigadas, pero nada más. La daga solo le había pinchado la mandíbula.

—¿Qué estás haciendo? —susurró ella.

—¡Te estoy salvando!

—Jugada incorrecta, Kane. —Adeline se resistió mientras Kane cortaba las cadenas—. No es necesario. Deberías… ¿podrías tener cuidado?

—¡Eso intento!

—¡Bueno, intenta *correr*!

—¿Qué?

—Correr. Usar tus piernas.

—No, te escuché.

En ese instante, Adeline embistió con la rodilla en el estómago de Kane y lo hizo doblarse en sí mismo antes de que el hechicero le partiera el bastón en la cabeza. Este se hizo añicos contra el altar y las esquirlas de las calaveras rebotaron por el suelo. Adeline había salvado a Kane, pero las manos del hechicero aterrizaron sobre él. Lo tomó de la camiseta y lo arrojó al centro del escenario con una fuerza inhumana. Kane aterrizó con todo su peso; el cuello se dobló hacia atrás y se golpeó la cabeza contra la superficie de obsidiana. La daga se le escapó de la mano temblorosa y vio todo enrojecerse.

Todo se volvió lento. El hechicero se le acercó. Tenía la mirada dura, llena de odio, cubierta de humo volcánico. Se arrodilló y le tocó el labio superior con uno de sus dedos inmundos. Cuando lo sacó, estaba cubierto de sangre. Se lo llevó a la boca y se hundió el dedo sangriento entre los labios con placer. Luego sonrió y le mostró todos los dientes a Kane. Todos los cinco dientes.

–Virgen, –dijo el hechicero, y otro giro oscuro se conjuró en la reverie.

El viejo se volteó hacia la multitud y batió el bastón en el aire.

–¡VIRGEN!

La respuesta sacudió la caverna y la reverie se deformó para acomodarse a la nueva versión. La estridencia histérica de la multitud parecía fortalecer al hechicero. Se llevó su huesuda mano a la oreja y se inclinó hacia un lado de los espectadores. "¡Sacrificio!", gritaban los hombres. Volvió a hacer lo mismo hacia el otro lado y también gritaron: "¡Sacrificio! ¡Sacrificio!". Jugó a decidir qué lado había gritado más fuerte y luego se encogió de hombros con gracia, entonces le dio otra oportunidad a cada lado para que le ganara al otro. Parecía una puesta en escena cursi para el entretiempo de un evento deportivo de las ligas menores. En su delirio, Kane se preguntó si las animadoras estarían exentas de arrojar camisetas a los espectadores.

El hechicero anunció que el lado derecho había ganado, lo que resultó en unos alaridos que laceraban los tímpanos, que dejaron a Kane entumecido. Apenas pudo sentir al hechicero levantarlo y arrastrarlo a una distancia corta. De manera absorta, se preguntó si todo se volvía más caluroso.

Rodó la cabeza hacia un lado y pudo ver a Adeline. Ella le gritaba, pero él no podía oírla. Lo estaban arrastrando hacia el otro lado del anfiteatro. Hacia donde había una chimenea con forma de boca, lista para engullirlo.

Entonces Adeline hizo algo raro. Se calmó, se puso casi rígida, como si hubiera tomado una decisión importante. Enredó los dedos en las cadenas, como si fuera a romperlas ella misma.

El hechicero empujó a Kane, lo forzó a observar las llamas del infierno que había ante él. Aquella boca ocupaba su campo visual y el aire vibraba más con los gritos de la muchedumbre, que ahora se entremezclaba con el clamor de abajo. El sudor le nubló la vista. Pudo oler que su cabello se quemaba. Aun así, el hechicero lo empujó hacia adelante y lo ofreció en sacrificio.

—¡Sacrificio! —gruñó.

—¡SACRIFICIO! —rugió la multitud.

Entonces Kane fue arrojado al fuego.

ONCE

LÍMITES

Kane aterrizó en el suelo; fue arrojado hacia atrás, en vez de hacia adelante. El cántico de la multitud se disolvió en sonidos confusos. Kane estaba perplejo, abrió los ojos y vio la daga sobre una roca que estaba a su lado. La punta sangrienta brillaba ante la luz de las llamas. Pestañeó para sacudirse las lágrimas y divisó al hechicero arañándola con desesperación mientras una cadena que tenía amarrada a la pierna lo arrastraba de regreso.

Kane siguió la cadena hasta su otra punta: Adeline, que ahora estaba de pie en el centro del anfiteatro, con las piernas firmes, usaba una mano para atraer al hechicero y la otra para enrollar la cadena en una ordenada bobina. El hechicero, que había sido lo suficientemente fuerte para levantar a Kane, no podía competir con los movimientos fluidos y deliberados de Adeline. El viejo arañaba y daba gritos ahogados, tan impotente como un pescado.

–¡Aléjate del fuego! –gritó Adeline.

No había a dónde ir. El hechicero se tambaleó hacia adelante; las pupilas parecían agujeros en lo blanco profundo de sus ojos. Kane pisoteó con su bota en las manos del hombre y le quebró los dedos como si fueran de paja. Volvió a patear y la daga se escabulló en el fuego, el anciano gritó de furia. En un abrir y cerrar de ojos, se volteó hacia Adeline. Como si fuera una cometa al viento, se lanzó en el aire y se dirigió encima de ella, pero Adeline estaba lista. Manipuló la cadena con tanta facilidad como si fuera una cinta, la hizo girar con gracia y sacó rápidamente un trozo enrollado con un latigazo violento. Se rompió contra el hechicero y lo rebanó como si fuera un trozo de queso blando cortado con un cable.

La sangre salpicó a Kane y se evaporó al instante. Se tropezó con el borde de la chimenea, saltó sobre el cuerpo arrugado del hechicero y se esforzó por no vomitar mientras se acercaba a Adeline.

–¡Eso fue salvaje! ¿Cómo…? –jadeó.

–Luego. Ahora necesitamos que las personas reales se vayan de aquí antes de que ocurra el siguiente giro. Dame una mano –le contestó con prisa.

Ella seguía jalando trozos de cadena del altar con forma de mano. Kane no sabía cómo se había liberado, entonces notó que había un candado antiguo a los pies de Adeline, abierto con una simple horquilla.

–¿Eso funciona de verdad? –le preguntó con un grito mientras ayudaba a liberar del altar a una de las chicas.

–A las reveries les encantan los clichés. Prepárate para el giro –resopló.

–¿*Otro* giro?

Adeline arrastró las cadenas hacia arriba y las enrolló otra vez en el momento que la última chica pudo huir. Nada de lo que estaba sucediendo alegraba a la multitud, pero parecía que lo que fundamentalmente ofendía a la reverie era que las vírgenes se salvaran a sí mismas. Kane presintió que se agitaba una nueva distorsión a través de las fibras de aquel universo.

–Aquí viene. Detrás de mí –dijo Adeline al mismo tiempo que se interponía entre Kane y la multitud.

–¿Dónde están las langostas brillantes? –preguntó él.

–¿Cómo sabes de eso? –ella lo miró.

–Estuve en la sala de calderas. Te oí hablar con los Otros. Así es como se llaman, ¿cierto? ¿*Los Otros*?

Adeline desenrolló un trozo de cadena. Pasó por alto el comentario de Kane, estaba concentrada en varios de los bárbaros que se apiñaban en el estrado. Eran las personas más grandes que Kane había visto en su vida; cada uno era una masa gigante de músculos perlados, con ojos blancos que combinaban con las espadas de hueso afiladas que blandían.

–De acuerdo, Nancy Drew, espero que estés listo para luchar. ¿Recuerdas cómo hacer eso que chasquea junto con tus dedos? –Adeline se encogió de hombros.

–¿Qué?

El guerrero que se encontraba más cerca aulló y se bajó al galope mientras blandía una espada sobre la cabeza. Adeline tomó a Kane del brazo y lo sostuvo en alto, con la mano de él apuntando al pecho del guerrero.

–¡Chasquea! –le ordenó.

De pronto tuvo el recuerdo de aquella cascada de magia que

brotó de sus dedos para detener a Ursula. Contoneó los dedos y, como no ocurrió nada, Adeline tiró de ambos para salvarse de un filo cortante. El guerrero gruñó, listo para el próximo ataque, y sus amigos se acercaban.

—¡Dije que *chasquees*, no que hagas manos de jazz! —gritó Adeline.

Kane los tronó.

El sonido se oyó tan fuerte como un trueno, agudo como un disparo. A la vista apareció como una vena de brillo caliente que surcó el aire. No se pudo ver nada cuando la llama golpeó al guerrero con una ferocidad salvaje que explotó hacia atrás, muy rápidamente y en decenas de pedacitos. Y luego sucedió lo mismo con los guerreros que se les acercaban.

Adeline no les permitió que siguieran acercándose. Agitaba la cadena con movimientos y latigazos elegantes y golpeaba el metal con una precisión admirable. Chocaba con las partes donde la armadura fallaba. Gargantas, codos, ingles. Los guerreros apenas tenían tiempo para rechinar los dientes de la frustración a medida que ella los arrojaba hacia atrás.

—Kane. Concéntrate —le ordenó, pero él estaba absorto por las llamaradas remanentes que se cruzaban por sus nudillos. Cada color que conocía vibraba en esa magia pálida. Las yemas de sus dedos brillaban, como si hubiera apoyado la mano en un líquido claro.

»Cuando quieras. Solo tómate tu maldito tiempo —Adeline se esforzaba por respirar.

Kane sacudió la cabeza y salió de su estupor, listo para intentar chasquear nuevamente. Adeline le bajó la mano y los arrastró a ambos para retirarse mientras buscaba entre la multitud.

—Tú no.

»Guarda tu energía. Te necesitamos fresco.

–¿Para qué?

Un coro de lamentos estalló entre la gente y Kane vio que los cuerpos enteros eran arrojados a la distancia. Adeline lo tomó de la muñeca.

–Prepárate para correr.

Lo que sea que fuera, se acercaba a una velocidad increíble. Algo hurgó entre la multitud y se dirigía hacia el altar. Justo antes de que llegara al borde, Adeline cubrió a Kane para protegerlo, pero él no podía apartar la vista.

La muchedumbre se abrió a la mitad y en el medio apareció un rayo elegante de color magenta y detrás de él, una chica envuelta de rosa. Ella se lanzó al aire, con su vestido rosado ondeando a la altura de las caderas mientras ejecutaba una patada voladora.

Kane se escuchó a sí mismo reír. ¡Era Ursula!

Lo primero en aterrizar fueron sus tacones, que le perforaron la garganta a un guerrero. Él no ofreció resistencia, y Ursula saltó sin dudarlo. Si no hubiera sido por el cuero brillante de sus zapatos, habría sido imposible verle las piernas contonearse y lanzarse contra las costillas del siguiente guerrero y hacerlo caer. Un pestañeo más y Ursula estaba sobre él, tomándolo del cuello con ambas manos para ahorcarlo, mientras él pataleaba como un loco. Entonces se oyó que algo se rompió y el hombre se quedó quieto. Sin vida. Ursula batía los puños sin parar, cada golpe generaba una oleada eléctrica de luz magenta, y hacía que el calor agobiante del anfiteatro restallara.

–Deberíamos retroceder –dijo Adeline mientras jalaba a Kane hacia la chimenea. Él observaba, absorto por la velocidad de Ursula. Su poder. El hecho de que estuviera ataviada en un disfraz de ama de casa y aún más, por el hecho de que no la detuviera ni en lo más mínimo. Ahora estaba sobre una pila de hombres sangrientos que se retorcían y que había derribado a cada uno con uno de sus brillantes zapatos. Y a pesar de todo, el peinado estaba intacto. Ni siquiera se había movido un solo cabello. Kane pensó que, cualquiera que fuese el spray de cabello que usaba, se merecía tanto crédito como la misma Ursula.

Adeline tomó el rostro de Kane y lo desvió de la acción.

—La reverie está colapsando, lo que significa que está a punto de ponerse peor. No sé cómo llegaste aquí, Kane, pero ya que estás aquí, tendrás que hacer tu trabajo.

—¿Mi trabajo?

—Sí. Tienes que desarmar la reverie.

Adeline bien podría haberle dicho que tenía que beberse el Mar Caspio. Esa frase no tenía sentido. No implicaba siquiera una idea que Kane pudiera concebir.

El ruido ensordecedor de un crujido los trajo de regreso a la lucha. Ursula se había hecho de una maza puntiaguda y la estaba usando para bloquear los ataques simultáneos de dos guerreros más. Estos blandían sus inmensas espadas al unísono para derribarla, cuando la roca donde estaba parada, con un pie descalzo y otro enfundado en su tacón, se fisuró.

Adeline empujó a Kane.

—Ahora, Kane. Tienes que desarmarla *ahora*.

—¿Cómo? —gritó. La roca agrietada y el calor de las llamas lo mareaban. Más guerreros surgían como vástagos entre la multitud, y todos ellos cargaban contra Ursula.

—Por lo general, golpeas las manos y... —Adeline fue interrumpida por una erupción que provino de la chimenea con forma de boca. Algo se movía dentro de aquel infierno. Sólido y serpenteante. Algo peor que todo de lo que habían enfrentado hasta ese momento.

Los cánticos de la multitud de pronto se sincronizaron. No era el sonido de una exigencia, como antes. Era el de una celebración. Esta vez vitoreaban:

–¡Saaangre de sacrifiiicio!

El rostro de Adeline se contorsionó.

–Kane, ¿dónde está la daga? –preguntó y él trató de recordar.

–¡La pateé al fuego! –contestó. Los ojos de Adeline se abrieron como platos.

–¿Arrojaste la daga ceremonial con mi sangre virginal al fuego?

–Pero no eres virgen. –El rostro de Adeline se volvió a contorsionar.

–Ay, Dios. Ay, Dios mío. Kane, eso no importa en este mundo. ¡Completaste el sacrificio!

De los labios de la chimenea, las llamas se volvieron de un oscuro escarlata, sobresaliendo como unos montículos ardientes. Entonces, como si fuera una lengua hinchada, una bestia colosal comenzó a serpentear desde la garganta de la tierra hacia afuera en el anfiteatro.

Su cuerpo consistía en una composición de unas láminas flameantes que se desplazaban sobre miles de patas ondulantes. Desde debajo de ella, Kane divisó unas mandíbulas dentadas tan grandes como para masticar un autobús y unos ojos pequeños, brillantes y antiguos que escaneaban con hambre el altar vacío. Entonces se llenó de ira. Lo que sea que fuera, se había enfurecido al descubrir que su comida había escapado y manifestaba la cólera a través de un lenguaje inentendible de chasquidos y chillidos.

Elliot estaba equivocado, pensó Kane. *Sí* había una *langosta brillante*.

Un nuevo cántico interrumpió el estruendo, y pronto se aceleró.

–¡*CY, MO, THO, AH, EX, I, GWA*!

El crustáceo enfurecido se movió hacia atrás y emitió un llanto ensordecedor como respuesta. Luego dirigió su vista de láser hacia Kane y Adeline. Sus antenas se sacudieron y luego se balanceó mientras manaba chispas de las mandíbulas brillantes.

Ellos corrieron, pero antes de llegar a mitad de camino hacia el altar, la criatura abrió de par en par sus quijadas gigantes y dejó salir un tsunami de fuego de neón.

—¡La tengo, la tengo! —gritó Ursula. Se apresuró a toda velocidad entre ellos, *en dirección hacia* el fuego. Tenía un brazo atrás como si fuera a dar puñetazos para abrirse camino.

Y, en cierta forma, lo hizo. El puño se disparó como un cohete en el momento que una ola de fuego convergió sobre los tres y, de una forma absurda, la inundación se separó. Esta fluyó alrededor de ellos; el calor era tremendo, insoportable, abarcaba todo a su alrededor. Para Kane todo aquello era algo que nunca había sentido, pero estaban vivos. Estaban al resguardo sobre una isla de mosaicos negros mientras un escudo reluciente de una luz color magenta se formó sobre ellos. Ursula estaba adelante de pie, empujaba con el puño y su cuerpo entero temblaba mientras se deshacía contra la respiración del crustáceo.

Y, aun así, su cabello se mantenía intacto.

—¡Hazlo, Kane! —Adeline lo obligó a pararse. Su cabello la azotaba con fuerza al tiempo que aquel infierno comenzaba a colarse por el campo de fuerza de Ursula.

—¡Desármala!

Kane no sabía qué hacer. No sabía a qué se refería. Pero pudo ver la confianza honesta que brillaba en sus ojos, confianza en él. ¿Y qué podría hacer él frente a esa fe ciega e inquebrantable? Buscó una respuesta dentro de sí mismo, pero todo lo que pudo sentir fue su corazón dudoso, su propio miedo.

Sus propios límites.

El fuego amainó y Ursula cayó de rodillas. Todo a su alrededor era un desierto de vidrio derretido desperdigado por el suelo. Ya no sabía dónde más correr y el crustáceo comenzaba a recuperar el aliento.

—Esto no puede ser real —suspiró Kane. Adeline le clavó la mirada en los ojos.

—Lo es, Kane, pero solo si tú lo dices.

Caían chispas de la quijada del crustáceo mientras este se deslizaba a través del calor radiante. Se encontraba sobre ellos. Kane cerró los ojos con fuerza y abrazó a Adeline.

Él había negado aquel mundo, su poder y su realidad, pero no podía negar lo que pasaría si el fallaba. Moriría. Todos morirían. La reverie no era un sueño. La reverie no era un cuento. No había más giros, no tenían más oportunidades. Solo quedaba el deseo de la reverie de que aquellos intrusos fueran aniquilados. Y, avivar ese deseo implicaba una ira poderosa, como si la reverie supiera lo que Adeline sabía: que Kane estaba allí para desarmarla. Tal vez era su imaginación confundida por el miedo, o tal vez era la sensación de que no sabía que la poseía, pero en ese momento sintió como si pudiera comunicarse con el núcleo de la reverie. Y lo que allí latía era más que deseo o ira; era miedo.

El miedo a que se aprovecharan de él.

Y el miedo a ser invadido, a ser despojado de adentro hacia afuera. Kane vio con ojos renovados la chimenea que gritaba y el parásito que había emergido de sus entrañas derretidas. Con la mente abierta comprendió el patrón de la reverie. Lo que yacía detrás de la trama. La metáfora o la tesis o la esencia que unía todo. Aunque no conocía la mente que había creado aquel mundo, al menos conocía su corazón.

Así pensó que podría saber qué hacer.

—Recuerda, Kane —Adeline le susurró al oído.

Entonces, recurrió a ese ápice de intuición y supo que tenía la respuesta, la sintió florecer en el pecho, audaz e impulsiva. Una sensación floreciente que se manifestaba a su alrededor, con ríos de colores que corrían por su piel y lo llevaron hacia arriba. Flotando sobre unos arcoíris de nubes, miró hacia abajo a la multitud que lo observaba estupefacta, y que comenzó a considerarlo como su dios.

El crustáceo observó a Kane, sin impresionarse, antes de lanzar su aliento mortal sobre él.

Kane golpeó las palmas.

El puente de fuego se detuvo. El tiempo se detuvo.

Hubo un instante de quietud.

De las manos de Kane erupcionó una luz deslumbrante, que destiñó la caverna de todos los colores, como si él fuera un prisma desde el que emanaba luz dividida en espectros. En ese instante de quietud, Kane entendió la reverie en sí misma: se trataba de un tapiz viviente de recuerdos y pensamientos y sueños, cosidos todos juntos con la desesperación de ser reales, de ser realizados.

La reverie se resistía al control de Kane y le quemaba la mente mientras él luchaba por contenerla en su cabeza al mismo tiempo. Pero era letárgico, su energía menguaba y Kane apretaba los dientes para mitigar el dolor. Podía sujetar las esquinas hacia los costados y provocar su centro, donde estaba la criatura temerosa congelada frente a él. Su cuerpo espantoso se cayó ante la concentración de Kane y envió una ola eléctrica que convirtió el anfiteatro en líquido. Los colores y las texturas burbujeaban juntos. Los trozos de la caverna se despegaron y flotaban a la deriva en el aire vibrante. Abajo, el suelo se desperdigaba como hojas secas para que Ursula y Adeline flotaran en la nada mientras la reverie se destruía a sí misma. Como un torbellino, esta se elevó hacia Kane y colisionó en un nudo de luz que se unió entre las palmas tensionadas.

La disolución se intensificó, y estalló en una bomba estruendosa. El dolor que sentía Kane en la cabeza era más fuerte que la agonía del fuego, pero se mantuvo concentrado en su propósito. Sabía que sentiría el dolor más tarde.

Sostuvo el nudo de luz hacia arriba, como una estrella blanca que arrastraba todo hacia ella misma.

Se obligó a mantenerse fuerte mientras el peso del mundo colapsaba sobre sus hombros.

DOCE

LA PALABRA CON S.

Kane tenía una nueva empatía hacia los sacos de boxeo. Hacia las latas aplastadas para patear calle abajo. Hacia los puntos focales de las fuerzas incesantes.

Sus pensamientos se asomaban con lentitud, borrosos, como si fueran golpes que tenía en el cerebro.

Estaba flotando. Se estaba hundiendo. La aurora se estaba disipando y lo depositaba sobre el césped de plástico rígido marcado con símbolos blancos. La cabeza flotaba sobre las manos radiantes. Podría haberse quedado dormido allí en el campo de fútbol si no hubiera sido por los murmullos dudosos de muchas personas que lo habían visto caer del cielo.

—Permiso, permiso.

Adeline se abría camino a través del grupo de jugadores estupefactos, que se inclinaban demasiado sobre Kane y sobre su rostro.

–Ey, chico soñador. ¿Estás bien?

Kane pestañeó en dirección a ella. La cueva había desaparecido, el anfiteatro se había evaporado. Detrás de Adeline, el anochecer había caído sobre Amity del Este y las luces blancas del estadio resplandecían contra la rojiza puesta de sol. Ella lo ayudó a levantarse y él notó que estaban de pie frente a una congregación de espectadores cautivados, acomodados en una versión minimizada de la multitud de la reverie. Vio a los jugadores que había reconocido como bárbaros. Y más lejos divisó a Mikhail y a Ethan que se encontraban con el resto de la banda, y ya no estaban vestidos como guardias. En un costado, más lejos, estaba el equipo de animadoras, amontonadas como si las hubieran encontrado mientras se escapaban.

Kane se volteó de repente para ver el sitio donde había estado el dios con forma de langosta gigante. En su lugar, se encontró con los arcos de la portería vacíos.

–¡Ey! ¿Está todo bien?

Lejos, en un costado apareció Ursula, que los saludaba con una mano desde los vestuarios.

–Elliot fue a buscar su auto –les anunció en voz alta. Vestía el uniforme de hockey (que aún estaba chamuscado). Kane notó que Adeline también estaba transformada. Vestía shorts y una camiseta suelta color verde menta. Ambas parecían no tener ni una de las heridas que habían recibido. Él se pasó las manos por su cuerpo.

Estaba vivo y sin heridas. Las únicas quemaduras que tenía eran las que tenía alrededor de la cabeza.

–Kane, apresúrate y devuélvelo.

Adeline miró hacia arriba.

El nudo de luz permanecía suspendido en el aire, como un adorno reluciente de cristal tallado. Kane lo apuntó con una mano, este flotó hacia él con cierta resistencia y se detuvo justo por sobre su palma. Emanaba los recuerdos del fuego, de la sangre, de los huesos reducidos a polvo. Contenía sonidos también, susurrantes y suaves, que ocultaban la violencia allí contenida.

—Haz esto con cuidado, ¿sí? Tienes que devolverlo lentamente. Con libertad —le dijo Adeline.

Kane la miró y luego volvió a observar al nudo.

—¿Has hecho esto antes?

—No de forma personal.

Afortunadamente para ambos, el nudo sabía qué hacer. Se dejó llevar por sobre la multitud confusa hasta que encontró lo que estaba buscando: un jugador sentado sobre las bancas. Y entonces, se hundió dentro de su casco.

—Te *dije* que era Ben Cooper —espetó Adeline.

—¿Qué? —Ursula levantó las manos—. ¡Parece tan agradable! Jamás imaginé que fuera un misógino, del estilo de *El coleccionista de huesos*.

—Es más bien del estilo coleccionista de *vientres*. Él fue quien trató de sobrepasarse conmigo en mi cumpleaños el año pasado. Es un raro, Urs. Solo que lo esconde bien.

—Creí que sospechaban de John Heckles.

Adeline soltó una risa burlona.

—¿Heckles? Ese idiota no tiene una pizca de imaginación en la cabeza. Es un refrigerador.

—¡Los refrigeradores guardan maravillas!

Kane no entendía el humor jocoso. A su alrededor, la gente estaba en pánico: al desaparecer, la reverie los había arrojado de vuelta a la realidad. Alguien improvisó un cántico. Otros se acobardaron, como si el dios invocado aún los acechara.

—Será mejor que te vayas con Urs —le sugirió Adeline—. A menos que quieras perder la cabeza también, valga el juego de palabras. Yo los alcanzaré tan pronto como limpie estos recuerdos. No podemos permitir que se vuelva a engendrar todo ese caos, ¿no crees? —Se puso las manos sobre las caderas y comenzó a contar a las personas que estaban en el campo. Kane comprendió que sobraba y se escabulló entre la gente hacia donde Ursula lo esperaba. Ella lo hizo callarse antes de que él pudiera hacerle alguna pregunta.

—Lo sé. Te explicaremos todo. Pero primero, ¿tienes hambre?

Kane estaba famélico. Después de todo, no había almorzado.

Ursula sonrió.

—Siempre tienes hambre.

—Entonces ¿qué hay de los hombres lobos? Hubo dos sobre hombres lobos, ¿cierto? —preguntó Elliot.

La cafetería Gold Roc era una cafetería cursi y angosta en el límite de Amity del Este, que permanecía ajetreada durante toda la noche como un satélite de neón. El cuarteto se sentó en la mesa cerrada del fondo. Sobre ella había platos desperdigados, cubiertos de manchas de kétchup y grasa, a excepción del plato de Adeline. Había diseccionado su emparedado y, con las cortezas, construyó una torre pequeña. Kane observaba la torre. Era todo lo que podía hacer para evitar desmayarse del cansancio.

Apenas había hablado desde que se sentaron. Era como si lo hubieran empujado al vacío. Tenía la mente desconectada del cuerpo por un centímetro y el resto estaba desalineado. Los Otros, tal vez alarmados por su silencio, comenzaron a contarle cosas. En ese momento estaban conversando sobre las reveries anteriores con las que se habían encontrado.

Reveries, pensó Kane. *Plural. Ya han sucedido antes, y con frecuencia.*

–Sí… recuerdo dos reveries con hombres lobos –aportó Ursula.

–Tres, si cuentas la de Barbara Weiss, del año pasado, durante la obra escolar –recordó Adeline.

–Esos solo eran lobos gigantes –agregó Ursula.

–No, ella tiene razón. También había personas que se convertían en lobos. Entonces fueron tres reveries con hombres lobos –determinó Elliot.

Kane absorbía la información. Ahora estaba más allá de las dudas. Estaba más allá de todo, giraba en círculos en una órbita elíptica en torno a la conversación.

–Este no fue el primer insecto gigante, ¿verdad? –inquirió Ursula.

–Isópodo –Elliot la corrigió, pero las chicas lo ignoraron.

–Hubo de arañas lunares gigantes. Las que se arrastraron fuera del eclipse en aquella reverie –confirmó Adeline.

–El término técnico es arácnidos, Adeline.

–Elliot, juro por Dios que si no dejas de hacer eso…

Ursula cambió el tema de la conversación y comenzó a narrar su reverie preferida, que se trataba de una historia sobre unos dragones raros que se criaban en estanques y que estaban decididos a convertir nenúfares en sombreros. Eso derivó en un debate sobre los atributos de las sirenas, un tema que, por alguna razón, avergonzaba a Ursula profundamente. Elliot y Adeline sonrieron, y ella fingió contarle un chisme lascivo a Kane.

–Deberías haber visto a Ursula usando un sostén de sirena.

Nunca lo sabrías, porque siempre se viste con sudaderas holgadas, pero tiene buenos…

—¡Adeline! —El rostro de la susodicha se puso tan escarlata como su cabello. Adeline, aún divertida, se encogió de hombros.

—El punto es que lo hemos visto todo. Y cuando me refiero a todo es *todo* —concluyó Adeline.

La órbita en la mente de Kane regresó a la estrella oscura de su mundo, el vacío en el cielo nocturno donde algo debió haber estado. Durante el interrogatorio sobre su existencia, los Otros no habían mencionado ni una vez a Dean Flores. No sabían de él. Era como si para ellos él no existiera.

—¿Qué hay sobre fantasmas? —preguntó Kane.

Todos quedaron en silencio luego de oír las primeras palabras que dijo Kane al cabo de una hora.

—Aparecen a menudo. En especial cerca de las fiestas —dijo Ursula con tono solemne.

—Entonces, lo que quieren decir es… —se aclaró la garganta. Sentía que ahora la lengua le picaba con preguntas, tenía tantas que creyó que saldrían de él como un enjambre rebelde—. ¿Entonces las reveries solo suceden? ¿Surgen de las personas cada varias semanas, sin previo aviso? ¿Y solo ustedes se encargan de ellas?

—¿Y quién más? —Elliot se encogió de hombros.

—Tal vez la policía, el FBI, el Vaticano —sugirió Kane.

Ursula se rio.

—No… básicamente, una vez que quedan atrapados en la reverie, todos se vuelven inútiles excepto nosotros. Una vez intentamos que la policía lograra ayudarnos, pero también les lavaron el cerebro. Cuando estás en la ensoñación de alguien, te conviertes en lo que esa persona quiere que seas.

Kane pensó en las expresiones vacías de los bárbaros, los jugadores de fútbol, los de la banda, las animadoras. Para ellos, la reverie era la única realidad que conocían.

–Recuerdo aquella de ciencia ficción. Había una casa que rebotaba en una estación espacial. Muy exagerado –recordó Elliot.

Adeline se tocó la barbilla.

–Era una tontería de alto nivel, poca lógica. ¿No había conejos carnívoros?

–¡Ah, es cierto! ¡Me había olvidado de esos! –agregó Ursula.

La cabeza de Kane giraba como un pinball a medida que los tres aportaban información.

–De cualquier modo, es mejor que manejemos las reveries nosotros mismos. De otra manera, las cosas se vuelven raras –Adeline se cruzó de brazos.

Se vuelven raras.

Se vuelven.

–No todas son tan intensas como la de hoy. De hecho, casi todas son inofensivas al principio, pero todo depende de cómo juegas las cartas. Si algo sale mal, aun las reveries más inocentes se pueden volver mortales. Por eso es importante seguir el juego y ayudar para que la reverie logre su objetivo. De otra manera se distorsionan –dijo Elliot mientras miraba a Kane a los ojos.

Adeline batió las pestañas y dijo con un rencor sereno:

–Como la de hoy, por ejemplo.

Ella sabe que lo eché a perder. Ellos saben que fue mi culpa que nos agarraran.

–Correcto –asintió Elliot–. La reverie de hoy venía de Benny Cooper, quien se suponía que debía rescatar a las damiselas. Probablemente habría saltado en el anfiteatro al último minuto y habría matado al hechicero, y eso habría evitado la invocación. Ese monstruo parecía improvisado. –Los Otros asintieron–. Estos días vémos muchas fantasías sobre héroes que salen de los varones de segundo año.

Kane quería olvidarse de sus propios errores, pero para nada quería ponerse a debatir sobre la langosta de lava que, ahora que lo pensaba, sí parecía un poco tonta.

–Pero… pero ¿por qué bárbaros? ¿Y por qué las chicas estaban vestidas como secretarias? –inquirió.

Elliot sonrió como si aquel comentario lo llenara de orgullo.

–Cada reverie tiene una premisa. Una inspiración, ¿sí? Bueno, hace poco tiempo, el equipo de fútbol dio una fiesta para inaugurar la temporada. La temática era "Bárbaros y bibliotecarias". Copper debió haber sacado la idea de allí.

–¿Y qué hay de… Cymo-como sea?

–*Cymothoa exigua* –aclaró Adeline–. Es un parásito que se aloja en la lengua del huésped y la reemplaza. Es una cosa de verdad. Lo estudiamos en biología mientras tú no estabas. Y sé que Cooper *detesta* los crustáceos. El año pasado se puso como loco cuando nos quedamos en la casa de la playa de Claire. Su papá cocinó cangrejo de río y alguien puso uno en el vaso de Cooper. Lo vio cuando ya había bebido todo.

–Eso explica lo de las langostas brillantes en el laboratorio de la profesora Clark –recordó Ursula.

–Isópodos.

–Lo sabemos, Elliot –dijeron las chicas al unísono. Luego Adeline levantó el mentón, miró a Kane y le preguntó:

–¿Tienes otras preguntas?

–Sí… ¿cómo es que, digamos, nadie sabe de esto?

–¿Recuerdas hoy, en el gimnasio, cuando estábamos hablando y todo el mundo desapareció? –siguió Elliot.

–Sí... era como si por un segundo hubiésemos estado en otra dimensión. ¿Eso fue una reverie?

–No, eso fue un truco de invisibilidad. Los demás no podían vernos y nosotros no podíamos verlos a ellos. Bastante cool, ¿cierto?

A Kane le pareció que era en gran parte manipulador, pero no se lo dijo.

–Cuando comenzaron a ocurrir las reveries, cada uno de nosotros obtuvo poderes. Todos nosotros somos más fuertes y rápidos de lo que solíamos ser, aunque Urs es mucho más fuerte y rápida –le explicó.

La susodicha se sonrojó. Elliot continuó:

–Y cada uno de nosotros tiene habilidades específicas. Por ejemplo, yo puedo alterar la percepción. Manipular lo que la gente ve y crear proyecciones. Soy el maestro de la obnubilación.

–Simulaciones, Elliot. Solo di que creas simulaciones. No es tan difícil –se burló Ursula.

–Bueno, ilusiones. Creo simulaciones y oculto las reveries mientras suceden –concluyó, rendido.

Kane se tocó el puente de la nariz y preguntó:

–Okey, entonces puedes ocultarlas, pero ¿qué hay de la gente que las experimentan? ¿No pueden, no lo sé, tuitear sobre lo que ven?

Adeline sonrió con superioridad y le explicó:

–No... estamos cubiertos. Elliot puede manipular el presente, pero yo me encargo del pasado. Puedo meterme en sus recuerdos. Los puedo borrar, puedo crear nuevos. Lo que sea necesario para que la gente no recuerde lo que vivieron. Y si no elimino los recuerdos, se quedan demasiado confundidos y, a veces, eso hace que generen sus propias reveries. Supongo que eso sucede cuando no puedes dilucidar cuál de tus vidas es la real.

Antes le habían explicado a Kane que Adeline se había quedado en el estadio para lidiar con la "limpieza", lo que significaba asegurarse de que nadie supiera jamás que había ocurrido la reverie.

—El truco es borrar todo, pero no llenar cada espacio en blanco —continuó—. Si dejas los interrogantes suficientes, la mente se miente a sí misma y los completa de manera orgánica. Es fácil.

Adeline puede manipular los recuerdos, pensó Kane. Le dio escalofríos al conectar un poder tan horripilante con su propia mente estropeada.

—Adeline es la seguridad. Yo soy el simulador. Cada uno de nosotros puede pelear, pero Urs es la verdadera soldado. Ella canaliza la potencia, la guía hacia sus obstáculos y la convierte en pura fuerza. Es nuestra ofensa y defensa. Es una bestia.

—Gracias, Elliot —la susodicha sonrió con superioridad.

Kane se apagó aún más. *Seguridad, simulación, soldado*. Giró hacia Ursula con la mirada vacía.

—¿Entonces cuál es mi palabra con *S*?

Los tres se congelaron durante unos segundos que duraron una eternidad, mientras Kane aguardaba la explicación que no llegaría. Exasperado, decidió ser franco.

—Oí la conversación entera que tuvieron en la sala de calderas. Sé que solía ser parte de este grupo. *Los Otros*, ¿cierto? ¿Así es como se llaman a ustedes mismos?

—Sí… necesitábamos un nombre para identificarnos dentro de las reveries, sin importar la trama. Es un nombre en código —le explicó Ursula.

–¿Un *nombre en código*? ¿De quién fue la idea trillada de poner un *nombre en código*?

–Tuya. Fue *tu* idea. Tú. Nuestro líder. –Adeline golpeó la mesa y las personas que estaban cerca hicieron silencio, incluido Kane.

Kane se puso al rojo vivo, sentía un cosquilleo en el nacimiento del cabello y la ropa le hacía picar la espalda. *¿Líder?*

–Lo mismo sucedió con el término *reverie*. Y *héroe*. Decías que es difícil afrontar un problema si no sabes cómo hablar de él, así que inventaste los términos.

Sentía un calor que le atacaba los bordes de su campo visual. Le caían gotas de sudor por la espalda. ¿Cómo era que el resto no podía sentir el calor?

–Tú fuiste el primero en explorar las reveries. El primero en obtener poderes –ahora hablaba Elliot–. Tú, luego Urs. Adeline y yo eventualmente nos involucramos en algunas reveries, por accidente, y cuando se desarrollaron nuestros poderes nos pareció natural que formásemos un equipo. Entonces nos convertimos en los Otros. Somos los únicos que nos mantenemos lúcidos, y si no las desarmamos como es debido, queda un daño hecho. La gente queda lastimada. Lo aprendimos a las malas.

Fue un movimiento sutil, pero Adeline cerró los ojos por unos segundos. Elliot continuó:

–Y hace poco, las reveries se han vuelto peores. Más… elaboradas. Es como si fueran universos enteros en lugar de una simple historia. Y luego, alrededor de dos meses atrás, creímos… –tragó saliva–. Tú empezaste a hablar de la energía de las reveries. La cosa que las crea. Dijiste que había una fuente de poder de la que, de alguna forma, se estaban apoderando los héroes y que, si pudieras encontrarla, también podrías controlarla.

–Te dijimos que lo no hicieras –agregó Adeline.

–¿Que no hiciera qué?

Nadie le contestó.

–¿Que no hiciera *qué*?

Adeline bajó el tono de voz con un tono amenazante:

–Te volviste loco, Kane. –Elliot y Ursula se encogieron de miedo–. ¿Qué? Es cierto. Te obsesionaste con eso de encontrar la fuente de las reveries, la fuente de nuestros poderes. Estabas convencido de que era un arma que debías tener, o que de otra forma la usarían en tu contra. Estuviste hablando de eso durante semanas, y luego, en el medio de una reverie, tu... no lo sé. ¿Perdiste el control? Como si de verdad, realmente hubieras perdido la conexión con la realidad. En pocas palabras, destruiste todo por completo con una explosión psicodélica, y creímos que habías muerto. Que estabas muerto *muerto*.

–¿Qué ocurrió con el accidente de auto?

Adeline se puso a jugar con las cortezas de pan que había en su plato y continuó:

–La policía vio la explosión y apareció en el sitio. Necesitábamos algo rápido, así que Ursula arrojó tu coche en el molino y Elliot creó evidencia falsa para hacerlo parecer un incendio. Yo completé el resto con algunos recuerdos falsos mientras nos asegurábamos de que te llevaran al hospital. No fue lo mejor, pero necesitábamos usarte como distracción.

–¿Tú arrojaste el coche de mi papá?

Ursula jamás se había visto más avergonzada, ni siquiera cuando Adeline contó lo del sostén de sirena.

–Por abajo del hombro –dijo con un hilo de voz.

–¿Y eso fue una distracción? ¿De qué?

El frío había regresado a la mesa y ahora ya no se iría. Se le había pegado a la piel de Kane como una escarcha espumosa. Se giró hacia Adeline, que era la más comunicativa, pero fue Elliot quien le contestó.

—La heroína de aquella reverie era una vieja artista, y su reverie era sobre un Amity del Este reimaginado con acuarelas. Entendimos que se desarrollaba mientras ella se disponía a pintar el molino. Era enorme y complejo, pero nunca llegamos a la resolución. Cuando destruiste la reverie, la heroína desapareció. No sabemos qué sucedió con ella. Su nombre era...

—Maxine Osman —espetó Kane. No quiso ver la reacción de los demás. Las luces fluorescentes de la cafetería zumbaban en medio del silencio. Ni el tiempo ni los sentimientos podrían conmoverlo al volver aquella sensación de culpa que sentía desde el día que había regresado. Era una verdad pulsante que lo recorría por dentro por completo, una oscura verdad. *Eres un asesino, eres un asesino*, le decía. Tragó en seco. Apenas conocía a esas personas, y definitivamente no confiaba en ellos. ¿Y si estaban inventando aquella historia de la misma forma en que había creado el accidente? De la misma forma que había creado las otras cosas.

»¿Cómo sé que no están mintiendo? ¿Cómo es que no logro recordar?

Ninguno quería mirarlo a los ojos. Adeline parecía estar en otro mundo cuando por fin respondió:

—Te encontramos luego de que desarmaras la reverie de Maxine y tenías un objeto en la cabeza. Era un artefacto que no provenía de la reverie. Creemos que fue lo que te apagó los poderes, pero no estamos seguros. Parecía una especie de corona, pero te estaba quemando —le contó mientras señalaba las quemaduras grabadas en el cuero cabelludo de Kane.

El terror le oprimió el pecho.

—Tuve que quitártela, pero cuando la toqué también afectó mis poderes. No podía controlarlos. Era como si ellos funcionaran al revés o algo así, y el molino entero se deterioró. Lo mismo sucedió con tu auto. Elliot y Ursula habrían muerto si no hubiera sido por el escudo de ella. Pero yo resistí y funcionó. Te lo quité y lo tiré, más tarde, cuando lo buscamos, había desaparecido. Se había evaporado —dijo esto último en tono de veredicto—. Tú sobreviviste, pero lo que fuera que hice te destruyó algunos recuerdos. Cuando te fui a ver al hospital, te habías olvidado de todo lo que ocurrió en el verano y de nosotros y de las reveries.

El ambiente entre ellos estaba tan quieto como un cementerio. Kane esperaba para ver cómo reaccionar. Esperaba para que el terror se disipara y que le brotara alguna emoción. Creyó que sentiría otra vez la traición. O duda. En cambio, ninguna de esas cosas le nacieron. Lo que sintió fue miedo, pero fue lo suficientemente inteligente para no demostrarlo.

La furia era una forma práctica de cubrirlo y fluía rápido como el aceite caliente.

—¿*Tú* me borraste la memoria?

—Kane, no tuve otra opción —le explicó.

Kane empujó la mesa.

—¿*Tú* me dejaste en coma? ¿*Tú* chocaste el auto de mi papá? ¿*Tú* volviste a mi familia y a la policía en mi contra?

Los ruidos de la cafetería cesaron, todos estaban pendientes del chico que gritaba.

—Ella te salvó, Kane —intervino Elliot—. Nos ha estado salvando a todos desde entonces. Luego de que fuiste, tu familia hizo una denuncia para que la policía investigue lo que te ocurría, pero Adeline llegó a tiempo para hacer que ellos tampoco recordaran quiénes somos. Ella es quien nos mantiene en el anonimato.

–¿Le borraste la memoria a mi familia? –Kane se alejó, horrorizado.

Adeline se cruzó de brazos y se puso a mirar por la ventana. A Kane se le revolvió el estómago. Se levantó y comenzó a alejarse. Elliot lo siguió. Todo el mundo los seguía con la mirada.

–Kane, escúchame. No es perfecto. Nada de esto lo es. Pero aquí estás. Encontraste la manera de regresar. Y ahora más que nunca necesitamos trabajar en equipo. Tienes que demostrarnos que puedes controlar tus poderes, o sino…

Kane lanzó un puñetazo y este aterrizó en la mejilla de Elliot. La cabeza se sacudió hacia un lado y cayó, junto con una pila de platos sucios que se estrelló en el suelo.

Se escuchó el grito ahogado de todos los presentes. Entonces Kane decidió tranquilizarlos.

–No recordarán nada de esto. Ella les va a borrar los recuerdos a ustedes también. –Luego se dirigió a los Otros–: Si se acercan a mi familia de nuevo, los mataré.

Se escucharon las campanillas de la puerta cuando Kane salió de la cafetería. Alguien lo siguió y sonaron otra vez.

–¡Kane!

Era Ursula.

A pesar del miedo y la ira, Kane se detuvo.

–Me voy.

–No puedes. No puedes irte con esas cosas allí afuera. Al menos déjanos que te llevemos a casa.

–Prefiero correr el riesgo. –Era cierto, prefería exponerse a los horrores de la noche antes que pasar otro minuto con ellos tres.

Ursula hizo un bollo con su chaqueta.

–Toma. Hace frío.

Kane la tomó. La calidez que le filtró por los dedos se sintió como invasiva. Olía como ella, a jabón y desodorante, y eso también se sintió invasivo. Como un millón de caballos de Troya, millones de traiciones que le recorrían los sentidos.

–Kane, antes de que te vayas…

Él continuó caminando, ofendido, esperando escuchar las campanillas, lo que significaría que Ursula lo había dejado irse. El repiqueteo nunca se oyó, lo que significaba que ella todavía estaba allí, en la noche fría, viéndolo irse, viéndolo olvidarse de ella otra vez. A pesar de odiarse a sí mismo, se puso la chaqueta.

Porque Ursula tenía razón. Hacía frío y era una larga caminata a casa.

TRECE

PEZ RAPE HEMBRA

Dos horas más tarde, Kane se escabulló por la puerta de la cocina. Después de haber caminado diez kilómetros los pies lo estaban matando. Le dolían los hombros en el lugar donde le calzaba la mochila. Tenía la mano hinchada y los nudillos amoratados, además estaban agrietados y le supuraban. Era como si el golpe que le había dado a Elliot le hubiera cuajado la magia brillante que tenía escondida debajo de la piel. Ahora se veía como si le brotara un aceite oscuro que quería escapar por las capas de roca y presión. Se sacudió las manos una y otra vez mientras caminaba en círculos por la cocina, a la espera de distinguir algún sonido que hiciera alguien de su familia. Parecía imposible que Sophia hubiera mantenido una mentira por tanto tiempo, pero después de todo encontró la casa en paz, oscuridad y silencio. Demasiado silencio. Por cómo se habían dado las cosas, le sorprendió que la policía no lo estuviera esperando. Aun así, tenía el teléfono olvidado en el bolsillo. Había desaparecido del mundo durante una tarde entera y aquello ni siquiera había ameritado un simple mensaje de texto.

Estaba demasiado aliviado para cuestionar eso. Ir a su propio dormitorio no era una opción, así que se dirigió al sofá de la sala. Justo antes de desplomarse en él, se encendió una lámpara y apareció Sophia en el sillón reclinable.

—Así que te quedaste en la escuela hasta tarde.

Kane escondió los nudillos ensangrentados detrás de la espalda mientras su hermana lo inspeccionaba, adormilada. Ella se ajustó los lentes y se acomodó la manta. Debió haberse quedado dormida mientras lo esperaba.

—Te cubrí —dijo al cabo de unos segundos—. Mamá y papá creen que has estado durmiendo desde que llegaste de la escuela. Me hicieron llevarte la cena a tu habitación. La arrojé por la ventana y traje los platos. Asegúrate de limpiar eso.

Kane apretó los labios. Sabía que debía agradecerle, pero no había sido su elección el haber sido abducido por una pesadilla atroz. Se contuvo de decir algo porque sabía que sería usado en su contra.

Sophia asintió en seco y se levantó a rastras del sillón. Arrastraba la manta como si fuera una capa elegante. Cuando llegó a la mitad de las escaleras se detuvo:

—En la mañana me dirás dónde has estado. Si me mientes, les diré todo a mamá y a papá. Preferiría verte tras las rejas antes que perderte de nuevo, Kane. Esas son mis condiciones.

Él quedó solo otra vez. Arrojó la mochila al suelo y luego se desplomó al lado, sentado debajo de la luz dorada de la lámpara.

Pasó una hora sentado allí. Luego pasó otra hora más; tenía mucho miedo de dormir, soñar. Le aterraba pensar que, si se distraía un instante, su casa podría disolverse en el éter, como la arena. Se sentía de esa manera cuando espiaba hacia el Complejo de cobalto a través del escaso bosque que lo escondía de la calle. Sentía como si estuviera coqueteando con una enormidad escondida tras el manto de la realidad. Si la mirara fijamente durante mucho tiempo, se perdería dentro de ella, le pertenecería y jamás encontraría el camino de regreso.

¿Qué demonios iba a decirle a Sophia?

Bueno, me puse un aparato mágico en un mundo de ensueños y eso me dio poderes que me hacen enloquecer. Ah, sí, también tengo poderes.

Mantenía las manos apretadas con fuerza.

Cuando amaneció, la luz se coló por partes. La luz rosada le hacía picar los ojos irritados. Luego la luz cubrió todo. Pronto despertarían todos en la casa.

Kane tenía las piernas entumecidas. Cuando las estiró se cayó sobre la alfombra y aplastó la mochila; entonces recordó el diario rojo.

Le tomó un segundo encontrarlo. Lo miró como si fuera comestible, como si lo fuera a abrir, desollarlo y devorarse las páginas. En la prisa por escapar de los Otros, Kane había dejado la mente en blanco adrede. Ahora los recuerdos sobre Dean Flores estallaban como fuegos artificiales, uno tras otro. *¡Bum, bum!*

—"Jamás le cuentes a tus amigos sobre mí" —recitó—. "Si lo haces, te lastimarán y me lastimarán a mí".

Bueno, a Kane ya lo habían lastimado, así que la mitad de la profecía de Dean ya se había cumplido. Y Dean no era un simple civil. Había estado lúcido, como Kane. Como los Otros. Aun así, no era

150

uno de los Otros. Desde el principio, era la única constante de Kane, pero todavía era lo único que no encajaba.

Sobre las páginas del diario danzaban dibujos de zapatos. Ahora tenía la certeza de que eran las zapatillas de Elliot y las sandalias de Adeline. Kane continuó ojeando en la búsqueda de otra pista. Otra foto. Estaba seguro de que Dean lo había guiado hasta ese punto. Kane estaba desesperado por avanzar.

Una alarma sonó en algún lugar de la casa. Sus padres. Sophia se levantó después. Ella querría respuestas. Kane necesitaba pensar en más mentiras.

Divisó algo entre las páginas. Regresó a la de atrás, pero no lo encontró. Volteó el diario y el objeto cayó con un aleteo.

Era una tarjeta de papel grueso con filigranas doradas en los bordes. La tipografía era elegante y resplandecía. Decía:

PARA: *Kane Montgomery.*

OCASIÓN: *está cordialmente invitado a asistir a un té para dos personas.*

LUGAR: *calle Carmel 147*

No tenía firma, pero en el final había una línea en tinta negra brillante. Kane pasó el dedo por encima de las letras y la tinta se difuminó.

Cuándo: ahora mismo.

Kane se dirigió en su bicicleta a toda velocidad hacia la calle Camel. En el camino, pasó como una bala por casas victorianas convertidas en tiendas de moda y salones de belleza. Mientras se acercaba al centro del pueblo, el grueso follaje se perdía para darle paso a una urbanización más densa. El contraste entre ambos, ya sin carácter propio, quedaba fusionado como si fueran dientes que tienen frenos. Estaba seguro de que la invitación era la próxima pista de Dean, como ya había hecho con la foto. La dirección que decía la tarjeta era de la biblioteca. Se preguntó si a Dean le gustaban los libros. Tal vez a los dos les gustaba los mismos libros.

Ahora mismo.

Kane había salido disparado, pero no sin antes ensuciar algunos platos y dejar una nota para avisar que se encontraría tomando clases particulares. Sabía que Sophia sospecharía, así que le envió un mensaje de texto. **No te preocupes. Estoy bien. Te contaré todo.**

Luego apagó el teléfono y esperó que ella no llamara a la policía.

Se inclinó para tomar una curva suave. La pálida mañana se alzaba sobre él y se tornaba espesa con el canto de los pájaros, el calor y el ruido de los insectos. Cuando divisó la biblioteca, se detuvo en seco. Estaba cubierta con materiales de construcción. Había una valla alineada con una lona verde que delimitaba la propiedad, y habían colocado unas cortinas de plástico en la mayoría de las ventanas. A través de ellas la biblioteca parecía vacía; eran los restos destruidos del recuerdo que tenía Kane.

La invitación le zumbaba en el bolsillo. A su alrededor, el coro de cigarras aumentaba y lo instaba a ingresar. Aunque de repente, su investigación secreta no parecía tan divertida.

Aun así, aunque el plan fuera imperfecto, era *suyo*.

Dejó la bicicleta sobre una montaña de laurel y entró a hurtadillas por un hueco libre de la obra en construcción. A excepción de las cigarras, todo estaba muy silencioso. En la entrada había unas cortinas opacas que se movieron al ritmo de una exhalación metódica. En el interior, una oscuridad impenetrable lo aguardaba.

Kane se puso por encima la chaqueta de Ursula. Se preguntó si al menos debería enviarle por mensaje de texto la dirección, en caso de que desapareciera, pero decidió que no se arriesgaría a encender el teléfono. Tensó la mandíbula y se aventuró hacia el interior.

El estilo de la biblioteca era abierto y tenía un extenso tragaluz gracias al cual la luz del sol llegaba a cada rincón. Kane recordaba aquel espacio como un derroche de tonos naranjas y amarillos que hacían arder el polvo que flotaba en el aire como si fuera glitter.

La biblioteca en la que ahora se encontraba era una traición a aquel recuerdo. El tragaluz estaba cubierto con un toldo y la luz del sol que se colaba por los huecos parecía tan sólida que podría chocarse contra ella. Solo se veían algunas partículas de polvo que entraban y salían de los rayos de luz como si fueran insectos. En cuanto al resto, el aire estaba inmóvil.

No había libros; solo vigas de madera y cables.

Pero sí escuchó un ruido. Kane oyó un repique distante en aquel vacío que provenía de arriba. Cerró los ojos para escuchar. Cuando volvió a abrirlos, no estaba solo.

Un perro estaba sentado donde caía luz. Era de cabello liso y negro; tenía las orejas recortadas, paradas como cuernos. Era un dóberman que tenía una fina cadena de plata que llevaba como collar. Lo observaba a Kane con ojos insistentes; gimoteó y trotó hacia las escaleras. Kane, obediente, lo siguió. Subió dos pisos hasta que encontró al perro, que lo estaba esperando.

Antes de la construcción, el piso de arriba estaba destinado a los aburridos libros para adultos. Ahora estaba convertido en un enorme espacio abierto, apenas iluminado por una rejilla de tragaluces oscurecidos. Algunos tenían sombras en las lonas, cuyo efecto era como el lado oscuro de un estanque que se mece en cámara lenta.

Le daba una translucidez turbia al vacío que, como Kane notó, en realidad no estaba vacío en absoluto.

En el medio de aquel espacio había una habitación sin paredes. Estaba iluminada con una luz tenue, como si fuera un escenario oscuro vacío y aquel fuera el foco de la escena. Allí había un diván color marfil enfrentado a un sillón orejero rígido y sofisticado. Entre ellos había una mesa de té de caoba, donde aguardaban unas tazas de té de porcelana, con sus platillos y tetera sobre una bandeja reluciente. El vapor que se escapaba de la boca estrecha de la tetera se subía hasta rozar un candelabro que resplandecía con mil caireles de cristal. Embelesado, Kane se aproximó. No fue hasta que estuvo detrás del candelabro, cuando percibió que había algo peculiar: la luz latía como si estuviera viva.

Entonces, algo se movió en aquel escenario. Como si fuera un pulpo que abandona su coral, una persona se dejó ver en el diván y se paró. El camuflaje de su bata de brocado contra el diván era sorprendente. Kane sintió que le recorría un frío por el cuello. No reconoció a quien venía, sino a quien oyó.

—¿Sabía usted —comenzó a decir Dr. Poesy, el mismo que le había dado el diario rojo en el Cuarto blando—, que el pez rape hembra desarrolló una línea oscura en su sistema digestivo para que, al ingerir alimentos que brillaran, no quedara expuesta de adentro hacia afuera con su presa?

Los ojos de Kane viajaron al candelabro otra vez.

—Viven en la oscuridad, ¿sabe? Provienen del abismo —agregó.

Dr. Poesy lucía diferente a como Kane lo recordaba. Allí, de pie, en toda su monocromía, vestido con aquella bata lujosa que dejaba los hombros a la vista, radiante con el poder de los tonos pastel. La piel del rostro relucía detrás del maquillaje en tonos rosados y melocotón. El cabello había cambiado de castaño a un tono lavanda perlado (Kane notó que era una peluca). La abertura de la bata tenía un ribete de raso que se ondulaba con el movimiento.

¿Le Dr. Poesy estaba travestido?

—Sí, *ella* está travestida —volvió a hablar una vez más, al ver la pregunta evidente en el rostro de Kane. Él parpadeó para quitarse la sorpresa.

—Como sea. ¿No es un dato interesante? Acerca del pez, quiero decir. Lo descubrí hoy. Es una bendición aprender algo nuevo todos los días, pero tendrías que vivir en un mundo pequeño para no hacerlo. ¿No lo cree señorita Daisy? —retomó.

La Dra. Poesy extendió una mano y la perra le lamió los largos dedos. Ella lo acarició con ternura.

—¿Acaso la señorita Daisy no es una fina compañía? Siempre le he dicho que podría ganar mucho dinero si no fuera tan quisquillosa. —Se sentó, cruzó las piernas desnudas y tonificadas y con un gesto le indicó a Kane que hiciera lo mismo. Sus tacones eran monstruosos.

—Usted no es una doctora de verdad, ¿cierto? —espetó Kane.

—Bueno, no, no en un sentido convencional.

—¿Tiene un título de doctorado?

—No.

—¿Tiene algún título?

Poesy… no le Doctor, solo Poesy… se sintió insultada.

—Por supuesto.

—¿De qué?

—Arquitectura parafísica y lo que ustedes llaman física, pero no entiendo cuál es el punto con…

—¿A qué se refiere con "ustedes"?

—Los estadounidenses.

–¿De dónde es?

–No de aquí.

–Sea específica.

Poesy se dio golpecitos en su rosada mejilla con una uña que parecía un cuchillo. Sonriendo con astucia, le contestó:

–Del abismo.

Kane esforzó la voz.

–Entonces ¿qué está haciendo aquí?

–Estoy tomando el té. Creí haber enviado esa invitación. ¿Le gustaría acompañarme? –Poesy se quitó la bata, la dejó caer sobre el diván, y así reveló el corsé decorado con cuentas y brillos que llevaba puesto. Tenía un brazalete cargado de una decena de amuletos que tintineaban cuando se movía. Kane se dio cuenta de que se movía más cerca de ella para observar el accesorio. Notó que había una calavera opalina, una estrella de mar de cobre y una llave de madera blanca.

Tomó asiento.

También vio una diminuta piña gris y una abeja gorda de porcelana.

–Espero que no haya tenido problemas para encontrar este sitio. Como verá, he priorizado nuestra privacidad.

Kane miró asombrado el juego de té invaluable. Porcelana china color hueso con un borde de oro fulgurante. Poesy tomó su taza y usó una cucharita de plata para revolver el té hasta formar un pequeño remolino.

Plata contra porcelana. Era un sonido tan minúsculo. Kane se preguntó cómo se escucharía dos pisos más abajo.

–Tomará té, ¿verdad? Tenemos bastante de qué hablar y no tenemos mucho tiempo para eso. Pero no tiene sentido prescindir de los modales. No somos bárbaros, ¿verdad? –rio entre dientes adrede mientras le servía la taza de Kane.

–¿Usted sabe sobre las reveries? –le preguntó.

–Así es.

–¿Qué sabe?

–Bastante.

–¿Qué son?

–Muy peligrosas.

Las respuestas de Poesy solo generaban más preguntas, como las setas cuando liberan esporas. Kane se guardó la curiosidad, porque sabía que era inútil esperar que una drag queen hiciera otra cosa que lo que ella quisiera. Desde su limitado conocimiento, sabía que las drag queens hacían playback en los bares llenos de gente que peleaban para darles dinero. Kane no llevaba efectivo y tampoco creía que Poesy lo aceptara de todos modos. Solo tenía que dejarla hacer su show, o no, entonces guardó silencio y se reclinó en su asiento.

Poesy levantó su taza de té. Kane la imitó. Dieron un sorbo al mismo tiempo. El té era una infusión de rosas que a Kane le generó una electricidad vibrante en el estómago.

–Señor Montgomery –comenzó–, ¿qué sabe usted de etherea?

Etherea. Kane susurró el término para sí; sintió que debía repetirlo. Esa palabra era nueva para él, pero le quedó colgando en la cabeza como las caras de una gema, una sensación familiar que emana de los vértices y refleja profundidades.

–Señor Montgomery, quiero que piense en la realidad como un trozo de tela exquisitamente bordado con todo lo que ve en este mundo. Una capa sobre otra, con un diseño elaborado, increíble. Y si la realidad es una tela, debe estar entretejida con algo, ¿verdad?

–¿Algo como hilo?

—Algo como hilo. Como etherea: la magia de la creación, la magia que vuelve real lo irreal. Todas las cosas, la realidad que nos rodea, y las reveries que atraviesas, inclusive otras magias, están entretejidas con etherea. Aun este adorable pueblito es un diseño bien conformado. Estable y seguro, que debería existir por un buen tiempo.

Poesy lamió la cucharita de plata. Luego de dar otro sorbo, sus ojos se oscurecieron.

—O tal vez no. Eso es lo que sucede con etherea; es una enorme magia errática, hace y deshace mundos en un parpadeo. Y eso es lo que está ocurriendo con este pueblo. Hay una fuente de etherea que ha emergido y el exceso de magia está en todas partes, y no descansa. Debe tomar forma. Y para lograrlo, ha comenzado a utilizar a las personas que tienen mentes únicas y frondosas, arroja su poder a través del prisma de su imaginación y convierte los mundos interiores en nuevas realidades. —Poesy caviló sobre sus propias palabras—. Aunque no son realidades muy buenas, ¿no cree? Ah, bueno, supongo que no hay nada que hacer cuando se trata del mal gusto de los demás.

Kane se esforzó por digerir las palabras de Poesy. Se sentía como masticar popurrí. Su mente regresó a lo que había desarmado la noche anterior y aquella horrible reverie. Todavía sentía el eco de la angustia, la furia caótica al haber perdido el control. Había querido sobrevivir, y hubiera matado para lograrlo. Kane comenzó a temblar y la taza de té chocaba contra el platillo. No quiso beber más.

—Entonces, lo que quiere decir… —Kane balbuceó una pregunta que recién comenzaba a tomar forma—. ¿Etherea está manifestando los sueños de las personas?

—¡Sueños! —Poesy hizo un gesto al pronunciar la palabra como si hubiera comido algo cubierto de sal—. Esas cosas tan profundamente inútiles. No sufriré por la asociación. No. El fenómeno del paracosmos localizado, o lo que usted ha resumido como *reverie*, jamás podría originarse se algo tan efímero como un *sueño*. No. Estas provienen de la profundidad, del núcleo, de la *médula* de la mente. ¡El subconsciente! ¡El subconsciente convertido en realidad con una majestuosidad fantasmagórica!

Aquel monólogo parecía bastante preparado. Kane la dejó terminar, asintió con respeto y los ojos bien abiertos y luego argumentó:

—Pero eso es imposible.

—Improbable —lo corrigió.

—Quiero decir, es increíble. Es como irreal.

—¿Y eso qué tiene? —Poesy levantó la voz—. La irrealidad de algo no es motivo para descartarlo. A veces, las reveries, y los sueños, si vamos al caso, para una persona son más reales que la realidad de la cual se distraen. Espero que usted, en especial, entienda eso.

El tono de Poesy era cortante, un filo tan fino que caló debajo de la piel antes de que Kane pudiera verlo pasar. Pero él mantenía la frente en alto y la mirada clavada en ella.

—Sí, entiendo eso. Lo que quise decir es que estas reveries no deberían estar aquí. Están mal.

Poesy lo miraba con ojos frígidos, y de repente estalló a reír y la carcajada llenó el vacío de la biblioteca. Kane finalmente respiró.

—Tiene mucha razón. —Sonrió y se sirvió otra taza—. Las reveries son algo hermoso e interesante, pero no tienen lugar en la Realidad formal. De hecho, deben ser desarmadas a cualquier costo o si no, pueden crear un agujero que *atraviese* la Realidad formal. No puede haber dos realidades dispuestas en capas, una sobre la otra durante mucho tiempo sin que haya consecuencias. Esas son las leyes físicas de la fricción, las matemáticas detrás de ello. ¿Ya ve? Le dije que tengo un título –le recordó en respuesta a la ceja enarcada de Kane, y agregó–: Ah, pero no se preocupe. Con suerte, usted y sus amigos han evitado ese resultado al desarmar diligentemente las reveries a medida que estas proliferan. Así que, ¡bien hecho!

–Pero ¿por qué nosotros?

Su sonrisa se transformó en sorpresa:

–La lucidez, querido. Es algo raro, es la habilidad que ustedes cuatro tienen para resistir a los efectos hipnotizantes de estar en una realidad diferente. Yo también la poseo. Nosotros somos personas que están entre mundos.

–Pero ¿qué hay sobre los poderes? Elliot puede crear ilusiones. Ursula, arrojar coches. Adeline puede…

No pudo decirlo, ni siquiera en ese momento. Poesy se encogió de hombros, como si esos detalles fueran características de personalidad.

–Tal como los héroes de sus reveries, ustedes son un prisma. Etherea resplandece a través de sus profundidades oscuras y eso genera poder. La diferencia es que ustedes están conscientes de esos poderes y pueden regularlos. Es todo un privilegio. –Sus ojos viajaron hacia las quemaduras de Kane–. Aunque a medida que algunos poderes se liberan, la búsqueda de más poder siempre tiene un precio.

La sangre le hervía en las mejillas de Kane. Los Otros le habían dicho que se había quemado mientras buscaba un arma misteriosa.

–Usted ya sabía lo que le sucedió a Maxine Osman, ¿cierto?

–Así es. Quería que lo averiguara por su cuenta.

–¿Y qué hay sobre la investigación de la policía? ¿Y el detective Thistler?

–Ya me encargué de ellos. Y continuaré haciéndolo, además de protegerlo, aunque debo pedirle que, a cambio, usted me ayude a mí.

La cabeza de Kane daba vueltas; el vapor del té endulzado con miel lo mareaba. Tenía que enfocarse en el brazalete de Poesy para mantenerse alerta.

—¿Qué quieres?

Poesy fingió una sonrisa tímida, como si no hubiera llevado la conversación a ese punto exacto.

—¿No te has preguntado alguna vez de dónde viene la etherea? ¿O tal vez has soñado con la fuente? Debe contener un poder tan grande como para desatar toda clase de sueños, delirios, pesadillas y caprichos y volcarlos a nuestra penosa realidad. Lo que sea, o donde sea que se encuentre esa fuente, sospecho que puede ser muy peligroso que caiga en las manos equivocadas.

Tomó un sorbo de té, mantenía la vista fija en las manos de Kane.

Él dejó de mover los dedos.

—Un arma —soltó él. Sabía lo que vendría luego. Más acusaciones sobre lo que había hecho, quien había sido.

—¡Un arma! —Poesy rio—. Las armas solo destruyen, mi querido. Los *instrumentos*, en cambio, pueden destruir y crear también. Eso es lo que los hace tan poderosos. El santo grial, la caja de Pandora, la lámpara del genio; todos ellos son fuentes de etherea. Si prestas atención, *de verdad*, la historia está llena de instrumentos que vuelven realidad lo irreal, y que invocan poder de la nada —mientras hablaba, comenzó a jugar con una perla suelta que tenía en el cabello cerca de la sien—. Estos instrumentos se denominan telares por su habilidad de entretejer nuevos mundos desde la imaginación de los mortales. He pasado mi existencia entera buscándolos, uno por uno, para asegurarme de que no abusen de ellos.

Poesy había dicho que las reveries eran un fenómeno local. Algo nuevo. Kane unía las piezas, una por una.

–¿Y por eso estás aquí? ¿Crees que hay un telar escondido en Amity del Este?

Complacida, Poesy hizo un gesto de brindis con la taza.

–Sí. Es *el* telar, considerando la escala de su poder. Un instrumento con forma de corona que, creo, has invocado ya una vez. Cuénteme sobre eso, señor Montgomery.

–Usted cree… –Kane se esforzó para que esa vacuidad giratoria se le expandiera por el cuerpo. Vagamente recordaba que los Otros le habían contado que él había estado buscando una fuente de poder (un telar, tal vez), y que había encontrado una corona letal. El verdadero símbolo de poder. Pero había desaparecido, había sido arrojado al río, o algo así.

–No sé dónde está, si eso es lo que cree. No sé cómo recuperarlo.

Poesy exhaló, echaba rizos de vapor en dirección a Kane.

–Tal vez no lo sepa ahora, pero piense, señor Montgomery: ¿qué es lo que de pronto le falta?

La respuesta subió como una burbuja que rompe en el agua quieta:

–Mis recuerdos.

Los ojos de Poesy chispearon.

–Qué conveniente. Sabe que los recuerdos me interesan. De alguna forma, usted ha explorado la memoria de este pueblo a través de Maxine Osman, quien pasó su vida perfeccionando la representación. –Poesy se encogió de hombros–: Su mundo debió haber sido encantador. Me pregunto qué vio usted y qué descubrió. Pero por sobre todas las cosas, me pregunto qué debe descubrir una persona para volverse lo suficientemente peligrosa para que la hieran de la forma en que lo hirieron a usted. ¿Qué poder se merece una represión tan meticulosa y despiadada? –Levantó los hombros otra vez y, con la mirada baja, sus ojos buscaron los de Kane–. Un telar puede ser la inspiración para esa clase de maldad, y solo conocemos una persona que posee los medios.

La respiración de Kane se detuvo; llevó una mano hacia la carne en relieve de las quemaduras. Había encontrado el telar y luego había sido traicionado. Tuvo que haber sido Adeline. Ella era quien hurgó en su cabeza y le vació los recuerdos. Dijo que lo había hecho para salvarlo. Ursula y Elliot estuvieron de acuerdo. ¿Acaso ellos sabían o ella también les había lavado el cerebro?

La impotencia le recorrió el cuerpo. Era difícil sostenerle la mirada a Poesy con lágrimas en los ojos.

—¿Qué debo hacer?

Ahora no hubo ni un ápice de altanería en la voz de Poesy.

—Sea valiente, señor Montgomery. Enfrente las reveries, recupere el telar y entréguemelo sin problemas. Juntos podemos salvar la realidad de esta plaga de fantasías y perdición.

Kane pensó en los bárbaros y sus ojos blancos, gélidos. Los labios entreabiertos del altar, que vomitaban aquellas bestias inmensas.

—¿Qué sucede si no quiero?

Poesy lo miró con una lástima incontenida.

—Salvar al mundo no suele ser una cuestión de *querer*, señor Montgomery. Qué cobarde debe ser poner en la balanza la destrucción de la realidad contra el peso de los propios deseos. Y qué egoísta.

Kane resolló. Esas palabras le dolieron. Le dolieron porque eran ciertas. Muy en el fondo del océano de sus miedos, sabía que tenía razón. Asintió.

Poesy bebió el último sorbo de té y luego desató uno de los amuletos del brazalete y se lo arrojó a Kane.

—A lo largo de mis viajes, he acumulado muchos artefactos que no solo doblan la realidad, sino que la quiebran de formas útiles. El diario es uno de ellos. Este es otro. Úselo en caso de emergencia.

El amuleto era un tubo negro de metal, más pesado y frío de lo que Kane creyó que sería. Era un silbato antiguo. Algo le dijo que el sonido que producía no tendría comparación con nada que hubiera oído jamás.

—La señorita Daisy y yo debemos irnos. —Ella se puso de pie y se echó la bata encima. Kane también se paró, sin mucha estabilidad.

»Ah, señor Montgomery, si fuera usted, mantendría nuestro encuentro en secreto. Hay otros como yo, otros cazadores de los telares sagrados. Uno no puede ser tan desconfiado en estos asuntos, creo yo, porque nunca sabe de qué forma se presenta la oscuridad. Tal vez una sirena de ojos de plata, o un príncipe de cabellos dorados. O incluso una tonta ogra. Pero no se preocupe, no está solo. Nunca lo estuvo.

Sonó una campanada y todo lo que había alrededor de Kane, incluyendo a Poesy, desapareció, junto con la señorita Daisy, el té y los muebles. Luego el candelabro parpadeó por última vez y Kane quedó solo en la penumbra espesa de la biblioteca. En la mano tenía un pequeño silbato negro y un coro de preguntas sin respuestas le cantaba en la cabeza.

CATORCE

TRANQUILO Y NORMAL

Llamó enseguida a Sophia, pero contestó el buzón de voz. Cuando le envió un simple ¿cómo estás? no le respondió. Sabía que estaba en problemas, pero ¿cuán graves? ¿De qué tipo? El silencio de su hermana lo asustaba más que nada. Esperaba que no estuviera cansada de tratar de razonar con él. Todavía no. Si lo que dijo Poesy era cierto, la necesitaría.

En la escuela secundaria de Amity del Este era como si la reverie jamás hubiera existido. Kane se paseaba por los soleados pasillos llenos de estudiantes que reían despistados. En su mente persistía el recuerdo de una fantasía de la que ninguno de ellos sabía. Se encontraba con los rostros que había visto en la reverie, pero que ahora tenían rastros de sangre, suciedad y cenizas. Cada vez que cerraba los ojos, veía el latido de luz roja. Como recordatorio, el silbato negro de metal frío le picaba en la mano y le aseguraba que todo había sido real. Y que el hecho de que la pesadilla hubiera terminado, no significaba que no hubiera existido.

Kane se saltó la clase de orientación, y en su lugar decidió caminar por el campo de deportes. Los vestuarios estaban abiertos para que realizaran la limpieza. No eran la entrada a una ciudad subterránea. El estadio de fútbol mismo no tenía una fosa de magma. Nada malvado se escabullía entre el calor ondeante que subía por la pista.

El misterio del telar y la misión que le había encargado Poesy lo seguían a todas partes. ¿Acaso el telar se invocaba o era algo que se encontraba? Si era tan poderoso como Poesy dijo, Kane no tenía la voluntad de confrontar a la persona que lo tenía escondido, así que, decidió que lo que podía hacer era esperar (y con suerte no morir mientras tanto).

Finalmente, Sophia le respondió el mensaje: estoy ocupada. Harta de tus estupideces. Hablaremos cuando llegue a casa.

Y entonces, Kane entró en pánico durante las horas siguientes. Tuvo la clase de Biología y ni siquiera se dirigió una palabra con Adeline. En la de Gimnasia, solo pasó cerca de Elliot para ver cómo estaba el golpe que le había dado en la mejilla. Luego Kane se sentó en las gradas y observó cómo actuaba como idiota con sus amigos. No hicieron contacto visual ni una vez. Tampoco había rastros de Dean Flores.

Más tarde, en la hora del almuerzo, cuando acababa de cargar una bandeja llena con comida, se volteó y se encontró a Ursula justo detrás de él. Lo miraba como si se estuviera armando de valor para decirle algo.

—Hola —fue todo lo que pudo decir. Sus ojos se pasearon bien abiertos sobre la chaqueta que él vestía (que era suya), y luego volvieron a su rostro.

Él pasó frente a ella y comió solo, mientras se pasaba de mano en mano el silbato, como si nada hubiera pasado. Como si todo estuviera tranquilo y normal.

Mientras volvía a casa en su bicicleta, se arrepintió de haber ignorado a Ursula durante todo el día. No estaba seguro de por qué. Ella le había mentido. Era peor que Elliot y Adeline. Así que, ¿por qué se sentía mal consigo mismo por haberla evitado?

En parte lo sentía como un potencial atrapado. Durante todo el día había ensayado en silencio lo que les diría a los Otros. Eran monólogos enteros de dolor y pena y palabras ácidas por lo que habían hecho, pero a excepción de Ursula, cuando la vio en el almuerzo, ellos se habían mantenido alejados sin darle la oportunidad. Así que, ese ácido no tenía hacia dónde ir. Lo quemaba y hervía por dentro junto con miles de otras cosas que nunca tuvo las agallas para decir.

En algún sitio de su interior, se dio cuenta de que ellos habían respetado su deseo de que lo dejaran solo. Como los amigos de verdad. Y no podía olvidar la desilusión honesta que vio en la mirada de Ursula cuando le dio la espalda. Ella sí se preocupaba por él.

Déjalos, se decía a sí mismo. *Déjalos ir.*

El silbato permanecía firme en el bolsillo, como una piedra. Aunque sus pantalones fueran de jean, podía sentir el frío del metal a través de la tela, como un recordatorio de que nada había acabado. No para él. Poesy tenía razón. No podía escaparse, lo cual significaba que no tenía otra opción más que pelear.

Y Sophia era la primera batalla. Tan pronto como llegó a casa esa tarde, su hermana entró como un torbellino al estudio, apagó la PlayStation y lo llevó a rastras a la calle antes de que su madre los llamara para cenar.

—Tienes tanta suerte —le dijo furiosa mientras le caminaba alrededor en el parque de juegos que había cerca de su casa. El anochecer caía y avivaba el zumbido de los insectos—. Tienes *tanta* maldita suerte de tenerme como hermana.

—Mira, lo siento, pero anoche solo me quedé haciendo tarea.

—¿Dónde?

Kane estaba preparado.

—En la casa de Ursula. Es obvio.

—¿Quién? —le preguntó frunciendo el rostro entero.

Mierda. Se dio cuenta de que, aunque Ursula fuera su amistad más duradera, Sophia no tenía idea de quién era gracias a Adeline.

—Es alguien de la escuela. Me ayuda con las tareas. ¿Qué importa? Tienes que dejar de imaginar que voy a huir cada vez que no me ves. —Colgó las manos por los barrotes del pasamanos y continuó para cambiar de tema—: No puedo quedarme en esa casa. Nada se siente familiar. Mi habitación es como un cementerio.

—Tienes que decirle a mamá y a papá. Si tu amnesia es tan grave que ni siquiera puedes recordar quién eres, tal vez tendrían que estudiar si no tienes daño cerebral.

—Sé quién soy y ya me están estudiando, ¿recuerdas? —la atacó.

—¿Ese psicoanalista? ¿El que te hace escribir en ese diario de sueños? Sí, lo sé. Te veo escribir en él.

—No es un diario de sueños. Es solo un diario. Es lo que quiere la policía. Lo que quieren nuestros padres. Y hago lo que me dicen para no ir a la cárcel. Lo sabes —le contestó ofendido.

Kane se dirigió a los columpios y Sophia lo siguió, como un espejo de su propia miseria. Ambos se columpiaron. Él esperaba que el impulso terminara con la conversación, pero la voz de Sophia se elevaba sobre el chirrido del metal oxidado.

–Escaparte. *No* es hacer. Lo que dicen.

–Tal vez no. Según tú. Señorita anal. Retentiva.

Sophia se bajó y lo miró con las manos sobre la cadera. Apagó el impulso de su hermano con la mirada.

–¿De verdad, Kane? ¿Señorita anal?

–Anal retentiva. Significa controladora.

–Sé lo que significa anal retentivo.

Él sonrió tratando de hacerla reír, pero no lo logró. Aun bajo la luz tenue, se veía como le temblaban los ojos de furia, casi sin poder contener las lágrimas.

–No puedo ser la única que te cuida, Kane. Como me vuelvas a asustar, me aseguraré de que repruebes esa evaluación. Estoy cansada de mentir por ti.

Luego de esa conversación no volvieron a hablar por días. Se había instalado una guerra fría que peleaban con miradas durante el desayuno y cuando pasaban en silencio uno por al lado del otro en los corredores que compartían. Sus padres lo notaron, pero no querían agregar más tensión a la pequeña y sofocante casa.

Kane se decía a sí mismo que no le importaba. Sophia no lo saboteería y ambos lo sabían. Estaba volviendo el asunto acerca de ella y él tenía preocupaciones más grandes que los sentimientos heridos de su hermana. Sus preocupaciones eran grandes, pero sus miedos lo eran aún más. Tenía que encontrar el telar para Poesy. Y tenía que averiguar qué le había hecho a Maxine Osman. No podía soportar no saber.

La culpa lo llevó a investigar en internet, donde se informó todo lo que pudo acerca de la mujer. Encontró su dirección y su número telefónico en una página de un viejo comité para un banquete que había organizado. Leyó entrevistas que había dado para el diario donde hablaba de su admiración por el Complejo de cobalto. Vivía cerca de allí. También encontró algunos videos que habían publicado para un especial sobre artistas en el canal local. En ellos vio que hablaba en voz baja, pero tenía un tono agudo y raro, de un modo oscuro. Luego de que su marido muriera, había probado cualquier hobby que pudiera tolerar. Alfarería, pero era demasiado desorden. Luego explicaba que había probado esquí a campo traviesa y mostraba a la cámara un par de bastones de esquí antiguos. Estaban clavados en la tierra en su jardín, como si hubieran estado allí desde siempre. Unas plantas de tomate trepaban sobre ellos. "Como verán, era muy muy lenta" decía sin expresión. Luego mostraba una colección de huevos Fabergé, decorados con joyas que guardaba en cajas de vidrio en la sala. "Tenemos más de cien. A veces los sacamos de las cajas" decía, en referencia a sí misma y su amiga, otra anciana que era aún más vieja y pequeña que ella, y estaba de pie a su lado. Reían mientras mostraba un huevo azul con motas doradas. "Nos preguntamos qué saldrá del cascarón" decía su amiga. En otra entrevista, Maxine estaba en su estudio, la segunda habitación de su casa. "Hago la mayor parte de mi trabajo en el campo, pero esta habitación tiene mejor luz en el invierno" explicaba. "La luz es importante para los colores. Y por supuesto, para mi bronceado".

No había nada sobre su desaparición. Para el mundo, ella estaba todavía en su pequeño refugio, pintando en su estudio y rodeada de sus hobbies. Tranquila y normal. Eso era lo que más lo afectaba a Kane. Se odiaba por el rol que había jugado en su fallecimiento, aunque todavía no pudiera recordar nada de ello.

Cada noche (*cada* noche), soñaba con ella, y aunque había memorizado su rostro, en sus sueños aparecía quemándose. Nunca estaba muerta, sino que siempre se estaba quemando.

En más de una ocasión, se encontraba sentado en el borde de la cama, con la computadora y el número de ella sobre la pantalla. Una mañana, luego de despertarse con las quemaduras ardiendo y las sábanas retorcidas a su alrededor, de verdad llamó a ese número.

No era que esperaba que atendieran del otro lado de la línea, pero alguien lo hizo.

—¿Hola?

Podría haber respondido, pero Kane no esperaba que alguien atendiera el teléfono de una casa que creía estar vacía. No era la voz de Maxine. Aquella le sonaba familiar. Pequeña, inquisitiva.

—¿Hola? Es muy temprano para llamar. ¿Hola?

Hubo un largo silencio en el que se oía la estática entre las dos líneas y luego la voz preguntó:

—¿Maxine? ¿Eres tú?

Se oyó un clic. Luego de la sorpresa, Kane reconoció la voz: era la amiga de Maxine. La que hablaba sobre los huevos Fabergé.

La que no sabía que Maxine estaba muerta.

—Por favor —dijo, y detrás de su voz se oyó un ruido extraño, un susurro que se la tragó justo antes de que muriera la línea. A través del ruido, Kane la escuchó suplicar—: Por favor, Maxine, vuelve a casa.

QUINCE

SUSURROS

Unos días después, Kane todavía pensaba en aquel llamado. La esperanza que había en aquella voz era inolvidable, pero también lo era la pena. Y no tenía idea de qué pensar sobre el susurro.

El nombre de la mujer era Helena Quigley. Solía atender una tienda pequeña en el centro del pueblo, y antes de eso fue profesora de Biología en la escuela secundaria. Además de parecer una amiga cercada, Kane no tenía idea de por qué había contestado el teléfono de Maxine tan temprano por la mañana, y tampoco se atrevía a volver a llamar.

Pero era curioso, y solía perder todas las batallas contra su curiosidad.

Se mantenía ocupado en Roost, una tienda de libros del centro que se había convertido en su refugio entre la escuela y su casa. Se había estado escondiendo allí durante la semana, tapado por las montañas de tarea que tenía para recuperar. Tampoco era que se estaba escondiendo. Sophia y sus padres sabían exactamente dónde estaba cuando no estaba en casa o con el grupo de apoyo. Lo dejaban en Roost luego de la escuela y pasaban a buscarlo cerca del horario de cierre. Como si fuera una guardería.

Incluso iba los sábados, como aquel día. Cualquier cosa que le permitiera escapar de la música escalofriante de Sophia practicando viola y sus padres riñendo en el patio trasero acerca de dónde poner la planta nueva o dónde colocar mantillo colorado. La banda de sonido hipernormal de un paisaje infernal suburbano, lo que hacía imposible imaginar una drag queen hechicera que vigilara Amity del Este. Aunque, para empezar, era mucho más difícil imaginar una típica drag queen común y corriente en Amity del Este. Pero aquí, en Roost, entre libros sobre maldiciones y aventuras y ciudades que se aferraban al borde más extraño del espacio, todo era un poco más real. Un poco más alcanzable. Kane no se sentía tan perdido.

Además, le gustaba el personal. Ellos sabían todo de él, pero nunca le preguntaba sobre aquel drama que conocía todo el pueblo y lo que su nombre representaba. Le guardaban un asiento cerca de las ofertas y le llevaban los muffins de maíz que sobraban de la cafetería. Incluso le permitían llevar su raspado azul de la tienda de enfrente, siempre y cuando lo pusiera sobre un platillo, y así evitar arruinar las mesas de madera. En pocas palabras, le daban espacio de sobra.

Aunque, a veces, Kane deseaba que le preguntaran cómo estaba. O en qué estaba pensando. Pero no lo hacían, así que Kane volcaba sus pensamientos en el diario, hasta que se le acalambraba tanto la mano, como su corazón.

—Así que ahora eres escritor.

Kane cerró el diario rojo de inmediato, no sabía que había alguien sentado a su lado. Cuando levantó la mirada se encontró con un montículo de cabello rubio ceniza, entre unos ojos castaños risueños.

Elliot.

—¡Aguarda! —Levantó las manos para tratar de evitar que Kane se fuera—. Solo quiero hablar, ¿está bien?

Kane escondió el diario debajo de unos libros. ¿Por cuánto tiempo había estado Elliot sentado allí, invisible? ¿Acaso había visto lo que estaba escribiendo? Era una lista de los posibles sitios donde podría estar el telar.

—¿Qué quieres Elliot?

Él miró hacia los costados.

—¿Podríamos buscar otro sitio para conversar? Mi coche está justo en frente.

—No. Nos quedamos aquí. Y no vuelvas a usar tus poderes. No es justo.

—De acuerdo. Pero tú tampoco, ¿okey?

—Ni siquiera sé cómo usar mis poderes.

Eso era mentira. Había estado practicando invocar el fuego etéreo, y luego apagarlo cuando los objetos de su habitación comenzaban a flotar.

—Adeline dijo que lo hiciste bien en la reverie de Cooper. Como si fuera natural.

—Bueno, no te preocupes. No habrá chasquidos o golpes de manos por ahora.

Elliot hacía un buen trabajo al pretender que eso lo tranquilizaba, pero en general, el chico parecía aún sorprendido de encontrarse hablando, finalmente. No paró de moverse hasta que Kane repitió la pregunta.

–¿Qué quieres?

–Solo quería disculparme. Siempre estábamos planeando cómo hacerte volver a los Otros, pero no de esa forma. Nada salió de acuerdo a mi plan, y es mi culpa.

–Te encanta hacer planes, ¿verdad? –Kane mordisqueó la pajilla de la bebida–. Planes y hechos.

–¿Tan obvio soy?

–Sí... he presenciado como tres conversaciones en las que estabas, y en cada una de ellas no dejas de corregir a las personas. No sé cómo Adeline y Ursula lidian contigo. Eres extremadamente condescendiente.

Elliot sintió que un calor le subía por el cuello. Se veía como si fuera a defenderse, pero luego se miró las manos.

–Me lo merezco –murmuró.

Las viejas palabras se revolvían dentro de Kane, todo ese ácido que se había guardado para Elliot y para los Otros, pero ahora esas emociones se habían aplacado, como un refresco sin gas. No sabía qué decir para que la conversación fluyera. Por suerte, Elliot dio el siguiente paso.

–Tú y yo estábamos trabajando juntos sobre una teoría, antes de, tú sabes –dijo–. Acerca de cómo nuestros poderes provienen del dolor o de partes que odiamos de nosotros mismo. Por ejemplo, en verdad odio hacer planes y hablar de hechos, pero todo lo que puedo hacer es crear simulaciones. Mentiras y manipulación. Y Ursula... ella es... como... la persona menos agresiva que conozco.

Odia la violencia, pero sus poderes le dan una fuerza brutal. Es algo extraño, ¿verdad?

–¿Y qué hay de mí? ¿Y de Adeline?

–Puedes preguntarle a ella. Pero nunca desciframos los tuyos. –El rostro de Elliot continuaba rojo, los hombros estaban tensos, como si estuviera esperando a ser aniquilado otra vez. Pero Kane no se creía la actuación.

–Es raro que odies manipular a las personas con ilusiones. Pareces ser muy bueno en eso.

La risa de Elliot brotó sin humor. Estaba resignado.

–Es un rasgo de familia, supongo. Mi papá era un gran mentiroso. Supermanipulador. Y a veces, ni siquiera sé si sabía que lo estaba haciendo. Y creo que esa es la razón por la que me aterran mis poderes. ¿Qué pasaría si un día tampoco sé que lo estoy haciendo? Jamás querría ser tan bueno mintiendo como lo era él.

–¿Era?

–Sí… Nos distanciamos de él. Mi tía vive en Amity del Este, por eso vinimos a vivir aquí. Ahora estamos mucho mejor. Mi mamá, quiero decir. Y mis hermanas.

Elliot estaba en otro mundo, en el mar junto con olas gigantes de pensamientos misteriosos. Kane quería traerlo de vuelta.

–¿Y qué hay de ti?

Elliot se mordió los labios y luego asintió.

–También estoy mejor.

Este chico, que había asustado a Kane (que aún lo asustaba), había compartido algo precioso, y lo había dejado boquiabierto. ¿Se trataba de una vulnerabilidad sincera, o solo era parte de la manipulación después de todo? De cualquier forma, Kane debía ser amable.

–Lo siento. No sabía nada de todo eso –respondió.

Elliot pareció recordar con quién estaba hablando, y carraspeó para olvidar el momento emotivo.

–Sí… ya ves. Y eso es mi culpa también. Sabrías todo si no hubiéramos estropeado tus recuerdos. Estoy muy, muy apenado por cómo sucedieron las cosas. Y eso era lo que quería decir. –Le mostró una incipiente sonrisa y se marcaron sus hoyuelos. *Ah*, entonces *este* era el Elliot que todos conocían, aparentemente. Encantador. Carismático. Persuasivo.

Era el Elliot que Poesy le había advertido a Kane que no debía confiar.

–Está bien –se oyó decirle, aunque desde luego no lo estaba.

Aliviado, Elliot exhaló.

–Entonces ¿puedo pedirte un favor? –Cuando Kane se encogió de hombros como respuesta, Elliot se inclinó hacia adelante–. Solo quería que sepas que nada de esto fue culpa de Ursula. Ella es quien siempre te ha puesto primero, lo sabes, ¿cierto? No me gusta que haya arruinado el plan, pero la respeto, y creo que solo estaba tratando de ser una buena amiga. Creo que deberías suavizar las cosas con ella.

El brote de culpa que ya había enraizado en él, ahora crecía mucho más y de a poco le perforaba el corazón. Elliot había dicho lo que él no se permitía creer: Ursula era inocente. Eso significaba que ella se merecía un mejor amigo que él que había sido.

Luego de que Elliot se fuera, Kane le dio vueltas en la cabeza a su pedido, como si estuviera buscando una piedra lisa antes de lanzarla sobre aguas quietas. ¿Por qué le había hablado de esa manera? ¿Qué quería? ¿Acaso su plan era de verdad hablar de Ursula? Eso le hizo cuestionarse su desconfianza hacia él, durante el tiempo suficiente para que le picara la curiosidad. Y su curiosidad ya se estaba cansando de que le dijeran que no.

Guardó sus cosas en la mochila y siguió a Elliot. Apoyó una mano sobre el capó de su coche mientras él avanzaba. Elliot se sobresaltó.

—Espera. Necesito tu ayuda. Y llama a las Otras. También las necesitaremos.

Condujeron hacia el Complejo de cobalto. En un momento de aquel sofocante sábado, se convirtió en una tarde tormentosa, y la humedad se desató en una lluvia violenta que duró solo seis minutos. Sucedió mientras estaban en el puente, pasando sobre el río, las olas grises se arremolinaban a la distancia y se acercaban en forma de bruma. Para cuando llegaron al complejo, la lluvia había acabado y los árboles temblaban con su nuevo peso. Encontraron a las chicas en un estacionamiento donde el cemento estaba agrietado y había charcos de agua desperdigados.

—¿Estás seguro de que quieres hacer esto? —Elliot volvió a preguntarle.

—Sí...

Elliot saludó a las chicas para que se acercaran. Se subieron al asiento trasero y condujeron fuera del estacionamiento, mientras Adeline leía las direcciones desde su teléfono. Llegaron unos minutos más tarde. Elliot, siempre cauteloso, aparcó una calle después. Por la misma precaución con la que habían dejado el resto de los coches en el complejo. Cuanto menos para esconder, mejor, dijo él. Entonces, los cuatro se pararon en el frente de la casa, la casa de Maxine. Eso significaba que Kane tenía que explicarles por qué los había llevado hasta allí.

—¿Quién más sabe sobre Maxine Osman? —preguntó Kane.

Adeline y Elliot intercambiaron miradas.

—Nadie, todavía. Imaginamos que eventualmente sería reportada como persona desaparecida. Pero no tiene familiares. No tiene hijos, no tiene a nadie —explicó ella.

—Tiene una amiga llamada Helena Quigley y creo que ella está en esa casa —les contó Kane.

Se intercambiaron más miradas.

—Y creo que está en problemas —agregó él.

—¿Qué tipo de problemas? —inquirió Ursula.

—Problemas con una reverie.

Kane esperaba que ellos pusieran los ojos en blanco o se enojaran, pero lo que vio fue preocupación por parte de los tres, mientras lo invadieron con un millón de preguntas. Él agitó una mano para hacerlos callar y así explicarles.

—Esto va a sonar muy raro, pero oí unos susurros luego de que desarmé la reverie de Benny Cooper. Sucedió justo cuando se la devolví. Y luego escuché ese sonido cuando llamé a la casa de Maxine y alguien contestó la llamada. Y creo que esa persona fue Helena.

—¿Llamaste a la casa de Maxine? —Adeline preguntó y lo señaló con el dedo índice.

—Solo una vez —contestó él, avergonzado. Otra vez, esperaba que dudaran de él o que lo criticaran, pero los Otros solo asintieron.

—En el pasado, eras el mejor en saber cuándo iba a atacar la próxima reverie. Es probable que puedas manipular parte de esa energía —remarcó Elliot.

—Etherea —dijo él automáticamente.

—¿Así le vamos a llamar ahora? —preguntó Adeline con intención, como si supiera que Kane no había inventado el término un segundo atrás. Él le retiró la mirada de inmediato.

—Es solo un nombre –dijo.

—¿Y tú sientes que puedes percibir que hay… *etherea* dentro de la casa?

—Algo parecido.

Los Otros tuvieron una conversación muda a través de las propias miradas. Deliberaron cómo lidiar con la misión nueva y extraña que proponía Kane. Ursula fue la primera en hablar y dijo:

—De acuerdo, lo mínimo que podemos hacer es echar un vistazo, ¿está bien? Si alguien está en problemas, ayudaremos.

Se aproximaron a la casa de Maxine, que era angosta, estilo Tudor, y se encontraba detrás de un jardín de cicuta. Kane había visto en los videos que, si caminaban al piso de arriba, encontrarían una habitación y un estudio lleno de luz y acuarelas. Mientras recorrieron y llegaron a la parte de atrás, encontraron un jardín descuidado con dos bastones de esquí enterrados. Estaba por demás abandonado. Había enredaderas marchitas que colgaban de unas varas atadas con hilos de plástico. Vegetales sin cosechar que reposaban en la tierra, blandos y casi podridos. Nadie había estado allí en un largo tiempo.

—¿Oyes algo? –Adeline le preguntó a Kane.

Él todavía no estaba seguro. Oía una leve estridencia detrás de la brisa cálida, pero bien podría haber sido los latidos de su corazón golpeando en los oídos.

—No veo luces encendidas –susurró Ursula.

—Urs, no tienes que susurrar. Nos estoy manteniendo invisibles –le recordó Elliot. Sus ojos brillaban con un dorado inhumano.

—Parte de esa mágica ilusión –ella le explicó a Kane, aún en susurros.

Nervioso, Kane se dejó llevar hacia la puerta trasera. La voz de Elliot lo detuvo.

–Vamos, Kane. No podemos entrar.

–Quiero comprobar cómo está la señora.

–Pero esta ni siquiera es *su* casa.

–¿Entonces por qué atendió el teléfono?

Kane actuaba como si estuviera seguro, pero todo lo que sabía era sobre la impotencia que había oído en la voz de la anciana cuando nombró a la amiga perdida. Y en ese momento, la estridencia que escuchaba en la cabeza aumentó. Algo estaba mal.

Ursula soltó pequeño grito.

–¡Vi algo! ¡En una ventana! ¡Algo se movió!

Todos retrocedieron para mirar la estoica fachada de la casa. Nada se movía detrás de las ventanas, pero Kane sabía que había algo raro sucediendo con la casa. Había algo sobre aquella presencia oscura frente al cielo gris que parecía espesar el aire, como si la casa se hundiera lentamente hacia atrás y tirara del resto del mundo consigo. Y nuevamente, Kane escuchó ruido que lo hacía callar. Era ligero y efímero, pero allí estaba. La casa susurraba una promesa oscura y los invitaba a acercarse.

Entonces, desde el piso de arriba, se oyó un grito. Al mismo tiempo, la ventana explotó y liberó una extraña presión de la casa que derribó el jardín seco. Alrededor de ellos las plantas reverdecieron. Ya no eran grises. Las flores estallaban en nuevos capullos que florecían en cuestión de segundos, revitalizadas por la evidente magia.

–Kane tenía razón –dijo Adeline, afligida–. Es una reverie. ¡Ya se está formando!

–Tenemos que ayudarla. –Kane se dispuso a embestir contra la puerta. Antes de hacerlo, justo cuando pasaba junto a una carretilla, colisionó con una persona que intentaba esconderse en el jardín.

Ambos cayeron al suelo.

—¿Sophia?

Ella se alisó la camisa mientras se ponía de pie. Levantó el teléfono del suelo. La pantalla mostraba que estaba grabando un video.

Los Otros se acercaron por detrás.

—Gran trabajo, Elliot. *Super*invisibles —remarcó Adeline.

Kane arrastró a su hermana tomándola por el codo.

—¿Qué demonios estás haciendo aquí?

Sophia se liberó de él.

—Fui a Roost para saber si querías comer algo. Una ofrenda de paz, pero estabas con ese chico. Y luego vi que corriste tras él, así que los seguí. Y… —interrumpió su relato al ver el jardín regenerarse a su alrededor—. ¿Kane, tú también lo estás viendo?

—¿Estabas *espiándome*?

Los ojos de Sophia saltaban entre su hermano, los Otros y el jardín.

—No, quiero decir, supongo. Estaba espiándolos a *todos* ustedes. ¿Quiénes son ellos? ¿Más de tus tutores? ¿Qué es esto?

—Tienes que irte de aquí, Sophia. No es seguro para ti. —Kane la empujó. Ahora, había polen dorado flotando en el aire y el sol brillaba de una manera extraordinaria justo sobre la casa. La reverie tomaba forma alrededor de todos.

Sophia empujó a su hermano también y se dirigió a Adeline:

—¡Tú! Yo te conozco. Tú bailas en el conservatorio, ¿cierto?

—Ballet —respondió ella.

—¡Y tú! —Ahora señalaba a Ursula—. Tú juegas hockey, ¿verdad? Lo sé, te he visto antes. ¡Y tú! —Se acercó a Elliot, pero era claro que no tenía idea de quién era, así que solo lo miró entrecerrando los ojos de forma amenazante.

—Kane, tienes que sacarla de aquí. Y no podemos permitir que recuerde nada de esto —le dijo Elliot con tono serio.

Kane se acercó a él. Su enojo fue instantáneo, y lo atravesó al tiempo que un destello de etherea le brotó por la mano.

—Si tocas a mi hermana, te mataré.

Los ojos de Elliot se llenaron de miedo y retrocedió.

—Kane, no tenemos tiempo para esto. Piensa en lo que estás haciendo.

—*Estoy* pensando en ello. Y no habría permitido que ustedes le borraran la memoria a mi hermana la primera vez si hubiera sido capaz de pensarlo, pero, ah, ¡espera! Estaba en un maldito coma, ¿o se olvidaron de su plan?

Elliot tensó la mandíbula, sin correr la mirada del puño de Kane. Los susurros se oían por todas partes; era un rugido que lentamente saturaba el aire.

—Sophia, debes correr —le ordenó su hermano. Por una vez, ella le hizo caso y huyó del jardín hacia la calle.

—No le haremos nada. Lo prometemos. Pero ahora también tenemos que salir de aquí —dijo Elliot.

Kane dejó caer el fuego y la luz se hundió entre el césped grueso. Inspiró varias veces. Dudaba entre querer huir de allí junto con su hermana y la necesidad de completar su objetivo. Había estado en lo cierto. La siguiente reverie había llegado a Amity del Este y se había alojado en Helena Quigley. Ellos eran los únicos que lo sabían y eran las únicas personas que podían salvarla del horror que emanaba de su mente.

—Nosotros no nos iremos —anunció Kane, considerando las palabras de Poesy. Helena no podría huir de allí y tampoco podría luchar por sí misma. Dependía de ellos, los lúcidos. Los poderosos. Kane se dirigió a paso firme hacia la puerta trasera. Sabía que la encontraría entreabierta, como el vestuario. La boca de la reverie quedaba apenas entreabierta, como una trampa tentadora para cualquiera lo suficientemente curioso como para entrar.

Ursula lo detuvo. Su agarre era como el concreto.

—Helena está aquí. No podemos abandonarla —le gritó Kane.

—No entrarás allí —le dijo ella, mientras Adeline y Elliot se les acercaban—. No entrarás solo. No sin nosotros.

DIECISÉIS

ASUNTOS DE LA FAMILIA BEAZLEY

Esta vez, entrar a la reverie no fue tan simple como atravesar una puerta. O tal vez sí, pero no se sintió así. La visión de Kane se oscureció en el momento que ingresó a la casa y sintió que Ursula lo soltó de manera brusca. Sus sentidos se apagaron uno por uno, hasta que no pudo sentir nada más. Luego, como si fuera una computadora que se reinicia, su percepción del mundo volvió poco a poco. Era un mundo diferente del que acababa de dejar atrás.

La música que tocaba el cuarteto de cuerdas se enredaba en la brisa cálida, y se entretejía con el canto de los pájaros y unas carcajadas lejanas. El aire estaba perfumado con miel y vino, y aunque el mundo parecía brillante detrás de los párpados de Kane, estos se mantenían cerrados a medida que él despertaba.

–Los ricos dan fiestas tan tediosas. Es porque solo conocen a otros ricos y el dinero hace que la gente sea aburrida. No te culpo por tratar de escapar de aquí, Willard.

Una mano tomó la de Kane. Él trató de moverse, de responder, pero solo emanó un graznido.

–Siempre has sido tan bueno para escuchar. Siento que no habláramos más cuando podías. –Aquella era la voz de una muchacha joven, que tal vez tendría la edad de Kane–. Apuesto que podrías decirme tantas cosas sobre el mundo que está lejos de aquí. Tal vez, algún día yo pueda contarte cosas.

Finalmente, Kane pudo abrir un ojo y luego el otro. Estaba sentado en un banco bajo la sombra de una hilera de álamos que daban a un jardín bien cuidado. Detrás de los árboles se alzaba un palacio reluciente, tan grande que parecía elevarse sobre una cresta como si fuera una ola gigante. Resplandecía a la luz del mediodía. Cada ventana brillaba con tanto fulgor que el jardín que estaba debajo quedaba sumergido en una luz dorada. Aquel jardín era un laberinto amplio y enrevesado de setos, fuentes y canales que se enredaban por donde Kane estaba sentado. Los invitados se paseaban por allí. Kane sabía que eran invitados, así como también sabía que allí había una fiesta. Todas las mujeres usaban vestidos suntuosos, suaves y con miles de capas como las peonías en flor. Todos los hombres vestían trajes con largas colas y zapatos que brillaban tanto como sus cabellos aceitados. También había una gran cantidad de sombreros.

La reverie rebosaba de elegancia victoriana, pero de una forma que a Kane le parecía como si todos usaran disfraces. Exagerados.

186

A su lado estaba una muchacha joven de mejillas regordetas y dientes grandes. Llevaba puesto un vestido de satén del color de las rosas rojas y tenía un sombrero decorado con pájaros. Miraba hacia el jardín. Sus ojos eran marrones y estaban llenos de un hambre soñador. Era real y, a menos que la reverie hubiera convertido de manera drástica a uno de los Otros, Kane estaba sentado al lado de la misma Helena.

—Es hermosa, ¿no lo crees?

Kane le siguió la mirada hacia un gazebo gigante. Frente a él había hileras interminables de sillas blancas. La brisa agitaba unos listones de color marfil y pétalos desparramados por el suelo. Helena miraba fijamente a una pareja que, Kane supuso, estaban recién casados. El hombre vestía un esmoquin negro impecable y la mujer estaba envuelta en una cantidad enfática de tul como para no dudar que fuera la novia. Cuando ella se volteó, la luz del sol iluminó la corona pequeña de pimpollos naranjas entrelazados en sus bucles carmesí, que iluminaba su amplio y pálido rostro.

Kane casi se burla de ella. El disfraz era espectacular. Lo único que no terminaba de encajar en él era la misma Ursula, que echaba chispas por la incomodidad que le causaba ese vestido enorme.

Él no lo pudo evitar, y se rio.

En cuanto lo intentó, supo que era un error. Se le cerró la garganta como si hubiera inhalado humo intenso. Jadeó y se quedó sin aliento hasta que la opresión cedió. Esta reverie lo quería mudo.

Helena le acarició la espalda.

—Ay, Willard, no debes esforzarte. Es mi culpa. No debería hablar tanto, como si a ti te importara. Pero, debo confesar que tu silencio es un alivio. —Ella se acercó. Su aliento olía a champán y fresas—: Tengo que decirte un secreto, primo Willard. Hay un hombre muy importante aquí. El señor Johan Belanger, quien todos creen que esta noche le propondrá matrimonio a Katherine Duval.

Kane deseó poder quitársela de encima. Poco a poco, retomaba el control de su cuerpo y, a medida que sucedía, descubrió que tenía algo frío que le pinchaba las manos.

¡El silbato! Estaba aún ahuecado en sus palmas. Concentrarse en él le devolvió una oleada de sensaciones al cuerpo.

Helena continuaba hablando:

—Y sé que todo el mundo chismosea sobre mi rivalidad con Katherine Duval, pero la verdad es que la conozco mejor que nadie. Ella cree realmente que Johan la ama, y eso la hace débil. Está distraída con sus mentiras, como todo el mundo, pero yo no. Y esa es la razón por la que venceré.

Se inclinó más sobre Kane. Sus ojos se oscurecían con determinación. Puso una mano sobre la de él.

—¿Qué es lo que tienes ahí, primo Willard? —intentó abrirle los dedos.

¡No!

—Vamos, déjame ver. ¿Es un juguete? ¿Qué te tiene tan interesado?

Le abrió una mano y luego la otra.

—¡Hermana!

Helena se sobresaltó. Ursula apareció de repente sobre ellos, con todo su monstruoso vestido. Estaba custodiada por su esposo, quien parecía francamente sorprendido de haber sido arrastrado con tanta rapidez por aquel parque tan amplio.

—Augustine, ¡te ves encantadora de verdad! —Helena se dirigió a Ursula—. Traje al primo Willard que vino a saludar. ¿Recuerdas a Willard? Solíamos pasar los veranos juntos cuando éramos niños en la casa de campo, antes de que falleciera nuestra madre.

—¿Por qué? Sí, por supuesto —asintió la novia—. ¿Cómo estás, Willard? —Extendió una mano, pero Kane sabía que no debía tomarla.

—Augustine, por favor, debes recordar que él prefiere guardar silencio.

Ursula mantuvo la mirada sobre Kane.

—Sí, por supuesto. —Se le iluminó el rostro—. Bueno, tal vez él guste de un paseo por los jardines. Estoy segura de que le encantarán. Además, ha pasado tanto tiempo desde aquellos veranos juntos en… —Era evidente que no sabía dónde había pasado los veranos de su niñez ficticia, así que se apresuró diciendo con torpeza—: el verano.

—Por supuesto, hermana. —Helena inclinó la cabeza con obediencia. Luego se dirigió al esposo de Ursula y le dijo—: Robert, ven, sírvele un refrigerio a tu nueva cuñada antes de que aparezca Katherine y nos arruine la diversión. —Y se fueron.

Ursula tomó a Kane de un brazo y lo levantó con dificultad. Con su ayuda, caminaron por la sombra. La otra mano de Kane continuaba apretando el talismán.

—Así que te puedes mover, pero no puedes hablar. ¡Caracoles! Qué reverie tan singular. Ni siquiera puedo aflojar este corsé detestable. Intenté hacerlo en cuanto desperté, pero solo se ajustó más. Y ¿has visto estos jardines? ¡Es como si estuviéramos atrapados en Versalles! Es impresionante. Al menos no hay elementos fantásticos, ¿no crees? Solo espero que los Otros se encuentren bien. Tenemos que encontrarlos tan pronto como descubramos qué pretende Helena. Es la mujer con la que estabas sentado, ¿no es así?

Kane asintió.

—Y yo soy su hermana mayor, Augustine Beazley. Aunque acabo de casarme, así que quién sabe cuál es mi apellido ahora. De acuerdo, hasta ahora es un buen comienzo.

Caminaron por el jardín cuidadosamente cortado, alrededor del gazebo y luego regresaron por los canales relucientes repletos de nenúfares. Unos peces koi nadaban debajo de ellos; sus escamas eran de cuarzo dorado. En el camino por un elaborado laberinto de setos, pasaron por al lado de cientos de invitados. Algunos estaban sobre pequeños puentes de piedra, otros rastrillaban arena en un jardín japonés; otros perseguían pavos reales que tenían joyas incrustadas. Todos ellos tenían los mismos iris blancos. Conversaban entre sí con unos modales evidentes sobre asuntos como comercio, impuestos, té y caballos. Los típicos temas de los ricos. En el conjunto, todo se sentía horriblemente artificial, pero Ursula tenía razón: había una rigidez que saturaba el aire, la misma severidad que ahogaba a Kane, y aunque él sabía que podría hablar si lo necesitara, no se atrevía a incitar ningún giro de trama. No después de la última vez.

Kane permanecía en silencio mientras Ursula soportaba el bombardeo de gente que la felicitaba, le daba bendiciones y le preguntaban acerca de su vestido de novia.

–¿Dónde lo conseguiste?

–En Francia.

–¡Ay! Cuéntame sobre la tela.

–Es blanca –respondía.

Kane se olvidó por un segundo de la reverie y se preguntó hacia dónde había corrido Sophia. Tal vez estaba en casa. Tal vez estaba en la estación de policía en ese momento.

El sol se puso y tiñó el jardín de rosa y naranja, esa fue la señal para que los invitados se dirigieran a los escalones del patio y caminaran hacia el palacio. Ursula estaba absorta en sus pensamientos hasta que de pronto palmeó y gritó:

–¡Lo tengo!

La gente se volteó sobre los escalones. Ella se apuró a buscar a Kane, que estaba en el patio, y se metieron en un hueco aislado detrás de dos hortensias.

—Todo esto es tan familiar y no me podía dar cuenta hasta hace un instante. La boda, el jardín, la familia Beazley. ¡Todo es de *El demonio de las azucenas*! Fue una novela romántica que salió el año pasado. Fue espectacular. Van a filmar una película.

Kane se encogió de hombros.

—Okey, bueno, los detalles no importan, pero en pocas palabras, el libro es sobre la rivalidad entre la protagonista que, creo que es Helena, y su competidora, la malvada Katherine Duval. Ambas están detrás del mismo hombre, un empresario industrial prodigio, el guapo Johan Belanger, quien detesta a Katherine, pero no tiene otra opción más que casarse con ella porque la familia de la mujer ha invertido en su negocio, y... ¿qué?

Kane no se había dado cuenta de que estaba haciendo caras.

—Escucha, no me juzgues. Es un buen libro, ¿sí? Sabes que no leo romances, solo te diré cómo termina: Katherine está completamente loca. Ella es como... un demonio, creo. Es una metáfora. No lo sé. ¡Pero esto nos da todo lo que necesitamos saber acerca de esta reverie! ¿No lo ves? Y todo lo que necesitamos hacer es asegurarnos de recrear el final del libro. Ah, ¡es tan *fácil*!

Ursula estaba completamente convencida y Kane no podía hacer mucho para contradecir nada de aquello. Ella conocía la historia y conocía ese mundo. Aun así, Kane no podía familiarizarse del todo con la trama de la reverie y la Helena Quigley que había imaginado. Pero, otra vez, tampoco conocía a la mujer, y no podía especular sobre qué mundos albergaba en su mente.

Ursula espió a través de las hortensias.

—De acuerdo, escúchame, Kane. El clímax de *El demonio de las azucenas* sucede la noche de la boda de Augustine. Mi boda; está sucediendo *ahora* mismo. Si estoy en lo correcto, Katherine va a intentar impedir que Helena y Johan se fuguen para casarse y Helena le va a disparar. En el libro, eso sucede mientras aparecen los fuegos artificiales. Mi esposo me dijo que eso sucederá a medianoche. Eso significa que tenemos que encontrar a Katherine y asegurarnos de que descubra el plan de Helena, pero no tan pronto. Sino lo suficientemente pronto como para que la asesinen. ¡Ay, es tan bueno! Me encanta.

Ursula parecía de verdad fascinada de representar aquel libro, pero Kane no se podía quitar la escalofriante incertidumbre de que había algo raro. Nada era tan fácil para él. Jamás.

—No soy Elliot, pero tenemos un plan. —Ursula hizo que Kane tomara asiento—. Espera aquí. El primo Willard es un personaje secundario que intenta escapar al principio de la historia, pero lo atrapan y lo hacen regresar y luego lo meten en una especie de asilo. Él no habla y apenas escucha. Es una clara advertencia de lo que les sucede a aquellos que desafían las expectativas de la sociedad, como Helena y Johan que se fugan para casarse. El punto es que es un asunto de la familia Beazley, y tú deberías mantenerte al margen, ¿está bien? Déjame a mí y a los Otros ocuparnos de esto. Solo relájate hasta que encuentre a Helena y Johan a punto de fugarse, y luego vendré a buscarte una vez que la reverie esté lista para que la desarmes. ¿De acuerdo? De acuerdo.

¡Espera! Kane hizo la mímica con los labios.

—¿Qué?

No me dejes.

Ursula lo tomó de las manos.

–No te preocupes. Me encargaré de todo. No tienes nada de qué preocuparte, ¿está bien? Solo prepárate para el momento de desarmar y prométeme que te quedarás aquí.

–Lo…

–No lo digas. Solo hazlo.

Ella se metió entre la multitud y dejó a Kane esperando con sus miedos.

Y sí que esperó. Solo que no allí. Sin saber si era por su ansiedad habitual o un fuerte instinto, Kane se encontró a sí mismo recorriendo los bordes del patio, observando los rostros de la gente. Se preguntaba quiénes eran. ¿Acaso estaban inventados por completo por la reverie, o eran solo los recuerdos de los rostros de las personas que conocía Helena? Tal vez su mente había convocado a todos los fantasmas de su pasado para que habitaran su mundo imaginario, para ser testigos de su triunfo sobre su rival, para respetar a Helena en este mundo, de maneras en las que ellos le habían fallado en su verdadera vida.

No se sentía correcto.

Los invitados se ponían en parejas para pasar debajo de arcos decorados con guirnaldas y bayas brillantes. Kane se metió en el salón de baile. Quedó boquiabierto ante las columnas altísimas, los candelabros de techo rutilantes, y un tragaluz por el cual se colaba el atardecer. Luego encontró una mesa repleta de frutas y pasteles, donde encontró la cosa más extraña. Por encima de todo es despliegue de lujos, había una jaula para pájaros muy rara, pero los pájaros que estaban dentro lo eran más. Estaban hechos con delicadas plumas de porcelana, los picos eran de cromo y sus inútiles ojos estaban hechos de rulemanes. Eran pequeñas máquinas de decoración.

Entonces pestañearon. ¿Acaso funcionaban a cuerda? ¿O eran mecánicos? Kane se inclinó más y estos levantaron las plumas. Entonces, algo que pasó cerca de la jaula captó la atención de Kane.

¡Es él!

Kane rodeó rápidamente la mesa. Empujó a algunos de los invitados hasta que llegó hasta la pareja que bailaba y que él había divisado. Posó una mano sobre el hombro del hombre y lo hizo voltear.

Kane clavó la mirada en los ojos de Dean Flores. Era como la espuma del mar. Lo reconoció, luego se aterró ante el rostro enmascarado de Dean.

–Primo Willard –dijo Dean, tan lúcido como Ursula.

Entonces, la persona que había estado bailando con Dean separó a los dos muchachos.

–Por todos los cielos, ¿qué está pasando? –dijo ella, mientras miraba a Kane con completo desagrado–. ¿Quién le ha dado el derecho?

Kane la miró a los ojos y el corazón se le partió a la mitad. No podría responder, aunque quisiera, ya que la persona que lo reprendía en el medio del salón de baile de la reverie no era más que su propia hermana.

Sophia estaba allí. Lo había seguido.

Sophia estaba en la reverie.

DIECISIETE

EL NIDO

—*NO*.

Kane se atoró con sus palabras. El dolor que sintió fue solo una fracción del horror que le provocaba ver a su propia hermana adornada en el esplendor de la reverie. Y por la forma en que lo miraba, sin un ápice de familiaridad, podía ver que no estaba lúcida en lo más mínimo. No tenía idea de quién era él. No tenía idea de quién era *ella*.

Ahora era parte de aquel mundo. Le pertenecía a Helena.

Y a juzgar por la naturalidad del abrazo que Kane había separado, hasta hacía un momento le había pertenecido a Dean. Ellos estaban *juntos*.

Dean los arrastró hasta un corredor oscuro. Le susurró unas palabras para aplacar a Sophia y luego le habló a Kane por separado.

–No es lo que parece. Me di cuenta de que era tu hermana. La estaba manteniendo a salvo –le explicó.

–Ella ni siquiera debería *estar* aquí, y cómo te metiste…

Kane tenía tantas preguntas sobre la presencia de Dean, sobre Sophia y Elliot y Adeline y cómo iban a sobrevivir, pero antes de que pudiera decir algo más, se le cerró la garganta. Las luces de los candelabros del pasillo tintinearon; una amenaza. Kane sintió que el oxígeno que respiraba se volvía rancio, todo le daba vueltas hasta que cayó sobre Dean. Poco a poco recuperó el aire. Exhaló de manera entrecortada unas veces y permitió que Dean lo consolara.

–¿Qué sucede? –Dean lo sostuvo. Sus manos eran fuertes y decididas; le rozó las costillas, el cuello–. ¿Puedes hablar? ¿Por qué no hablas?

–¿No lo sabes? –se adelantó Sophia–. Él es el tristemente famoso Willard Beazley. Él es… bueno… –miró a Dean abriendo los ojos, como una advertencia sobre un gran escándalo.

Dean retiró las manos del cuerpo de Kane, mientras él se puso de pie. Sophia hablaba sobre él como si fuera uno de los cuadros que estaban sobre la pared.

–No deberías preocuparte por Willard Beazley. Él es el hijo mayor de Eva Beazley, el que huyó. No ha sido el mismo desde que volvió de sus vacaciones –lo dijo elevando una ceja al pronunciar *vacaciones*, como sugiriendo que no habían sido buenas–. Ya no habla más con nadie el pobrecito. –Lo miró y luego le habló en voz alta–: SIENTO GRITARTE, WILLARD. ES QUE ME SORPRENDISTE.

Kane aún no podía concebir ver a su hermana de esa manera. Sus rizos estaban adornados con pimpollos y tenía un vestido dorado que combinada con el chaleco que Dean llevaba debajo del saco. Kane supuso que eran pareja. Solo eran invitados a la boda y no personajes principales.

Bien.

Aun así, percibía un sutil cambio de dirección en el entramado de aquel mundo. Los estaban observando.

Tomó a Sophia de la mano y la llevó lejos del salón de baile, más lejos por el pasillo. Ella no lo detuvo.

—¡Está bien! —Batía las manos en dirección a Dean—. ¡Es inofensivo, querido! ¿A dónde estamos yendo, Willard? ¿Qué es lo que deseas mostrarnos? —Luego volvió a Dean—: Esto es perfecto. Es la oportunidad para ver lo que esconden los Beazley en estas habitaciones. Nadie podrá enojarse con nosotros si solo estamos cuidando a Willard.

Kane los condujo a través de esa casa cavernosa en busca de una salida. El escape los llevaba de cuarto en cuarto, llenos de sombras color índigo y repletos de muebles, pero jamás lograban salir, como si la casa supiera que no debía dejarlos ir. En cambio, terminaron dentro de una biblioteca inmensa. Mientras Sophia espiaba entre los libros, Dean llevó a Kane a un rincón para hablar.

—Debemos regresar. No hay forma de huir de una reverie. Tendrás que desarmarla cuando esté lista. Cuando tú estés listo.

Kane sentía muchas cosas. Miedo, en mayor parte; pero también se sentía cautivado. Dean era el chico más lindo que jamás había visto de cerca. Se mordió el labio al sentir la ola de electricidad que emanó de su aliento sobre sus labios, su barbilla. El acento marcado con el que pronunciaba cada palabra. Era poderoso; y Kane no sabía que era vulnerable ante su poder. Se volteó. Aun así, permanecían parados muy cerca uno del otro en ese rincón angosto. Kane no sabía si eran amigos o enemigos. Hasta ahora, simplemente estaban cerca.

—Eres más poderoso de lo que crees. Más de lo que los Otros te dicen —le dijo. Dean encajaba en la curva de la espalda de Kane, y con los nudillos le rozó la sien, donde comenzaban las quemaduras–. Jamás esperes que un mundo diseñado por alguien más sea piadoso contigo. Cuando sea tu turno, no puedes retroceder.

Desde algún lugar cercano oyeron un clic y luego, un grito ahogado de Sophia. La encontraron en los estantes más lejanos, a mitad de camino por un pasadizo escondido en la pared.

–¡Lo sabía! –susurró mientras los arrastraba con ella–. Los Beazley son famosos por dos cosas: su riqueza repentina y los secretos que esta conlleva. Creo que he encontrado la explicación para ambos.

Una vez más, Kane sintió aquel terror que le encrespaba el cabello, el cambio sutil en los hilos de la reverie. Ellos habían sido conducidos hasta allí por un motivo. *Este* motivo. Pero ¿estaban continuando con la trama o la estaban desafiando? ¿Acaso era parte del libro que había leído Ursula o una ornamentación surgida de la mente de Helena? Mientras ingresaban al pasadizo de una oscuridad aterciopelada, Kane encontró el silbato en el bolsillo. Debió haberlo soplado cuando tuvo la oportunidad, pero ahora el sigilo requería silencio absoluto.

Caminaron hacia abajo por una escalera de caracol iluminada por luces de gas. Kane se tambaleó y Dean lo tomó por la muñeca. Se tomaron de la mano durante el resto del camino hasta que entraron a una habitación que debió haber estado más allá de la propiedad.

Era un laboratorio de madera oscura y vidrio esmerilado. En una esquina había un escritorio amplio cubierto de aparatos de azófar y matraces llenos de líquido humeante. Detrás de él había un espejo aún más grande. En cada caja, atrapados como si fueran luces de estrellas, había huevos Fabergé. Cientos de huevos decorados con joyas.

En cierta forma era y en otra, no, una versión de la sala de estar que Kane había visto en los videos de Maxine Osman. Dudó que aquella tecnología estilo *steampunk* o que los preciosos huevos fueran parte *El demonio de las azucenas*. Sea cual fuere el mundo que estaban explorando, no se trataba del libro predecible que Ursula creía representar. Ella no podía conocer todos sus secretos.

Los ojos de Sophia brillaban al admirar la colección.

–Lo sabía. Lo *sabía*. Los Beazley hacen su fortuna con el comercio de piedras preciosas y metales, pero nadie conoce su fuente. Mi padre dice que son minas. O piratas. ¡Pero esto prueba mi teoría! Los Beazley no excavan minas para extraer piedras preciosas. Las *crían*. ¿Has visto aquellas criaturas espléndidas del jardín? Los peces y los pavos reales y las tortugas colosales incrustadas con jade. Como todo el mundo, imaginaba que simplemente los habían decorado para la boda, pero no. Aquellas criaturas *salieron* del cascarón de esa forma.

Kane recordó los delicados pájaros esmaltados que había visto en el salón. Recordó a Helena, como la anciana que era, explicándole al entrevistador sobre la colección de huevos Fabergé y que tenía con Maxine. *Nos preguntamos qué saldrá del cascarón*. Este, entonces, era el juego de ambas convertido en realidad. Un hilo de fantasía cosido con la elegancia victoriana de la reverie de Helena.

Kane necesitaba encontrar a Ursula. Se acercó a Sophia, sin estar seguro de cómo hacer que dejara de husmear. Ella continuaba mirando de cerca una de las cajas donde había un huevo hecho de un exquisito oro rosado. Tenía listones de esmalte verde atados en la parte de abajo, como si fueran hojas nuevas. Cada una de ellas tenía perlas y diamantes, y daban la impresión de que el huevo estuviera cubierto de rocío fresco.

Cuando Sophia estuvo a punto de tocarlo, Dean la tomó de la mano y la apartó. Los ojos de él estaban distantes.

–No deberíamos estar aquí.

—Este laboratorio tampoco debería estar aquí, y después de todo, aquí está. Y, además *Willard* nos trajo aquí. Por accidente. ¿Verdad, Willard? —dijo Sophia.

A Kane le molestaba que lo usaran como utilería, pero demostrarlo sería desafiar lo que ella creía de él. En la reverie y en la realidad, a decir verdad. Trató de hacer contacto visual con Dean, pero el chico la mantenía fija en las escaleras. Nervioso, Kane se pasaba el silbato de mano en mano.

—¡Alguien viene! —advirtió Dean. Hubo un revuelo cuando los tres trataron de esconderse, todos juntos apretujados en el espacio debajo del escritorio.

No ocurrió nada. Parecía ser que Dean se había equivocado. Pero luego, una persona apareció al pie de las escaleras.

Kane vigilaba por el espejo.

Era Helena. Se había cambiado el vestido rojo por unos pantalones y un saco, y ya no tenía el sombrero de pájaros, sino una gorra que le ocultaba el cabello. Llevaba una maleta de lona que dejó sobre el escritorio y la abrió. Luego comenzó a seleccionar algunos de los huevos. Tomó el de oro rosado y luego el de diamantes y granates. Después de tomarse unos minutos para decidir, tomó uno de ópalo blanco y finalmente uno liso y simple de piedra azul con ribetes de oro.

—Temo que todo el tiempo que mi madre pasó en este laboratorio le afectó el discernimiento. Nunca debió haberte creado. Y papá jamás te verá como algo más que por tu piel y tus escamas —le hablaba a los huevos—. Prometo que volveré por el resto de ustedes. Por favor, sean pacientes. Sean buenos.

Le dio un beso al huevo azul y lo colocó en la maleta. Luego se detuvo para recoger algo del suelo. El silbato negro.

Mierda. Kane no se había dado cuenta de que se le había caído.

Helena lo tomó y al mismo tiempo se volteó para mirar alrededor. Sus ojos se posaron en el escritorio. Se dirigió hacia la puerta para bloquear el paso.

—¿Quién está aquí? —preguntó desafiante, tan dura y chispeante como el cristal de los huevos.

Kane tomó a Dean del rostro y gesticuló una palabra con los labios: *Váyanse.*

Luego se puso de pie. Helena parpadeó, pero la amenaza desapareció de sus ojos al instante.

—¿Willard? ¿Cómo demonios encontraste este lugar?

Kane salió obedientemente de su escondite, haciéndose el tonto para que Helena apartara la vista del escritorio por completo. No era difícil fingir timidez después de haber sido atrapado. Era incluso más fácil que permanecer callado.

—Me sorprende que recordaras cómo llegar al Nido de mi madre —dijo ella en referencia al laboratorio. Su tono divertido se volvió triste—. Me sorprende que recordaras los secretos de esta casa, en realidad, después de lo que ellos hicieron contigo. —Ella le mostró el silbato—: ¿Esto es con lo que estabas jugando?

Detrás de Helena, Dean y Sophia se arrastraron del escritorio hacia las escaleras. Ella se volteó para mirar lo que Kane estaba observando, pero él le quitó el silbato para mantener su atención en él.

—Ya, ya —ella rio y se lo volvió a quitar—, yo lo guardaré por ahora. Debemos ser muy muy silenciosos, Willard. ¿Dónde sacaste eso? Supongo que no estaba aquí. Este metal está muerto.

Kane no pudo evitarlo. Frunció el entrecejo mientras ella ató el silbato a una cadena que le colgaba del cuello, en la que también tenía una llave y llevó los dos objetos detrás de su cuello.

—No seas así. Entiendo. Yo también tengo tesoros. ¿Ves?

Levantó la maleta con cuidado, como si los huevos pudieran abrirse.

—Me pregunto si recuerdas el secreto de nuestra familia. Cualquiera que lo sepa está atado a ella para siempre, eso dice mi padre. Esa es la razón por la que ninguno de nosotros puede ser libre y salir al mundo y vivir nuestras propias vidas —mientras hablaba, lo hacía con un tono artificial como si estuviera recitando un lema desgastado, frío, que no le pertenecía—. Vamos, volvamos a la fiesta. Estoy segura de que tu madre debe estar molestando a los invitados que tenga al lado con su preocupación.

Subieron las escaleras y entraron a la biblioteca. Luego salieron al pasillo. Ya se podía oír otra vez el júbilo y se veía el salón de baile reluciendo a la distancia. Helena se detuvo y no quiso acercarse más.

—Willard, escucha. Necesito decirte algo en caso de que no pueda hacerlo después de esta noche. —Lo tomó de las manos; él sentía su calor—. Lo siento por lo que nuestra familia te hizo. Sé lo que es odiar la vida que te han dado, y por tus elecciones, comprendo la determinación de encontrar una vida nueva y crearla desde el comienzo.

Tal vez, debido al ceño fruncido de Kane, ella comenzó a susurrar:

—Sé sobre tu profesor de piano. Sé que quisiste huir con él. Y entiendo muy bien el porqué. —Lo abrazó. Kane no creyó que su voz podría suavizarse más, pero lo hizo—: Tal vez nadie te ha dicho esto jamás, y tal vez nadie lo haga, por eso lo haré yo: yo te perdono. Cualquiera que haya sido los pecados que dicen que cometiste, para mí están perdonados. Yo no te veo de la forma en que te hicieron, sino como tú quieras ser. Espero que también puedas perdonarme. Y espero que puedas perdonar a Katherine.

Helena se recompuso. Temblaba y suspiraba. Tenía las mejillas húmedas. Levantó sus cosas, besó a Kane en la mejilla y se fue.

Se había llevado el silbato con ella, la única esperanza de Kane. Pero también le había quitado un peso de encima. Un peso que no sabía que albergaba, una capa de plomo de terror que tomaba forma alrededor de su corazón. Lágrimas frías le caían como cintas por el rostro. Él las apartó y aplacó la emoción.

Helena también le había dado algo. La respuesta a la pregunta que se había estado haciendo desde que había despertado en aquella reverie. Y la respuesta era: Ursula estaba completa, devastadora y peligrosamente equivocada sobre cómo debía acabar la reverie.

DIECIOCHO

EN LIBERTAD

En el salón todos bailaban al compás del vals.

La luz repentina le punzaba los ojos a Kane, mientras intentaba divisar el vestido dorado de Sophia entre la multitud. Tenía que encontrarla para protegerla y a Ursula para detenerla. Dean tenía razón, no podía continuar huyendo. Tenía que hacer algo.

Los bailarines se corrían de su camino cuando los empujaba para hacerse espacio. Una mano encontró la suya y, antes de poder darse cuenta qué había sucedido, tenía un cuerpo entre sus brazos.

—Sophia está aquí, pero no te preocupes. Está a salvo —susurró Adeline tomándolo del hombro con la otra mano. Le mostró una sonrisa convincente de labios pintados—. No la busques. Harás que gire la trama si no te calmas.

Adeline vestía un traje lila despampanante. En algunos lugares caía como si estuviera húmedo y, en otros, se levantaba como si fuera vapor. Llevaba el cabello trenzado en forma de corona y usaba una gargantilla de la que colgaba un dije en forma de punta. Este anidaba en el escote y las espinas le formaban hoyuelos en la piel.

–Uno, dos, tres. Uno, dos, tres –ella contaba y los guiaba para seguir el baile. Los invitados que estaban cerca de ellos se mostraban condescendientes y susurraban, desconcertados.

Tal vez, si Kane mantenía la voz baja, podría hablar:

–Helena es…

–No hables. Nos estamos encargando de todo. Sabemos que Helena está actuando como la hija menor de los Beazley. Sabemos lo que trama. Y todo lo que tenemos que hacer es que Johan se encuentre con ella durante los fuegos artificiales, así podrán escapar. Hazme girar en tres, dos, *ahora*.

Él la giró. Volvieron a juntarse. Adeline no quitaba la vista de la multitud por sobre el hombro de Kane.

–Afortunadamente, parece que Elliot tomó el rol de Sir Johan. ¿Quién lo hubiera imaginado? Debe ser por la mandíbula. No lo sé. Apuesto que ese chico debe verse como un príncipe. Bueno. Encuéntrame en los barandales en unos minutos. Sé astuto.

La danza finalizó y Adeline saludó a Kane con gran cortesía. Se disculpó y tomó una copa de champán al salir del salón de baile. Kane tomó un camino más largo a través de los invitados y salió al patio donde se reencontró con ella reclinada contra el barandal. La copa de champán ya estaba vacía.

–Adeline…

–Cállate. Tómame del brazo. No, de esta forma. Bien. Okey, no te apresures, ¿sí? Solo estamos paseando. Solo paseando. No hables. Ursula dijo que eras mudo. No lo arruines. Te juro por Dios que si tú…⁄

Agitó la copa vacía con tono amenazante. Bajaron al jardín; en la oscuridad se veía más laberíntico. Los faroles encendidos teñían los setos frondosos con una luz oxidada, y los hacían verse como bañados en sangre.

—Voy a dejarte aquí. No me sigas. No eres un personaje principal; no intentes cambiarlo.

Kane necesitaba que ella lo escuchara. La tomó de la mano enfundada en un guante. Adeline lo interpretó como un gesto de miedo.

—No te preocupes. Sabemos lo que estamos haciendo. *Sé* lo que estoy haciendo. Soy la malvada rompecorazones, Katherine Duval. Así es. Soy *esa* perra, prácticamente como en cada una de estas reveries de mierda. La típica mala suerte de los Bishop, diría mi papá. Está en todas partes. El punto es, sé lo que estoy haciendo. Ahora, no te muevas. Vendremos a buscarte cuando sea seguro desarmar esto.

Desapareció dentro del laberinto.

Por primera vez, desde que había entrado a la reverie, Kane estuvo completamente solo. Podía huir. Podía ir a buscar a Sophia. Podía pelear. Contempló cada posibilidad, pero él se mantuvo en su lugar. Se calmó. Tensó y relajó las manos, ocho veces cada una.

Lo que eventualmente lo puso en acción no fue el miedo ni la valentía. Fue el desamor.

Los Otros estaban equivocados. Aquello no era *El demonio de las azucenas*. No debían estar representando la historia de Helena y Johan. Debían revisarla, porque esta no era una historia de rivalidad entre Helena y Katherine. Era la leyenda de su amor.

Kane pensó en la pequeña casa donde vivía Maxine, donde estaba seguro que también vivía Helena. Pensó en aquel segundo dormitorio lleno de pinturas en acuarelas, condenadas a desteñirse bajo la luz de sol. Se decía que Helena y Maxine eran amigas, pero ¿eso era cierto? ¿O acaso la palabra "amigas" era una mentira que le decían al mundo sobre dos mujeres ancianas que decidían vivir juntas, lejos de todos los demás, en su propio mundo de maravillas?

Kane pensó en la habitación individual. Pensó en la vida oscura, encubierta, que tantas personas homosexuales se veían forzadas a llevar cuando se encontraban entre sí en un mundo que no se adecuaba a ellos. Pensó en los encuentros en secreto, los nombres en códigos y las tristezas en soledad que crecían como el musgo en la humedad de la vida que los mantenía en el encierro.

Esta reverie no se trataba solo sobre sueños y extravagancias, como había creído. Era la psicología de una persona, interpretada como una fantasía vívida. Habían bailado el vals en el salón de baile de la derrota de una anciana y paseado por los pasillos de su aflicción. La fiesta era su dolor; el jardín, su purgatorio; y todos actuaban vestidos de gala. Se entrometían como si fuera un juego.

No, era peor que eso. Esta reverie era el último recurso de Helena, y ellos estaban a punto de arruinarlo todo.

Kane corrió bajo los rayos débiles de la luz de la luna, empujaba los encañados, se lanzaba sobre puentes y arroyos y pasadizos de piedra. Se oyó uno explosión por allí cerca, y luego sintió un olor a humo que borró el perfume dulce de la brisa. Kane lo rastreó: era un parque escondido del palacio por una arboleda de sauces gruesos. Se detuvo a la entrada, sin aliento, para asimilar lo que allí estaba sucediendo.

Había dos caballos de pie en las sombras; Helena les estaba colocando las monturas. En el centro del parque había una serie de cables y tubos que parecían cañones. Uno de ellos echaba humo, y unas fogatas pequeñas contaminaban la escena. Un hombre viejo estaba en un costado, amordazado y con las muñecas atadas.

–Helena, estoy aquí –gritó Elliot al entrar con gallardía en el parque.

El pánico se apoderó de Kane, pero no tanto como para no notar lo bien que lucía Elliot en aquel atuendo formal de la época de regencia. Tenía un saco de color verde oscuro, ceñido sobre su amplio pecho y brazos fornidos. Kane se estaba enfocando en sus cuádriceps cuando recordó que todo eso iba a ser un desastre.

Helena se interpuso entre Elliot y los caballos. No salía de su asombro.

–Johan, ¿qué estás haciendo aquí?

–Escuché el primer fuego artificial y vine a tu encuentro, amor mío.

La actuación de Elliot era pésima.

–Fue un accidente. Nada más –explicó ella, echando una mirada al cuerpo atado, del cual Elliot aún no se había percatado–. Será mejor que te apresures a ir al patio. Los invitados los verán desde allí.

–¿No quieres verlos tú también?

–No. –Helena dio unos pasos más adelante para evitar que Elliot siguiera avanzando–. Los veré desde aquí. Me estoy asegurando de que se disparen, de acuerdo al plan. Y se dispararán muy pronto. Así que, por favor, ¿podrías ir con el resto de los invitados? Es peligroso que estés aquí.

Kane tuvo que contenerse para no interferir. Solo empeoraría las cosas, como la última vez. ¿Acaso Elliot no podía sentir la electricidad en el aire? Kane la sentía como un ácido, cada trozo de la reverie estaba listo para destruir a Elliot si no se iba de allí. Pero continuaba sonriendo como si fuera el mejor regalo que Helena pudiera recibir.

—Estoy listo para enfrentar cualquier peligro que implique estar contigo —le dijo tomando la mano de Helena.

—Aléjate de él.

Adeline apareció en la escena con una copa de champán colgando de una mano. Ahora parecía estar mucho más borracha.

—¡Katherine! —gritó Helena, aliviada.

—Aléjate de él, *mujerzuela* —le dijo arrastrando las palabras.

Helena se quedó helada. Kane movía las manos con desesperación, pero la concentración de Adeline era tremenda. Al contrario de Elliot, era una actriz talentosa.

—Así es, sé lo que has hecho —continuó—. Sé quién eres. Y pensar que estabas intentando huir y dejar a tu familia atrás. Me das asco. Eres una desgracia para el buen nombre de tu familia.

Helena parecía lo suficientemente pequeña como para deshacerse en el viento.

—¿Por qué estás diciendo estas cosas?

Adeline lanzó una risotada.

—¿Por qué, mi querida rival? Porque Johan es *mío*. Yo soy *suya*.

—Estás mintiendo.

—Ay, ¿estás segura? —Adeline comenzó a caminar alrededor de Helena y le pateó la bota al hombre amarrado—. Veo que has interceptado los fuegos artificiales y te deshiciste de tu pobre sirviente. Estoy segura de que tu padre vendrá tarde o temprano. ¿A quién piensas que le creerá? ¿A mí o a la delincuente de su hija, dispuesta a escabullirse por la noche, disfrazada de muchacho para irse a acostar con el primer hombre que la encuentre lo suficientemente atrevida para…

Fue rápido. Adeline giró hacia atrás y la copa de champán se hizo añicos. Helena la había abofeteado, con fuerza.

Adeline se recompuso y le arrojó el tallo de la copa a Helena al grito de:

—¡Te mataré!

Entonces, Elliot le disparó. Un solo disparo directo al estómago. La hizo desplomarse sobre un árbol, donde cayó deslizándose cubierta en sangre.

—Nunca más podrá hacerte daño —le dijo Elliot con gallardía, creyendo que había llegado de forma exitosa a la resolución de la reverie—. Ahora, dejemos este lugar para siempre, amor mío.

Helena lo empujó y al hacerlo se tropezó con su maleta y cayó. El trató de ayudarla. Le mostró una sonrisa gentil, pero esta se deformó al momento que una fuerza invisible lo hizo retroceder.

—Tú... tú... —Helena convulsionaba. Solo sus ojos se mantenían firmes sobre el cadáver de Katherine—. ¡Tú la mataste!

—Para que podamos estar juntos, mi cielo.

La reverie convulsionó alrededor de Kane, de una forma tan repentina que incluso Elliot la sintió. Él miró hacia todas partes con inseguridad.

—Lo *arruinaste* —dijo ella con la voz quebrada. Señaló a Elliot y uno de los tubos de metal se dobló en dirección a él—. *¡Tú arruinaste todo!*

Elliot ni siquiera tuvo tiempo para alzar las manos antes de que el mortero explotara. El cohete en llamas apuntó hacia su cabeza. La explosión ensordecedora llevó el viento y el fuego dentro de los sauces y durante diez segundos, el parque fue un revuelo de chispas. Luego solo quedó el humo, a través del cual latía una luz rosada.

Kane no estaba seguro de qué había quedado de Elliot. Algunas partes del cuerpo del chico príncipe y nada más. Pero allí estaba, a salvo debajo de un domo mágico vibrante y a su lado, la fuente, una chica.

Ursula.

–Augustine –Helena dijo entre dientes–. Debí adivinarlo.

El jardín en llamas emanaba calor debido a que la energía de la reverie cambiaba de angustia a enojo, y Kane sentía que el giro estaba tomando forma. Uno a uno, los fuegos artificiales comenzaron a dispararse hacia el cielo nocturno.

–Dijiste que me ayudarías, pero eras tan mala como los demás. Eres cruel. Él la *mató*, Augustine.

Se le atragantaron las palabras al donde debía estar el cuerpo de Adeline. Había desaparecido. Al igual que la sangre. Kane se dio cuenta de que habían visto una de las simulaciones de Elliot, la cual se había desvanecido en el peor momento. Adeline, mientras escapaba a hurtadillas, quedó expuesta gracias a los destellos que provenían de arriba.

Helena no podía entender qué ocurría:

–¿Qué es esto? ¿Un truco? ¿Qué está sucediendo? ¿Quiénes son ustedes? *¡Díganme!*

–Adeline, haz algo –Elliot le ordenó apretando los dientes.

Los ojos de ella se volvieron grises, su telepatía corrosiva se disparó como bombas que hicieron temblar el suelo. Como si fuera un acto reflejo, un mortero giró en dirección a ella.

–¡Adeline, cuidado!

Las palabras se escaparon de su boca antes de que Kane pudiera detenerlas, pero ella lo oyó. Se abalanzó al suelo antes de que el mortero explotara entre los árboles. Luego de la conmoción, los ojos de Helena se fijaron en Kane.

–Willard, ¿tú también?

Cualquier tipo de angustia que él había sentido por parte de ella, ahora se sentía como si los personajes de su mundo se volvieran en su contra uno por uno. Como si su mundo se girara sin que ella pudiera reconocerlo. Helena se quejó con la cabeza entre las manos. Comenzó a irradiar unos latidos oscuros de energía que atravesaron el jardín por debajo de la tierra y quebraron los troncos de los árboles. El cielo se cubrió de nubes que se iluminaban entre sí como explosiones de algodón de azúcar mientras los fuegos artificiales continuaban disparándose. El jardín se secó de inmediato y las plantas se arrugaron en seco; y todo lo que había sido magnífico se marchitó y se volvió gris.

Elliot se arrodilló al lado de Adeline y la arrastró hacia atrás. Ursula permanecía al lado de Kane.

—Esto es... una trampa —escupió Helena—. Willard estaba en el nido. Todos ustedes estaban... detrás de los huevos. Esto es una trampa, ¿no es así?

—¿Huevos? No hay huevos —preguntó Ursula.

—Katherine, también. —Helena sollozaba y las bombas sobrepasaban su vocecita. Se llevó la maleta al pecho—: No pueden quitármelos. Nunca permitiré que les hagan daño.

—¿Les? —Ursula se volteó hacia Elliot y Adeline—. La historia no es así.

—Demasiado tarde. Está arruinado —le contestó su amiga, doblándose del dolor. Apenas podía mantener los ojos abiertos.

—Así es —repitió Helena con la voz demacrada—. Es demasiado tarde. Está arruinado. Pero al menos nos tendremos los unos a los otros, ¿no es así, mis descascarados?

La maleta se abrió de golpe y se elevaron los cuatro huevos que Helena había tomado. Estaba el de oro y azul, y el rosa de perlas. El de diamantes y granates resplandecía como un fósforo en una fogata. Además, el de ópalo blanco subía y bajaba.

—Mis bellezas. Mis queridos —los arrulló Helena. Su cuerpo resplandecía con una luz suave, como si ella fuera las nubes que oscurecían a los fuegos artificiales.

Y entonces, Kane sintió el giro. La desfiguración del mundo maravilloso de Helena estaba por suceder. Él sintió que, lo que Helena necesitaba de su historia ahora no era una resolución, sino venganza.

De los huevos salieron protuberancias; crecieron hasta que cubrieron el parque y empujaron las ramas más bajas de los sauces en llamas. Del cielo caían brasas y estas, sobre los huevos, haciendo que se calentaran las cáscaras de metales preciosos.

Del cuerpo de Helena salía humo y se esparcía entre ellos, contaminando el aire con su maldad hacia los intrusos.

El huevo azul se quebró y de pronto se hizo un agujero del que se asomó un cuerno grandioso y centellante. El lapislázuli laqueado combinaba el cascarón que se iba quebrando. Las patas de insecto que le siguieron resplandecían con un oro metálico. Luego el huevo de ópalo se quebró a la mitad y un pico barnizado apuñaló el aire. Un ojo del tamaño de una pelota de playa aterrizó sobre Kane, sin pestañear.

Ahora, los otros huevos se estaban abriendo. La voz de Helena volvía a animarse:

—Ahora, mis descascarados, es *su* turno de comerse al mundo.

DIECINUEVE

LA RECEPCIÓN

La boda de Augustine Beazley había sido encantadora; todos estaban de acuerdo. Pero la recepción fue una pesadilla total.

En primer lugar, hubo un problema con los fuegos artificiales. Solo algunos se alzaron lo suficiente a través de la niebla y lograron perforar las nubes más bajas. El resto aterrizó en el jardín y este se prendió fuego; algunos se dispararon hacia el techo y este también se incendió. Los invitados, que se habían congregado en el patio para observar el cielo, fueron testigos del desastre, hasta que uno de los cohetes se incrustó como un taladro dentro de los sauces y atravesó por la multitud, haciendo volar encajes y ramas entre las alegres llamaradas.

En segundo lugar, había monstruos: los descascarados de Helena, labrados en metales invaluables y piedras preciosas, fueron invocados para llevar a cabo su venganza. Los grandes secretos de la riqueza de los Beazley se desataron contra los detractores de la familia que estaban allí congregados.

El tercer punto fue que el champán se sirvió tibio. Pero, considerando a los monstruos, a nadie le importó.

Lo que destruyó el salón de baile fue un escarabajo. Era del tamaño de un elefante y estaba armado con un poderoso cuerno y se protegía con un caparazón de lapislázuli impecable. Sus seis patas de oro se escabullían por la pista de baile mientras dos personas le caminaban en círculos. Uno era el primo Willard, quien siempre fue un poco raro y se sabía que protegía a los insectos de los golpes fatales de su madre. Así que, su intervención tenía sentido.

La otra persona, sin embargo, debió haber huido. Entre todas las personas, ella se merecía buscar seguridad y comodidad. Después de todo, era su boda.

—¡No se suponía que pasara esto! —Una silla le pasó por encima y ella se agachó, se estrelló con el espejo que había detrás.

—¡Olvídalo! —Kane le gritó en respuesta mientras el escarabajo cavaba entre los muebles del banquete. La reverie se había olvidado por completo de su silencio—: ¡Olvídate del estúpido libro!

Ursula atajó el próximo objeto que le arrojaron. Era la mitad de una mesa que aún estaba cubierta con el mantel.

—No es estúpido —se quejó, girando sobre su eje a pesar del vestido. Le volvió a arrojar la mesa al escarabajo y agregó—: es mi libro *favorito* de Lorna Osorio. ¡Kane, *muévete*!

El escudo de Ursula cubrió a Kane justo cuando el escarabajo arremetió. Esperaba que este rebotara como un pinball, pero el insecto solo cayó de espaldas. Las patas doradas acariciaban el aire y él chasqueaba con enfado.

215

–No importa. Hay pistas sobre ocultismo en *Azucenas*, pero solo son símbolos –continuó ella.

–¡Ursula, déjame salir!

Ella se deshizo del escudo y continuó con la explicación. Kane saltó sobre una mesa destrozada, fijó la vista sobre la cadena que sostenía el candelabro de caireles y disparó solo una llama etherea.

El candelabro explotó como lanzas de cristal que se hundieron en el escarabajo. No fue mucho, pero le costó una pata entera que salió disparada en dirección a Kane. Era tan grande como él y aún se retorcía. Él la detuvo con el pie y miró a Ursula con orgullo.

–Y, de cualquier modo, el personaje que está interpretando Helena *jamás* traicionaría al *verdadero* Johan. Apuesto que Elliot le dijo algo.

–Es lesbiana.

–¿Qué?

–Helena es lesbiana. O al menos en cierta medida. No lo sé. Pero definitivamente no es hetero.

–Pero Katherine…

–Ella también. Y también lo era Maxine Osman, supongo.

Asombrada, Ursula agitó la cabeza. El mundo entero se recalibraba ante sus ojos. Tentativamente, se señaló a ella misma y preguntó:

–Entonces ¿yo soy…?

Kane la tomó de las manos.

–Ursula. No importa. Tenemos que encontrar a mi hermana.

La resolución le endureció la mirada. Luego hubo pánico. En medio de una nube de tul, tomó a Kane por la cintura y lo lanzó hacia atrás. El escarabajo arremetió contra ella con todas sus fuerzas y trató de cortarla a la mitad. Solo el destello de magia rosada le aseguró a Kane que ella había puesto el escudo a tiempo mientras el escarabajo la arrastraba por la pared del salón, luego la pared siguiente y luego la otra. Los invitados corrían, gritaban y el palacio temblaba.

Kane se sentó entre los restos de los espejos, con la mirada fija sobre el polvo y el humo que había dejado su amiga. El silencio se hizo sólido a su alrededor. Cerró los ojos y se concentró en la tela de esa reverie para tantear las costuras que había encontrado cuando desarmó el mundo de Benny Cooper, pero su mente no podía tranquilizarse. La reverie todavía era muy fuerte. Estaban atrapados allí y solo tenían una opción: sobrevivir.

Kane se miró las manos y observó el brillo pálido de etherea sobre las puntas de sus dedos. ¿Qué poder tenía? ¿Qué más podía hacer además de desarmar y destruir? Miró en las profundidades fracturadas de los vidrios desparramados. Encontró sus ojos, llenos de sombras mientras los caireles restantes se balanceaban. El mundo alrededor de su reflejo parecía encerrarlo en un apretón silencioso y terrorífico.

Entonces, sintió una hebra de cabello pegajosa cerca de la oreja. Trató de apartarla, pero su mano se llenó de esferas pequeñas.

¿Perlas? Estaban pegadas en una red de cables de oro rosado, que aún estaba tibia de lo que fuera que la había producido.

Kane tuvo un solo segundo para preguntarse: ¿qué más podía salir de un huevo?

No se atrevió a mirar hacia arriba. Solo apuntó ambas manos en esa dirección y lanzó un rayo de arcoíris etéreo que colisionó al instante con lo que había estado amenazándolo por encima. Luego se propulsó hacia un costado y vio de reojo la gran cantidad de patas que intentaban golpearlo. Era gigante. Del abdomen le salía una protuberancia que parecía el nido de ocho patas letales. Estaba cubierta de pelos y era de color oro rosado, y de ella salían perlas mientras lo rodeaba.

–¡Helena, escúchame! ¡Sé que estás allí adentro! –le suplicó.

La araña se impulsó hacia el techo alto del salón, y con agilidad entretejió una red de cables que se le desenrollaron del cuerpo. Luego se acomodó justo sobre Kane y se balanceaba.

–¡Helena, por favor!

Saltó hacia abajo y en el camino enrolló las patas y luego las volvió a aflojar todas juntas. Una mano intentaba aplastar a Kane. Él no quiso hacerlo, pero no tenía otra opción. Justo antes de que la araña aterrizara sobre él, desató una explosión de energía etherea con ambas manos. La magia ardía desde su cuerpo entero; atravesó a la araña como un puñal y la destrozó.

Kane siseó. Cada nervio fluía con claridad. Le latía el cuerpo, en especial las sienes. Sentía que las líneas de sus quemaduras se sobresalían y los restos del espejo reflejaban su imagen alada con luz etherea. Esta lo hacía flotar, lo elevaba, como si no solo dominara la luz, sino la gravedad misma.

Un estruendo lo devolvió a la tierra, justo a tiempo para agacharse. La pared más lejana se desplomó y apareció el escarabajo con Ursula encima de él. El insecto colosal se deslizaba y se balanceaba, pero de alguna forma Ursula se mantenía firme. Y de alguna forma, su vestido también. Ella lanzó un escudo adelante del escarabajo y ambos se acercaron a Kane.

–¡Kane, salta!

Él lo intentó, pero la levitación aún era difícil de controlar. Lo que sintió fue que algo lo agarraba (Ursula, creyó), y de pronto se encontró colgado del cuerno curvo del escarabajo, luego de que este fallara. Kane se aferró a él.

–¡No te sueltes! –le imploró Ursula. El escarabajo gritó y, de pronto, su caparazón se abrió como el capó de un automóvil. Unas alas claras con venas de color cerúleo salieron de él y comenzaron a batirse con rapidez y el escarabajo se elevó hacia el cielo.

Kane cerró los ojos e intentó no vomitar, mientras el insecto continuaba subiendo por el tragaluz del salón. Una nube de vidrios rotos le pasó por encima, pero no había tiempo para sentir el dolor antes de que el escarabajo volviera a caer y lo arrojara sobre un techo consumido por las llamas. Ursula llegó a su lado un segundo más tarde.

—¡Kane! ¡Tus poderes! ¿Puedes volar?

—¿*Volar*?

Los jardines ardían debajo de ellos; era imposible escapar. El escarabajo giró y volvió a la carga, pero Ursula estaba lista para bloquear el filo guillotinado de su cuerno. Impidió el ataque con un escudo y detuvo el cuerno con sus propias manos.

—¿Estás listo para saltar? —Su voz estaba áspera y urgente.

—¿Estás *loca*?

Ursula hizo algo con los pies debajo de su enorme falda, tal vez para aferrarse, porque el próximo movimiento fue levantar al escarabajo en el aire. Este se balanceó por un momento y dio unos chasquidos aturdidos.

—Kane, corre hacia la izquierda, ¿sí? —resolló.

Él lo hizo. Cuando las alas del escarabajo volvieron a desplegarse, Ursula lo derribó con un golpe en la espalda épico que le destrozó las alas debajo del insecto. El palacio temblaba, el techo cedió y ella saltó hacia Kane. Se aferró a él en un abrazo mientras caían por el borde.

—¡Vuela, Kane!

¿Qué derecho tenía él para decirle que no podía? Acababa de ver a Ursula ejecutar un golpe brutal sobre un escarabajo gigante de piedras preciosas, enfundada en un vestido de novia, encima de una mansión lujosa en llamas. El delgado límite entre poder y no poder reventó como una burbuja. Imaginó que ella tenía razón, que podía volar. Él confió en ella, y ella en él.

Kane se volteó hacia el jardín en llamas y liberó otra ráfaga etherea, y esta provocó que se abriera un cráter en el patio antes de que fuera demasiado tarde. La ráfaga los impulsó hacia arriba y de repente, la sujeción a la gravedad se rompió. Se inclinaron sobre el jardín, cubiertos de olas ondeantes de luz etherea emanada del cuerpo de Kane.

Ursula soltó un grito de alegría.

—¡Lo estás haciendo! ¡Ay, Dios mío! ¡De verdad lo estás haciendo!

Kane rio con ella, pero la alegría fue corta. Como un rayo de luz de luna una criatura rápida y silenciosa descendió de las nubes. No hubo tiempo para ver qué era. La criatura golpeó a Kane y soltó un chillido agobiante. Ursula gritó; hubo una explosión de luz rosada y comenzaron a caer.

Estaban cayendo.

La luz de Kane ya no estaba.

Él se escondió en el abrazo de ella mientras se chocaron con las primeras ramas. Ola tras ola de magia de color magenta los acunaban mientras iban rebotando entre los árboles. Finalmente, se balancearon hasta detenerse en el suelo firme. Ursula dejó que el escudo se disipara y cayó de rodillas.

—¿Estás bien? —le preguntó a él.

—Sí, ¿y tú?

—Ah, super.

—¿Eso fue un pájaro? —Kane miró hacia el cielo, pero había desaparecido.

Ursula se sacudió la mano.

–Sí… pero creo que estaba hecho de… cuarzo o algo parecido.

–¿Lo golpeaste?

–Literalmente golpearía cualquier pájaro. Todos apestan. –Se encogió de hombros.

Entonces se puso de pie y comenzó a desgarrar las capas de su falda.

–Para ser honesta, desearía poder usar estas vestimentas sin tener que luchar. Quiero decir, ¿cómo se supone que puedes pelear debajo de todas estas capas?

El aire alrededor de ambos comenzó a estremecerse y Kane lo reconoció como indignación.

–Ursula, creo que estamos en problemas.

–Este maldito vestido está en problemas, ¡eso te lo puedo garantizar! Y esos malditos monstruos de cristal también lo estarán tan pronto como pueda patear…

–No. –Kane la tomó de las manos antes de que continuara causando más daño. La falda estaba hecha jirones y formaba un nido a sus pies. Ahora en Ursula se veían unos tacones gigantes, medias blancas de encaje, portaligas con adornos y un trozo de miriñaque chamuscado en las caderas. Nada podía hacer con respecto al corsé, pero al menos se había deshecho de las mangas abullonadas.

»Harás que la reverie se enoje –Kane la advirtió.

–No tiene sentido preocuparse por la moda cuando la casa entera está en llamas, Kane. Los comentarios amables terminaron cuando Helena intentó volarle el rostro a Elliot –respondió ella mientras se corría de los restos del vestido de novia y se fue dando zancadas. Kane la siguió.

–Pero ¿qué haremos?

–Buscamos a tu hermana. Apuesto que debe estar escondida en

este jardín. Luego buscamos a los Otros. Y después nos defenderemos hasta que la reverie se canse.

–¿Y luego qué?

–La desarmas.

Kane se detuvo.

–Pero ¿y si no puedo?

Ursula se llevó las manos a las caderas.

–Créeme, puedes hacerlo. Acabas de *volar*, Kane. Nunca habías logrado algo así, pero mira, lo hiciste. Y, además, desarmaste una reverie la semana pasada. No más *no puedo*, ¿de acuerdo?

Kane estaba listo para decir otro no, pero entonces oyeron un grito desgarrador. Sonaba estridente y lejano, un último recurso sofocante que provenía de la parte más lejana del jardín. Ursula fijó los ojos en los de Kane. Sabían que estaban pensando lo mismo. Había una bestia más y esta había encontrado a Adeline.

VEINTE

CLARIDAD

Corrieron juntos por el pasillo que se formaba entre la hilera de álamos y el laberinto de seto, siguiendo los gritos de Adeline. Kane se esforzaba por continuar y no desplomarse. Los gritos se multiplicaban al pasar por los arcos de rosas podridas y enredaderas espinosas. Finalmente, llegaron al sitio donde había despertado Kane: el claro donde estaba el gazebo.

Helena estaba sobre unos restos, resollando y señalando hacia el gazebo, rogando una y otra vez:

—¡Ella no! ¡Déjala! ¡Perdónale la vida!

Se refería a Adeline, que estaba colgada del techo del gazebo mientras este se tambaleaba y colapsaba lentamente, algo se enrollaba por las columnas. Era una serpiente, tan grande como las otras bestias, pero de alguna forma era más irreal. El largo entero estaba cubierto de diamantes blancos como la escarcha y unas gotas de granate brotaban con timidez de aquel cuerpo fluido. Se desenroscaba y se flexionaba, poderosa e imparable mientras una cabeza triangular asomaba por el borde del techo. Su lengua de ónix saboreaba el aire entre ella y Adeline, quien no podía hacer nada más que volver a gritar del horror.

—Lo siento. Lo siento, Katherine. —Helena sollozaba como si Adeline ya estuviera muerta.

A pesar de todo, otra bestia se acercó más, justo en frente de ellos, sobre el césped. Kane reconoció el luminoso ópalo de la cosa que antes los había golpeado en el aire. Al principio, su cuerpo era amorfo hasta que desplegó sus alas gigantes y volteó la cabeza por completo. Echó un vistazo a Ursula y a Kane con sus ojos saltones de porcelana. Era una lechuza.

Y de su pico colgaban intestinos.

Kane y Ursula se impactaron demasiado y no se podían mover al ver la sangre sobre la piedra color pastel. La lechuza perdió interés y volvió a ocuparse de la comida que tenía entre las garras.

Elliot.

La sorpresa ensordeció a Kane. La sangre de Elliot estaba por todas partes. Elliot estaba por todas partes. Un brazo por un lado, un pulmón por otro. Las partes del príncipe desparramadas por todo el jardín.

Ursula cayó sobre las rodillas, abatida.

—Es horripilante, ¿verdad? —dijo Adeline al acercarse.

Kane se sobresaltó y se volteó para ver no solo a ella, sino también a Elliot escondido en un costado del claro, cerca de la banca donde había despertado Kane. Sus ojos relucían con un dorado al concentrarse en su poder.

—Aquellas… aquellas son… —Kane tartamudeaba.

—Simulaciones —completó Adeline. A pesar de la sangre seca que tenía en la nariz, se la veía bien. Ursula, por otro lado, aún lucía muy mal para mantenerse de pie. Kane tampoco podía quitarse la espantosa imagen, entonces tanteó en busca del silbato para calmarse, pero recordó que ya no lo tenía. Helena lo había tomado.

—No nos llevó mucho tiempo darnos cuenta de que estábamos equivocados cuando Helena vino detrás de nosotros. Afortunadamente, estaba bastante enfocada en Adeline, o Katherine, así que pudimos traerla hasta aquí. Pensamos que ustedes estarían aquí también, justo a tiempo. Esta reverie va a explotar en llamas. —La voz de Elliot estaba afectada por el esfuerzo que implicaba sostener su magia.

Él sonrió, pero Adeline suspiró y le dijo:

—Elliot, no es momento para hacer chistes malos.

—¿Quién está haciendo chistes malos? —preguntó una voz tímida que provenía de atrás de Kane. Él se volteó hacia su hermana, que estaba escondida detrás de un álamo.

Kane se apresuró a abrazarla. Ella estaba dura y molesta ante el abrazo.

—¿Quiénes son ustedes, realmente? ¿Por qué me han traído aquí?

—La encontramos escondida en el jardín. Es muy difícil mantenerla callada —informó Adeline.

Elliot rio. Miraba a Ursula ataviada con su conjunto de cabaret.

—¿Fue una boda difícil, Urs?

Ella se cruzó de brazos a la altura del escote y se puso roja.

—Desármala, Kane. Vayámonos a casa —se quejó.

Él se tensó. ¿Desarmar todo eso? ¿Desarmar a Helena, que continuaba arrancando césped y llorando con desesperación? Extendió los brazos, con poca energía, e intentó recuperar el poder que había invocado hacia el final de la reverie sobre Cymo. En aquel momento, no lo había sentido como poder, sino como conocimiento. Así que se esforzó por concentrarse e hizo lo único que recordaba. Golpeó las manos.

Muchas cosas sucedieron en el instante que sus palmas se unieron. Primero, con una claridad vigorizante, la reverie se quebró de una forma horripilante: las flores disecadas subían y bajaban en la brisa contaminada de cenizas, la madera del gazebo se hizo astillas; la finca se volvió un infierno, cada partícula de neblina, cada hilo de perlas.

En segundo lugar, sentía a Helena por todas partes. Ella lo miraba pestañeando con los ojos enrojecidos, y él fue obligado a aceptar el miedo de ella. Su dolor. Su asombrosa esperanza, con la que había hecho florecer un mundo de puro encanto que se convirtió en ruinas en un abrir y cerrar de ojos. Ese mismo mundo se partió en dos y de él nacieron criaturas insensibles hechas de metal, piedras y furia. Exquisitas y letales, defendieron a su ama, pero ahora estaban fuera de su control.

En tercer lugar, hubo una pequeña explosión.

El cuerpo entero de Kane vibró de dolor. Era de sorprender que las manos aún estuvieran pegadas a las muñecas. Los álamos habían caído hacia atrás. Sophia y los Otros estaban a su alrededor, estupefactos. Un humo rosa pálido subía del suelo.

—¿Kane? —Ursula gateó hacia él.

Kane tosió y al hacerlo sintió sabor a sangre.

—No puedo…

No pudo desarmarla. No pudo desarmar a Helena. Esta reverie quería vivir más de lo que él quería matarla.

–Chicos… –susurró Adeline.

Helena se ponía de pie, balanceándose; los estaba buscando. La lechuza también se volteó. Las simulaciones de Elliot habían volado por los aires, y la víbora bajó al suelo, tan silenciosa como la nieve.

–Espero que no estés agotada –Elliot le dijo a Ursula.

Ella se recuperó del mareo y le confirmó que no. Escupió hacia un lado, se tronó los nudillos enguantados y caminó en dirección a la víbora.

No estaba tan lejos cuando un zumbido cacofónico invadió la atmósfera y el escarabajo, rearmado por completo, aterrizó sobre ella como un cometa. En el mismo instante, la víbora se deslizó hacia adelante y acorraló a Adeline.

–¡Corre, Adeline! –gritó Elliot, mientras la lechuza removía el aire con sus grandiosas alas opalinas. Tenía los ojos fijos en él, la comida que se le había perdido.

Con lágrimas corriéndole por los ojos, Adeline salió corriendo hacia el laberinto de setos. La víbora reptó detrás de ella.

Kane levantó a su hermana y se la entregó a Elliot:

–¡Desaparezcan! ¡AHORA!

Por una vez, Elliot no lo contradijo. Tan pronto como tuvo a Sophia en sus brazos, desaparecieron detrás de una cortina de magia dorada. Luego ya no estaban.

Hubo una serie de azotes entre Ursula y el escarabajo y este la arrojó a través del claro. Kane esperó que ella girara en pleno vuelo y que cayera con las piernas hacia abajo para rebotar, pero su cuerpo quejó cojeando, ya que atravesó uno de los apoyos desgastados del gazebo. Él corrió con dificultad hacia ella; las piernas le dolían, las manos le ardían, y justo cuando la alcanzó, el gazebo colapsó.

–¡Augustine! –gritó Helena, que estaba justo al lado de Kane, mientras él buscaba entre el desastre de maderas y enredaderas. Juntos se deshicieron de los restos y cavaban en busca de Ursula.

»¡Lo siento! ¡Lo siento! –lloraba Helena.

Kane sentía una punzada en el corazón y en los oídos, un latido líquido. Encontró la rodilla de Ursula, hundió una mano debajo de ella y jaló. Al hacerlo, la araña, reformada como el escarabajo apareció en el claro. Los ojos verdes pálidos se fijaron en Kane y se inclinó dispuesta a atacarlos por encima.

Helena se abrazó a él y algo frío y metálico que tenía en el cuello se le clavó en el brazo.

La araña dio un salto en el aire y de las patas desplegó una garra contra la luz de la luna amarillenta.

Kane solo tenía un respiro entre él y la muerte. Una oportunidad. No habría chasquido de dedos o manos centellantes. Solo tenía un último movimiento. Era demasiado tarde para él y para los otros, inclusive tal vez para Helena, pero tal vez podía convencer al destino que le perdonara la vida a su hermana.

En el momento que la araña aterrizó encima de Kane, él tomó el silbato del cuello de Helena, se lo puso entre los labios y exhaló su último aliento.

VEINTIUNO

QUIEN LO ENCUENTRA SE LO QUEDA

El silbato no producía sonido. Producía silencio. Fue un silencio excitante, estático que detuvo la reverie en un instante.

El aire húmedo le acariciaba los rizos apelmazados de Kane. Él observaba el espacio reluciente entre los colmillos peludos de la araña; dos de sus patas ya estaban enganchadas debajo de sus brazos. Pero la araña no lo mordió. Estaba petrificada. Kane estaba en una jaula de patas inmóviles sobre un gazebo en ruinas.

A su lado estaba Helena, que tenía una de las patas de la araña clavada en el muslo. La reverie se había detenido, pero la sangre de ella brotaba con fluidez alrededor de la daga hecha de oro dorado. Ella la tocó con cuidado; sabía que era una herida mortal.

—A… a… ayúdame —susurró.

Kane se desenredó de las patas de la araña. Lo sorprendió que esta no se resistiera. Se dio una vuelta, estupefacto ante el efecto del silbato. Todo estaba quieto. No había viento, no había cenizas en el aire. Incluso el rocío de los jardines estaba suspendido en el ambiente como rizos de mármol que caían sobre el escarabajo inerte. Y estaba silencioso. Kane pudo distinguir un chirrido distante, débil, como si estuvieran en el casco de un gran barco en movimiento.

No pudo quitar a la araña por su cuenta.

–¡Ayuda! ¡Alguien! –gritó.

–¡Aquí! –Era Adeline. Kane corrió a su encuentro.

–¿Dónde estás? –Su voz sonaba apagada en el aire quieto.

–¡Por aquí!

–¿Estás bien?

–Eso creo. –La pausa larga que hubo antes de su respuesta le dijo a Kane que algo andaba mal.

Dobló por una esquina y se encontró con la serpiente, que estaba congelada en forma de un nudo apretado.

–Estoy aquí –dijo Adeline. Él la vio entre aquel cuerpo retorcido de diamante. La bestia la había atrapado y estaba a punto de consumirla cuando el silbato congeló la reverie. Las mandíbulas de la serpiente ya estaban desencajadas, solo a unos centímetros de la cabeza de Adeline.

–Bueno, hazla explotar –le pidió.

Kane lanzó dos rayos al cuerpo de la criatura, y esta voló en una explosión de glitter que se congeló de inmediato. Luego tironeó de Adeline para sacarla de aquellos escombros que levitaban. Estos se convirtieron en huesos blancos y polvo. Ella se aferró a él por más tiempo del que él creyó necesario, y luego, y poco más.

–Me atrapó. –Ella estaba impactada.

—Pero te saqué de allí. —Él le recordó, apretándole la mano.

—¿Tú hiciste todo esto? —preguntó, señalando la reverie estática.

—Algo así. Vamos.

Llegaron al claro donde estaba el gazebo. Elliot estaba allí, con Sophia amarrada a su brazo. Le costaba respirar.

—Estábamos escapando… de la lechuza, y luego… el tiempo se detuvo.

—Él lo hizo —dijo Adeline, señalando a Kane.

—No fui yo. Fue el silbato.

—¿Dónde está Ursula? —preguntó Elliot.

Kane señaló a la araña. Para su mérito, Elliot corrió hacia ella, no huyó; pero antes de llegar a ella, se oyó una frecuencia ensordecedora que fisuró el aire. Casi los atravesó con tanta fuerza, que todos se desplomaron en el suelo. Kane podía sentirla en los dientes, en la órbita de los ojos. Luchó para contener el vómito, pero no lo logró.

¿Acaso era un nuevo giro de Helena?

Allí, en el claro, se formó un hoyuelo a través del aire y de él salió una luz en forma de rectángulo vertical. Fue como si se pelara una de las capas de la reverie y se separara en dos grandes puertas que se abrieron dentro de ella.

Kane contuvo el aliento. La boca le sabía a sangre y bilis.

A través del portal flotó algo completamente ajeno a aquella reverie putrefacta: era una mujer ataviada con un saco de felpa, suave, color crema rosada como el amanecer sobre nubes de tormenta. El sombrero de alas anchas y los zapatos de tacos altos combinaban como si hubieran salido de la misma atmósfera azucarada. Y tenía puestas unas gafas octogonales que devolvían un reflejo metálico. Se pasó los dedos por la corbata. De la muñeca le colgaba el brazalete grueso con amuletos. Lo único duro que tenía en su apariencia eran los músculos de las pantorrillas desnudas y el frunce de los labios cubiertos de brillo labial.

Poesy examinó la escena.

—Ay, qué desastre.

Kane sintió un alivio que le refrescó el cuerpo, tan espeso y dulce como el color del traje de Poesy. Era el poder personificado. Ella los salvaría. Adeline debió haber sentido lo contrario:

—¿Quién eres? —le gritó.

Poesy sonrió, pero no le contestó. Miró por encima del hombro y llamó a alguien con un gesto:

—No seas tímida. Ven, mi querida.

Se oyó un ruido como el obturador de una cámara antigua, y en un parpadeo de luz de luna, Poesy ya no estaba sola. El lado del portal apareció un monstruo sin definir, entre un caballo y un demonio. Su cuerpo retorcido se mantenía con cuatro patas estiradas que terminaban en pezuñas. No tenía rostro, solo un largo pico encorvado. No tenía ojos ni orejas, solo un par de cuernos espiralados. La piel era de obsidiana lustrosa que le cubría los huesos puntiagudos y la columna expuesta. Lo más desagradable era la forma en que caminaba. Sus piernas se movían por su cuenta con una independencia poco elegante, como si Poesy estuviera de pie detrás de la hermana oscura de la araña de oro rosado.

—Otros, les presento a Dreadmare.

Dreadmare les hizo una cortesía.

La furia de la reverie finalmente derribó la quietud del silbato. El mundo se descongeló luego de un fuerte temblor y las deslumbrantes criaturas, el escarabajo, la lechuza y la araña, todas arremetieron contra Dreadmare. Por encima de todo se oían los gritos de Helena mientras la vida se le iba por la herida de la pierna.

–¡Rápido, por favor! –dijo Poesy.

Dreadmare avanzó con una armonía desarticulada y atacó al escarabajo en un flash oscuro. Luego de darle unas cuántas puñaladas despiadadas, el escarabajo se desprendió del caparazón y solo quedó la mitad de un ala sobresalida.

Dreadmare luego se encargó de la araña. Mientras galopaba, su cuerpo nervudo se derretía como una sombra. Sumergió las patas y estas se multiplicaron hasta equiparar la forma de su contrincante. Ahora, eran dos arácnidos luchando; las patas negras de uno se trenzaban con las rosas del otro, hasta que a Dreadmare le salieron muchas más y se las clavó en el lomo de la araña. Todo acabó de golpe, como un grano de maíz explotando.

Dreadmare se esfumó como una bruma, y luego un chillido que provenía de la lechuza hizo que todos miraran hacia arriba. De alguna forma, la bestia de Poesy se materializó alrededor del ave y la arrastró por el aire. La lucha violenta entre los dos terminó en el suelo. Kane cayó hacia adelante y quedó lo suficientemente cerca para ver el pico de Dreadmare cerrándose sobre la articulación del ala de la lechuza y desgarrar la carne de piedra como si fuera arcilla fresca. Los chillidos de la lechuza acabaron.

Entre aquellos escombros recientes, Dreadmare se quedó de pie y miró a Poesy con frialdad.

–Creo que solo queda una –le dijo ella y Dreadmare desapareció en un segundo. Entonces, Poesy se dirigió a Kane–: ¿Tú me llamaste?

–Perdona… –Adeline comenzó de nuevo, pero Kane la interrumpió.

–¡Ursula! ¡Sálvala, por favor! –Señaló hacia la pila.

Poesy asintió y respondió:

–Por supuesto, mi querido. Pero primero es lo primero.

Dreadmare volvió a aparecer a su lado. Llevaba la cabeza de la serpiente colgando de la mandíbula con lo que Poesy la felicitó con un alegre aplauso.

—¡He estado buscando este color granate! Qué maravilloso. ¿Esto es todo? ¿No más interrupciones?

Dreadmare arrojó la cabeza sobre el cadáver de la lechuza y dio un paso hacia atrás.

—De verdad, es maravilloso —volvió a decir y caminó sobre los escombros morbosos como si estuviera buscando oro.

Kane cojeó hasta el gazebo. ¿Acaso nadie iba a ayudar a Ursula? ¿Y qué había de Helena? Ella se le abalanzó al tobillo y él se arrodilló a su lado. Trataba de no mirar el hueso que la herida de la pierna había dejado expuesto. Ella se aferraba a él con debilidad.

—¿Willard? Yo quería… yo no… —le habló como si estuviera en un sueño profundo.

—Está bien. Ya vinieron a ayudarnos. Vamos a llevarte de regreso al mundo real. Pero necesito que me ayudes a desarmar esto, ¿de acuerdo? —le preguntó.

—¿Desarmar esto? —Ella parpadeaba al mismo tiempo que observaba a sus bestias destruidas. Se sentía culpable y miserable—. Hablas del mundo real como si fuera la salvación, pero ¿acaso no lo ves? Las personas como nosotros… algo nos separa del mundo real. Algo se asegura de que jamás seamos parte de él. —Ahora sus ojos eran más viejos que los de la muchacha joven. Ahora Kane estaba viendo la mente lúcida de la verdadera Helena—. Yo pertenecía aquí, pero incluso este mundo me rechazó. Incluso aquí soy un… un…

—Un monstruo.

Los tacones de Poesy crujieron cuando se acercó a ellos. Helena la vio por primera vez y, a través del miedo de la anciana, Kane se dio cuenta de algo. Poesy estaba allí para ayudar, pero no para ayudar a Helena.

—¡No, no! Lo siento. Fue un error. ¡Perdí el control! —le imploró a Kane.

—¿Que perdió el control? No creo haber visto ningún control por aquí y está mal culpar a un pobre aparatito. —Poesy le guiñó un ojo a Kane y él reafirmó cuán alejada estaba Poesy de ese mundo como para estar haciendo chistes mientras Helena se moría frente a ellos. Luego agregó:

»Bueno, ven conmigo. Arreglemos esto juntos, ¿sí?

Poesy le hizo un gesto a Helena para que se pusiera de pie. Como ella no pudo, Poesy suspiró, volvió a gesticular y esta vez, Helena se levantó en el aire en contra de su voluntad. Se aferró a Kane.

—¡Willard, por favor! ¡Ayúdame!

—¡Espera! ¿Qué vas a hacer con ella? —preguntó Kane sosteniéndole la mano al mismo tiempo que ella continuaba elevándose.

La mano de Helena se puso fría. Un terror absoluto la recorrió por debajo de la piel. Estaba sucediendo algo espantoso y Kane, todavía conectado a su mente, pudo sentir que ella sabía que no sobreviviría a lo que estaba a punto de pasar.

—Perdóname. ¡Por favor, perdóname! —Lloraba.

Poesy metió una mano dentro de su abrigo y, para el terror en aumento de Kane, de allí extrajo una taza de té. Era diferente a las de la biblioteca. Esta era rosa pálido con bordes dorados en forma de ondas. Chasqueó una embellecida uña contra la porcelana y entonces, como si estuvieran en un barco que de pronto encalló, la reverie dio un sobresalto.

De la porcelana emanó un tañido como si fueran cien campanas de iglesia repiqueteando; este inundó la reverie con una cacofonía estridente que aterró a Kane. Reverberó dentro de él tanto como a su alrededor. Entonces supo lo que pasaría. Los jardines comenzaron a temblar hasta destruirse; los colores se destiñeron en el ambiente resonante. Todo comenzó a quebrarse, a dar vueltas, a desarmarse.

Fue como la última vez, solo que ahora Kane no era el centro, sino Poesy. Un remolino se instaló a su alrededor como para hacerlo parte del proceso. Se empezó a elevar del suelo, pero antes de que lo succionara, alguien jaló de él desde un vórtice fantasmagórico. Elliot. Se aferraron entre sí y observaban con impotencia cómo Helena se retorcía en la especie de agarre psíquico que Poesy ejercía sobre ella. Helena gritaba una y otra vez mientras su reverie se despellejaba, mientras su juventud soñada se desgarraba también, mostrando la versión arrugada de una anciana que vestía un suéter amarillo y unos pantalones con elástico en la cintura. Pateaba en el aire con sus zapatillas ortopédicas bien amarradas. Y entonces, como si su mundo no hubiera sido suficiente, Helena también colapsó dentro de la taza de té.

Y todo acabó.

El pequeño jardín volvió a la normalidad. Estoica, la casa estilo Tudor los observaba. Estaban de vuelta en la Realidad formal, donde la noche era fresca y ventosa. El gazebo, el palacio, las bestias… todo había desaparecido. Se lo habían llevado.

Se oyó aquella estridencia y luego Poesy extrajo algo pequeño y brillante del corazón de la taza de té. Se lo colgó del brazalete junto con los otros amuletos y luego, con un dedo revolvió en el fondo de la taza para probar los sobrantes.

–Dulce. Avaricioso. Una extravagancia floral y escapismo en tamaño real. Hm. Notas de nostalgia de tiempos que jamás vivió, añoranza por lugares donde nunca había estado. ¡Ah! Y qué regusto interesante. Un trasfondo de envidia, desesperanza, acentuados por duros abandonos, *varios*. Pizcas de obsesión y, ah, qué asco… ¡tanta sacarina de autocompasión! Una bofetada de manías.

Fue Adeline la primera en reclamar.

—¡No puedes hacer esto! ¡No puedes robártela!

Poesy le mostró una sonrisa amplia y segura.

—Quien lo encuentra, se lo queda —le contestó mientras chasqueaba las uñas en el pico de Dreadmare y esta bajaba la cabeza, como la mascota que era.

Entonces ambas desaparecieron.

VEINTIDÓS

AUN ASÍ

Esa noche no habría cena en la cafetería. Ninguno parecía querer correr la mirada de donde había estado Helena. Era como estar parados sobre una tumba, observando el barro asentarse en el espacio donde alguien había sido tragado por la tierra. Irse era como despedirse de ella para siempre.

Entonces, uno a uno, los Otros miraron a Kane. Si alguna vez habían sentido enojo y lástima, ahora sus miradas tenían otra expresión. Miedo. Adeline habló en voz baja, como si le hablara a un animal con rabia.

—¿Qué hiciste?

Kane se volteó hacia su hermana que estaba sentada en el suelo, temblando.

Adeline le habló otra vez.

–Kane, déjala, yo puedo ayudarla. Primero dinos qué fue todo eso.

–Ella no necesita *tu* ayuda –le contestó.

–Déjame suavizarle los recuerdos solo un poco. Para alivianar la impresión. Tenemos que hablar de todo esto.

Kane no podía enfrentar lo que había sucedido y tampoco iba a permitirles que lastimaran a Sophia. Abrazó a su hermana y la guio fuera del jardín. Dejaron a los Otros mirándolos estupefactos y a la pequeña casa atrás, como si el nuevo vacío de esta fuera suficiente para tragarse cualquier puente que los Otros pudieran crear.

Pero al llegar al auto de Sophia, Kane tomó las llaves de las manos tiesas de ella y no pudo evitar preguntarse: ¿acaso ella estaría mejor sin él? O todos.

Ajustó el cinturón de su hermana en el asiento trasero y condujo hacia casa. Cada dos minutos se volteaba para cerciorarse de que estuviera bien. Tenía la mirada fija en la distancia, como si pudiera ver a través de este mundo y hacia el siguiente. Cuando llegaron a casa, ella les hizo un gesto con la mano al saludo que le dieron sus padres y subió a su cuarto. Pasó rápido como la llama encendida de una vela que se apaga por el viento. Cerró la puerta con cuidado.

–¿Volvieron a pelearse? –preguntó el padre de Kane. No estaba enojado. De hecho, sonaba aliviado de saber que sus hijos se estuvieran hablando en primer lugar.

–Lo resolveremos –le prometió Kane.

Sus padres intercambiaron miradas y continuaron leyendo, aunque él sabía que estaban esperando que se fuera para poder hablar. Les dio un abrazo breve a cada uno, lo cual estaba seguro que los alarmaría, y se fue a su habitación. Pero no cerró la puerta. La dejó entreabierta para escuchar si Sophia necesitaba ayuda, y estar atento por si alguien intentaba entrar en su casa y borrarle los recuerdos. Concentrarse en Sophia significaba que no tenía que pensar en Helena.

Kane se quedó atento toda la noche, hasta que se quedó dormido sin darse cuenta. Y en sus sueños, la versión de Maxine quemándose esperó. Solo que esta vez, Maxine no estaba sola.

Helena también ardía.

Pasaron dos días. En realidad, fue más que eso. Fueron sesenta horas después. Después de veintitrés miradas frías de Adeline. Después de seis llamadas perdidas y cinco mensajes de voz de Elliot. Después de nueve notas de Ursula, todas apiñadas en su casillero, perfectamente dobladas. Kane no podía responder nada de eso. Solo podía contar y continuar contando, preguntándose cuánto tiempo le llevaría al mundo olvidarse de él.

Y entonces Elliot lo secuestró.

—Lamento lo de la trampa –le dijo mientras conducía hacia un lugar incierto. Unos momentos antes, Kane se había metido en el auto de su madre, con su verdadera madre, para ir de Roost a su casa. Y luego, ella desapareció y la reemplazó un adolescente. Elliot. La Subaru de su mamá había desaparecido y el auto de Elliot apareció en su lugar. Había sido una simulación–. Fue una simulación *necesaria*. De verdad, en serio necesitamos hablar contigo.

Kane le envió un mensaje de texto a su mamá. **Comeré aquí. Te llamo cuando esté listo para volver.**

Aparcaron fuera de una casa desconocida.

—Es la casa de Urs –le explicó al llegar a la entrada–. Y, solo una pequeña advertencia antes de entrar, no digas nada sobre el desastre. Urs cocina como una loca cuando está estresada.

Ingresaron por la puerta de la cocina.

—¡Ya lo traje! —anunció Elliot en voz alta. Sus pasos crujían. El suelo estaba cubierto de azúcar. Y entonces Kane entendió a qué se refería. Por lo que podía ver, Ursula estaba *muy* estresada. Había postres por toda la cocina. Muffins, pasteles, masas, galletas. Cada superficie de la cocina estaba sucia con pegotes de azúcar, como si alguien hubiera limpiado sin ganas.

—¡Aquí abajo!

Se oyeron pisadas que provenían del sótano y Ursula apareció con una bandeja para muffins toda maltrecha. Le sacó las abolladuras con los pulgares. Cuando le dio un abrazo, Kane sintió que su cabello olía a vainilla. Adeline estaba con ella, y por cómo lucía, la había estado ayudando toda la tarde. Tenía manchas de harina en los brazos, entonces, en vez de abrazar a Kane, solo lo miró con frialdad.

Y con esa serían veinticuatro miradas frías de Adeline, pensó él.

—Mi papá y los niños están en casa, pero no nos molestarán aquí —dijo la anfitriona.

Se sentaron a la mesa de la cocina, rodeados de pilas de galletas y cuencos con glaseado seco. Elliot y Adeline parecían estar ansiosos por escuchar lo que Kane tenía para decir, pero Ursula estaba desesperada por decir cualquier otra cosa.

—Hice scones de albaricoque —empezó—. Ni siquiera me gusta el albaricoque. ¿Alguien los quiere probar? Ah, esperen, mejor prueben los de esta tanda. Elliot, ¿todavía eres kosher? Puedo quitar los ingredientes si los quieres probar. Aprendí que es importante preguntar antes, porque una vez una chica del equipo de hockey dijo que era celíaca y yo creí que eso era un hobby. Entonces, casi la enveneno. Pero ser kosher es diferente, ¿verdad? –Elliot asintió y ella continuó–: Bien, déjame buscar un plato. Puede que tengas que lavar uno tú mismo. Creo que papá y Gail han estado usando platos de papel, lo cual me hace sentir mal. Creo que hice un buen desastre, ¿no? –Nadie se atrevió a responder abiertamente, pero ella les explicó de todas formas–: Mi madre y yo solíamos cocinar cuando mi padre trabajaba por turnos en el cuerpo de bomberos. Siempre me tranquilizaba. Probablemente fuera una cuestión de concentrarme. No lo sé. Es un hábito. Después de que ella murió no cociné durante años, pero el año pasado lo retomé. No sé por qué.

Ella le había contado a Kane que su padre se había casado de nuevo y que tenía dos hijos pequeños. Kane los podía oír cantando y golpeando las manos en algún lugar de la casa. Su madre, Gail, era enfermera y trabajaba en el turno noche.

–Kane –dijo Elliot, al fin–, no te preocupes. No estamos enojados. Solo tenemos muchas preguntas.

No se lo esperaba. En realidad, no sabía qué esperar.

–Yo estoy un poco enojada –agregó Adeline con una sonrisa de superioridad, a modo de chiste. Y continuó–: Ayer tuve ballet en el conservatorio y, Dios, Kane. Tu hermana. Es persistente. Hizo casi toda la entrada en calor con nosotros, trataba de captar mi atención.

Kane se acomodó en su asiento. Había olvidado por completo que Adeline y Sophia tomaban clases en el conservatorio asociado con la universidad.

–No te preocupes. No le haré nada con sus recuerdos. Es inteligente. Sabe lo que es real y lo que no. Yo continúo diciéndole que te haga a ti las preguntas, pero parece que la idea no la convence –culminó.

Era cansador buscar nuevas formas de evadir a su hermana, ahora que había salido del estupor y que la reverie estaba consolidada por completo en su memoria. Kane se encogió de hombros.

—No quiero que se involucre más de lo necesario en esto. Nunca debió haber quedado atrapada en la reverie.

—Entonces la dejaremos afuera –continuó Adeline–. Pero necesitamos hablar de lo que sucedió. Helena ya no está, al igual que Maxine. Y creo que sabemos a quién culpar. Creo que *tú* puedes contarnos quién es la culpable.

Kane inspiró profundo. Estaba temblando. Como un intento de calmarlo, Ursula tomó un plato de cerámica con bizcochos y lo deslizó lentamente hacia él. Lo hizo pensar en un detective deslizando fotos horripilantes por una mesa de metal hacia la persona interrogada. Volvió a inspirar profundo, luego dos veces más. Y después habló durante un largo rato.

Les contó acerca de la primera conversación con Poesy, en la que ella le prometió que estaría a salvo de la policía a cambio de su ayuda. Hasta ahora, eso había sido cierto. Les contó acerca de la invitación que apareció en su diario y sobre los muebles extraños que estaban en la biblioteca abandonada, y sobre la conversación que apenas podía recordar, sumida en capas de vapor floral que se le enroscaba en el borde de la memoria. Les contó acerca de la señorita Daisy, la dóberman, y se dio cuenta de que la perra, así como todo lo concerniente a Poesy, cambiaba de formas. La señorita Daisy era una perra, pero también era la mascota terrorífica de Poesy, Dreadmare, a quien también reconoció como la sombra de muchas patas que lo estaba vigilando a él y a Sophia en el viejo molino y que luego lo siguió hasta su casa.

Hubo dos cosas que no les contó a los Otros. No les habló de Dean, a quien tampoco podía descifrar todavía. No les contó la razón por la que Poesy había ido a Amity del Este: el telar. Tampoco se sintió mal por eso. Poesy había sido como un milagro para él, una abogada y mentora cuando todos sus otros seres queridos lo habían tratado como una carga o como parte de utilería. Poesy le había dado conocimiento, datos y herramientas para entender las reveries. Había mantenido su promesa y los había *salvado* a todos, tan solo con una taza de té y sus uñas pintadas.

Kane reconocía el poder cuando lo veía, y Poesy era poder. También reconocía su violencia, pero ¿acaso no la había usado para desmontar algo mucho más peligroso y maligno que ella misma? El mundo de Helena había tratado de matarlos, y si Poesy no los hubiera defendido usando la fuerza, aquel mundo habría ganado. Kane no creyó que los Otros pudieran entender el costo de sobrevivir. Ni siquiera estaba seguro de entenderlo él mismo. Lo que sí entendía era que había llamado a Poesy para que los ayudara, y ella no se merecía que la traicionara por haberse presentado y haberlos salvado a su manera.

Cualquiera que hubiera sido su error, dependía de Kane enmendarlo. Pero ¿en verdad había hecho algo malo?

—Yo tengo algunas preguntas —dijo Elliot cuando Kane terminó de hablar.

—Yo también —agregó Adeline. Por la forma en que lo miró lo hizo preguntarse si podía rastrear los recuerdos que había omitido. Procuró no mirarla a los ojos.

—Y yo —dijo Ursula con la boca llena de bizcocho—. Por ejemplo, ¿de verdad era así de alta? Una vez vi una drag queen que era como dos metros y medio de alta. Era por el cabello.

—Tres metros, por lo menos —aportó Elliot—. Y entonces ¿qué quiere? Debe tener algún motivo para aparecerse. ¿Está en busca de las reveries? La convirtió en un amuleto. Y era claro que ya tenía algunos en el brazalete. ¿Es como una coleccionista?

Kane había pensado en todo aquello. Ella había dicho que arreglaría lo que le sucedió a Helena, insinuando que tenía el plan de deshacer los giros que los Otros habían causado. Esto lo incitaba a hacerse sus propias preguntas.

—¿Ustedes por qué devuelven las reveries? Si son tan peligrosas, ¿no sería más fácil quedarnos con ellas? ¿O borrarlas por completo? —preguntó.

Ursula y Elliot miraron a Adeline. Ella se mordió los labios; no sabía qué decir.

—Lo pensamos una vez —comenzó a explicar—. No teníamos más información. Resulta que, cuando a alguien le falta una parte de sí mismo, ya no es la misma persona. Se vuelve... vacía. Mantienen la forma, pero no les sucede nada por dentro. Sucedieron algunos casos así hasta que nos dimos cuenta de que teníamos que devolver la reverie, toda entera, o si no podíamos matar a la persona.

—¿A quién le sucedió? —preguntó él.

Ahora Kane no podía dejar de mirarla. Ella tampoco, y por un momento él sintió que tenía el poder de ella y que podía ver sus recuerdos como si estuvieran bailando en la profundidad de la mente.

—A mi abuela —respondió.

La cocina quedó en silencio. Ursula se puso de pie y comenzó llevar las fuentes al fregadero. Elliot bien podría haberse hecho invisible. Adeline y Kane estaban anclados a un duelo de miradas.

—Las personas resultan heridas cuando nos equivocamos así —dijo ella.

—Lo siento. No lo sabía.

—Hay muchas cosas que no sabes.

—¿Sí...? —Se encogió del dolor—. ¿Y de quién es la culpa, Adeline?

Ella resopló y luego los miró a todos con ánimo condescendiente.

—Así que, ¿cuándo vamos a hablar de cómo, en la primera misión en su regreso, Kane metió de contrabando a una hechicera drag queen en la reverie y eso le costó la vida a una anciana?

—No está muerta —contestó él. Un fuego le quemaba las mejillas.

—Bueno, entonces ¿qué le pasó, chico soñador? ¿*Dónde* está? —refutó ella estirando los dedos en el aire.

¿Acaso no habían visto lo mismo que él?

—Está dentro de su reverie. Estaba feliz allí adentro, antes de que lo arruináramos todo.

—¿*Feliz*? —Adeline empujó su silla y permaneció de pie—. ¿Acaso crees que está viviendo feliz por siempre atrapada en un mundo *falso* en la muñeca de esa loca del glitter? Por todos los cielos, Kane, deliras más que nunca, pero al menos antes solías conocer la diferencia entre el bien y el mal.

—Conozco el mal. —Él se puso de pie también—. No como ustedes tres, que destruyeron la historia de amor de Helena. Si alguno de ustedes se hubiera detenido un segundo y la hubieran observado, y me refiero a observar bien, podrían haber visto lo que yo vi. Ella era una persona, no un argumento.

Los nudillos de Adeline se pusieron rojos al apretar el respaldo de la silla. Luego habló en voz baja:

—Exactamente. *Era.* Ya no lo es, y todo gracias a ti y a esa bruja.

La tensión que había en la cocina se rompió cuando dos niños pequeños, perseguidos por el padre de Ursula, entraron corriendo y causaron un escándalo. Él era un hombre enorme, tan grande como una cabaña. Subió a los niños con facilidad sobre sus hombros. Ellos gritaron y le pidieron ayuda a Ursula.

El papá de Ursula tenía una risa estrepitosa y retumbante.

–Muy bien, ya basta de héroes y monstruos por el día de hoy. Es hora de lavarse y acostarse, ¿sí niños? Lo siento Urs; disculpen, chicos. –Y entonces notó la presencia de Kane. Arrugó el rostro y se puso serio, pero en el momento que lo reconoció se le llenaron los ojos de una dulzura tan tierna como la forma en que sostenía a los niños. Los bajó y los dejó con Ursula y Elliot, que se habían aislado en el corredor.

»Kane –comenzó el señor Abernathy–, hacía un buen rato que no te veía por aquí. Me alegra que te sientas mejor. Ursula y yo… hemos estado rezando por ti. Mason y Joey también, incluso Gail, aunque no cree mucho en esas cosas.

–Gracias, lo aprecio –contestó rápidamente.

El padre de Ursula se puso las manos sobre las caderas e inspeccionó la cocina como si viera aquel desastre por primera vez.

–Veo que Ursula ha estado bastante ocupada. Más para el club de póquer, ¿no? Llegarán en un rato, por si quieren sumarse. Le he estado enseñando lo básico a Elliot, pero para ser honesto, creo que va a salir mejor que todos nosotros. ¿A ustedes les gustaría quedarse?

–Lo siento, señor A, pero en realidad nos estábamos yendo –le contestó Adeline y luego tomó su chaqueta–. Kane, te llevaré a tu casa.

El señor Abernathy se fue a buscar a su hija y a Elliot. Adeline sacó a Kane fuera de la casa antes de que pudiera protestar.

–Necesitamos hablar. A solas –fue todo lo que dijo.

Pero en vez de hablar, se instaló un silencio inerte desde que partieron. Ella conducía lentamente y tomando desvíos que se alejaban de la casa de Kane. Estaba esperando que él comenzara a hablar.

–Lo siento por tu abuela –rompió el silencio.

–Está bien. No fue tu culpa. De todos modos, se estaba apagando.

Mal de Alzheimer. Viene del lado de mi madre. Me gusta pensar que le di algo de paz una vez que perdió todos los buenos recuerdos y los malos se convirtieron en su propio tipo de reverie.

—Aun así —dijo Kane.

—Aun así.

No estaba seguro de cómo hacer la siguiente pregunta.

—Dijiste que cada persona necesita su reverie, que no son las mismas sin sus sueños. ¿Cómo puedes estar segura de que Helena no está mejor así?

Adeline se detuvo en un semáforo y se quedó pensando.

—Porque no fue una decisión que tomó ella misma. No podemos estar seguros porque ella no puede estar segura. No conoce otra cosa mejor, nunca lo hará. No tenemos idea de qué hace Poesy con esas reveries.

—Dijo que ayudaría a Helena a arreglarla. Tal vez es como una sanadora de reveries.

—O tal vez las convierte en maquillaje. ¿Por qué estás tan seguro de que ella sabe qué es mejor? ¿Cómo te convenció tan rápidamente, cuando nosotros no podemos obtener ni una palabra de ti en dos días?

Kane quería responderle, de verdad, pero no podía encontrar las palabras. Una nueva y ardiente agonía lo quemaba detrás de los ojos. No sabía por qué estaba a punto de llorar, o por qué había sentido la pregunta tan invasiva.

Adeline se detuvo en un costado de la calle y aparcó el coche.

—Kane, tienes que saber algo, y no podía decírtelo en frente de Ursula y de Elliot. Ellos saben lo que sucedió la noche del accidente, pero no saben todo. —Se volteó para mirarlo—. Tú me pediste que hiciera lo que hice. Cuando la corona se estaba apoderando de ti, me tomaste y me imploraste que destruyera tus recuerdos. Me dijiste que destruyera todo. Y como no sabía qué hacer, te hice caso. Y funcionó. La corona te dejó ir y tú sobreviviste.

Cuando miró a Kane había algo parecido a odio en sus grandes ojos marrones.

—Y me mata haberte hecho caso. Pienso en la persona que solías ser y me odio a mí misma por haberla destruido también.

El aire disminuyó hasta desaparecer. Se volvió veneno. Kane moría con cada palabra que oía. Estaba seguro que no podría aceptar nada más de lo que dijera Adeline. Esto no era culpa de él.

Esto no era su culpa.

—Poesy te está manipulando —continuó ella—. ¿Acaso no lo ves? Te está tendiendo una trampa y nos está separando. Otra vez. Tienes que olvidarte de esa corona. Estoy segura de que ella fue quien te la dio para hacer que tu estallaras. Y tal vez, también robó la reverie de Maxine Osman. Y ahora regresó para terminar lo que empezó, para terminar…

Kane tomó su mochila y salió como un rayo. Dejó a Adeline en el coche, con la puerta del lado del acompañante abierta. La dejó de la misma forma que una vez dejó a Ursula: huyó, decidido a tomar el largo camino a casa.

VEINTITRÉS

ESPUMA DE MAR

Los días siguientes fueron soleados y nítidos, anunciaban el final definitivo de septiembre y el inicio del sutil cambio de humor de octubre. Y octubre prometía tener de todo: brisas frescas, tintes amarillos en los árboles agitados, nubes de leche que llevaban sombra a los suburbios; los detalles que Kane siempre esperaba encontrar. Octubre era el mes que más le gustaba.

Pero él no estaba de buen humor.

Para nada.

—Cariño, has estado muy pensativo durante días —le dijo su mamá. Ella y Sophia lo habían convencido de acompañarlas a hacer las compras para una parrillada como festejo del cumpleaños de su padre. La hacían todos los años, incluso cuando hacía frío.

–Durante *años* –agregó su hermana.

Kane la ignoró. Para ese entonces era excelente en eso. Si hubiera juegos olímpicos para ignorar a Sophia, Kane no tendría rival.

–¿Pasó algo en la escuela?

–Eso, Kane, cuéntale a mamá qué sucedió en la escuela.

Se volteó para mirarla con dureza. Desde que se había enterado acerca de los Otros, Sophia se había convertido en una completa idiota. Luego de aquella primera noche, tenía tantas preguntas; preguntas que Kane se negaba a responder. Ahora lo estaba haciendo pagar. A él no le importaba. Le había dicho que no podría mantenerla a salvo si sabía más de lo que ya conocía, y ella odiaba eso. Quién hubiera dicho que, desde que él había comenzado finalmente a comportarse como el hermano mayor que era, fue el momento en que Sophia pasó de estar resentida a volverse hostil. Cuando la culpa no había surtido efecto en él, ella recurrió a amenazarlo con exponerlo y cuando fue claro qué eso tampoco iba a funcionar, decidió volverse una grosera a tiempo completo. Como siempre, influenciaba a sus padres.

–Eres una imbécil –le dijo él.

Ella le guiñó un ojo.

Kane continuó mirando por la ventana, observando los árboles cambiantes. La belleza que había en ellos lo hacía sentir peor. Le recordaba que el otoño, con toda su acogedora luminosidad, era en realidad una secuencia extravagante del deterioro. Y allí había más melodrama para alojarse en Kane y quedarse en él.

Aunque había un poco de luz de la que no podría escapar. Adeline le había dicho algo increíble: Poesy podría haber sido la verdadera culpable detrás de la disolución de la reverie de Maxine Osman. De ser cierto, y si ella la había tomado como hizo con Helena, entonces Maxine estaba viva.

Estaba viva.

–¿Qué sucedió en la escuela? –le preguntó su madre.

–Nada.

–¿Entonces?

Bueno, ya sabes. Me crucé en el camino de una drag queen, cazadora de sueños, omnipotente, y ahora hay un par de ancianas queer atrapadas, en cuarentena, en forma de alhajas cursis, y aunque ahora estamos a salvo gracias a eso, ¡mis amigos me odian!

–Está todo bien –respondió.

Su madre suspiró.

–No estás durmiendo –agregó Sophia desde el asiento trasero.

–¿Cómo lo sabes?

–Puedo oír pasos en tu habitación por las noches.

Ah, en realidad estoy dormido, solo que tengo pesadillas tan vívidas que despierto flotando, porque ahora, otra cosa que puedo hacer con mi magia incontrolable, que distorsiona la realidad, es que ¡puedo levitar y levantar objetos a mi alrededor!

–Haré más silencio –respondió.

De manera forzosa, el tema de conversación pasó a ser sobre el día de Sophia, el cual había sido, como siempre, *particularmente* intenso. Les contó una historia compleja sobre cómo la directora Smithe anunció que habría un seminario obligatorio durante el otoño, que eliminaría la hora opcional, con lo cual ella dedujo que era la maniobra *exacta* que la rencorosa directora había estado fraguando desde que Sophia había conseguido con artimañas sumar *dos* horas opcionales a principio del año, ambas de las cuales las usaba para practicar viola.

Ese era el motivo por el cual Kane no quería que ella se involucrara. Todo a su alrededor era un giro de trama. Kane dejó de escucharla, y se reconectó cuando su madre le arrojó algo de efectivo sobre el regazo.

—Toma. Compra unos dulces mientras cargo gasolina. Que sea tanta azúcar como para traerte de vuelta a la vida —le dijo.

—Yo iré contigo —dijo su hermana con una sonrisita malvada.

Mientras recorrían los pasillos de la gasolinera, Sophia hablaba sobre las teorías sobre fantasías enfermizas que supuestamente tramaban sus compañeras de clase.

—La Escuela para niñas de Pemberton está *llena* de gente extraña —declaró.

Kane se dirigió sin dudar hacia la máquina de raspados, como siempre.

—Kane, esa cosa es radiactiva. ¿Cómo puede gustarte?

Él se encogió de hombros. La mezcla azul brillante salía en forma de espiral y la nieve a medio derretirse llenaba la copa de plástico.

Sophia no paraba de moverse; era una clara señal de que quería decir algo, así que, finalmente Kane la miró de reojo.

—Descubrí algo, Kane. Lo sé —comenzó.

—¿Qué sabes?

—Tu accidente no fue real, ¿no es cierto? Estuvo relacionado con lo de las reveries, ¿verdad? Todo eso… fue una cortina de humo —soltó con orgullo.

Él apretó los dientes y se puso a buscar una tapa para la bebida. Sophia le bloqueó el paso.

—No soy estúpida, Kane.

—Lo sé.

—Si hubiera sabido que estaba en un mundo falso, nunca habría actuado de esa manera. Soy inteligente.

—No se trata de ser inteligente, sino de mantenerse lúcido.

—Puedo mantenerme lúcida. Puedo ayudarlos. Veo cosas que nadie más ve. —Tomó una pajilla y se la pasó por la cara antes de que él pudiera tomarla—. ¡Por ejemplo! Sé que te gusta ese chico. Y puedo entender por qué. Es superlindo.

Kane puso los ojos en blanco. Por supuesto que ella se había enamorado de Elliot. Debía ser algo de familia.

Sophia lo pinchó con la pajilla.

—Lo había visto antes. Aunque, me llevó un tiempo recordarlo. Pero recuerdo haberlo visto en la feria contigo. Y sé que ambos solían escabullirse por las noches. Incluso sé cuál es su señal secreta.

Al ver la reacción de sorpresa de su hermano, ella siguió:

—¿Qué? ¿Creyeron que eran discretos? Escribían esos números ocho por todas partes. No sé por qué no se enviaban mensajes de texto. O tal vez sí lo hacían. No lo sé. Pero solía verlo afuera de casa por las noches, haciendo señales para que tú bajaras, y luego pasaban horas antes de que regresaras.

Kane le arrebató la pajilla.

—No sé de qué estás hablando.

Eso era cierto.

—Él parecía… diferente a los otros. Cuando estabas con él parecías… feliz.

Esa oración suavizó un poco las acusaciones anteriores. Ahora sus palabras tenían algo de tristeza. Y Kane estaba lleno de preguntas. ¿Él y Elliot eran felices, juntos?

—Elliot no es gay, Sophia.

Ella se corrió del paso, como si lamentara haberse entrometido en su territorio.

—No me refiero a Elliot. Hablo del chico que me cuidó durante la reverie. Recuerdo sus ojos. No eran verdes, y tampoco eran azules.

—Espuma de mar —soltó él, casi sin registrar que Sophia asintió. Y todo a su alrededor también se esfumó.

Espuma de mar.

El batido se le resbaló de las manos y el suelo quedó todo sucio de aquella mezcla espesa de neón. Apenas oyó maldecir a su hermana.

Espuma de mar.

Sophia estaba hablando de Dean. Y, sin saberlo, le había dicho exactamente dónde buscar el resto de lo que había perdido.

Kane no tenía idea de si funcionaría, pero tenía que intentarlo.

Se puso de pie detrás de los bastidores del auditorio donde estaba oscuro y fresco. El espacio vacío amplificaba los sonidos de los estudiantes que entraban a clases. Gritos. Casilleros cerrándose. Risas. Era la hora anterior a la clase de idioma. Ninguno de los otros sabía que él estaba allí. Esto tenía que hacerlo solo.

Esperó que sonara la segunda campanada para cerciorarse de que nadie más entrara al auditorio. Nadie lo hizo. Salió al escenario. Estaban puestos los decorados de *Sueño de una noche de verano*; había árboles pintados con acuarelas y ramas de papel por doquier. Se agachó en el medio y extrajo el diario rojo y un marcador grueso.

¿Qué haría si funcionaba?

Encorvado en el centro del escenario, dibujó un número ocho en una página en blanco.

255

No sucedió nada.

Agitó las manos y volvió a escribir un ocho, tal como había visto a Dean hacerlo en la reverie de Benny Cooper, y como estaban dispuestos los caracoles en la repisa de su cuarto. En todas sus viejas pertenencias había ochos.

Nada sucedió. El auditorio seguía siendo el mismo; el público invisible estaba inalterado. ¿Qué creyó que ocurriría? ¿Saltarían chispas? ¿Soplaría una brisa mística repentina? Después de las semanas previas de magia y hechos sobrenaturales, sentía que la falta de encanto de la realidad era insoportable.

Kane arrancó la página del diario, la hizo una bola y la arrojó con todas sus fuerzas hacia las butacas. Fue algo estúpido. Se apresuró a volver detrás del bastidor. Se preguntaba si debería faltar a la clase e ir a la enfermería. Y en ese momento vio que algo pasó como un flash.

Volvió a salir al escenario. Y allí, de pie en el centro del pasillo, estaba el chico que Kane había invocado, pero no esperaba.

—Hola, Kane —dijo Dean.

Se subió al escenario y le entregó la hoja de papel hecha bola. Tenía entre diez y veinte pecas en la nariz. Del cuello le colgaba un collar con un dije en forma de una pieza de ajedrez: un caballo tallado en obsidiana.

—Me preguntaba cuándo lo descubrirías. Ahora, no vuelvas a hacerlo —agregó.

—¿La señal funcionó? ¿Cómo la viste?

El rostro de Dean era imposible de leer. Los ojos eran tan blancos como los de un muñeco. Tenían el color del sol de mar, masticado por la boca del Atlántico hasta formar una espuma.

Espuma de mar.

A pesar del tartamudeo, Kane le dijo lo que tenía preparado:

—Tú me conoces, ¿verdad? Quiero decir, nos conocemos. Tú eras uno de los Otros, ¿no es así? Tienes poderes. Puedes ver cosas que otras personas no. Y me cuidas. Pero solo a mí.

Entonces, algo se agitó en la mirada de Dean: resentimiento. Cuando él se volteó y rozó a Kane, este lo tomó de la muñeca.

—¡Tengo preguntas para hacerte!

Dean se volteó de nuevo y tomó con fuerza la mano de Kane.

—¿No sabes lo peligroso que es esto? ¿Acaso no fui claro? —le habló entre dientes.

Kane temblaba. Estaba nervioso. Sentía que los bordes de la bola de papel le pinchaban la palma, y tenía las uñas de Dean clavadas en la otra.

—Solo quiero saber quién eres.

—Olvídate de mí —dijo Dean.

—Es evidente que ya lo hice —refutó Kane.

Algo cambió en la profundidad de aquellos ojos de espuma de mar. Había tocado el punto débil. Algo había quedado expuesto. Ahora Dean lo miraba con cautela, como si Kane lo lastimara con su presencia.

Kane sabía lo que quería preguntarle, pero también sabía que no creería una sola palabra que saliera de la boca de Dean. Todos mentían. Si algo había aprendido, era que las palabras podían ser hermosas y decepcionantes, pero que las bocas podían decir sus verdades de otras formas. Y él no iba a quedarse solo con una. Entonces, debajo de una luna de papel y la escenografía de un falso bosque, lo besó.

Y, tomado por la sorpresa, Dean se olvidó de sus estrictas reglas y también lo besó.

Kane se imaginó al público fantasmal aplaudiendo. Cuando Dean trató de hablar, él le susurró las palabras de vuelta en su boca, para rechazar el engaño de estas, hasta que las manos de Dean lo recorrieron con cierta familiaridad. Hambriento por saber más, Kane tomó todo lo que pudo de aquel beso, la verdad y el dolor de Dean, y cuando terminó, fue en contra de la voluntad del chico. Y entonces, fue así como Kane lo supo.

Él se apartó, dejando que las manos de Dean abrazaran el aire vacío.

—Tú me amas —dijo Kane. No podía mirarlo a los ojos, así que se detuvo en sus manos. Piel morena, palmas suaves, uñas perfectas. Las manos de un príncipe.

Dean no lo negó.

—¿Qué hiciste? Tú fuiste uno de nosotros alguna vez, ¿verdad? ¿Por qué los Otros no te recuerdan? ¿Fue obra de Adeline?

—No, no fue ella.

—¿Elliot?

Dean estrechó las manos frente a él, luego las soltó y las dejó colgando, inquietas.

—Tú.

—No lo entiendo.

—Tú nos quitaste todo.

Kane sintió que se le cerraba la garganta; solo pasaba una molécula de aire a la vez.

—¿Esto es sobre mi accidente? ¿Sobre la muerte de Maxine Osman?

—Accidente. —Dean hizo un gesto—. Lo que le sucedió a Maxine fue un accidente. Lo que te sucedió a *ti* fue a propósito. Fue… —Dean buscaba las palabras, pero su boca luchaba contra el enojo—. Fue lo que tú quisiste.

–¿Te refieres a encontrar el telar?

–El telar. –Dean se abrazó a sí mismo–. Creí que, si lo encontrábamos, podríamos ser libres, pero me equivoqué.

–¿Libres de qué?

Dean caminó alrededor de Kane. Antes de bajar del escenario, se volteó.

–Se suponía que tú y los Otros jamás sabrían de mí. Esas fueron mis órdenes. Pero pensé que romper cada una de las reglas valía la pena por ti, y creí que tú harías lo mismo. Me equivoqué.

Kane no entendía lo que Dean acababa de decir, pero conocía bastante sobre el desamor para entender a qué se refería. Kane lo había dejado de una manera horrible. ¿Por el telar? ¿Por poder?

Dean agarró algo de la chaqueta y se lo arrojó a Kane.

–Toma, es tuyo.

Él atrapó un libro. *Las brujas* de Roald Dahl. ¿Acaso no lo había perdido hacía poco tiempo? Sí. Pero ¿dónde? En el sendero. Cuando Dreadmare lo había estado persiguiendo.

–¿De dónde sacaste esto? –preguntó.

–Lo encontré. Había estado buscando la oportunidad para devolvértelo.

Kane ojeó el libro. No había escrito su nombre en ningún lado, pero sabía que era suyo por la forma en que cabía en su mano, por la esquina doblada de una página, la última que había marcado, y por el lomo desgastado por las tantas veces que se había perdido en la lectura.

–Lo leí. Entiendo por qué te gusta tanto. Deberías aferrarte un poco más a las cosas que amas –le dijo Dean.

Él se fue. Kane miró con atención a las sombras que lo envolvieron. No sabía que acababa de suceder, pero sabía que había sido importante. Y sabía que Dean le había dado mucho más que un libro. Le había arrojado una llave.

Esperó a ver que se abriría dentro de él. Esperó, como había esperado en el río, entre las hierbas silvestres y los peces plateados y el polen flotando.

En efecto, algo se abrió.

VEINTICUATRO

CORAZONADAS

El Centro para las artes St. Agnes, o el conservatorio, como lo llamaban Sophia y Adeline, era un edificio anguloso, hecho de piedra y cristal. Era más nuevo que el resto del campus y se lo veía en buen estado. El edificio anterior probablemente había sido del estilo victoriano antiguo, como muchos otros de los edificios del campus de St. Agnes. Y a juzgar por la música discordante que llenaba los pasillos, Kane imaginó que el viejo centro había vibrado hasta derrumbarse.

Elliot había conducido hasta allí con Ursula y Kane. Iban a encontrarse con Adeline, que se negaba a perderse las clases de ballet a menos que se "avecinaran catástrofes ethereas urgentes". Y una reunión de emergencia convocada por Kane, evidentemente no era una catástrofe etherea urgente. Así que, allí estaban, esperando que Adeline tuviera un receso. Solo tendría algunos minutos.

Mientras Elliot espiaba una clase de tap; Ursula y Kane estaban sentados en una banca, saboreando la música que provenía de cada rincón. Ella había preparado granola casera, y estaba deliciosa. Ambos masticaban en la comodidad de estar sentados juntos, en silencio. Entre tanta tensión, su amistad se había vuelto frágil, pero se estaba afianzando, y Kane agradecía tener eso al menos.

—Me pregunto cómo se sentirá caminar así sobre los dedos todo el tiempo —dijo Ursula al observar a las chicas que estaban en el estudio, dando piruetas sobre sus zapatillas de punta.

—Muy alto —respondió Kane.

—Parecen flamencos.

—¿Y eso es algo bueno? Los flamencos son aves, lo sabes.

—Sí... pero son como... —se llevó a la boca el último trozo de granola, luego aplastó la bolsa y la arrojó hacia el cesto de basura—. Son como aves graciosas. Aves dinosaurios.

El tiro falló, así que se puso de pie para levantar la bolsa del suelo.

—¿Y acaso las aves dinosaurio son mejores?

—No, las aves dinosaurios no son nativas de Connecticut.

La música del piano se detuvo y la rutina finalizó. Las chicas, vestidas con faldas y calzas, corrieron hacia el perímetro del salón para beber agua y revisar sus celulares. Adeline empujó las puertas y se dirigió hacia ellos. Los tres la siguieron de inmediato por las escaleras y salieron al aparcamiento de atrás.

—Bienvenidos a mi hogar —dijo Adeline con un gesto sarcástico, como mostrando el conservatorio y los contenedores de basura que estaban atrás—. Gracias por pasar a verme. ¿Qué puedo hacer por ustedes?

Kane aún no se quitaba los escalofríos de la mañana. Lo habían perseguido durante todo el día, sentía el cosquilleo incómodo a cada rato y ahora le hacían picar las manos. Para calmarse, buscó en su mochila y extrajo *Las brujas*.

Todos miraron al libro y luego a él.

—¿Quién es Dean Flores? No me mientan esta vez —preguntó sin dudar.

Ursula, Elliot y Adeline intercambiaron miradas. Miraban al libro y luego a Kane otra vez. Estaban confundidos.

—Es un estudiante nuevo en la escuela. Es clavadista en el equipo de natación… —dijo Ursula.

—Me refiero a quién es en realidad.

Hubo más miradas. Adeline bebió de a tragos de la botella de agua y luego se retorció para estirar la espalda.

Kane comenzaba a frustrarse. No lo estaban tomando en serio.

—¿Es un Otro también? ¿O lo era? —Luego se dirigió a Adeline—: Tú sabes, ¿verdad? Tú sabes algo de él.

Si sabía algo, no lo delató. Se encogió de hombros y comenzó a tomarse de la falda de gasa que le volaba la brisa de octubre.

—No sabemos, Kane. Íbamos a hacerte la misma pregunta cuando fuera el momento correcto. Creemos que pudo haber tenido que ver con tu accidente.

—¿Por qué?

—Una corazonada.

—Dime lo que sabes —le exigió.

—Tú convocaste esta reunión. Tú primero.

Adeline tomó otro sorbo grande. Todos esperaban a Kane. Su resentimiento hervía a fuego lento; solo era el comienzo. Sabía que Adeline se pondría así, orgullosa y prepotente, después de que él la dejara en el automóvil la otra noche. No podía permitir que eso lo distrajera. Kane sabía que Dean era parte de su pasado perdido y, por lo tanto, era crucial descubrir el misterio sobre cómo recuperar el telar. Esa podía ser la respuesta a todas las preguntas, lo que podría acabar con las reveries para siempre.

—La última vez que tuve este libro conmigo fue cuando me atacó Dreadmare en el sendero del Arroyo Harrow. ¿Recuerdas, Urs?

Ella asintió.

—Bueno, hoy Dean Flores me devolvió este mismo libro —lo agitó en el aire—, la señorita Daisy, la dóberman no es Dreadmare. Dean lo *es*.

La reacción fue leve pero instantánea. Todos levantaron las cejas y enderezaron las espaldas. Una vez más, los seis ojos se posaron en el libro y luego en Kane.

—Esto es… —comenzó Adeline.

—Una tontería —repuso Elliot.

Kane quedó boquiabierto.

—¿Piensas que porque Dean te dio un libro es un caballo-araña gigante del terror? —continuó ella.

—No, yo solo… —Kane soltó una risita de nervios. Luego bajó el libro—. Quiero decir, sí, es el libro, pero también tenía un amuleto como los que tiene Poesy, y además…

Se interrumpió él mismo. Se preguntaba con cuánta facilidad Adeline podría espiar en sus recuerdos. Quería contarles todo, pero en el pasado había decidido mantener en secreto la relación (o lo que fuera que hubiera sido) con Dean. No creía que el motivo fuese vergüenza, porque no había nada de qué avergonzarse por la forma en que ambos se habían besado. Fue un beso amargado por la pérdida. Le hacía creer que Dean era bueno o que quería serlo. Pero algo lo ataba a Poesy, así que, fuere lo que fuere que hubieran tenido entre ambos, debía mantenerse en secreto por el bien de Dean. Tenía mucho más que perder.

Al menos esa era su teoría. Tenía que averiguar más, pero no podía darles más información a los Otros de la que ya tenían, así que solo dijo:

—Creo que Dean tal vez esté de nuestro lado. Y que deberíamos hablarle.

Adeline soltó una risa incrédula.

—Estás bromeando. Si Dean es Dreadmare, ¿cómo puede ser un aliado? Esa cosa literalmente despedazó la reverie de Helena.

—Nos salvó.

—Acató las órdenes de Poesy. Hay una diferencia y lo sabes.

Kane sentía cómo se ponía rojo. Por supuesto que Adeline iba a notar la contradicción de inmediato.

—Aguarden, puede que sea posible. No es lo más extraño que hemos visto —aportó Ursula.

Adeline se encogió de hombros y extrajo su celular.

—Tengo que regresar.

Ursula inclinó la cabeza para alentar a Kane y dijo:

—¿Qué piensas que debemos hacer?

Los nudillos se le pusieron blancos de tanto apretar los bordes del libro.

—Hablarle. Conocer más. Podríamos buscar entre los archivos de la escuela y averiguar dónde vive y… buscarlo. Y hablarle.

—Es un mal plan. No sabemos lo suficiente —dijo Elliot.

—Exacto. Por eso necesitamos investigar, tonto.

—No está en Instagram —dijo Adeline mientras buscaba en su celular—. Tampoco en Snapchat.

–¿Y no les parece raro? Tú lo dijiste. Piensas que tuvo algo que ver con mi accidente. –La voz de Kane permanecía alta.

Ella se encogió de hombros.

–Fue solo una corazonada.

–Bueno, ¡esta también es una corazonada!

–Ya basta –intervino Elliot–. No podemos guiarnos por corazonadas. Es demasiado peligroso. ¿Y si tienes razón, Kane? ¿Y si él es Dreadmare? ¿De verdad planeas pelear contra esa cosa?

Por supuesto que Kane no quería luchar contra Dreadmare. Quería besar a Dreadmare, tal vez. Abatido, se sentó en el suelo.

–Bueno, la visita fue genial –dijo Adeline, aún con su teléfono en la mano–. Urs, ¿trajiste la *ya sabes qué*?

Ella echó una mirada furtiva a su alrededor y extrajo otra bolsa de granola del bolsillo de su chaqueta rompevientos. Se la entregó a Adeline con discreción, como si fuera una sustancia ilegal. Ella la tomó con el mismo tipo de drama y le guiñó un ojo a Ursula.

–Estas chicas se ponen muy egoístas después de las dos y no me gusta compartir mi comida. Ustedes deberían irse pronto. La hermana de Kane vendrá como en doce minutos para el ensamble de cuerdas.

Se marchó y los dejó a Elliot y a Ursula para que trataran de disuadir a Kane. Elliot comenzó:

–Lo siento, Kane, pero necesitamos concentrarnos en lo que sabemos. Y lo que sabemos es que necesitamos desarmar las reveries antes de que Poesy lo haga, o si no se las llevará. Sabemos que te usó para entrometerse en la reverie de Helena entonces, a menos que no volvamos a estropear todo otra vez, estaremos bien. –No lo mencionó, pero se refería a que Kane había tocado el silbato–. Necesitamos priorizar nuestra seguridad antes de que ataquemos a Poesy para recuperar la reverie de Helena y, esperemos que a ella también. La gente va a comenzar a hacer preguntas en cualquier momento, y necesitamos asegurarnos de que no aparezcamos como parte de las respuestas, si no, no podremos ayudar a nadie más. ¿Estás de acuerdo?

–Sí... –masculló.

Elliot se agachó para mirarlo a los ojos.

–¿Estás bien?

La mente de Kane comenzaba a urdir un plan, una fantasía que contemplaba en caso de que los Otros no estuvieran de acuerdo. Miró a Elliot y le mostró una sonrisa de resignación perfecta.

–Estoy bien –mintió.

VEINTICINCO

MANOS

La noche era clara y estrellada en el Complejo de cobalto. La luz de la luna, pura y helada, cubría todo de manera tal que los edificios destruidos quedaban iluminados de marfil y plata. Kane pedaleaba sobre el cemento aclarado; la niebla que formaba con su aliento le rodeaba el cuello. El canto de las ranas y de las gavias le decía que estaba cerca del río. Era la una de la madrugada.

Se deslizó hasta detenerse. Un segundo más tarde, Ursula también.

–No puedo creer que estemos aquí –jadeó ella–. No puedo creer que me hayas engañado para hacer esto.

–No te engañé. Solo te dije que iba a hacerlo de todos modos, y tú eres una amiga lo suficientemente buena como para reconocer un pedido sin hacer que tenga que implorarte.

—Sí, Kane, eso es lo que los seres humanos llamamos engañar.

Él le mostró una sonrisa irónica. En realidad, había sido Ursula quien lo llamó a él después del encuentro, que había dejado inquietos a ambos. Tan pronto como Kane supo que ella también sentía la necesidad de hacer algo, de tomar cartas en el asunto, tomó la decisión. Y presentía que ella también lo había hecho, aunque se hubiera estado quejando todo el camino hasta allí. Probablemente, era para balancear la culpa que sentía por hacerlo a espaldas de Elliot y Adeline. Eso, y por los nervios habituales. Eso no era un plan y ambos lo sabían.

Aunque no eran estúpidos. Kane le había dejado una nota a Sophia con instrucciones para llamar a Adeline y a Elliot si no estaba de regreso al amanecer. Luego, puso el diario rojo en la mochila, *Las brujas*, algunas tizas y un viejo bate de béisbol de aluminio que encontró en el garaje. Solo por si acaso. Luego se encontró con Ursula cerca del puente. Ambos vestían de negro y habían cubierto los reflectores de las bicicletas con cintas. Y se dirigieron hacia el borde este del complejo.

Mientras estaban en camino, Kane pensaba en el complejo, en cómo, de alguna manera, era una reverie en sí. Una ciudad entera imaginada para luego ser abandonada al lento derrumbe de la negligencia, olvidada por completo mientras el mundo se pliega sobre ella. Connecticut estaba lleno de esos mundos y cuánto más pensaba Kane en buscarlos, más seguro estaba de que se encontraban en todas partes. A través del río, detrás de la colina, o detrás de aquella cortina. El Complejo de cobalto era, de muchas formas, el lugar perfecto para hacer que las pesadillas se hicieran realidad.

Llegaron al molino, el lugar que Kane había elegido.

—¿Estás seguro de que aparecerá?

–Estoy seguro –respondió.

Kane dibujó un número ocho enorme sobre el pavimento irregular, lo suficientemente grande para ponerse de pie en cada círculo. Mientras lo hacía, pensaba en Helena. Se lo debía a ella y a Adeline, por la lección que aprendió demasiado tarde: a veces, los sueños de una persona son todo lo que tienen, y quitárselos puede romperles el corazón o incluso paralizarles el cuerpo. El acto de aplastar un sueño no puede minimizarse. En el mejor de los casos es cruel. Y en el peor, asesinato. De cualquier forma, Kane había permitido que Poesy tomara lo que él no tenía el derecho de entregar y era hora de corregir el error. Recuperar a Helena y ayudarla a sanar, si acaso eso fuera posible.

Y para hacerlo necesitaban la ayuda de Dean.

Kane se apartó del dibujo. La luna les guiñaba un ojo desde el río, y algunas cigarras que quedaban todavía cantaban detrás del silencio. Los minutos pasaron. No sucedió nada.

–¿Eso funcionó antes? –susurró Ursula.

–Sí…

–¿Él recibe algo como una notificación o algo así?

Kane se imaginó el teléfono de Dean sonando sobre la mesa de noche. *Kane Montgomery quiere enviarte un mensaje directo.*

–¿Dean? –gritó Kane–. O apareces o llamamos a Poesy. Tengo el silbato.

Mostró el amuleto en el aire. Algunos pájaros que trinaban quedaron en silencio cuando apareció algo más oscuro que la noche trepando del techo derrumbado del molino. La sombra tomó la forma de un pico y cuernos brillantes. Ursula se puso en guardia. Kane apretó el bate y un aura de etherea se posó alrededor de ambos, vibraba en forma de fractales. Sus poderes estaban listos.

Una vez, Dreadmare lo había perseguido a él y a Sophia desde ese mismo molino, como si ellos fueran asaltantes de tumbas. Ahora, Kane se aseguraría de que la bestia supiera que él era el dueño de aquella tumba. Dean no podía ahuyentarlo de su propio pasado para siempre, y menos cuando había llevado consigo a la persona más fuerte que conocía para que lo ayudara.

Un flash pasó sobre Kane desde la izquierda; luego otro. Dos flashes salieron de entre los árboles. Adeline y Elliot aparecieron en el claro.

—Mierda —resolló Adeline.

—Te dije que estarían aquí —Elliot repuso casi sin aire.

Dreadmare se desvaneció. En el molino solo quedaron las paredes vacías luego de que aparecieran Adeline y Elliot con sus linternas llamativas. Apuntaron con ellas a Kane y a Ursula, como si fueran delincuentes. Kane soltó un gruñido de frustración y, sin pensarlo, lanzó su aura contenida. Esta arrasó con los Otros y los hizo perder el equilibrio, luego se esparció por el bosque. Todo estaba arruinado.

—Espera, Kane —dijo Elliot con las manos en alto, para que la linterna apuntara a los árboles—. Relájate. Sophia nos llamó. Tu nota la hizo entrar en pánico.

—¿Dónde está ahora?

—En tu casa. Le dijimos que le haríamos saber cuando te agarráramos.

—¿*Agarrarme*?

Adeline se movió entre los dos y apagó su linterna.

—No es así, Kane. Estaba aterrada. Tuvimos que darle algo, o de otra forma habría salido a buscarte por su cuenta. Y agradezco que nos haya llamado. Que ustedes intentaran luchar contra Dean es muy estúpido, literalmente. ¿Verdad?

Kane volvió a apretar el bate.

—¿Así que ahora me crees que Dean es Dreadmare?

Adeline se mordió los labios entre sí y miró hacia el río, estaba claro que no quería responder esa pregunta. Elliot se encogió de hombros y dijo:

—No importa qué pensemos, para ser honesto. Ustedes son parte del equipo. Si lo que ustedes creen es tan fuerte como para venir aquí en medio de la noche, nosotros debemos estar aquí a su lado.

Kane sabía que era una ofrenda de paz, pero tenía algo para agregar:

—Así que ¿también éramos parte del *equipo* cuando les hablé de esto en el conservatorio? Sé honesto, Elliot. Estás aquí solo porque Ursula está en peligro, ¿verdad? ¿Sabes que puedes coquetear con ella sin tener que también sumar puntos a favor por ser el grandioso capitán del equipo?

Adeline no pudo contener la carcajada ante la expresión estupefacta de Elliot. Luego trató de calmarse, apenas podía resistir reírse, y por un segundo ella y Kane se conectaron en complicidad por la oscura humillación que ardía entre Elliot y Ursula. Kane decidió que Adeline comenzaba a caerle mejor.

—Esperen, esperen, ¿qué? —interrumpió Ursula.

Elliot, sonrojado, hizo un ademán para evadir el tema y agregó:

—Priorizo la seguridad. Solo soy cauteloso. Saben que soy así.

—Y tú sabes que nosotros no podemos darnos el lujo de ser cautelosos —dijo Kane—. No cuando somos los únicos capaces de hacer algo. Puede que mis decisiones le hayan costado la vida a una mujer. Tal vez a dos. Preocúpate todo lo que quieras, pero no me detengas por tratar de recuperar a Helena.

Ursula puso una mano sobre el hombro de Kane y lo consoló:

—No sabemos qué ocurrió con Maxine, y lo que sucedió con Helena no fue tu culpa, Kane. Has salvado las vidas de muchas, muchas personas de sus reveries, y nosotros debimos haberte escuchado cuando hablaste por ella. Lo que ocurrió fue culpa de Poesy. La sangre está en sus manos.

Los cuatro permanecieron pensativos.

—En sus manos bien cuidadas —agregó Adeline.

Kane tenía que admitir que tenía razón. Poesy tenía unas uñas increíbles.

Los ojos de ella se rieron de Kane:

—¿De verdad pensaste que podrías contra Poesy y su Dreadmare?

—No. —Él aún no estaba seguro de cómo sentirse con respecto a Poesy. Asustado, seguro. Pero todavía sentía que el miedo que provocaba estaba enraizado en la necesidad. No quería confrontarla; quería investigarla. Averiguar a qué se refería cuando dijo que "arreglaría" la reverie de Helena.

—Creí que Dean podría ayudarnos en secreto. Estoy seguro de que él es parte de…

—¿Parte de qué?

Kane habló más de la cuenta. No estaba listo para contarles acerca de su pasado con Dean, el cual apenas entendía él mismo. No estaba listo para recordarles sobre el telar misterioso y su rol en cuanto a generar las reveries y atraer a Poesy y por poco aniquilar su propia vida.

Pero entonces miró sus rostros curiosos a la luz de la luna, y vio que eran los únicos que mantenían a raya la oscuridad del molino. Se dio cuenta de que, por más desastrosa que hubiera sido la llegada, estaban ahí por él después de todo. Cada uno de ellos había llegado por su cuenta, habiendo elegido seguir la llama de sus corazonadas medio imaginarias, por sobre la comodidad de sus propias camas y la seguridad de sus propios sueños.

Casi pudo sentir aquellas amistades perdidas, como si fueran sombras detrás de las nuevas que intentaban formarse. Entonces, ¿por qué estaba protegiendo a Dean, quien se había esfumado cuando más lo necesitaba?

Inspiró profundo y comenzó:

—¿Recuerdan cuando dijeron que estaba obsesionado con encontrar la fuente de las reveries? Bueno, la encontré, en la de Maxine Osman. Era aquella corona. Se llama telar. Es una especie de arma de la que se filtra etherea, como la radiación, y hace que las reveries muten por fuera de las personas. Poesy dijo que si lo encontramos, podemos detenerlas. Ella creyó que tal vez uno de ustedes la había robado. Por eso la ayudé.

—Nadie te robó la corona. Esa cosa horrenda casi nos mata —dijo Ursula.

—¿Y qué hay de Dean? —preguntó Adeline con tono entrecortado. Quería exponer la pregunta frente a las acusaciones de Kane. Una vez más, estaba seguro de que ella sabía más de lo que decía.

—Creo que también está aquí por el telar. Creo que de alguna manera quiere usarlo.

—¿Y eso dónde te deja? Si encuentras ese tipo de poder otra vez, ¿qué harías? —quiso saber Adeline.

—¿Sabiendo lo que ahora sé? Destruirlo. —Kane apretó las manos.

Adeline levantó el mentón y lo observó a través de los lentes de aquella información nueva.

—Dame el silbato —le pidió. Su rostro era imposible de leer.

Kane se sintió abatido. Tal vez, contarles la verdad le había costado la oportunidad que tenía. Tal vez, había elegido mal.

274

–Hacer un arreglo con Dean no era un buen plan –dijo Adeline al tomar el silbato–. Pero era la idea correcta. Si lo que dices sobre Poesy es cierto, supongo que necesita nuestra ayuda para encontrar el telar, lo cual nos da una ventaja. Y es claro que valora tu vida. Veamos si está abierta a negociar.

Y entonces tocó el silbato.

La mente de Kane daba vueltas. La ansiedad le pinchaba la garganta de agitación como burbujas de gas. Elliot y Ursula estaban estupefactos.

El silencio del silbato paró el trinar de las aves como si las hubiera cortado. Luego, un susurro discordante resonó en el molino y la luz de la luna se quebró, se abrió como hojas. Una puerta doble se alzó frente a ellos. Era negra, opaca, y se la veía plana en contraposición al río que se movía detrás de ella. Kane esperaba que Dreadmare volara a través de ella, pero los minutos pasaban en esa quietud cristalina.

–Es una puerta –dijo Elliot.

–Sí, todos podemos verla –agregó Adeline.

–¿Y si golpeamos? –preguntó Ursula.

–Creo que ya hemos tocado el timbre –dijo Elliot.

–El silbato abrió una especie de pasadizo dentro de la reverie de Helena. Tal vez esto nos lleve al sitio de donde vino Poesy –supuso Kane.

Adeline caminó hacia ella y tomó el picaporte gigante. Jaló de la puerta, solo unos centímetros. Era pesada. Salía una luz suave.

–No hay nadie aquí. ¿Kane, qué quieres que hagamos? –susurró.

Él sintió un alivio absurdo. Pensaba en la puerta y en todo lo que había detrás de ella. Algo le decía que el destino les otorgaba una oportunidad muy remota de entrar al reino de Poesy, cuando ella no estaba en casa.

O tal vez era una trampa. De una forma u otra, tenían que entrar para averiguarlo. Si no, con uñas increíbles o no, todas sus manos estarían involucradas en el crimen de no haber hecho nada por traer a Helena de vuelta a casa.

–Entremos –dijo Kane.

VEINTISÉIS

DULCE O TRUCO

Kane no estaba seguro de qué esperar, pero no era eso.

Entraron en una habitación alta y dorada, de paredes curvadas hechas de vitrinas de vidrio. Al voltearse, Kane no se sorprendió al descubrir que la habitación era circular. La puerta doble por la que habían entrado se sostenía por sí sola sin ninguna pared alrededor. Era solo un marco hecho de la misma obsidiana que el silbato, ribeteado con filigranas de oro. Se elevaba como un dominó solitario sobre un escenario circular en el centro de la habitación. Casi tocaba el candelabro.

Elliot dejó el bate de Kane atravesado en la puerta para mantenerla abierta.

—Creo que estamos bien. Pero nadie toque nada. Este lugar puede estar monitoreado —susurró.

Cada uno se dedicó a explorar un área distinta. Kane encontró la mesita de café y el set de té. Había algunas tazas listas para usarse, pero la taza especial de Poesy no estaba. Caminó hacia las vitrinas. Detrás de ellas había espejos y eso daba la impresión de que en cada una no había nada más que una extensa infinidad. Entonces miró más de cerca.

Souvenirs. Artefactos. Amuletos. Objetos pequeños, extraños, que emanaban el mismo tipo de aura distorsionadora de la realidad que tenían las reveries. Le susurraban sobre sus misteriosas magnitudes, sus vastedades robadas. Algunas estaban hechas pedazos, rotas y vueltas a pegar con meticulosidad, como una colección de mariposas exóticas, artificialmente hermosas.

Poesy no arreglaba las reveries. Las coleccionaba. Kane tuvo que estirar el cuello para observar el resto de las vitrinas que se extendían hasta el techo. Debía haber miles de esos objetos solo en esa habitación. ¿Cuántos de ellos estaban hechos pedazos? ¿Cuántas personas estarían encerradas en aquellos reinos falsos?

La poca esperanza que tenía por Poesy finalmente se acabó. Se sentía mareado, a la deriva. Se tambaleó hacia atrás, pero pudo sostenerse contra la esquina de un escritorio ancho. Los Otros quedaron atentos a aquel movimiento, pero no sonó ninguna alarma. Nada cambió. Continuaron inspeccionando los amuletos en silencio, pensando en la conclusión devastadora a la que había llegado Kane sobre cada uno de ellos.

Él se puso a observar el escritorio. Estaba cubierto de papeles y libros e instrumentos extraños punzantes. Levantó un pergamino lleno de diagramas e inscripciones crípticas. Debajo de él encontró un libro con una cubierta roja, brillante. Sintió que un escalofrío le recorrió el cuello. Conocía ese rojo.

Deslizó el diario hacia él y acarició la cubierta de cuero. Cuando la banda elástica se corrió con facilidad, los ojos se le llenaron de su propia caligrafía. Solo que las palabras estaban al revés.

Se aseguró de que nadie lo estuviera observando y tomó el diario que le había dado Poesy de la mochila. Ambos libros eran idénticos. A modo de experimento, abrió los dos en una de las últimas páginas y garabateó algo en el suyo. Como si fuera una marca que se extiende por la piel, en el otro reapareció el garabato, pero en reversa.

Sentía que la decepción le recorría el corazón, como un aceite ardiendo, agrandando la humillación que ya sentía. Había registrado diligentemente cada detalle cursi de su recuperación (¡incluso sus sueños!) en aquel diario, sin la intención de devolverlo, pero Poesy había estado leyendo todo, todo ese tiempo.

Ahora comprendía cómo le había enviado la invitación a tomar el té. Movido por la corazonada, depositó el bolígrafo entre las páginas de un diario y luego abrió el otro. El bolígrafo se desenrolló del centro; estaba un poco tibio por el viaje.

La ira lo llevó a preguntarse. Repitió el truco varias veces más, cautivado por la magia. Podía sentir que se dejaba llevar así que, antes de que nadie lo notara, tomó ambos diarios y los echó dentro de la mochila.

Entonces divisó el huevo.

En una esquina libre del escritorio, sobre un nido acolchonado de satén, se encontraba el huevo Fabergé. No era más grande que una bellota. La superficie estaba repleta de gemas exquisitas de todos los colores. No tenía dudas: había encontrado la reverie de Helena.

—¡Está aquí! —exclamó en voz alta y los otros corrieron hacia donde estaba él.

—¿Estás seguro? —preguntó Elliot.

279

–Estoy seguro.

Había varios otros amuletos desparramados alrededor del huevo, pero el de Helena se sentía diferente. Este despedía una energía estrepitosa, desesperada, como si estuviera a punto de romperse.

–Bien. No fue necesario negociar, entonces. Alguien, tómelo –dijo Elliot.

–¿Por qué no lo tomas *tú*, Elliot?

Nadie quería tocar el objeto. Las luces titilaron y todos miraron hacia arriba. Kane oyó un chirrido lejano que le hizo sentir escalofríos.

–Bueno, eso fue amenazante –susurró Elliot.

Las luces titilaron otra vez. El marco de la puerta comenzó a vibrar.

Fue Ursula la que finalmente se movió. Arrebató una pequeña funda de terciopelo del escritorio y barrió todos los amuletos dentro de ella, incluyendo el de Helena. Entonces todos siguieron a Elliot hasta la puerta, que todavía continuaba entreabierta gracias al bate. La noche plateada que se veía detrás de ella los invitaba a atravesarla y dejar la calidez de la habitación dorada; les prometía seguridad. Pero justo antes de que Elliot se escabullera, Adeline jaló de él. Hubo un *crujido* y la puerta se cerró, luego de partir el bate a la mitad.

–Mierda –dijo él.

Ursula empujó para abrir la puerta. Con claridad les mostraba el otro lado de la habitación. El molino ya no estaba. Volvió a cerrarla y abrirla de nuevo. Nada. Al tercer intento se detuvo.

–Está como… fría –dijo.

Kane tomó el picaporte. Estaba helado.

La luz de la habitación se oscureció y Kane sintió que una vibración le recorrió el brazo. Adeline señaló hacia abajo de las puertas:

–Nieve –susurró. Sin duda alguna, una nube de copos de nieve caló por debajo de la puerta con una correntada de hielo.

–¡Escóndanse! –siseó Elliot, y enseguida todos corrieron atropellándose entre sí para ir detrás del diván. Un segundo después, la puerta crujió al abrirse y una ventisca de aire gélido irrumpió en la habitación. Kane pudo sentir el frío en la nuca mientras observaba desde su escondite, tratando de normalizar la respiración agitada. Entonces, la ráfaga de nieve primero reveló las patas de un perro, luego, una parte de una cadena de plata y finalmente, unas piernas humanas enfundadas en unas botas de cañas altas hasta los muslos.

La puerta se cerró y se llevó la nevisca, dejando a todos atrapados.

Los ojos de Elliot brillaban en un tono dorado al estar conjurando su magia de invisibilidad. Pero Kane sabía que no podría mantenerlos escondidos por mucho tiempo.

–Sé que siempre digo lo mismo, señorita Daisy, pero esta es la última vez que visitamos Saas-Fee –dijo Poesy mientras desataba la cadena de plata–. La próxima vez yo decidiré por dónde iremos a caminar.

La señorita Daisy se quejó. Kane sentía que una mano le apretujaba la pantorrilla. Era Adeline. Kane tenía razón. La señorita Daisy había estado de paseo con Poesy todo ese tiempo, lo que significaba que la perra y Dreadmare no eran la misma criatura.

–Ya basta. Amas los circuitos de Belgrado.

Durante los próximos minutos escucharon a Poesy hablar acerca de la habitación y revolver objetos por doquier. Se oía un tintineo. Luego, con mucha calma, Poesy habló en voz alta:

–¿Alguno va a querer té?

Nadie se movió.

–No es molestia, en verdad. Prepararé un poco para mí, necesito calentarme, y sería descortés no ofrecerles a ustedes. Sé que el señor Montgomery está dispuesto a rechazarlo, pero estoy segura de que al señor Levi le gustará beber una taza. ¿La señorita Bishop y la señorita Abernathy querrán uno o más terrones de azúcar?

Elliot fue el primero en ponerse de pie y arrastró a Kane consigo. Adeline los siguió y Ursula también se puso de pie, luego de que la bailarina le diera un firme empujón. Poesy estaba vestida con una bata de piel y flecos. Los observaba con sus ojos brillantes desde el otro lado de la habitación. Tenía una bandeja de té en las manos; de la tetera salía vapor. La señorita Daisy trotó hacia ellos con un hueso entre los dientes que depositó con suavidad a los pies de Ursula.

—No vinimos a tomar el té —Kane trató de sonar firme.

Poesy les mostró una sonrisa condescendiente.

—Sí, señor Montgomery, lo sé. Vinieron a buscar el amuleto de la señorita Helena Quigley y veo que ya lo encontraron. Pensaban que había alarmas en este lugar, pero ¡qué lástima! Al no haber una entrada discernible no suelo recibir visitas sin invitación, y mucho menos, niños como ustedes que vengan a pedir dulce o truco. Si me hubieran avisado con tiempo, estoy segura de que hubiera podido conjurar una tabla de quesos y conservas.

—No nos quedaremos —espetó Adeline. Y le dio un codazo a Ursula por segunda vez. Ahora, porque estaba acariciando a la señorita Daisy en la cabeza.

—Sí... nos *vamos* —tartamudeó.

—¿Cómo? —preguntó Poesy enarcando una ceja.

Adeline le mostró el silbato con confianza.

—Hm. Los silbatos sirven para llamar a alguien. Creo que lo que buscan es una llave —respondió Poesy mirando al objeto en cuestión sin preocuparse.

Kane abrió la boca y luego la cerró. Los ojos volaron al brazalete de Poesy, donde recordaba que tenía una llave pequeña y blanca. De verdad, era un mal plan.

—Tú vienes y vas como te place. Ahora nos dejarás ir —dijo Elliot.

—¿Estás seguro? Yo no.

—¡Amenázala! —Elliot le pidió a Kane con un suave empujón.

—Ah, cierto —Kane extendió una mano y produjo una luz vaporosa. En ese instante, las vitrinas con los amuletos comenzaron a susurrar al absorber la magia en el ambiente.

La parte blanca de los ojos de Poesy se iluminó mientras escaneaba las altas vitrinas.

—Ese no será un movimiento sabio, señor Montgomery.

—Entonces deja que nos vayamos —le exigió.

—Ven, querido. No hace falta comportarse como un salvaje.

—¿Salvaje? ¿Y qué hay de lo que le hiciste a Helena Quigley? ¿Eso no es ser salvaje? —la desafió Adeline.

Poesy bajó la mirada con un gesto amenazante.

—No… —siseó—, no te atrevas a cuestionar mi ética, *Otra*. Lo que hago y cómo lo hago está fundado en la necesidad.

—¿Necesidad? —arremetió ella—. ¿Acaso aplastar los sueños de una anciana es por necesidad? Podrías haberla asesinado.

—¿Asesinado? ¡Ja! —Soltó una risa ronca—. Y supongo que ella estaba más segura bajo su dudosa protección. No parecía ser así cuando el señor Montgomery solicitó mi intervención. Pero lo hizo, y yo me deshice de la fantasía ponzoñosa de ustedes cuatro, y ahora, la señorita Helena Quigley está a salvo. Me agradecería por mi piedad si estuviera despierta. Ustedes deberían agradecerme también.

—Eres malvada. Todos estos amuletos están malditos —la desafió Adeline apretando el diván.

Poesy los miró con una sonrisa divertida.

—¿Y qué crees que son ustedes? No tienen idea de dónde provienen sus poderes, ¿verdad? Y pensar que han invadido *mi* santuario para cuestionar el mismo mecanismo que utilicé para crearlos a *ustedes*. No tengo humor para las ironías. No sufriré por la insolencia de mis propios hijos.

Poesy todavía llevaba la bandeja en las manos y, como estaba nerviosa, las tazas que estaban encima repiqueteaban.

—¿Qué mecanismo? —preguntó Elliot con firmeza.

Poesy bajó la barbilla.

—El proceso sagrado de convertir el dolor de una persona en poder, por supuesto, pero no veo la importancia de entretener la curiosidad de unos pocos prototipos fallados. Ahora veo que sus poderes los han hecho demasiado atrevidos, y no podemos permitirnos eso en el mundo nuevo, ¿está de acuerdo señorita Daisy? —Los miró a todos como evaluándolos—. Supongo que podría intentar separarlos y volverlos a juntar, pero eso llevará algo de tiempo. Y es un proceso bastante doloroso. Me gustaría cambiarme.

La luz se apagaba en la palma de Kane. Había estado tan equivocado. Esta persona, la única en la que se veía reflejado, se suponía que tenía que protegerlo y ayudarlo, pero lo había usado como si fuera de utilería. Lo había aislado y manipulado y ahora todos iban a sufrir.

—No lastimarás a nadie. —Su voz sonó débil—. Dijiste que me protegerías. ¡Dijiste que me necesitabas!

Los ojos de Poesy eran canicas de cristal incrustadas en su calavera pintada. Ella le respondió con ligereza:

—No necesito a nadie. Solo necesito poder, y tú lo has traído a mí. Había imaginado que me asociaría contigo, sí, pero esta deslealtad que acabo de descubrir no la toleraré. Has elegido a tus amigos. Y has elegido mal. Eres mi decepción más grande.

Una neblina oscura emergió de la alfombra, se lanzó sobre Adeline y los arrastró a ambos al suelo. Sin apuntar o disimularlo, la magia reprimida estalló de los puños de Kane.

Poesy dejó caer el set de té, levantó la bandeja y desvió el rayo hacia el candelabro que había sobre ella. Cayeron vidrios y chispas como granizo sobre ellos. Kane oyó un gruñido de perro y luego un aullido. Elliot empujó a la señorita Daisy hacia un lado y luego salieron todos corriendo.

–¡Sácalos de aquí! –gritó Poesy mientras ellos entraron corriendo por los corredores que había atrás del santuario. Se oían sonidos de garras sobre el mármol, Dreadmare surgía de las sombras. Elliot gritó y desapareció. Ursula se evaporó un segundo después.

Adeline empujó a Kane hacia la derecha justo antes de que la pata de una araña cortara el aire entre ellos. Kane se volteó y corrió hacia un nuevo pasillo; corría muy rápidamente a través de esa cueva laberíntica de Poesy. Abría puertas al azar; unas daban a una habitación llena de estrellas relucientes, una armería enchapada con espadas negras y finalmente, dio con un invernadero.

Se deslizó por los pasadizos de enredaderas y helechos; pasaba azotando flores que parecían tan irreales como venenosas. Se desprendió de unas ortigas que lo amarraron, solo para mostrarle el poder de aquel invernadero gigante donde encontró un bosque que se erguía acechante. Se metió dentro de él. Jadeaba.

¿Había escapado?

Dreadmare debió haber seguido a Adeline en lugar de a él. ¿Qué había ocurrido con los otros? Los gritos se habían apagado como en una película cortada.

La nariz le ardía del sollozo. Se lo tragó a la fuerza cuando oyó que la puerta del invernadero se abría.

—Tal vez aquí. —Era la voz de Poesy, aunque ahora chillaba como las cigarras. Al oírla, Kane se preguntó cómo era que ambos sonidos jamás le habían parecido diferentes entre sí. Se escondió más adentro del bosque.

Los pasos avanzaron por el suelo del invernadero. Escuchó el olisqueo de un perro y que la señorita Daisy gimoteó. Salía un chorro de agua de unas mangueras anchas. Detrás de las paredes de vidrio opaco, se veían unas sombras tan grandes como ballenas y avanzaban y se volteaban.

Kane sentía que los pulmones le ardían por la falta de aire. Se le estaba nublando la visión. Estaba tan concentrado en los pasos que no notó que esas enredaderas raras lo estaban rodeando. Enredaderas negras de acero, con pezuñas de gancho. Fue en ese momento cuando una de ellas se enredó en él de manera tal que lo hizo mirar hacia arriba y allí encontró al grandioso y brillante pico de Dreadmare abriéndose.

No tuvo oportunidad de gritar. El pico se cerró sobre su hombro, con la seguridad y destreza de un beso, y Kane fue arrastrado dentro de la oscuridad.

VEINTISIETE

EN EL INTERMEDIO

Cuando Kane tenía doce años, Sophia lo convenció de acelerar a tope la caminadora para ver si podía correr a esa velocidad. Con los brazos apretando las barras, se había subido a la cinta a toda velocidad; los nudillos se ponían blancos al abalanzarse hacia adelante. ¡Por una milésima de segundo se mantuvo a ritmo! Y luego, de forma inevitable, se tropezó en un momento, de esos momentos de imprudencia justo entre el impulso y la caída.

Así se sintió cuando Dreadmare se le abalanzó encima. Sin gravedad, sin direcciones. Solo fue un instante y el impacto mortal inevitable. Kane tenía que escapar. Golpeó las manos y la luz abrió una fractura en esa oscuridad y se catapultó al exterior a una velocidad espectacular.

El impacto al aterrizar fue más suave de lo que tendría que haber sido. Estaba sentado sobre una cama en una habitación poco iluminada. Quiso tantear las tiras de la mochila, pero luego recordó que la había arrojado en el momento de escapar. La cosa que tenía envuelta en el hombro era, en realidad, otra persona.

Se sacudió para quitarse de encima la figura cubierta en un traje enterizo de cuero maleable, negro como la piel de Dreadmare, con una armadura de obsidiana que tintineaba entre las sábanas revueltas. Tenía un casco entero, puntiagudo, en reemplazo del pico, pero los cuernos aún estaban allí. Era la misma bestia, pero en una nueva forma. Se sentó y observó a Kane. Expectante de ver qué haría.

—Eres tú, ¿verdad? —le preguntó Kane.

Dreadmare se levantó de la cama y le dio la espalda. Flexionó los hombros y la armadura se reacomodó deslizándose por el cuero delgado.

El cuarto olía a chico, detergente y una pizca de colonia. Pino, o algo parecido. Hacía que los instintos le picaran, sentía que la mente se le nublaba.

—Muéstrame tu rostro —fue todo lo que le pudo decir.

Dreadmare se volteó. A medida que lo hacía, la armadura se hinchó y se transformó en ríos de tinta que fluyeron con rapidez a sus palmas. Y entonces ya no era Dreadmare. Era Dean Flores sosteniendo una pieza pequeña de ajedrez, el caballo, tallado en obsidiana negra. Un amuleto, como los de Poesy, que guardaba su armadura. La guardó en un bolsillo y le dijo a Kane:

—Estás sangrando.

Era cierto. Tenía rasguños en los brazos y había salpicado las sábanas con sangre. Dean no lucía mejor. Tenía un labio partido y un corte en el cuello que le manchaba de a poco la camiseta.

El shock de la revelación lo enfureció.

Por más que Kane hubiera estado soñando despierto en ese mismo instante, descubrió que ese momento se sentía irreal. ¿Qué ocurriría ahora?

—¿Qué acaba de suceder? ¿Dónde estamos?

—Nos teletransportamos. En realidad, lo estábamos haciendo cuando soltaste esa explosión. Creo que lo hicimos bastante bien. ¿Tienes algún hueso roto?

—No lo creo.

—Bien. Podría haber sido mucho peor.

—¿Qué podría haber salido mucho peor?

—Tu rescate.

—¿A esto le llamas rescate? Tú me… abdujiste a tu cama —dijo riendo.

Dean se encogió de hombros.

—Necesitaba un sitio suave para aterrizar contigo luego de que reaccionaras de esa forma.

—¿Dónde están mis amigos? ¿Qué has hecho con ellos?

—Están casi a salvo, pero… —Dean parecía inseguro.

Está ganando tiempo.

Kane salió corriendo de la habitación. Imaginaba que se encontraría en un calabozo bajo tierra en la guarida de Poesy. Llamó a Ursula a toda voz, a cualquiera. Se detuvo cuando llegó al final del pasillo y descubrió que no estaba en un calabozo, sino en el medio de una sala de vidrio y acero. Un apartamento, inmaculado como un hospital, con ventanas que iban del suelo al techo y daba a un río que Kane conocía muy bien.

—Este es… —Notó las luces que se veían del otro lado del río pertenecían a Amity del Este.

¿Por qué conozco este lugar? ¿Por qué esta vista me resulta tan familiar?

—Mi casa —contestó Dean detrás de él. Salía de la cocina con dos cuencos grandes con agua y varios trozos de tela. Luego, trajo del baño una bandeja con botellas de plástico y vendas. Se movió hacia Kane para sentarse con él a la mesa y continuó diciendo:

—Tú conoces este lugar como Complejo de cobalto, ¿verdad? Están construyendo apartamentos aquí. Soy uno de los únicos locatarios por ahora.

—¿Aquí es donde vives?

—Sí.

—¿Solo?

—Por ahora.

—¿Dónde están tus padres?

—De visita en casa de mi abuela.

Kane se sentó frente a él. El pánico se había convertido, entre todas las cosas, en triunfo. Tenía una corazonada. Y había estado en lo cierto. La prueba estaba frente a él. Sentía la necesidad de regodearse; el orgullo le llenaba el pecho, lo cual le recordó preguntarle otra vez:

—¿Dónde están mis amigos?

—Están a salvo. Los teletransporté a la escuela. En el techo.

La idea lo emocionó y lo aterró al mismo tiempo. Aunque ellos supieran que él se encontraba allí, les llevaría al menos veinte minutos atravesar el pueblo entero y pasar el río. Estaba solo de verdad con Dean. Con Dreadmare. Con el asistente de Poesy. Pero en ese preciso instante, Dean no se veía como un asistente. Estaba estrujando una toalla sobre los cortes que tenía en los brazos. Con un gesto, invitó a Kane a hacer lo mismo. Los cuencos de agua se tiñeron de rosa, escurrían las toallas en una ceremonia silenciosa.

–¿Cómo sabes cuando dibujo el número ocho? –preguntó Kane.

–Lo veo.

–Pero ¿cómo?

–Es uno de mis poderes. Puedo ver cosas en mi mente.

–¿Cómo la clarividencia?

–Sí, algo así.

–¿Nos estabas vigilando? –Dejó el trozo de tela en la mesa.

–Así es. Pero me dio timidez cuando llegaron Adeline y Elliot. Luego no iba a aparecer, pero cuando Poesy me convocó no tuve opción. Fue un error que entraran a su santuario. Allí es donde es más poderosa.

–¿Dónde está?

Dean asintió, como si le gustara que Kane hiciera esa pregunta.

–Se desconoce. Es un espacio intermedio.

–Como una reverie.

Dean lo consideró y luego dijo:

–Es similar, pero con algunas desviaciones arquitectónicas de sus propias ideas.

–¿Cómo cuáles?

–Bueno, por ejemplo, las personas pueden entrar y salir.

–¿A través de esas puertas?

–Y por teletransportación, como lo hicimos antes.

Kane se sintió mareado al pensar que ya había olvidado eso. No tenía intención de volver a ingresar a aquel lugar entre espacios, que a su vez estaba en medio de otros espacios intermedios.

–No lo entiendo.

Mientras se secaba el codo le explicó:

–Teletransportarse en realidad es muy simple una vez que te acostumbras. La distancia es importante, pero no más que la trayectoria y el impulso. Tienes que poder ver la entrada con claridad. Esa es la razón por la que no puedo teletransportarme dentro y fuera de las reveries, lo cual deforma la distancia en una forma similar...

–No, me refiero a Poesy. Es tu jefa, ¿verdad?

–Sí. –Pudo ver el resentimiento emanarle de los ojos, pero Dean se mantenía enfocado en sus cortes. Kane lo entendía. Él también estaba enojado consigo mismo, por haber sucumbido ante la autoridad de Poesy.

–Pero nos salvaste de ella.

–Sí.

La ternura de Dean ya no estaba. Su rostro ahora estaba frío e impecable como el mármol. Y Kane se dio cuenta que no estaba resentido con Poesy. Estaba resignado.

–¿La estás desobedeciendo ahora mismo? –quiso saber.

Entonces, como si fuera el primer brote que da fin al invierno, Dean sonrió. Era una confesión. Un sí en silencio. Kane sonreía también.

–Dame tus brazos.

Kane los extendió y Dean le limpió las heridas y la sangre seca con cuidado. Después le aplicó un poco de peróxido de hidrógeno en otro trozo de tela y lo tocó con suavidad.

–Esto te arderá –dijo demasiado tarde. A Kane no le importó. Observó las burbujas debajo de la piel, como si esa efervescencia fuera la propia excitación escapando de su cuerpo. Luego fue el turno de Dean. Se sentaron cerca; Dean se tensó cuando Kane le limpió los rasguños del cuello. Hacía lo mejor que podía a pesar de la distracción que representaba estar tan cerca de Dean. Su mandíbula, el color moreno de su piel, y el tono aún más oscuro de sus pecas.

Tuvo la oportunidad de contarlas. Tenía veintinueve en total.

–Necesitamos cambiarnos. –Se fue y regresó con dos camisetas limpias. Comenzó a quitarse las prendas ensangrentadas, pero se detuvo al ver la expresión de Kane.

–¿Quieres cambiarte en la habitación?

–Ah, no. Aquí está bien. –Se sonrojó.

Dean se volteó para no mirar. Kane se quitó su propia camiseta con cuidado y pensó en algo que Ursula le había dicho sobre él y el equipo de natación. Se notaba. Su cuerpo lucía dibujado con meticulosidad, como un diagrama de anatomía. Y no porque fuera especialmente voluminoso, o porque fuera especialmente delgado. Era por la forma en que los músculos se movían debajo de la piel; había cierta belleza en ellos, que hacía difícil de imaginar que Dean no había sido diseñado con un propósito agradable.

Notó que todavía había una herida en el cuello.

–Aguarda, ven aquí.

Dean volvió a sentarse sobre el taburete, con la camiseta a medio ponerse, y Kane le limpió la herida. Hasta ayer se enredaba los pensamientos imaginando cómo había sido la relación con Dean y qué había sucedido entre ellos. Ahora solo estaba enfocado en hacer de cuenta que eran perfectos extraños. Mitad desnudo, Dean estaba haciendo lo mismo.

Él se retorció de dolor y se aferró del muslo de Kane.

–Lo siento –dijo.

–Yo también lo siento –dijo Kane.

–¿Por qué?

–Por intentar hacerte explotar.

–Estabas asustado –murmuró Dean.

Kane asintió.

–¿Estás asustado ahora? –preguntó Dean.

Kane consideró la respuesta. Pensó en la forma en que mantenía a Dean y a los Otros apartados uno de otros, como si jamás pudieran mezclarse. Pensó que tal vez, parte de perder la memoria implicaba dejar de lado la desconfianza que la definía. Pensó en cómo Dean aún estaba aferrado a su pierna.

La vibración del teléfono le evitó tener que contestar la pregunta. Dean se volvió a poner la camiseta mientras Kane buscaba el celular.

—Es Ursula —le dijo.

—¿Y no vas a atender?

Sabía que debería estar preocupado por los Otros, pero le preocupaba más que aquel momento se acabara tan pronto.

Dean tomó el teléfono y respondió en altavoz.

—¿Hola?

Había mucha interferencia. Y luego habló Ursula. Impostó la voz para parecer más ruda:

—Escucha, Flores, escucha muy bien. Sabemos que tienes a Kane. No sabemos qué estás tramando, pero has cometido un error *garrafa*…

En la distancia, se oyó que Elliot le susurró:

—Se dice garrafal, Urs.

—Has cometido un error garrafal —se corrigió y continuó—: si no lo regresas en la próxima hora, estamos preparados para…

—Ursula, soy yo. Estoy bien.

—¿Kane?

Se escuchó que riñeron entre ellos y luego habló Adeline:

—¿Dónde demonios estás?

—En el apartamento de Dean. Él es… es…

Dean asintió.

—Es Dreadmare. Nos teletransportó fuera del santuario de Poesy. Él nos salvó.

Adeline no podía esconder la incredulidad de su voz:

—Él nos separó. ¿Dónde estás? ¿En los condominios del Complejo de cobalto?

—¿Cómo lo sabes?

—Puede que nos hayamos metido en la escuela para robar su archivo. Parecía que era una buena corazonada, como las has tenido últimamente.

Dada la animosidad entre ellos, no pudo evitar reír con ella. El triunfo fue más fuerte.

Elliot se sumó a la conversación:

—Dile que te traiga de regreso.

Kane sintió que la resistencia ardía.

—No.

—Entonces iremos a buscarte.

—No, no lo hagan.

—Kane, sabemos dónde vive. Ya estamos en camino. No hagas nada raro —Elliot le habló con tono paternal.

Bip. Kane colgó el teléfono y notó que tenía cien mensajes de texto de los Otros junto con otros tanto de Sophia. Genial. Encima de todo, ella también se había enojado con él. Apagó el celular antes de que comenzara a sonar otra vez y luego se dirigió a Dean:

—¿Puedes teletransportarnos de nuevo?

VEINTIOCHO

AGUAS OSCURAS

Poesy se había dicho una vez que Amity del Este era como un tapiz. Visto desde arriba, Kane le daba la razón.

Desde el horizonte hacia el lado más oscuro, los suburbios parecían un trozo de tela que giraba y se hundía, se unía y se desgarraba. La cuadrícula se alisaba y luego se abultaba en forma de colinas bajas frente a las montañas boscosas. Las luces de las calles eran como lunares de lentejuelas sobre aquella tela, que brillaban en el aire limpio y la luna iluminaba el río, que contrastaba en la oscuridad como un hilo de plata. Las luces de los coches en movimiento parpadeaban; estos se abrían camino por los pliegues hacia el puente a toda velocidad, debajo de Kane y Dean que los observaban.

—¿Por qué elegiste el puente? —preguntó Kane mientras movía las piernas en el vacío. El viento que venía del río le agitaba las mangas de la camiseta y los tobillos, pero ya no sentía frío. Dean lo había depositado sobre unas vigas entrecruzadas que daban hacia el río. Sostenía a Kane de la mano. Por razones de "seguridad".

–Solíamos venir aquí. Para que practicaras volar.

Kane se sorprendió, no por el hecho de volar sino por la sinceridad con la que Dean hablaba del pasado, como si le pidiera que continuara haciendo más preguntas. Y Kane se dio cuenta de que no podía. ¿Y si acaso eso no era lo que quería? ¿Y si la ficción que se había inventado era mejor?

El puente no se caía. Era Kane quien sentía que colapsaba por dentro. Se concentró en el metal frío debajo de él y no en la calidez de la mano que sostenía la suya. Se aferró a la siguiente pregunta que se le ocurrió hacer.

–¿Cómo funciona el silbato?

–Es un faro que llama al portal; esas puertas grandes.

–¿Y siempre lleva a ese sitio con todos aquellos amuletos?

–El santuario de Poesy –asintió Dean.

–¿Esos amuletos provienen de las reveries? ¿Están hechos de personas?

–Nunca he tenido la valentía de preguntar. Supongo que sí.

El corazón de Kane se estrujó al pensar en todas esas vidas robadas. Cambió de tema otra vez:

–El color de tus ojos, ¿es real?

A Dean le provocó risa.

–No, mis ojos son marrones, como los tuyos. Cambian de color cuando uso mi visión secundaria, y supongo que ahora la uso todo el tiempo. Me he acostumbrado tanto a ver cosas desde cada ángulo, que es difícil restringirme solamente a mi punto de vista.

—Los ojos de Ursula se vuelven rosas cuando usa sus poderes. Los de Elliot se vuelven amarillos. Y los de Adeline, grises.

Dean se encogió de hombros. Dejó que Kane guiara la conversación.

—Poesy dijo que había creado a los Otros al convertir sus dolores en poder. ¿Qué quiso decir?

Dean pensó en la pregunta y luego respondió:

—Poesy es una gran manipuladora de etherea. Su habilidad es transformar la energía etherea en nuevas formas, como cuando convierte las reveries en amuletos. Como la armadura de Dreadmare. Creo que ese fue un primer intento.

—¿De qué?

—De convertir etherea en un arma de manera tal que ella la pueda controlar. La etherea necesita que se la canalice de alguna forma así que, su intento fue crear la armadura para Dreadmare. Fue una especie de abismo de terror de mutación de formas, pero básicamente lo convirtió en una piel de animal. Y ahora está intentando canalizar etherea a través de las personas. Nosotros; creo.

—¿Y acaso eso no crearía una reverie?

—Con una persona normal, sí. Pero nosotros somos lúcidos. Eso significa que las manifestaciones de etherea, las reveries, no nos dominan como a los demás. Por eso ella nos dio poderes. Para ver cómo las personas que siempre se mantienen lúcidas entre los mundos, y nunca dentro de ellos, reaccionaban ante las manifestaciones de poder. Los ha estado observando a ti y a los Otros por un largo tiempo.

—¿Puede controlarnos?

Dean tragó en seco.

—No tiene que hacerlo. Piénsalo. Nuestros poderes… ¿no sientes como que son maldiciones? Lo que te dijo acerca del dolor confirmó una teoría que tenía. La etherea saca provecho de nuestro subconsciente y materializa nuestras fantasías, ¿correcto? Bueno, algunas personas han tenido malas fantasías y les ocurrieron cosas malas. Cualquiera que sea el método de Poesy, creo que ella filtra etherea a través de nuestro dolor, y eso resulta en un poder que tememos. Es una manera bastante ingeniosa de asegurarse de que nadie se embriague de poder y la supere. Eso es lo que creo.

Kane pensó en Adeline, cuya abuela había tenido Alzheimer. Se preguntó si ella creería que era su culpa que la memoria de su abuela se deteriorara con tanta rapidez. Y Elliot. Pragmático, pedante; cuyos poderes lo obligaban a vivir en las sombras de los engaños y las ilusiones. Escondido; como entre las manipulaciones de su padre.

Ursula era la persona más amable que conocía. Era una chica que había sufrido toda su vida por causa de su cuerpo y su fuerza. Era la más fuerte entre ellos, y sus poderes eran los más brutales.

—¿Qué hay acerca de tus poderes? ¿Y de tu dolor? –le preguntó.

Dean quedó en silencio. Solía pensar en las cosas sin analizarlas. Tenía la mirada siempre puesta en la distancia, pero su cuerpo ahora estaba abierto a Kane; considerado y paciente, esperando a ser contenido.

—Puedo ver cosas que no debería poder ver, y puedo ir a sitios donde no debería ir. Puedo huir de lo que sea, y en mi vida eso siempre me ha dolido.

Ya no quería decir nada más. Los pensamientos de Kane viraron de forma egoísta hacia él y dijo:

—Pero mis ojos no brillan.

—Eso es cierto.

Se pasó la mano libre por las sienes y tocó las quemaduras, que ahora eran cicatrices.

–Entonces no soy como tú o como los Otros.

–Así es. Tú eres un interrogante que Poesy aún tiene que descifrar. Ella no te dio poder. Tú ya lo tenías, como ella. En realidad, eres parecido a ella en muchos aspectos. Ella te considera su protegido, lo sabes.

¿Como ella?

Sentía que los cientos de amuletos le giraban en la cabeza, como las esquirlas de un caleidoscopio que lo destrozaban con su agonía enmudecida. Le vino un ácido a la boca. Si se inclinara hacia adelante, ¿el vómito flotaría en una corriente de aire ascendente como una red de trozos pegajosa? *No soy como ella*, se dijo a sí mismo. *Yo ayudaría a esas personas, no las mantendría atrapadas para... para...*

Adeline tenía razón. No tenían idea de por qué Poesy guardaba esos amuletos.

–¿Estás aquí? –Dean le apretó la mano.

–¿Qué quiere con todas esas reveries? Para empezar, ¿quién es? ¿Qué es?

–Poesy es Poesy. Nadie sabe dónde comenzó o cómo, pero ahora es más una fuerza natural que humana. Ese poder de manipular etherea que tienen ambos de ustedes... es increíble. Ella lo usa para cosechar reveries, y luego experimenta con ellas. Las disecciona de sus fuentes.

–¿Fuentes?

–Tesoros, bestias, arquitecturas, magias. Puede extraer armas y artefactos mágicos, como el silbato y la puerta. Lo que sea que quiera, lo toma. Para ella, todo es material.

–¿Material para qué?

–¿De verdad no te das cuenta? –preguntó bajando la barbilla.

Kane se encogió de hombros.

–Está construyendo su propio mundo. Su propia realidad entera, más grande que solo una reverie. Todo lo que necesita es una fuente de etherea tan poderosa como para ayudarla a tejer todo.

Kane atravesó con la mirada aquel tapiz que era Amity del Este y miró hacia arriba a las nubes blancas.

–Por esa razón está detrás del telar.

–Y por eso jamás debe encontrarlo. Cualquiera sea la realidad que cree, va a reemplazar a esta. Estoy seguro de eso –agregó Dean.

Kane se recordó a sí mismo que la indecisión estaba dentro de él, no debajo. Se esforzó por concentrarse. Quería preguntar cómo detener a Poesy, pero ya conocía la respuesta. Tenía que encontrar el telar antes que ella y destruirlo por completo.

–Tú me ayudaste a detenerla una vez, ¿no es cierto? –le preguntó a Dean y él asintió.

Las cicatrices le picaban mientras miraba las aguas oscuras que una vez habían acogido su cuerpo quemado. Ahora jugaba con un fuego similar; adivinaba acerca de su pasado en vez de simplemente preguntar. Pero se sentía más seguro adivinar, como pasar la mano sobre la llama temblorosa de una vela sin quemarse.

–Pero de alguna manera te herí, y ahora no vas a ayudarme más. Al menos no de la misma manera.

–Te he estado ayudando.

–A sobrevivir, no es lo mismo que ayudarme a tener éxito.

Kane apartó la mano y atracó una pierna en el cruce de las dos vigas para poder ver a Dean de frente. Él quiso alcanzarlo, pero se contuvo al ver la dureza en el rostro de Kane. Era momento de saber la verdad.

–Dime lo que sucedió. Dime acerca de nosotros y de cómo terminó todo.

Los ojos de Dean sobrevolaron sobre Kane con la destreza de una libélula.

—Hay mucho que contar.

—Entonces, comienza por el principio.

Dean posó la mirada en la palma de su mano y allí se quedó. Cuando comenzó a hablar era como si cada palabra le doliera más que la anterior.

—Poesy me reclutó el invierno pasado. Tenía órdenes de vigilarlos a los Otros mientras ella experimentaba con sus poderes, y de seguirte a ti de cerca. De alguna manera, tus poderes están conectados al telar y ella creía que tus habilidades te llevarían a él eventualmente. Me dijo que los telares son como los deseos; se aparecen a aquellos que están desesperados por encontrarlos. En ese sentido, tú eras la clave para este telar, pero también su competencia. Ella me necesitaba para vigilarte. Y mantenerte a salvo. Me dio poderes y la armadura de Dreadmare para protegerme, y me dijo que jamás interfiriera con las reveries a menos que tu vida corriera peligro. Me mantenía en las sombras, solo observando, hasta que un día me descubriste. Luchamos. Tú ganaste. Me obligaste a contarte todo lo que sabía. De algún modo nos volvimos amigos.

—¿Y los Otros jamás lo supieron?

—Creo que sospechaban algo. Comenzaron a hacerlo cuando nosotros comenzamos…

—¿Comenzamos a qué?

Dean parecía mareado, con la voz cansada.

—A buscar. Solíamos sentarnos aquí arriba y hablar sobre lo que haríamos si tuviéramos el poder del telar. Sobre los mundos que crearíamos. Sobre los males que corregiríamos. Pero entonces, cuando encontramos el telar… cuando *tú* lo encontraste en la reverie de

Maxine, tú… –algo le quebró la voz; una grieta se abría en su interior–. Tú no me esperaste. Lo tomaste para ti, y en la explosión que hubo destruyó la reverie de Maxine. Casi destruye la realidad, pero entonces Adeline…

–Lo sé –lo interrumpió Kane–. Sé lo que hizo. Pero lo que dices no tiene sentido. Jamás tomaría aquel poder para mí. Jamás le pediría a Adeline que… que…

–Te rendiste. –De pronto Dean levantó la voz–. Decidiste tomar el poder para ti solo, y cuando fue demasiado, decidiste que era más fácil iniciar de nuevo y terminar lo que habías comenzado.

Kane estaba estupefacto. En todo eso tiempo, Dean jamás había alzado la voz. Se puso de pie, balanceándose en el viento como si la caída no pudiera matarlo. Luego le dio como hipo, fue un sonido extraño, entrecortado. Kane se dio cuenta de que estaba tratando de dejar de llorar.

–Tú forzaste la mano de Adeline. *Tú* te arrebataste a ti mismo. Como si fuera algo fácil. Como si todo fuera un juego para ti y pudieras reiniciarlo porque no estabas ganando. Huiste, como siempre lo haces.

–Lo siento. Pero ya no soy esa persona. No soy el mismo que te dejó –respondió Kane con tono defensivo.

–Es curioso que tengas su misma sonrisa –dijo Dean mientras se restregaba los ojos.

Kane observó los autos pasar debajo de los dos. Los agujeros negros son pesados, ¿verdad? Se preguntó cómo un puente con vigas de metal tan delgadas pudiera soportar el peso del vacío que se abría entre ellos. Dean tenía razón. Era la misma persona, perdida, que siempre huía, siempre fallaba.

–Toma –le dijo Dean al arrojarle una pequeña funda. Dentro de ella estaban los amuletos que habían intentado robar de la colección de Poesy–. Tal vez aún puedas salvar a Helena.

No podía mirar a Kane. El momento había acabado y Dean estaba cerrado de nuevo. Kane extrajo su teléfono y lo encendió.

Los mensajes caían en cascada. Textos, mensajes de audio, mensajes directos. Toneladas que no podría leer tan rápido. Luego, el teléfono se iluminó con una llamada. Era Ursula otra vez.

–Urs, no te preocupes. Estoy bien. Tengo el amuleto de Helena. Podemos…

–Kane –era Adeline. En lugar de enojo, su voz apenas podía contener el pánico–. Por favor, regresa.

–¿Qué problema hay? ¿Qué sucedió?

El teléfono vibraba con frenesí mientras llegaban más mensajes.

–Es una reverie. Elliot y Ursula ya están adentro. La están buscando. Es de…

Kane sintió una frecuencia punzante e histérica en el oído.

–¿Quién, Adeline? ¿De quién es la reverie?

–Sophia –lloraba–. Kane, es tu hermana.

VEINTINUEVE

LA ARCHIVISTA

Dean se envolvió alrededor de Kane y lo sostuvo con firmeza al borde del precipicio. De otra forma, Kane estaba seguro de que se habría encendido al caer y se habría convertido en un millón de brasas desperdigadas por Amity del Este.

La voz de Adeline que oía por el teléfono podría haber provenido de otro mundo. Kane ya podía escuchar cómo el susurro delator de etherea se la tragaba por completo mientras trataba de darle los detalles rápidamente.

—Te *dije* que me dejaras borrarle los recuerdos del Asunto de los Beazley. Te lo *dije*. Su mente era vulnerable y cuando huiste se desesperó. Puedes verlo en sus mensajes. Sentía que la reverie se estaba apoderando de ella. Nos llamó a nosotros y como nadie le respondió, condujo al complejo para buscarnos. No tengo idea de cómo llegó tan lejos, pero es a donde la llevó. En algún sitio dentro del complejo. Y ahora está allí, y está sola y...

El susurro estático se tragó la voz de Adeline.

—¿Dónde? ¡Dime dónde! —imploraba Kane.

La voz de Adeline iba y venía.

—No puedes dejar que entre. No puedes permitir que Poesy también la atrape.

La llamada se cortó y Kane se quedó observando la letanía de mensajes que se habían estado acumulando en su teléfono mientras lo tenía apagado. Sophia lo había llamado una y otra vez. En sus mensajes apenas se la podía oír detrás de aquel mismo susurro espantoso.

—*Kane, estoy aquí en el complejo. Respóndeme. Por favor, responde. Estoy aquí. Algo malo me está sucediendo. Los edificios están respirando. Estoy perdida. Me siento...*

Y desde allí sus gritos se mezclaban con la estática ondulante y la llamada se cortó con un simple *bip*, como la de Adeline.

Ya no estaba. Estaba perdida en su reverie. Todo mientras Kane y Dean estaban sentados encima del puente, hablando, observando la locación exacta donde se había formado la reverie de Sophia: el Complejo de cobalto.

Kane se alejó de los brazos de Dean y casi pierde el equilibrio sobre la viga.

—¿Dónde está Poesy?

—En el santuario. Si supiera de esta nueva reverie, ya me habría convocado, pero de todos modos debe estar esperándome.

—¿Puede entrar sin que el silbato se lo permita?

—Sí, pero el silbato es un atajo.

¿Acaso Adeline tenía el silbato todavía? Apenas podía pensar. Nada de aquello tenía lógica. Todo era irreal, pero todo era importante.

—Distráela. Asegúrate de que no se entere de lo que está ocurriendo. Teletranspórtame al borde de la reverie, y procura no acercarte demasiado.

—Puedo ayudarte desde *adentro*. —Dean quiso acercase a Kane.

—No necesito tu ayuda desde adentro —Kane le habló de mala gana, recordando la violencia con la que Dreadmare había aniquilado las preciosas criaturas de Helena. No podría someter a Sophia a semejante dolor—. No quiero que te acerques a la reverie de mi hermana. ¿O te olvidas de que aún eres terrorífico?

—No te perderé de nuevo, Kane. —Dean volvió a avanzar.

La furia de Kane se encendió.

—¡Esto no es por mí! ¡Es por mi hermana! —Kane se ahogaba con sus propias palabras, con su arrepentimiento. La última vez que había hablado con ella había sido en la gasolinera, en frente de esa estúpida máquina de raspados.

»Todo lo que te importa es lo que *tú* perdiste.

—Estás equivocado —gritó Dean.

—Y no eres *nada*.

El grito rompió la paz nocturna y el eco retumbó sobre el río. Kane exhaló el nudo que tenía en la garganta.

—No eres más que la mascota del terror de Poesy. Si quieres ayudarme, mantén a Poesy fuera de mi camino y tú tampoco te metas. No huiré de esto.

Dean se predispuso enseguida, la moderación le recorrió las largas extremidades hasta volverse el chico estoico y distante que Kane había conocido la primera vez. Extrajo la pieza de ajedrez de un bolsillo y susurró algo en ella, que hizo que se desatara una tormenta silenciosa de enredaderas oscuras. La magia se entretejía sobre él, hasta que el caballero armado tomó su lugar.

Esta vez, cuando Dreadmare buscó la mano de Kane, él la tomó y se aferró al cuero suave un segundo antes de que lo envolviera en el espacio intermedio y todo lo que había más allá.

Kane entró a la reverie solo.

Esta vez, cuando volvió en sí, estaba de pie al borde de un rascacielos en ruina. Se balanceaba por sobre una pendiente peligrosa en la absoluta oscuridad. Nadie impediría que cayera, así que se acomodó, se sujetó con fuerza y observó el mundo que había creado Sophia.

Allí era de noche, pero el amanecer se asomaba en el límite de un mar lejano. La escena que se extendía ante Kane era futurista. Había letreros de neón que vibraban sobre edificios de estructuras delgadas, arrojando tonos granulados en las nubes, y eso hacía que la ciudad quedara cubierta como con una neblina de dulces. Una aeronave zumbaba por entre las nubes y los reflectores alumbraban las calles debajo de ella. De la zona residencial que se veía a lo lejos provenía el ruido de sirenas. Y ese era el único sonido. La ciudad devolvía los ecos en forma de un silencio que se sentía más que indiferente. Se sentía como una imposición.

Había un toque de queda y alguien lo había quebrado.

Kane se adentró en el rascacielos por una grieta y comenzó a explorarlo. Estaba lleno de basura olvidada, como abandonada a mitad de camino. Todo cubierto de grafitis. **NUESTRA SOCIEDAD ES UN**

FRAUDE, decía uno con letras sangrientas. Otro decía: ***APRENDE DE LAS HISTORIAS PROFANAS***.

El más vibrante de ellos estaba sobre una pared negra: era un guante, con la palma hacia arriba con los dedos apenas curvados y entre ellos había una polilla en llamas. Detrás de él decía ***DAMNATIO MEMORIAE*** en letras gruesas. Todo estaba hecho en un blanco brillante contra una colección de panfletos que pedían por la captura de un grupo llamados los Archivistas. Kane rozó el grafito con los dedos y notó que la pintura estaba fresca. Se preguntó si lo había hecho su personaje.

Oyó un ruido fuerte que provenía de las profundidades del edificio, y luego las cuerdas del hueco de un elevador que se agitaron. Kane se escondió debajo de un escritorio volteado y observó cómo emergía el elevador y revelaba como un milagro la presencia de Sophia. Se puso de pie sin siquiera pensar si serían enemigos en aquel mundo.

–¡Hermano! –gritó ella. Vestía una chaqueta rígida y unos pantalones de vestir de tiro alto que la hacían lucir como un matador. Llevaba el cabello recogido dentro de un sombrero de alas anchas. Su atuendo entero era de un verde opaco, a excepción de los guantes. Eran tan blancos que brillaban, y hasta encandilaron a Kane cuando ella le palmeó el rostro y anunció:

–¡Tenemos una invitada de lo *más* distinguida!

En el elevador se podía ver la figura de una chica. Adeline. Tenía puesto un vestido shift de color gris y una cinta para la cabeza del mismo tono. Estaba esposada y lo miró a Kane de una manera que no le dejó espacio para preguntar.

–Sabes que no me suelen agradar los Nobles, pero necesitaba un rehén –explicó Sophia–. Nos desharemos de ella para que La sociedad la encuentre. Esas sirenas están cerca. Estoy segura de que estarán aquí en cualquier momento. Aseguraste nuestro punto de extracciones, ¿verdad? El cuarto y el quinto pasillo ya están cerrados, pero podemos usar el noveno hacia el puente, y de allí seguir hasta el puerto.

Sus botas hacían un ruido al caminar hacia un montículo de cajas que había en una esquina. Revolvió dentro de ellas y extrajo cartuchos de municiones. Luego sacó al menos unas cinco pistolas de su chaqueta y comenzó a cargarlas con la facilidad de alguien que sostenía (y descargaba) armas a menudo. A Kane le pareció que una de las pistolas era un revólver antiguo, pero entonces Sophia deslizó varias esferas brillantes dentro del cañón. Presionó un botón y las uniones de la pistola brillaron de un color azul.

—Quiero que veas el motín que conseguimos esta noche. Es fantástico —dijo Sophia en dirección a Adeline—. Lo tiene encima. Sabía que no lo harían explotar si sabían que lo estábamos transportando sobre el cuerpo de la hija de un Hombre del comité.

—¿Cómo te llamas? —Kane se acercó a Adeline.

—Adeline —contestó ella.

—Es la señorita Adeline *Van Demure*. Lo escondí en su faja —dijo Sophia con tono de burla.

Adeline hacía muecas mientras Kane hurgaba debajo de su vestido. Encontró un pequeño nudo de arpillera.

—¿Dónde está el silbato? —le preguntó él en susurros.

—Alrededor de mi cuello. A salvo.

—¿Estás bien?

—Sí —susurró la chica—. Aparecí en una casa donde ella estaba robando; supuse que era la mía. Me le acerqué, literalmente, y sonaron las alarmas. Dejé que me tomara como rehén y perdimos a unos guardias de camino aquí. Es un tipo de ladrona, pero se la pasa diciendo algo de una rebelión. Es fuerte y escandalosa. Juzga clichés. Y me atrevería a decir que es una reverie distópica de adolescentes. Y ella es la líder femenina fuerte, práctica.

Sophia terminó de cargar sus armas y luego se dirigió hacia otra habitación donde había más cajas.

—¿Qué ocurrió con Ursula y Elliot?

—No estoy segura —respondió Adeline—. Esta reverie es gigante. Kane, si Poesy se mete aquí…

—No lo hará. Dean la detendrá.

Kane deseó poder sentirse tan seguro como sonaba.

—¿Cuál es el argumento? Siempre descifras los argumentos —quiso saber ella.

Kane abrió el paquete pequeño. Esperaba encontrar una joya o algo preciado, pero en su lugar, había un disco de plástico del tamaño de la palma, con píldoras dentro de unas burbujas dispuestas en forma de círculo.

—Son píldoras anticonceptivas. ¿Cómo no lo sabes? —le explicó Adeline.

Él se encogió de hombros.

—Todavía no comencé a ovular.

Ella puso los ojos en blanco.

—Convéncela de quitarme las esposas antes de que lo haga yo misma.

—Relájate —dijo Sophia cuando reapareció. Ahora llevaba una capa larga sobre los hombros—. Uno de los tuyos podrá hacerlo luego de que nos deshagamos de ti, pero recuerda lo que te digo: esto es lo más libre que jamás serás. Disfrútalo, señorita Van Demure.

Había tensión entre ellas dos. La chica privilegiada asociada con la chica rebelde. El ratón de biblioteca que había dentro de Kane le decía que esta era una relación que haría que el argumento se sostuviera.

Un momento. Por primera vez percibió el rayo azul que apareció entre Adeline y Sophia.

Un momento.

—No podrás —dijo Adeline. Fue un movimiento inteligente, porque eso provocó que Sophia comenzara un monólogo muy necesario.

—Denúnciame si tienes que hacerlo. —La capa le rozaba los tobillos. Se acercó a Adeline y continuó—: Pero nunca olvides que estoy luchando por *tu* libertad, Chica de la nobleza. Por la libertad de *todas*. Lo que nos enseñan en las escuelas es mentira. Hay siglos de la historia que han borrado. Historia en la que las mujeres habían ganado su derecho a ser más que sirvientes políticas. Historia en la que no había Clase baja ni tampoco un Comité que controlara todo. ¿No lo ves? La ciudad de Everest es una mentira. La sociedad es una mentira. Está ideada por el Comité para controlarnos. Pero tú estás en la cima, entonces ¿por qué lo cuestionarías? Supongo que el olvido es la forma en que las elites se toleran a sí mismas.

Adeline apretó la mandíbula. En ese momento, Kane creyó que era una actriz espectacular. La voz se le tiñó de incredulidad:

—¿Cómo puedes estar tan segura?

Sophia rio a carcajadas, agitando sus dedos enfundados con esos guantes blancos.

—Busca y lo encontrarás. Aquellos que seguimos la Mano brillante hemos estado coleccionando artefactos durante años. Los atracos hacen noticias, pero yo me aseguro de que los archivos continúen creciendo, y estos revelan años de historias de blasfemias gloriosas —se acercó aún más a Adeline y continuó—: Piensas que estamos en el año 1961, ¿no es así? Pues no. Es el año 2123. Lo sé, porque *eso* –tomó la mano de Kane que sostenía el disco de píldoras– es del 2009. Es un tipo de píldora que detiene la Maternidad. ¿Acaso sabían que podías elegir?

Adeline fingió que no le creía acerca del concepto de anticonceptivo y el rostro de Sophia se dividió en una sonrisa de regodeo. Le arrebató las píldoras a Kane y fijó la mirada en la de Adeline mientras ponía el artefacto de vuelta en la faja de Adeline.

–Muévete, perra adinerada –le ordenó y los guio hacia afuera de la torre y dentro de la ciudad futurista de Everest.

TREINTA

BONITA

La ciudad de Everest estaba muerta.
Era una muerte pública que emanaba de todas las cosas. A través de las ventanas oscuras se podía ver el interior de los edificios vacíos hasta el otro lado de la manzana. Las calles desiertas se extendían debajo de las luces fluorescentes. Ni siquiera las polillas se acercaban a ellas. Lo más extraño de todo era que no había basura. No había rastros de vida, ni siquiera de los desechos.

Sophia les exigió que se mantuvieran en silencio mientras corrían entre las sombras. Kane y Adeline intercambiaban miradas cuando podían. Se mantenían alerta en busca de amenazas y atentos a las sirenas, que se oían a la distancia.

Lo que sí se oyó de cerca fue un trueno. Cualquiera que fuere el régimen distópico que mantenía a Everest limpio, no podía lidiar con las inclemencias del tiempo. Mientras el trío viajaba por una red de autopistas abandonadas, la humedad del aire se convirtió en una lluvia repentina y furiosa que los obligó a refugiarse debajo de un paso a nivel.

—Perfecto —dijo Sophia, y se quitó el sombrero—. Kane, quédate aquí con ella. Iré a buscar algún transporte. Esperen a mi señal. —Y antes de que Kane pudiera decir algo, ella salió corriendo debajo del aguacero. Adeline impidió que Kane la siguiera.

—No lo hagas. Sabes que es lo mejor.

—¿Eso crees? —Kane la miró con furia.

—Es claro que no, pero hagamos de cuenta, por un segundo, que a ti te importa una mierda mi vida.

Caían chorros de lluvia sucia entre ambos. Aquella era la chica de su escuela. La que tenía a todo el mundo, incluyendo a los maestros, muertos de miedo. Era demasiado para él, y la ansiedad se transformó en furia como un fósforo encendido.

—¿Siempre tienes que ser tan perra? —La miró con desdén y siguió—: Como si recibieras regalías por serlo o algo así. ¿Ya declaraste tus impuestos por ser perra?

—No me importa que me odies. Vas a colaborar con nosotros si quieres salvar a tu hermana —le respondió encogiéndose de hombros.

—Ah, porque hicieron tan buen trabajo con Helena. —Rio con sarcasmo.

—Ganar requiere trabajo en equipo, pero también perder, Kane. Fallamos como equipo.

Él rio con más ganas.

—¿De qué equipo estás hablando, Adeline? ¿El que me mintió, me lastimó, se escondió de mí?

—¡El que te salvó! —le gritó ella—. ¡El que te rescató, te protegió! Y aquí estamos de nuevo, dentro de otra *maldita* pesadilla. Por ti. Por *ella*. Y tú todavía actúas como un niño.

Adeline se fue ofendida y caminó bajo la lluvia. Kane gruñó. El cansancio le estaba ganando al resentimiento ardiente. Antes, cuando invocaron el portal, había sentido cierta camaradería con los Otros. Adeline le había inspirado otra vez. Podrían haberlo dejado solo para que salvara a Sophia, pero allí estaban. Excepto Dean. Kane ya había hecho un buen trabajo al espantarlo. No podía darse el lujo de hacer lo mismo con Adeline. Sabía que ella tenía razón.

Kane la encontró acurrucada contra un pilar agrietado, empapada. Al verlo, se secó las mejillas y comenzó a apartar algunos mechones de su cabello y trenzarlo de costado.

—Lo siento —se disculpó él. Ella lo ignoró.

Kane lo intentó otra vez.

—No te preocupes, todavía luces bonita.

Adeline soltó una risa gélida.

—¿Eso es lo que crees que me importa? ¿Lucir bonita? En serio, Kane, hazme el favor. Ser bonita es lo último que me importa, pero ¿tú sabes eso? No, porque has estado tan ocupado menospreciando todo lo que hice este último mes. Al diablo con ser bonita.

Él quedó boquiabierto.

—No me mires así —continuó ella—. Cuando me reclutaste para ser una de los Otros, Elliot y Ursula todavía creían que era una abeja reina superficial, y me llevó meses de romperme la espalda para quitarles esa impresión, para demostrarles que era, que de hecho soy, una persona con pensamientos y sentimientos reales y, sobre todas las cosas, esencia. Pero jamás tuve que probarte nada a ti, Kane, porque tú *solías* saber lo que era ser un incomprendido por todos, eludido y rechazado por la forma que te ves o actúas.

Kane sintió que las rodillas le temblaban. Allí estaba de nuevo: lo que las personas sentían por quien él solía ser, golpeado por la pérdida y el enojo con quien era ahora. Kane ansiaba dar el asunto por finalizado, rendirse, pero Adeline continuaba hablando.

–¿Crees que solo porque te enfrentaste a un trauma puedes ser cruel con las personas? ¿Piensas que porque tu hermana está en problemas puedes dejar de actuar como líder? Bueno, Kane, adivina qué: yo también tengo hermanas y ellas podrían ser las próximas. Todos corremos el riesgo de perder a los nuestros si no detenemos a Poesy. –Adeline inspiró profundamente y cuando volvió a hablar bajó la voz–: Yo también me preocupo por Sophia.

La lluvia amainó y todo lo que se podía oír era la respiración de ambos.

–Lo siento –dijo ella–. Sigo olvidando que ya no me conoces.

–Está bien –la disculpó Kane.

–No. Debería hacer mejor las cosas. Todos deberían hacerlo.

Kane asintió. Las lágrimas se mezclaban con el agua de lluvia que le caía por el rostro.

–Tengo miedo a fallar otra vez –confesó.

–No lo haremos. Seremos mejores que antes –dijo ella dando unos pasos adelante.

–Lo lamento. Siento haberte culpado.

–Lo sé. Yo también.

Cuando Sophia los apuntó con las luces delanteras, Adeline y Kane estaban tomados de las manos. Se separaron al instante que Sophia aterrizó montando una especie de motocicleta aérea que se parecía a una moto de agua. Había otra que se mecía detrás de ella.

Estaba apresurada.

—Está dejando de llover. Ya están aquí. Debemos largarnos —le dijo a Kane.

—¡Espera! ¿Y qué hay de mí? —se quejó Adeline de una manera muy convincente.

Sophia descendió de la aeromoto.

—¿Qué hay de ti?

—Sé demasiado. Van a lastimarme —dijo Adeline.

—Si sabes que te lastimarán por saber, entonces ya sabes cuán frágil es la mentira en la que te tienen atrapada. Es demasiado tarde para ti, sin importar qué suceda. Ya te estás despertando a la verdad.

Adeline tensó la mandíbula. Era la actuación perfecta de una niña malcriada.

—O… —susurró Sophia mientras caminaba en círculos alrededor de Adeline—, tal vez te despiertes sola a tiempo para salvarte a ti misma.

Adeline la seguía con la mirada. Apenas había espacio para las palabras entre aquellas dos chicas.

—¿Cómo me despierto? —preguntó Adeline.

—Tienes que prestar atención —respondió Sophia.

—¿Atención a qué?

—A lo que ya sabes, no a lo que dicen ellos.

—Lo sé… —titubeó. Ya no estaba actuando. Tenía los ojos atrapados en los de Sophia, que le imploraba mirarla. Apretó los labios, los empujó hacia adelante y los frunció.

¿Acaso Sophia la hacía sentir… avergonzada?

Una aeronave bajó en picada por el cielo nocturno, y luego otra. Las luces encontraron al trío con rapidez.

Cuando los focos de luces desgarraron la oscuridad, encontraron a Adeline junto a Sophia, unidas por un beso. Una fuerza magnética alrededor de Sophia produjo una estática de alegría a través del tejido de la reverie. Kane estaba asombrado. De verdad lo estaba.

Adeline rompió el beso y dijo:

—Ahora tendrás que llevarme. Si me dejas, me matarás.

Sophia le quitó las esposas.

—Entonces, será mejor que te apresures. Los dos, prepárense.

Kane tomó una de las aeromotos y Adeline se subió a la otra, detrás de Sophia. Maniobraron para quedar enfrentados a la nave que acababa de aterrizar. Del casco se deslizó una rampa y de allí bajaron soldados que llevaban armas enormes. Y luego se oyó la música. Una obertura de cuerdas que Kane recordó haber escuchado en uno de los discos de su madre; era de un grupo musical de chicas de los años cincuenta.

Él no sabía cómo conducir una aeromoto, pero pensó que podría comenzar con el botón grande de color verde en forma de flecha. Puso la mano sobre él; estaba listo.

Los soldados se desplegaron en forma de abanico al ritmo de la música. Una de ellos abrió un paraguas para la líder, que bajaba por la rampa con delicadeza. Era una mujer vestida con traje tweed; la falda ajustada solo le permitía dar pasos cortos. Tenía tal vez unos sesenta años y tenía una apariencia impecable. La feminidad no le restaba autoridad y claramente asustó a Sophia.

—Señorita Smithe —susurró con los ojos fijos en la mirada blanca de la mujer.

Kane se dio cuenta de que era la proyección de la enemiga de su hermana en la vida real: la directora Smithe de la Escuela para niñas de Pemberton, un ejemplo de pensamiento anticuado según Sophia. La reverie comenzaba a tener sentido.

–Así es –dijo la señorita Smithe con voz suave–. La Mano blanca ha contaminado demasiado mi Comité con tus robos juveniles. Pensé que debía encargarme personalmente de tu captura.

Sophia se puso de pie sobre el asiento de la aeromoto.

–¡La rebelión no morirá jamás! ¡La historia no puede morir jamás!

–Mm… una niñita que juega a ser archivista –comenzó la señorita Smithe–, pero si tuviera talento alguno para la historia, reconocería los errores del mundo que desea resucitar. Los liberales verdaderos están equivocados de verdad, ya que no hay bastión alguno en un mundo sin la Sociedad sagrada. Usted lo sabe. Ha oído hablar de Ruina, el sitio que yace más allá de las luces de Everest. Es la Ruina que nosotros, el Comité, mantiene a raya para que todos los ciudadanos puedan prosperar.

–Está equivocada –gritó Sophia–. Everest no es un bastión. ¡Es una prisión! He estado más allá de las luces. He visto…

–¡Suficiente! –dijo la señorita Smithe con firmeza–. Señorita Buffy Crawford, por favor dé un paso adelante y arreste a esta radical de una vez.

Los soldados se movieron mientras un tumulto de chicas salió marchando de la aeronave. Tenían unos vestidos abullonados de colores brillantes que combinaban con unos pañuelos de satén que adornaban sus cabellos estilo pin-up. Todas tenían gafas grandes con marcos gruesos. No caminaron mucho, sino que se balancearon bajo la lluvia y los paraguas se fueron dispersando hasta revelar quién iba en el centro: Ursula, cubierta de un color rosa. La altura delataba su identidad en forma inmediata.

–Léales la carta de arresto –le ordenó Smithe.

Claramente, Ursula no sabía de dónde sacar aquella carta así que, con mucha seguridad, elevó una mano con la esperanza de que alguien la depositara sobre ella. Una de las otras chicas tomó el propio bolso de Ursula y extrajo una tablet. La encendió y la colocó sobre la mano de Ursula.

–Si salimos de aquí, tendremos que obligarla a tomar clases de improvisación –Adeline le susurró a Kane.

–Lamentamos informarle que nosotros, el Comité de rectificación de nuestra señora lady Smithe, en Servicio de la Sociedad sagrada, líder de… –gritaba Ursula bajo la lluvia.

Mientras ella leía, Kane observó a Sophia tomar el revólver de la funda trasera.

–Muévete de la lluvia –susurró ella.

–Yo, la señorita Buffy Crawford, le imputo los cargos de blasfemia contra la Sociedad sagrada, posesión de un artefacto de contrabando y la puesta en peligro de un Noble bajo la pena de Refinamiento corpóreo –culminó Ursula.

Sophia apretó el gatillo y un chillido eléctrico cortó el aire cuando un rayo salió del cañón. Se disparó en forma de red a través de las gotas de lluvia y se hundió en los charcos. Los soldados empapados quedaron inmovilizados. Las armas que tenían en las manos se dispararon solas cuando ellos cayeron al suelo. Algunas de las chicas cayeron también, excepto Ursula, que quedó expuesta.

–¡Vete a la mierda, burguesa! –exclamó Sophia. Amartilló el revolver y disparó otra vez.

Ursula se vio obligada a bloquear el ataque con un escudo, pero debió haberlo mantenido, ya que el disparo la levantó del suelo y la empujó dentro del casco de la aeronave, al compás de la música animada. Cayó sobre el suelo empapado y gruñó. Sophia volvió a apuntarle.

Kane apretó el botón verde y la nave se acercó a Sophia.

—¡Déjala! —le pidió. Ursula no pelearía con ella. Él tampoco permitiría que su mejor amiga muriera para que su hermana pudiera vivir—. Tenemos que irnos. *¡Ahora!*

Sophia enfundó la pistola y anunció, molesta:

—Entonces iremos hacia Ruina.

Y entonces partieron, alejándose de la música alegre.

TREINTA Y UNO

RUINA

Kane salió disparado detrás de Sophia y Adeline. Iba a toda velocidad por el centro desolado de la ciudad, atravesando aquel brillo blanquecino. El humo de las motocicletas le invadía la nariz y el motor rugía con una solidez gutural que casi sobrepasaba el ruido de la aeronave que los sobrevolaba. Pasaron de la calle principal hacia una lateral más angosta luego de girar por un bulevar que estaba cortado de forma trasversal por un canal. Kane se deslizaba sobre el agua dejando una estela ancha al pasar por debajo de los puentes.

–¡Las luces están allí adelante! –gritó Sophia para hacerse oír sobre el ruido del agua–. ¡Prepárense!

Se alejaron del canal y se incorporaron por el borde de la ciudad y se toparon con una plaza de adoquines, entre los cuales crecía el césped rebelde. La plaza se derretía dentro de un campo dominado por las hierbas silvestres, y estas continuaban hasta un bosque oscuro impenetrable. Los árboles eran tan altos y tan espesos que el bosque parecía inclinarse sobre la plaza, contenida solo por un cordón de luces azules y rojas. Las luces formaban un perímetro alrededor de la ciudad de la que acababan de escapar. Esas debían ser las "luces" protectoras de Everest.

—Estas ya no nos servirán fuera del perímetro de Everest —dijo Sophia. Luego se detuvo y se bajó de la aeromoto. Mientras ayudaba a Adeline, les explicó—: pero los ciudadanos no nos seguirán. Ruina los asusta demasiado, y cruzar las luces significa morir. —Kane también se bajó de su moto y caminó debajo de las luces, encandilado por los colores que se alternaban. Se preguntó si Ruina estaba inspirada en el bosque que rodeaba el Complejo de cobalto, y si las luces protectoras suponían ser los colores de las sirenas. Entonces, estas se oscurecieron cuando Kane sintió que algo frío le atravesó la columna.

Sophia se acercó a donde Kane había caído y apuntó el revolver directamente hacia su corazón. Había otro rayo de luz listo en el cañón. El cerebro de Kane le vibraba por efecto del temblor. Apenas podía comprender que su hermana le había disparado.

—Y me temo que tú tampoco podrás continuar. Un cuarto de carga debería mantenerte en el suelo el tiempo suficiente hasta que Smithe te encuentre, hermano —dijo mirando el arma—. O debería decir traidor.

Kane pestañeaba sin poder hablar. No podía sentir las manos ni los pies. Apenas podía sentir la empuñadura de Sophia sobre su cuello mientras lo apuntaba hacia arriba. Tenía la mirada llena de dolor, pero no había conflicto. En este mundo, creía que Kane la había traicionado.

—Así es. Te he estado siguiendo los pasos —continuó diciendo—, y sé que me has estado escondiendo cosas. Sé que cada palabra que proviene de ti es una mentira, cada explicación es una excusa. Te defendí con los otros líderes. Te he *protegido* desde el momento que nos unimos a la revolución. ¿Y me pagas vendiendo nuestros secretos al Comité? Debí hacer esto antes.

—No soy... —Kane no podía más que decir eso para defenderse—. Sophia, por favor. —Notó que Adeline estaba a unos pasos de ellos, observando la escena que se desarrollaba con firme concentración.

—Revísalo —le ordenó Sophia. Continuaba apuntando a Kane mientras Adeline se arrodilló con cautela al lado de él. Los motores de las aeronaves se oían más cerca.

Kane intentó enfocarse en el siguiente movimiento, pero todo lo que podía pensar era cómo cada cosa que había hecho en la vida real lo había convertido en un villano, un traidor a los ojos de su hermana. El dolor fue suficiente para permitirle ponerse de pie, pero Adeline lo obligó a quedarse en el suelo.

—No —le susurró—. Esta es la trama. Tienes que dejarnos ir.

Kane movió la cabeza. *No.*

—El otro bolsillo. Rápido —ordenó Sophia.

—Adeline —le imploró Kane—, no me dejes, por favor.

—Lo siento —volvió a susurrar. Y entonces abrió los ojos como platos cuando encontró algo en la chaqueta de Kane. Sophia lo notó, la empujó hacia atrás y le arrebató el objeto. Era la funda de terciopelo con los amuletos robados que le había entregado Dean. Y Sophia se la enseñó a Kane con un triunfo doloroso.

—No. No la abras —fue todo lo que pudo decir él, pero ella ya estaba dejando caer los amuletos en su mano. Kane vio lo que ella interpretaba: artefactos. Historia robada de una era perdida. La prueba de que su propio hermano nunca había sido digno de su esperanza.

—Ansiaba tanto haberme equivocado contigo —finalmente dijo.

—¡No es real! —Kane se volteó sobre un costado del cuerpo y luego se arrodilló con una pierna. La baba caía por sus labios adormecidos.

—No lo hagas —advirtió Adeline.

Pero Kane no podía perder a su hermana otra vez. Ella le había dicho una vez que era una chica lista y que podía mantenerse lúcida si supiera que estaba en un mundo falso. Kane se aferró a ese deseo insensato de liberarla y al deseo egoísta de salvarse a sí mismo. Necesitaba no fallarle otra vez.

—Nada de esto es real, Sophia. Es una reverie. Están en una reverie —gritó.

Las luces titilaron. El bosque se estremeció.

—Reverie.

Sophia pronunció la palabra como si estuviera probando un idioma distinto, con palabras que quemaban la lengua. Kane notó que la lucidez asomaba detrás de su mirada mientras reconocía aquel mundo falso. Su mente ágil se reorientaba a sí misma. Pero no duró mucho tiempo. Las aeronaves los habían encontrado, y las corrientes de aire que generaban devolvieron a Sophia a su fantasía.

Excepto que, ahora la reverie estaba dando un giro. Kane podía sentir que se estaba desarrollando.

—Sophia, tú puedes controlar este mundo —le gritó para hacerse escuchar sobre el viento—. Puedes hacer que pare.

Pero ella ya no podía razonar. Apretó los amuletos en la mano. Y con la otra apuntó el arma entre Kane y los soldados que se acercaban.

–Mientes, Kane. ¡Siempre estás mintiendo!

De ella emanó un temblor que se traspasó al tejido de la reverie. Kane sentía la agonía de su hermana mientras su fantasía se volvía mordaz. Sintió las ondas pasarle sobre el cuerpo, y su uniforme se convirtió en el de un soldado.

–Kane, los amuletos –murmuró Adeline.

Estos ardían en el puño de Sophia. Si alguno de ellos se activaba…

Kane gateó hasta su hermana.

–Tienes que devolverlos. No son seguros. Te estaba protegiendo de ellos.

Ella no volvía en sí, así que él recurrió a su propia interpretación de la reverie. De los tropos. Probó una alternativa razonable.

–Son peligrosos para el Comité. Es un arma secreta desarrollada por la directora Smithe que robé para ti.

–¿*Directora?*

Sophia parpadeó rápidamente, dominada por una tormenta interna que envió otra sacudida a través de la reverie. Afectó la ciudad por fracciones de ecos. Las aeronaves que sobrevolaban la plaza subían y bajaban de forma peligrosa, como si estuvieran magnetizadas. Los cañones se balanceaban en dirección a Kane, Adeline y Sophia. Una energía eléctrica crujía dentro de ellos.

Era el fin. Así era como el mundo mental de Sophia asesinaría a su propio hermano. Se vengaría por todas las mentiras que le había dicho y por toda la falsedad en la que la había forzado a vivir. Era un destino justo y horrible, pero también la mataría a ella y Kane no podía permitir eso.

Los cañones dispararon. Kane devolvió los disparos. Apuntó las manos hacia ellos y lanzó toda su esperanza pura en modo de una explosión torrencial de energía. Sentía que la magia de etherea se desgarraba dentro de él como un cohete en llamas. Y luego se obligó a ir por más. Dar todo lo que tenía.

Justo cuando una ráfaga de etherea estuvo a punto de colisionar con la flota, chocó con algo. Un escudo que había estado allí, esperando para protegerlo.

El escudo de Ursula, estaba allí todo el tiempo.

Debió haber estado cerca. No tuvo tiempo para corroborarlo porque de repente, Kane se enfrentó con su propio ataque, ya que este resonó de vuelta hacia él y lo aplastó en una explosión de reflejos que impactó también en Adeline y Sophia. Gritaron y la reverie gritaba junto a ellos.

Entonces, solo se escuchó el susurro ascendente y discordante de los amuletos que comenzaban a cantar la canción de los mundos a los que se despertaban.

TREINTA Y DOS

POLICROMÁTICO

Cuando el zumbido finalmente se detuvo, Kane estaba recostado debajo de un cúmulo de vapor azul y la luz amarillenta del sol. Había amanecido de repente en Everest.

Se sentó en el medio de un cráter quemado del tamaño de una cancha de tenis. Salía agua a borbotones por unos tubos que sobresalían de la tierra y llenaban el cráter de charcos profundos. Kane sentía dolor en el cuerpo entero; tenía sangre en las cejas y esta le pegoteaba las pestañas.

Encontrar a Sophia. Salvar a Sophia.

Subió con rapidez junto con la marea. Aún se sentía mareado. Un momento después, Adeline emergió de un charco de agua turbia, escupiendo y dando bocanadas de aire. Tenía el vestido arruinado y se le pegaba al cuerpo como si fuera una segunda piel. Intentó sujetarse de Kane y él la levantó.

–¡Sophia, Sophia! –gritó él.

Adeline lo volteó de golpe.

–¡Allí!

Sophia estaba sentada, encorvada, sobre el borde más alto del cráter. Kane subió por las paredes calientes de este sin importarle las ampollas que tenía en las manos. Al alcanzar a su hermana y observarla, se detuvo.

Sophia miraba hacia la ciudad. Todo su cuerpo daba una expresión de asombro.

Kane se volteó a ver.

La reverie ya no estaba. En su lugar, había un caos caleidoscópico enloquecedor. Seis reveries mezcladas. Everest y los cinco amuletos que había despertado Kane.

El cielo era una colección de retazos entre amanecer, noche y día, repartidos entre dos soles, una luna y un planeta parecido a la Tierra que se asomaba. Había montañas que abultaban el horizonte, y oscilaban entre riscos escarpados y colinas alrededor de cascadas, y médanos de ocre sedoso. Los estoicos edificios de la distopía futurística se habían deformado en una muestra de arquitecturas: castillos contemporáneos, oficinas medievales y rascacielos rococó laminados con vidrio, hierro y filigranas. Se inclinaban sobre la plaza, sobre Kane, que se veía reflejado mil veces en las fachadas de cristal. Estaba fascinado.

Y la plaza… era una escena que Kane conocía bien: un jardín ahogado de rosas y álamos con un gazebo en el centro. Los soldados caídos que estaban en un costado se recuperaban con lentitud y descubrían que sus uniformes ahora incluían moños y faldones traseros.

La aeronave chisporroteaba y resollaba al intentar recuperar el vuelo que habían logrado antes, pero en otra reverie.

Kane podía sentir el caos de todo aquello, como si él mismo fuera una hebra solitaria enroscada con fuerza en aquel nudo policromático. Ni si quiera podía entender cómo desarmar todo aquello.

–Sophia…

Se volteó justo a tiempo para verla tomar algo del suelo. Era negro y brillante. Ella se llevó el silbato a los labios y los ojos le brillaron, maravillados.

–¡NO!

Kane la derribó. El silbato rebotó dentro del cráter y Adeline se abalanzó a buscarlo. Pero en cuanto se produjo el pitido silencioso desde el amuleto, la reverie se detuvo abruptamente, como una bofetada. Entonces, aparecieron las puertas negras.

No sucedió nada. Kane abrazó a Sophia y quiso creer que Dean había tenido éxito.

Las puertas se abrieron de golpe y de ellas saltó una sombra puntiaguda dentro de la reverie. Dreadmare, que lucía como un nudo de patas retorcidas y mutiladas, se deslizó hasta llegar a los pies de Kane. Estaba cubierto de una sustancia negra.

Sangre.

No.

Poesy, que estaba en el umbral de la puerta, ingresó a la reverie. Su cuerpo entero emitía magia furiosa. Vestía un traje enterizo tan negro como las puertas, unas botas de plataforma, de cañas altas hasta los muslos, y una chaqueta corta con flecos gruesos opalinos. Relucía como si fuera una armadura. Por la postura que tenía, era claro que literalmente había arrojado a Dreadmare en aquella dimensión.

Poesy se pasó la mano enguantada por la cabeza pelada, como si estuviera buscando su cabello.

—Esa peluca era cara —siseó. Y entonces reparó en el resto de la escena—. Ay, ay, otro desastre, por lo que veo. —Hizo señas con una mano como para llamar a algo, y el silbato se pegó a su brazalete.

Kane escuchaba las alarmas en su cabeza. Tenía que hacer algo. Tenía que distraerla.

Arrojó a Sophia detrás de él y con el mismo movimiento se enfrentó a Poesy. La etherea se acumulaba en sus puños y por un momento, Poesy enarcó una ceja. Solo lo miró con desdén y luego, Kane sintió el choque de su mano contra la mandíbula. Tambaleó y se chocó contra el gazebo y, antes de que cayera al suelo, ella ya estaba frente a él y tenía la mano alrededor de la garganta. Poesy lo levantó del suelo y de la espalda de Kane caían astillas del poste arruinado. Todo lo que podía ver era el rostro de ella.

—Qué bienvenida tan cruda a la persona que está a punto de salvarte la vida —le dijo.

Kane tironeó de una manga.

—Deja a mi hermana en paz. Por favor, te lo ruego —se ahogaba.

Poesy se inclinó con un gesto maternal.

—Ah, no. Me temo que es demasiado tarde para Sophia Montgomery. Tal vez si me hubieras invocado antes, podríamos haber llegado a un acuerdo: su mundo a cambio de los que mi homúnculo asistente me robó. Pero es demasiado tarde para eso. Desenredarlos sería tedioso, muy meticuloso, y no estoy de humor para lo tedioso y meticuloso.

Kane veía unos puntos negros que le nublaron la visión. Estaba perdiendo la consciencia. Los músculos del cuello le explotaban a medida que ella lo sostenía con más fuerza. Y Poesy estaba tan cerca de él, que podía ver las motas negras que nadaban en sus ojos de cobalto.

—¿Y qué voy a hacer con usted, señor Montgomery? Admito que estoy bastante decepcionada. Un poder como el suyo solo aparece en una generación. Y esperaba que juntos pudiéramos conquistar esta realidad y crear la próxima. Algo mejor. Algo que fuera más allá. ¿Pero cuál es el beneficio de tener un poder como el suyo si tenemos tanto miedo de usarlo?

—No te tengo miedo —espetó. Depositó su peso en un puñetazo, pero ella lo tomó de la muñeca.

Poesy se inclinó.

—No a mí, señor Montgomery. Al mundo. Requiere cierta bravuconería confrontar, reclamar y tomar el control de las cosas a nuestro alrededor. Algo que *siempre* te ha faltado. La misma habilidad para manipular el tejido de la realidad, de todas las realidades, y ¿eliges arrojar un puñetazo? Tienes un mal gusto devastador. Nunca podríamos trabajar juntos.

Kane les rogaba a sus brazos que se movieran y las piernas, que patearan. No podía. No hacían nada. Recurrió a su poder, pero tampoco quería manifestarse.

Poesy sonrió. Mientras susurraba, la voz se convirtió en un ruido, como el zumbido de un insecto:

—Niño inútil, ¿cómo intentarás salvar al mundo si eres tan poco imaginativo como para cambiarlo? ¿Será que finalmente te has dado cuenta de que no vale la pena salvarlo?

Un puño aterrizó en la mejilla derecha de Poesy y la hizo tambalearse. Kane fue arrastrado. Por Elliot. La persona dueña del puño era Ursula.

—Ogra —siseó Poesy, cercándola.

Ursula no le contestó. Se balanceó para ejecutar una patada de gancho que hizo volar a Poesy dentro de la aeronave caída. La máquina se tambaleó ante el impacto. Antes de que se equilibrara, Poesy disparó una flecha de maldad centellante, y apuntó con las uñas filosas a la garganta de Ursula.

Ella levantó las manos justo a tiempo para emitir su magia de color magenta entre ambas y bloquear el contraataque de Poesy. Hundió los tacones en el suelo al inclinarse hacia adelante para asegurar la defensa. El escudó se tensó, se duplicó y volvió a tensarse, pero Poesy no perdía el impulso.

—Rín... de... te —masculló entre dientes.

—Pú... dre... *te* —espetó Ursula.

Ella gritó. Arremetió con el escudo sobre la hechicera, y provocó que esta saliera disparada en una lluvia de luz rosada. La onda expansiva rompió las ventanas de los edificios aledaños. Kane y Elliot se refugiaron en el gazebo. Cuando volvieron a mirar, Ursula estaba de pie frente a Poesy, pero se tambaleaba. Un segundo más y estaría acabada.

Aunque sus gafas estaban dobladas, Poesy se las acomodó para evaluar la situación. Chasqueó los dedos y apareció la taza de té.

—¡NO! —gritó Kane, luchando contra Elliot.

Ursula arremetió el ataque, acompañada de una neblina gris, Adeline. Se unieron en una danza contra Poesy. La fuerza de una y la velocidad de la otra equiparaban el ritmo de la hechicera, hasta que esta disparó al cielo con la taza de té alzada.

No.

Kane podía sentirlo: la magia violenta que se escondía en aquel cuenco perfecto de porcelana comenzaba a licuar los edificios de la plaza. Kane lo sentía. La inercia que se tragaría a Sophia y se la llevaría para siempre.

Entonces Dreadmare, silencioso como el filo de la noche, apareció detrás de Poesy. Por un momento quedaron enmarcados por aquel hermoso cielo hecho de retazos, y Dreadmare cerró el pico de golpe sobre el brazo de la drag queen y lo amputó hasta el codo.

Lo siguiente ocurrió con rapidez.

Primero: Dreadmare se teletransportó fuera de allí.

Segundo: Poesy calló y no se levantó.

Tercero: Sophia salió de su estupor.

—Mátenlos —ordenó. Los soldados acobardados revolotearon por aquel patio destrozado y las aeronaves bajaron los cañones.

El resto fue un caos mientras los soldados abrumaban a los Otros. Ursula atravesó la batalla para llegar a Kane, antes de que una lluvia de balas cayera al piso. Su escudo dorado apagó el ruido de los disparos, pero Kane sabía que estaba exhausta.

—¡Vete! —le ordenó.

—No te dejaré —gritó él. Los disparos cesaron para que recargaran las armas. Ursula empujaba a Kane con la espalda. Ella lo empujaba hacia un costado hacia las puertas negras.

—¡Ursula, no voy a huir!

Ella bloqueó otra lluvia de disparos.

—Eres nuestra única esperanza para desarmar esto. Necesitas recuperarte. Reagruparnos, y luego…

Los soldados los alcanzaron y se amontonaron sobre ella. Kane quiso ayudarla, pero ella interpuso el escudo entre ellos.

—¡VETE! —le gritó con la voz ahogada.

Kane golpeó el escudo.

—¡NO! ¡No lo hagas!

Ursula se quitó de encima los soldados que la sujetaban de los brazos. En un instante fugaz, el escudo se evaporó, pero fue solo para que Ursula pudiera patear a Kane con firmeza en el estómago. Él cayó hacia atrás como una muñeca de trapo, justo dentro del santuario de Poesy, y lo primero en tocar fue el escritorio. La visión se volvió gris y lo último que vio fue las puertas cerrándose antes de perder la consciencia.

TREINTA Y TRES

EL SANTUARIO

Algo frío y húmedo le picaba en la ceja. Tenía un llanto agudo.

Kane se despertó de golpe. Pestañeó para ver qué había a su alrededor; estaba encandilado por tanto brillo dorado. ¿Acaso era el atardecer? ¿Por qué todo era liso y reluciente? ¿Estaría en el cielo? ¿Por qué había un perro negro en el cielo?

La impaciente señorita Daisy tocó a Kane con la pata y soltó otro quejido. Los recuerdos que Kane había olvidado volvieron de golpe como una ola de mar, que se va y vuelve con más fuerza.

Las reveries mezcladas. La llegada teatral de Poesy. Dreadmare desplomado. Vidrios rotos y armas disparándose y...

¿Ursula le había dado una patada voladora?

Se retorció, de dolía la barriga. Las clavículas. Se concentró en el dolor; temía a lo que vendría después, pero el horror no esperó a que estuviera listo. Lo arrastró hacía sí y le aplastó los pulmones.

Kane se apresuró hacia las puertas e intentó abrirlas. No había nada del otro lado, excepto una habitación casi vacía. Estaba solo. Desterrado. Apartado. Solo, sin forma de regresar y sin lugar a dónde huir.

Se desplomó en el suelo.

La señorita Daisy ladró. Fue un ladrido curioso, dirigido a un chico que acababa de aparecer en su casa y que ahora llorisqueaba sobre su lomo. Con la nariz, la perra deslizó un cuenco vacío hasta los pies de Kane.

Él se enjugó las lágrimas. La perra tenía hambre. ¿Por cuánto tiempo había estado inconsciente?

La señorita Daisy lo distrajo del llanto; le empujó la mano con el hocico y luego hizo lo mismo con el cuenco, que era el único objeto en la habitación que no había salido volando. El santuario era un caos completo. La mayor parte de la alfombra estaba cubierta de vidrio. Había amuletos y artefactos por doquier. Hasta la mochila de Kane estaba allí, volteada donde la había dejado caer. El candelabro colgaba por encima de las puertas negras como si fuera un ojo salido que no termina de caer.

Ciertamente, Dean había dado pelea. Eso estaba bien claro.

La perra parecía algo avergonzada por aquel desastre. Miraba a Kane bajando las cejas mientras recorría toda esa destrucción. Luego lo llevó hasta un armario fuera de la habitación principal. Allí había varios abrigos, bastones y correas. En el fondo estaban las bolsas de comida para perros, de esas que se consiguen en cualquier tienda. Una normalidad inquietante para aquel espacio irreal.

Fue más fácil encontrar agua. Poesy había dejado un botellón de agua sobre su escritorio. Kane bebió de ella y luego sirvió el resto en una taza de té para compartir con la señorita Daisy.

Se dejó caer a su lado y sé preguntó qué hacer, aunque intentó no pensar demasiado, ya que no estaba del todo seguro de *querer* llegar a una conclusión. No había forma de salir de ese lugar. No tenía la llave del brazalete de Poesy ni el poder de Dean de traspasar espacios intermedios.

Se acercó a las puertas y presionó la cabeza contra la laca fría como si estuviera rezando. Podría quedarse dormido en esa posición. La urgencia había desaparecido, pero las lágrimas no. Una necesidad oscura, antigua y conocida surgió dentro de él. No había cómo salir de allí, pero tal vez eso no era lo que tenía que hacer.

Tal vez escapar no significada abandonar aquel sitio.

Se dirigió al cuarto de sueños robados y recordó la biblioteca de su niñez. La sensación del aire denso y los lomos suaves, y ladear la cabeza para leer los nombres de los autores. En mayor parte, recordaba el potencial intoxicante de todo aquello. Para un niño como Kane, el potencial era un amigo eterno. La promesa de que algo más, u otro lugar, donde pudiera comenzar de nuevo y sentirse parte de verdad. No se trataba solo de encontrar un mundo nuevo que lo tolerara. También consistía en imaginar un mundo que lo amara a él también. Que disfrutara de su existencia.

A los niños como Kane no les sucedía a menudo.

Encontró un amuleto pequeño a sus pies. Una luna. Esta emanaba la caricia de una cicuta en una noche de invierno, el olor metálico de la sangre sobre espadas congeladas. De otro amuleto pudo percibir un mundo de plantas carnívoras, dinastías y venganza. Había una sobre fútbol americano y una traición familiar. Otra en blanco y negro con humo que se colaba por unas cortinas cerradas. Luego un planeta muy caluroso, completamente vacío; la vida se alojaba en el interior. Había una reverie más ruidosa, que emanaba alegría de carnaval y otra que no tenía ningún tipo de sonido.

Podía ir a cualquier lugar. Podría ser cualquier persona en aquellos mundos. Podría heredar cualquier vida, convertirse en lo que sea y olvidarse de todo.

No podría olvidar esta batalla. Ya la había olvidado una vez.

Respiró profundamente, contuvo el aliento y exhaló. Se sacudió las manos. No. No quería olvidar. Otra vez no.

Se recordó las pocas reveries en las que había estado. Todas le enseñaban algo nuevo acerca de la manera que los sueños habitan en una persona. Pueden ser parásitos a los que nos sacrificamos. Pueden ser monstruosos, cosas hermosas que incuban la miseria y de las que nace el rencor. O pueden ser artefactos que excavamos para descubrir quiénes somos en realidad.

Kane no conocía cuáles eran sus propios sueños. Solo sabía que, si ahora no tenía cuidado, estos podrían emerger y derrocar su control sobre qué era real, qué era ficción y qué era correcto.

Coleccionar reveries no era correcto. Guardarlas en un cofre de etherea no era correcto.

Huir tampoco lo era.

Pero ¿qué podría hacer?

Hurgó entre los restos de aquel desorden, el escritorio, las repisas, sintiendo cualquier objeto etéreo que pudiera ayudarlo. Se atrevió a probar con los pasadizos, pero cada vez que entraba a uno, aparecía de regreso en la habitación de souvenirs. La señorita Daisy estaba de lo más entretenida.

Cuando consideró que había sido demasiado, dejó de buscar por un rato y retomó el llanto. No era la persona ideal para hacer eso. No era valiente como Sophia. No era listo como Elliot. No era ingenioso como Adeline. No era independiente como Dean.

Y tampoco era fuerte como Ursula. Más que otra cosa, quería ser como ella. Se preguntó como una persona tan fuerte y buena podía ser conmovida. Pensó en las injusticias por las que había pasado su amiga, que provenían de otros y, últimamente, de ella misma. Se obligó a enfrentar las crueldades a las que él mismo la había expuesto. No había escrito el letrero de CUIDADO CON EL PERRO durante los años de escuela primaria, pero había sido su imaginación la que lo había inspirado. Era un niño asustado, que necesitaba lastimar a otros para poder escapar, y Ursula siempre había sido su amiga sin importar qué sucediera. Eso lo hizo llorar aún más.

Cuidado con el perro.

El recuerdo activó un interruptor en su mente, y antes de que supiera por completo por qué, se arrodilló frente a la señorita Daisy. Ella enarcó las cejas. Un gesto muy propio de los perros. Típico de perros. ¿Por qué alguien tan ridícula como Poesy tendría un perro normal?

—Cuidado con el perro —dijo. Posó los ojos entre el pelaje negro elegante de la señorita Daisy y la puerta negra lustrosa. La única ocasión en que la había visto abrirse desde aquel lado fue cuando Poesy volvió de la caminata con la señorita Daisy. En otras ocasiones, hubo que usar el silbato para abrirla. Pero los silbatos no llaman a las puertas. Los silbatos llaman a los perros.

La rascó detrás de las orejas, y las manos le temblaban.

—Encuentra a Sophia —le rogó.

No ocurrió nada.

—Encuentra a Ursula.

La señorita Daisy movía la corta cola, pero eso fue todo.

—Dean, conoces a Dean, ¿verdad? —intentó Kane.

Las orejas de la perra se pararon y ella comenzó a mirar a todas partes con excitación. Kane la llevó hasta la puerta y la señaló.

—¿Puedes encontrar a Dean?

La perra olfateó la puerta, caminó en círculos dos veces y luego se le tensó el pelaje con una concentración estoica. Entonces se quejó de una manera que Kane jamás había escuchado en un perro. Era un lenguaje antiguo entre ella y el portal. Los cerrojos se abrieron, se reacomodaron y se oyó un clic. Las puertas crujieron al abrirse unos centímetros, y por la abertura se coló un susurro extraño y melódico. Para Kane, era el sonido del triunfo.

—Buena chica —le acarició la cabeza, de modo automático. Ella le lamió los nudillos.

»¿Dean? —exclamó en voz alta a través de la puerta.

La señorita Daisy, confinada a los corredores del santuario, volvió con una correa entre los dientes. Kane la tomó con cuidado, se la ató al collar y luego la amarró a la pata del diván.

—Quédate aquí —le ordenó.

Ella solo pestañeó. Eso era traición.

—Usaré el silbato para llamarte —le prometió—. Solo tengo que encontrarlo.

Se acercó a las puertas como si estas fueran a comérselo. Una vez más, sintió el impulso de desaparecer, negar que le había dado esta oportunidad, pero la fantasía invasiva solo duró un instante hasta que se quitó la idea de encima. Huir no era la respuesta, solo era lo que él quería.

Entonces, se recordó a sí mismo que salvar al mundo, por lo general, no era una cuestión de querer.

TREINTA Y CUATRO

PREGUNTAS

Kane tomó solo lo que podía llevar en la mochila, aún sin saber qué esperar de las reveries. Sabía que era inútil prepararse demasiado, ya que estas tenían sus propias reglas. Y él estaba a punto de romperlas todas en una búsqueda enloquecida para recuperar a sus amigos, a su hermana y al silbato perdido.

Las puertas lo llevaron a una arboleda que silbaban con suavidad contra un marco oscuro; casi lo tapaban. Cerró las puertas rápidamente; no podía arriesgarse a que alguien encontrara el camino al santuario de Poesy o que activara alguno de los miles de amuletos restantes. Tendría que buscar otra forma de escapar. Con suerte, la señorita Daisy habría hecho parte del trabajo que él tenía que hacer.

Donde quiera que estuviera era de noche. ¿Sería una selva tropical tal vez? El aire olía a algo agrio entre el almizcle de algo podrido y frutas demasiado maduras. Unas aves de neón revoloteaban entre unos nidos abultados que estaban incrustados en troncos gruesos. Estaban curiosos por la presencia de Kane. Pasó el dedo sobre una hoja ancha y se sorprendió al descubrir que era de plástico. Cuando los golpeó, los árboles sonaron huecos. Raro. Miró hacia arriba.

Podía ver las constelaciones de cerca y las luces de las estrellas daban un efecto estroboscópico a la noche. También pasaban planetas. Al desplazarse, aparecían pequeñas etiquetas sobre cada uno de ellos. En realidad, aparecían sobre el domo de cristal que cubría aquella selva tropical falsa. Afuera del domo había un ala gigante de metal, lo cual le hizo pensar que estaba en una especie de nave espacial. Y esta volaba a través del espacio a gran velocidad, a juzgar por cómo se veían las estrellas que pasaban como cascadas.

El domo vibró y luego apareció un anuncio.

Esperamos que disfrute de su viaje en Starship Giulietta, decía una voz suave acompañada por texto. En el cristal, ahora aparecía reflejada una representación 3D de la nave espacial. Lucía como un crucero enorme con alas y cohetes. *El tiempo estimado de arribo a reserTierra es de seis horas y diecinueve minutos. Recuerden que sus boletos de acceso ilimitado les permiten disfrutar de todos nuestros servicios hasta una hora antes de atracar. Gracias por viajar con Giulietta Beyond®. Les agradecemos por patrocinar nuestros planetas de reserva y esperamos que continúe su viaje con nosotros hacia reserMarte próximamente.*

Volvió a ver las estrellas. Como sea. No había tiempo para preguntas. Se abrió camino entre las plantas. El suelo de aquella selva estaba alfombrado con un musgo resplandeciente, y pronto notó que había un rastro de sangre. Se le paró el corazón. Se obligó a mantener la calma. Respiró tranquilo mientras apartaba unas hojas frondosas que mantenían escondido un claro hacia el borde de la selva. Allí encontró a Dean inmóvil.

Dean.

Él lo sintió. Se estaba aferrando a algo: el amuleto de Dreadmare entre los nudillos amoratados. Entonces, Kane lo contuvo en un abrazo.

—Eres tú —susurró Dean, como si fuera lo último que hubiera esperado.

—¿Puedes moverte? —El aliento de Kane rozó el cuello del chico.

Dean apretó los brazos en respuesta.

—¿Qué te duele?

—Todo —susurró.

Luego de eso perdió la consciencia y volió a recuperarla, una y otra vez. Kane lo levantó con toda la delicadeza que pudo y le habló para mantenerlo alerta.

—Estamos en una especie de nave espacial —le explicó mientras lo arrastraba por la selva. Las puertas habían desaparecido—. ¿Cómo apareciste aquí?

—Me teletransporté.

—¿Puedes ver dónde está Sophia?

—No.

—¿Y a los Otros?

—No.

Kane ya conocía la respuesta, pero de todos modos le preguntó:

—¿Puedes teletransportarte?

—Desde el espacio no. —Luego agregó una explicación—: El espacio es tan grande. Demasiado. Y no puedo considerar la velocidad. Podría matarnos.

Kane comenzó a preguntarse sobre el tamaño verdadero de esas reveries combinadas, pero otra vez se detuvo. No había tiempo para preguntas. Se tambalearon por un bosque pequeño de palmeras y entraron a la cubierta con piscinas de la nave, según entendió Kane. Era una cubierta enorme. Sobre las aguas cerúleas, había unas cascadas que vertían agua en unos cubos flotantes de fondos claros, que llenaban la cubierta oscura con una luz aguamarina desde abajo.

Había personas recostadas por doquier sobre sillones de piscina de felpa. Estaban durmiendo o tal vez estaban desmayadas. Kane y Dean entraron a hurtadillas en una gran estructura con la esperanza de que fuera un vestuario. No lo era. Era una especie de cabaña equipada con una cama con cortinas que en el fondo tenía una ducha de azulejos. Perfecto. Podría hacer algo con eso. Kane depositó a Dean en el suelo, cerró las puertas y escondió la mochila en una ventana agrietada. Solo por si acaso.

—Oye, oye, despierta. Estamos a salvo. Aunque, tenemos que quitarte la sangre de encima —le dijo a Dean con un empujoncito—. ¿Puedo quitarte la ropa?

Dean asintió, somnoliento, pero no colaboró. La armadura de Dreadmare había hecho un buen trabajo al protegerlo, pero los dedos de Kane se llenaron de sangre al intentar quitarle la camiseta. El origen del sangrado estaba en el pecho de Dean. Aun a través de la armadura, las uñas de Poesy se habían clavado con profundidad en su carne.

Necesitaba jabón. Kane encontró un panel encendido que exhibía gotas de colores distintos. Había azul, rojo y, entre ellos, rosa. Kane eligió la rosa.

El agua salía de todas partes, así que los empapó a ambos al instante. Kane cerró el panel hasta que disminuyó, pero también activó una pequeña lluvia rosa y verde.

–Lo siento –dijo al manchar a Dean con una toalla empapada y lo que había creído que era jabón. El rostro de Dean se encogió del dolor, pero resistió.

Kane continuó disculpándose todo el tiempo. Entonces, tenía que quitarle los pantalones a Dean. Desabrochó un botón y luego se detuvo, porque...

Solo.

Porque.

–¿Estás *duro*?

Dean sonrió como un tonto. Seguía con los ojos cerrados.

–Te engañé –le dijo.

Kane lo insultó y le arrojó la toalla en la cara.

–¿Te sentías bien todo este tiempo?

–No, no, me duele el pecho. –Dean se limpió el rostro con la toalla–. Pero estaba disfrutando de los cuidados. Y de verdad necesitaba ayuda.

–¿Qué te hizo Poesy?

Le llevó un largo tiempo reunir las palabras:

–Intentó quitarme la vista cuando me rehusé a decirle dónde estaba manifestada la reverie de Sophia. Si no fuese por la armadura de Dreadmare, me habría quitado todo. Así como lo ves, me golpeó bastante.

Dean no quería mirar a Kane. Mantenía la mirada baja; sus ojos no eran verdes como siempre. Tampoco estaban marrones.

–Mírame –le pidió Kane.

Dean elevó la mirada. Sus ojos eran de un blanco puro.

Kane se tambaleó hacia atrás contra la pared.

—Tú no eres…

Dean se cruzó los brazos y quedó de perfil a Kane. Nuevamente, cerró los ojos.

—¿No soy qué?

Real.

Kane no podía decirlo. No quería hacerlo. No entendía lo que estaba viendo. Los ojos blancos delataban quién era real en una reverie, y quién era propio de ella. Y no había dudas de que los ojos de Dean eran blancos. Pertenecía a la reverie.

Finalmente, habló Dean:

—Te dije que Poesy toma cualquier cosa que quiere de una reverie.

Cientos de momentos se reproducían en la mente de Kane. Cientos de pensamientos sin expresar le gritaban por dentro. Kane se había preguntado desde el principio qué hacía alguien como Dean trabajando para alguien como Poesy, y ahora lo comprendía. Dean no tenía opción. Era un arma rescatada de un mundo destruido por le hechicere mucho antes de que aquella batalla comenzara.

—Lo siento tanto —susurró Kane.

—No lo hagas —repuso Dean, aún mirando hacia otro lado. Kane sabía que no podía hacer nada más que esperar a que él continuara, si así lo quisiera, y pronto lo hizo.

»El mundo del que vengo es cruel. Las personas como yo son acechadas. Asesinadas. Eventualmente me atraparon mirando por un largo rato a la persona equivocada. Y ese fue mi fin. Me encontraron, pero Poesy me encontró también. Me ofreció una oportunidad y estoy agradecido de haberla tomado. Sobreviví y el mundo cruel del que venía, no. Eso fue todo.

—¿A qué te refieres con personas como tú?

—Personas como tú y yo. No hay palabras bonitas para eso en mi mundo. Nombrarlo es un delito.

Kane sabía. Él mismo había vivido más allá de los verdaderos horrores de los tantos odios manifestados por la sociedad, pero lo que podía vislumbrar con más facilidad era el horror que habría vivido si hubiese nacido en un lugar diferente, en otro tiempo o en una vida distinta. La de Dean, tal vez.

Kane se inclinó hacia adelante, no podía resistirse a la necesidad de tocar a Dean y confirmar que el chico era sólido. Las manos de Dean se elevaron de forma automática para descansar sobre las caderas de Kane: el mismo lugar donde habían estado cuando se besaron.

—Está bien. No iba a… —dijo Kane.

Los ojos de Dean se encendieron.

—No digas eso. Fue real. Fue real para mí. —Apretó las manos y jaló de Kane, como si necesitara tomarse de él para no desvanecerse. O desaparecer. Bajo un peso que Kane no podía ver, le temblaron los hombros.

—Me siento real —dijo Dean contra su pecho.

—Lo eres. No importa de dónde vienes o cómo llegaste aquí. Sobreviviste y ahora estás aquí. Eres real.

—Eso es lo que me dijiste la primera vez. —La respiración de Dean se normalizó.

Lo apretó con más fuerza y Kane se lo permitió. El pasado entre ellos era doloroso. Un nudo tenso y apretado a través del espacio que compartían y la piel que tocaban. Kane luchó para desatar aquel nudo y destruirlo varias veces, pero sabía que tenía que dejarlo ser. No podía destruir el pasado que amaba Dean, así como tampoco podía desarmar aquella reverie. Era real para la persona que la requería, y Kane era impotente ante aquella necesidad.

Apoyó la cabeza contra la del chico, y él trazó una infinidad de símbolos sobre sus sienes.

–Así que no puedes teletransportarnos fuera de esta nave –dijo Kane.

–Correcto.

–¿Y estamos atrapados aquí hasta que aterricemos?

–Así es.

Kane se había cerrado en sí mismo con preguntas al entrar a la reverie, pero ahora las preguntas estaban en todo su interior. Se preguntaba sobre los vastos sueños alrededor de ambos, sobre el poder maligno dentro de él y sobre las pesadillas que tendría por delante. En cada situación, se enfrentaría a lo que vendría con el chico que tenía frente a él. Lo resolverían juntos.

Dean entendió el gesto de Kane y suprimió el dolor para sentarse derecho. Puso una mano sobre la mejilla de Kane para besarlo. Se sentía muy real.

Kane se cerró nuevamente a las preguntas, alejándose de todo el potencial maligno del mundo para enfrentar eso bueno que tenía frente a él. Eso era real; ahora era correcto. Para él, era mejor que real. Era fantástico.

Kane dejó de hacerse preguntas y también besó a Dean.

TREINTA Y CINCO
EL ÚLTIMO LLAMADO

Cuando la cabaña se cerró por sí sola para que se realizara la limpieza robótica las paredes todavía estaban húmedas, pero los chicos la habían dejado un largo rato atrás. Habían hecho la cama de la mejor manera que pudieron. Los robots se tomaron tres segundos para apreciar el gesto, para lo cual estaban programados, y luego destrozaron las sábanas por completo.

A varios pisos lejos de allí, Kane y Dean estaban sentados en un bar bebiendo tragos frutales, vestidos con ropa que habían recogido del piso cerca de la piscina. Las camisas tenían flores, un estilo atrevido que daba la apariencia de vestimenta de complejo vacacional, y cada costura tenía ribetes gruesos. Para Kane, esa era una versión futurística de la imaginación de los años ochenta. Eso explicaba todos los botones de la nave. Y la música de sintetizador. Y varios de los cortes de cabello.

—No puedo dejar de pensar en esas hamburguesas espaciales —dijo Kane por encima de la música.

—Lo sé. Ya lo dijiste como seis veces.

El rostro le ardía. Desde la ducha, parecía no poder quedarse en silencio, lo opuesto a su indiferencia habitual. Se ponía así cuando estaba emocionado. Estar con Dean no se parecía a nada que conociera. La novedad combinada con la confianza con la que Dean lo tocaba era excitante; un mundo dentro de sí mismo. Kane no parecía estar dispuesto a dejar de conversar.

—Último llamado. Atracaremos en una hora —anunció el cantinero.

—Vamos —dijo Kane, y arrastró a Dean de la barra hacia la pista de baile. Dean se aferró a su brazo mientras se abrían camino entre la multitud, hacia un costado de una plataforma elevada, donde había alguien bailando que se contorsionaba y se contorsionaba.

—¿Estás seguro que quieres hacer esto? —preguntó Dean.

—Sí… nos mezclamos mejor aquí que en el bar. —La gente observaba a la persona que bailaba, no a los chicos que estaban en el costado.

—No. —Dean se aferró a los brazos de Kane—. Me refiero a nosotros. Juntos. ¿No te parece…? Tú sabes.

Kane miró alrededor. Quienquiera que haya soñado con aquel mundo, lo había pensado lleno de gays. De hecho, la variedad de las personas en la pista de baile, y en la nave en general, era notablemente queer. Kane imaginó con tristeza en la realidad que requirió aquella reverie como vía de escape.

—Somos perfectos —le contestó y se abrazaron, atrapados en el calor de la multitud, hasta que la música cambió a una balada y Dean se apartó.

—¿Qué sucede? —preguntó Kane.

Dean respiró profundo.

—Antes, en el puente. ¿Hablabas en serio cuando dijiste que yo no era nada?

Kane enmudeció de repente.

El rostro de Dean se contrajo.

—Quiero decir, puedo ser nada si eso es lo que necesitas. Soy muy bueno para desaparecer.

La primera reacción de Kane fue tomar a Dean y besarlo otra vez, decirle que, si sobrevivían a todo aquello, comenzarían donde fuera. Pero no podría saberlo. Se resistió a besarlo, porque a veces los besos podían abrir heridas en vez de cerrarlas.

—No eres nada. Y no necesito que seas nada. Lo que necesito ahora mismo es ayuda para sacar a mis amigos y a Sophia de aquí, y luego invocar al telar de alguna manera y acabar con esto. No sé qué sucederá después, pero lo que sí sé es que quiero que estés aquí conmigo. Lo resolveremos juntos, ¿okey?

—¿Estás seguro? —Los ojos pálidos de Dean buscaban una respuesta en el rostro de Kane, como si él no le hubiera respondido ya—. ¿Estás seguro de que yo estaré aquí?

—¿Por qué no lo estarías?

—¿Qué hay de Poesy? ¿Qué harás cuando la encuentres?

—Matarla —respondió Kane de forma automática.

Dean dio un paso hacia atrás. Los pequeños músculos de la mandíbula saltaron de golpe y se cruzó de brazos.

—Entonces, puede que ya no esté aquí —gritó por encima de la música–. Es su poder la que me mantiene sin desarmarme. No sé si puedo vivir sin ella, Kane. No sé si aún existiré.

Entonces, por primera vez y de manera devastadora, Kane se dio cuenta del precio que pagaba Dean por ayudarlo. Si de verdad era producto de una reverie, si su existencia estaba verdaderamente enraizada en el poder de Poesy, ¿acaso se desarmaría junto con el resto de sus creaciones una vez que Kane la derrotara?

–Pero si invocaras el telar, podrías controlar su poder –sugirió Dean–. Podrías crear algo. *Nosotros* podríamos crear algo y huir muy, muy lejos de ella. Quisiste hacerlo una vez, por mí. No tienes que matarla. No tienes que destruir el telar.

Unas parejas se chocaron contra Kane, que se había quedado inmóvil. Unas luces láser cortaban la neblina del ambiente y la música le latía en la sangre. Él no notaba nada de aquello; tampoco lo sentía. Estaba solo con sus pensamientos a medida que las palabras de Dean le recalibraban su mundo entero.

Allá en el puente, Dean le había dicho que solían hablar de lo que crearían con el poder del telar. Kane pensó que eso era solo otro de sus otros sueños diurnos. Pero ahora, al revelarse la verdadera naturaleza del origen de Dean, esa fantasía se convirtió en un objetivo urgente. Descarrilaba aquel sueño por completo. Dean le había revelado el verdadero motivo por el que buscaba el telar; no por la creación en sí, sino como medio para crear un santuario. En contra del notable poder de Poesy, el último recurso de Dean era utilizar su propio plan en su contra, y Kane había querido lo mismo. Una fantasía eterna para esconderse por siempre.

Kane sentía la sombra de quien solía ser asomarse en la superficie de las palabras de Dean. Era un leve reflejo indudablemente suyo.

Y era, al parecer, más parecido a Poesy que lo que podía admitir. Ambos lo eran.

—No sé qué hacer. Ni siquiera sé cómo desarmar este caos. Solo Poesy es tan fuerte como para lograrlo.

Dean encontró la mano de Kane y puso algo en ella. Kane notó el frío del metal.

—Poesy es fuerte por las armas que utiliza. Pero tú eres fuerte por ti mismo. Temo pensar en lo que podrías hacer con un arsenal como el de ella. Pero, por favor, no la mates.

Kane miró lo que Dean le había dado: el brazalete con los amuletos de Poesy, arrancado de su brazo por los dientes de Dreadmare. El silbato. La taza de té. La llave blanca. La calavera de ópalo. La estrella de mar. Estaban todos allí, esperando que él los encendiera. El brazalete se deslizó por la muñeca y se ajustó a ella, como si reconociera a su nuevo comandante.

El mundo se volvió brillante y ruidoso. La luz del sol entraba por las ventanas mientras un océano azul y una ciudad aparecían a la vista. La música dejó de sonar. Habían arribado al destino de reserTierra. Un lugar que a Kane le pareció conocido y escalofriante. Había visto aquella misma ciudad una vez, desde encima de un rascacielos en ruinas.

Por el altavoz se oyó un anuncio alegre:

—Bienvenidos a la ciudad capital de reserTierra, Everest. ¡Disfruten de su estadía!

TREINTA Y SEIS

EL ALCÁZAR

La ciudad de Everest, que alguna vez había estado vacía, ahora rebosaba de luz y vida. Las multitudes vestidas con un estilo victoriano futurista caminaban por los mercados al aire libre. Se amontonaban sobre el paseo marítimo y agitaban pañuelos claros hacía el océano azul cerúleo donde atracaban los barcos. Los turistas se apiñaban como hormigas mientras iban colina arriba hacia el centro de la ciudad. Sobre ella, como si fuera un gran pastel, se alzaba una versión drásticamente mejorada del palacio de la reverie de Helena.

El castillo. La guarida. La fortaleza. El alcázar.

Kane y Dean se escondieron bajo su sombra.

—Sophia ha estado ocupada. Me asombra que pueda mantener tanta concentración por tanto tiempo —comentó Dean.

–A mí no. Es Sophia Montgomery. Es buena en todo –declaró Kane.

–Aun así, no va a durar. O bien las reveries comenzarán a colapsar, o Sophia lo hará. Será mejor que la encontremos, rápido.

–¿Y luego qué? –preguntó Kane.

Dean no se atrevió a decirlo, pero Kane sabía lo que sucedería luego. La taza de té colgaba de su muñeca en forma de amuleto; en la oscuridad soñaba con destrozar aquel mundo por completo y convertirlo en algo pequeño y bonito como ella.

–Si alguien va a desarmar esto, seré yo –declaró Kane.

Un resplandor pasó sobre la multitud. La gente aplaudía al ver pasar un ave con alas de cristal que voló por delante del sol. Era el búho, de la reverie de Helena, que pasaba en busca de algo.

Kane jaló de Dean y lo arrastró debajo de un mercado con techos lleno de vendedores que gritaban. Pasaron por al lado de unas damas vestidas con miriñaques que iban con los brazos enlazados entre sí, como una armadura cristalina. Una horda de niños ruidosos pasó entre las rodillas de ambos. Iban persiguiendo un pájaro pequeño del color de las uvas frescas. El aire olía a pétalos y pan frito. Se podía palpar la alegría de aquel lugar, pero debajo de la superficie, Kane podía sentir la ira remanente de su hermana, de la última gota que rebalsó el vaso de las traiciones de Kane hacia ella. Si aquella reverie contenía el brillo y la calidez de una llama danzante, era gracias a la maldad oscura y retorcida del enojo que ardía en su núcleo.

Sonaron unos cuernos, y como si todo fuera parte de una coreografía, la multitud caminó en una misma dirección. Kane y Dean se movieron entre ellos. Adelante se veía el castillo perlado adornado con almenas y chapiteles. La gente se aglomeró para pasar por un portón, luego por un pasillo y luego subieron unas escaleras, y finalmente salieron al duro brillo de los jardines que recordaba Kane. Estaban bastante copiados de la reverie de Helena, pero ahora, la riqueza original estaba amplificada al grado de la obscenidad. En esta versión, el jardín representaba el suelo de un anfiteatro gigante, y a cada costado había decenas de hileras de bancas de mimbre cubiertas con encaje. Dean y Kane se apiñaron sobre los asientos, junto con los otros personajes, y las luces del jardín se oscurecieron. Algo estaba por comenzar.

—¿Encontraste a Sophia? ¿Puedes ver a los Otros? —preguntó Kane.

Los ojos de Dean brillaban con un tono verde mientras trataba de utilizar sus poderes.

—No puedo ver con claridad aún, pero… aguarda. ¿Sientes eso?

Un fuerte zumbido se elevó por el anfiteatro y la multitud comenzó a gritar. Entonces, hubo un escándalo en al jardín de abajo.

—Es… —dijo Kane con los ojos entrecerrados.

Vislumbró el traje rosa antes de ver nada más. El alivio al ver a Ursula acabó de inmediato al notar la espada y la situación en la que se encontraba.

Ursula y Elliot estaban de pie en el centro del jardín. Ella llevaba puesto el harapiento vestido de bodas y Elliot, el esmoquin destrozado. Eran sus vestuarios de la reverie original. Estaba uno a espaldas del otro mientras dos criaturas los rodeaban: la araña de oro rosado y la serpiente de diamante.

El mundo de Kane se encogía en un espacio reducido entre sus amigos y aquellos depredadores preciosos.

—Los están obligando a pelear con las criaturas de Helena —exclamó Kane. Dean le puso una mano en la pierna y lo contuvo con fuerza.

–Aguarda. Mira. ¿Estamos ganando? –preguntó Dean.

Kane se obligó a mirar. Hasta en aquel conjunto absurdo, el poder de Ursula era ilimitado en el campo de batalla. En el espacio de unos pocos segundos, de alguna forma se trepó a la araña, le cortó una pata con la espada y se la arrojó a Elliot. Él la atrapó y manipuló otra espada cuando lo atacó la serpiente. Esta se retorció y el colmillo amputa rodó sobre un lecho de magnolias.

–Sí.

–Entonces, dejémoslos.

–¿Qué?

–Es una trampa. Algo para atraerte. Necesitamos entrar al castillo y encontrar a Sophia. Ellos pueden cuidarse solos.

–Ursula tal vez, pero ¿qué hay de Elliot?

–Ella lo protegerá –aseguró Dean.

En la entrada del anfiteatro, se abría un portón para dar paso a una nueva amenaza: el escarabajo lapislázuli.

Kane sabía que se estaba moviendo porque Dean estaba detrás de él. Entonces, justo sobre la barandilla, Dean jaló de él y lo hizo pararse en las escaleras.

–Kane, *no puedes* intervenir.

–¡Tenemos que ayudarlos! –Se soltó de una mano.

Dean lo tomó de la muñeca y la chocó contra los escalones.

–No podemos. *Tú* no puedes.

Los ojos blancos de los transeúntes comenzaron a observarlos. Los ruidos que provenían del anfiteatro hicieron que Kane corriera de vuelta hacia allí, pero Dean se lo volvió a impedir. Entonces, en la profundidad de la mirada de Dean, surgió la magia de color jade. La piel que tocaba se convirtió en una armadura negra que se extendió por toda la piel de Dean.

—¡No! ¡No me saques de aquí! Quiero pelear. Tengo que… —imploró Kane.

—Tu hermana te necesita —dijo Dean mientras el casco de Dreadmare se cerró sobre la cabeza de Kane y así, él desapareció.

TREINTA Y SIETE
EL REGRESO A CASA

Kane se lanzó como un cohete a través de aquella nada que lo hacía marearse hasta que el vacío lo eyectó hacia la luz cegadora del sol. Intentó aferrarse de algo que lo detuviera, pero no lo consiguió y luego se estrelló sobre una banca baja. Cuando se puso de pie, notó que estaba adentro del castillo, en una torre alta desde la que podía ver la mezcla de grises, azules y dorados de la ciudad. Más lejos podía ver el anfiteatro, que lucía como un tajo verde entre los pliegues del castillo, como una mancha de musgo. A través del cristal se oían los gritos confusos de hurra, entonces imaginó que Dreadmare se había unido a Elliot y Ursula en la batalla para luchar con ellos.

Sin él. Otra vez.

Apretó los nudillos para evitar golpear el cristal. Lo habían obligado a huir. Otra vez.

Tu hermana te necesita, le había dicho Dean. Relajó los puños y entonces vio a Dean tratando de razonar. Intervenir solo iría en contra de la ira de la reverie, haría girar la batalla que estaba por suceder y expulsaría a Sophia. Pero Dean había eyectado a Kane fuera del combate, fuera de la trama en sí misma, y ahora él estaba libre para efectuar su plan mientras los Otros se mantenían enfocados. Podría encontrar a su hermana sin ser el punto focal de su agresión. Tal vez, solo tal vez, eso sería suficiente para hacerla despertar.

—Sophia me necesita —se dijo a sí mismo, y se aferró a su mochila con determinación—. No soy un huevo.

Más concentrado, distinguió el sonido de una viola y con tristeza se dispuso a seguir su origen. Cuando más descendía por el castillo, más física se volvía la presión de la reverie, hasta que pudo sentir la sección del mundo de Sophia jalar de manera curiosa de su vestimenta rara de complejo vacacional.

Kane lidiaba con una incomodidad que le daba escozor. Debía estar cerca. La música provenía de todas partes y había personas vestidas con atuendos de fiesta que pasaban por los corredores. Todos llevaban máscaras y Kane se sintió notablemente fuera de lugar. Se tomó su tiempo; sabía que, si cometía un error, este lo delataría. Por fin llegó al origen de la música: el salón de baile.

Se escabulló detrás de un grupo de chicas para entrar. Tenía los dedos enredados en el silbato. Cuando fuera el momento preciso, ¿acaso sabría qué hacer? ¿Qué le sucedería a Sophia si él la llevaba al santuario de Poesy? ¿Acaso olvidaría esta identidad de ensueño, o tal vez sus ojos se volverían vacíos y oscuros, y las puertas negras cortarían su conexión con este mundo donde ahora habitaba su mente?

El grupo de chicas se detuvo para hablar y Kane salió de su escondite. El salón de baile era inmenso y la luz no llegaba a iluminar los bordes. Bien. Se escabulló detrás de unos pilares anchos como las secuoyas y observó el baile de disfraces desde la distancia. Cientos de invitados estaban apiñados en el centro del salón donde había una plataforma circular que flotaba en el aire. Un telón de gasa ocultaba lo que había detrás de ella. Los invitados jalaban de la tela y esta ondeaba.

Kane rodeó el pilar hasta que vislumbró el frente del salón. Allí había unos escalones anchos que conducían adonde había un trono hecho de hierros torcidos y filigranas. Sobre él estaba sentada una figura inesperada. Kane sintió que la cabeza le daba vueltas cuando se percató que era la imagen de su hermana. Lucía como si un pintor la hubiera plasmado como una mancha carmesí, allí sentada, despatarrada, con un vestido que parecía no acabar. La tela formaba un charco a sus pies y luego se extendía sobre las escaleras, como si fuera un jarabe espeso.

Kane continuaba mareado. Había algo entre los pliegues. Piel de oro. El domo de una cabeza sin cabello. Una pierna torcida. El muñón de un brazo oscurecido.

Poesy, destrozada.

Sintió que el corazón tronaba. No podía aceptarlo. Poesy estaba muriendo, o tal vez ya estaba muerta, lo cual parecía imposible, dada la gloria de la reina que ya no era. Sophia tenía la mirada clavada en el cuerpo, mostrando una falsa resignación, fruncía el ceño, levemente, y el gesto le deformaba las facciones pintadas. Tenía los dedos sumergidos en el inicio del cabello, como si no quisiera que sus pensamientos terribles se reflejaran en los ojos, que se mantenían sin parpadear.

Kane ya estaba dispuesto a correr hacia ella, pero entonces la multitud guardó silencio y todos se voltearon a ver el telón que se elevaba. Sophia se puso de pie con la mano aún pegada a la cabeza.

El escenario era de un marfil nacarado, pulido y lustrado para lograr que la luz refractara e iluminara el gran salón con arcos de arcoíris. Una figura solitaria adornada la escena: Adeline, con los hombros desnudos, temblaba enfundada en un tutú blanco resplandeciente. Se balanceaba encima de algo que, al principio, Kane creyó que eran zancos. Al verla, reprimió un grito. Las piernas de Adeline estaban encintadas hasta los muslos, entrelazadas, hasta llegar a sus zapatillas de punta. Pero estás no tenían la punta usual. En cambio, continuaban con unas hojas filosas y elegantes, largas como espadas, que la obligaban a inclinarse hacia atrás para balancearse mientras las puntas rebotaban contra la pareja superficie del escenario. La multitud se acercaba, deseosa de verla caer.

—Estás aquí por una razón —Sophia habló en voz alta—. Esta vez dime la verdad.

—Sophia, por favor. Soy Adeline, tú… —Se inclinó hacia ambos lados, apenas pudo sostenerse—. Tú me conoces. Somos amigas del conservatorio…

Sophia se retorcía del dolor y eso provocó una onda expansiva que llenó el salón de baile. Esta afectó a Adeline, y ella tuvo que ejecutar una pirueta sobre una sola espada. Giró con lentitud en un balance perfecto.

—No puedes mentir aquí —continuó Sophia—. No puedes mentir. Ella lo intentó y la mataron. La partieron en pedazos —dijo señalando la figura plegada de Poesy. Luego volvió a mirar a Adeline con desesperación—: Por favor. No quiero verte herida. No me mientas, por favor.

La bailarina se volteó, rígida; apenas pudo asentir.

El rostro de Sophia se relajó de alivio.

—Tú conoces a mi hermano. Tienes que decirme dónde está. Él quiere destruir mi reino, ¿verdad? Eso es lo que me dijo la bruja. Quiere convertir nuestro hogar en Ruina.

Los mundos se superponían, las reveries se entrelazaban en su mente, pero Kane lo comprendía. En aquel caos de historias mezcladas que le desgarraba la identidad, no había olvidado las traiciones de su hermano. E incluso allí, cuando apenas se mantenía cuerda, aún entendía que Kane había huido hacia una oscuridad que no podía vencer y la había llevado allí consigo para destruir su hogar.

—Kane puede ayudarte. No va a lastimarte —dijo Adeline entre dientes.

—Estás mintiendo otra vez. —Se sostenía la cabeza; otra onda ardía a su alrededor. Unas muñecas de alabastro se elevaron del escenario e imitaron a Adeline a la perfección. Se balanceaban encima del mismo tipo de espadas letales. Sophia se quejaba con desesperación al verlas girar. Como si fuera una caja musical, Adeline danzaba al compás de su coreografía circular; las espadas la rozaban sin clavarse en ella. Kane entendió la trampa. Si Adeline resistía, si se corría un centímetro fuera de cada paso, las espadas le atravesarían la piel.

De uno de sus puños brotó etherea, pero él agitó la mano. No quería pelear todavía. Solo tendría una oportunidad.

Nadie notaba su presencia allí detrás de los pilares, en dirección al trono. Nadie oía sus pasos. El único sonido en el ambiente era la música sin origen, como en el conservatorio, y los roces precisos de las cuchillas sobre la porcelana. Los sonidos de la crueldad inminente. Kane se acercó a un costado de las escaleras que dirigían al trono. Hizo su mejor esfuerzo para no mirar el cuerpo mutilado de

Poesy. Se enfocaba en Sophia, quien miraba a Adeline con un terror frenético que iba en aumento.

–Por favor. ¡Por favor, no le hagan esto a ella! –imploraba.

Kane se dio cuenta que le rogaba a la reverie que perdonara a Adeline. Había visto la misma situación, pero había sido Helena. En este momento, la reverie estaba fuera del control de Sophia; hacía lo que creía mejor. Castigaba a aquellos que la amenazaban.

A Adeline le temblaron las rodillas. Era fuerte, pero su cuerpo iba a fallarle. Saltó al momento que las otras bailarinas se mezclaron en el espacio debajo de ella. Sophia estaba acobardada en el trono. Sollozaba al compás de la música que se aceleraba.

–¡Ya basta! ¡Detente! –gritó.

Y entonces, sucedió. Finalmente, de un modo terrible, Adeline cometió un error. Un paso en falso y de repente, una de las espadas salpicó a los invitados de rojo. Adeline continuaba bailando; una cinta de sangre fluía de las costillas y caía en el tutú, tiñéndolo de rosa.

Ella no decía nada, daba vueltas, bajaba y daba vueltas otra vez, perdiendo más equilibrio. Las piernas se volvían cada vez más rojas y luego, en la nuca. La multitud aplaudía con admiración.

Kane trepó las escaleras detrás del trono. Todos, incluida Sophia, observaban a Adeline. Cuando él tomó la taza de té del brazalete, esta se volvió de su tamaño real y se acomodó en la mano de Kane. Él la sostenía, temblando; cada célula de su cuerpo le rogaba pensar en otra forma de detener a su hermana. Cerró los ojos y los apretó, y luego echó un vistazo al escenario. Allí, abundante y pegajosa, había sangre por todas partes. La imagen de su amiga ardía y brillaba: tambaleante, dolorosamente hermosa sobre aquellas zapatillas filosas. Tenía la mirada clavada en Sophia.

No, en Kane. Lo estaba observando a él. Fallaba a propósito para que él pudiera tener una oportunidad. Al ver que él lo comprendía, sonrió, pero el gesto se le borró cuando finalmente colapsó. El salón se llenó con los sonidos de las puñaladas.

Las opciones de Kane se reducían a solo una. Adeline se había equivocado. Después de todo, iban a perder a Sophia.

Él chasqueó una uña sobre la taza.

Y todo.

Se detuvo.

La taza se tragó a Kane y lo arrastró hacia las curvas de su vertiginoso poder. Sentía como si él mismo fuera la vibración que emanaba de la porcelana, como si fuera la frecuencia sónica que desgarraba la reverie y pintaba cada partícula. Kane no se volvió un quién, sino un dónde. Estaba en todas partes; su consciencia estaba en cada objeto.

Podía sentir todo, desde las puntas más lejanas de la reverie hasta todo lo que había dentro de ella: el vacío aferrado al espacio profundo, el punto más alto de la atmósfera de ozono, las calles brillantes de Everest. Sentía las gemas destrozadas clavadas en el jardín bajo las pisadas de Ursula y el almizcle curtido de la piel de Dreadmare que se desplegaba sobre su amiga para protegerla. Sintió cada lunar brillante suspendido sobre la multitud anonadada. Sintió el escenario y la viscosidad sobre él. Y finalmente, sintió el corazón de Adeline que latía con lentitud para bombear sangre hacia su cuerpo apuñalado.

Sintió cada fibra interconectada del mundo de Sophia y luego, la sintió a ella misma al voltearse para mirarlo.

Estaba aterrada. Sus recuerdos lo atravesaron como un fuego a puro color, a pura sensación. Los triunfos se su hermana, sus abusos, su culpa y su pesar. Su amor. Su pérdida. El calor ardiente la hizo gritar, Kane gritó después de ella y ambos tocaron un punto de sincronicidad cuando ambas mentes se entrelazaron en el cuenco de la taza. Juntos, sintieron que el alma de Sophia se abría, se destapaba para que la taza pudiera implosionar sus sueños con autoridad imparcial, para aplastarla y convertirla en algo lindo y silencioso que Kane pudiera controlar.

Sophia lo sintió y, aun así, miró a su hermano con alivio. Con un amor tan simple e inagotable que incluso detuvo el ataque de la taza.

–Kane –dijo moviendo los labios–. Estás en casa.

Esto no estaba bien.

Esto no estaba bien.

El poder de la taza se dirigió a Kane, como si sintiera su renuencia, y lo atravesó con una derrota vengativa.

Kane soltó la taza. Oyó cómo se rompía, y luego no oyó nada más.

TREINTA Y OCHO

DULCES SUEÑOS

Kane no podía moverse. O sí, pero no tenía sentido hacerlo. Las esquirlas de la taza estaban desparramadas frente a él, parecían pétalos caídos sobre la alfombra. Las repasó con la mirada y luego vio a Adeline recostada sobre el escenario congelado. Sus ojos estaban oscuros y el pecho apenas se levantaba. Más cerca, vislumbró el tobillo de Sophia. Había colapsado sobre las escaleras.

La reverie seguía en pie.

Había fallado.

—Es más difícil de lo que parece, ¿verdad?

La forma destrozada de Poesy estaba sentada sobre las escaleras. Era una versión zombi del glamour usual de la reina. El brazalete de amuletos se desprendió de la muñeca de Kane y regresó a ella, orbitando alrededor del muñón sangriento de su brazo. Este se alimentó de la magia del amuleto de la estrella de mar y se regeneró a sí mismo, nervio por nervio. Las otras heridas de Poesy se regeneraron también, como cáscaras desgastadas. Y cuando se puso de pie, lucía como nueva. Tenía un vestido con mangas de tela gruesa bordada en dorado, los dobladillos ondeados le rozaban los muslos firmes. Tenía un cinturón en forma de trenza de cuerda gruesa que tenía unas borlas con campanillas en las puntas que tintineaban con cada movimiento de Poesy. Una capa cayó del aire y se posó sobre sus hombros, y un sombrero de alas anchas se ajustó en su cabeza. El maquillaje tomaba distintas formas, como un test de Rorschach, y finalmente se convirtió en puro glamour estilo Hollywood.

Poesy había regresado y estaba vestida para un broche de oro.

—Somos parecidos en muchos aspectos, señor Montgomery. Pero esa taza de té requiere cierta crueldad que a usted siempre le ha faltado. No debió haberse confiado en que se había ganado su poder.

Apenas podía oír aquellas palabras. Sentía una profunda fatiga que le recorría el vacío en su interior y se aferraba con cariño a los trozos de su mente rota. Le susurraba que siguiera el camino y saliera, y que dejara a aquella reina malvada hacer lo que quisiese.

Pero aún podía ver el tobillo de Sophia. Todavía gateaba en dirección a Adeline.

—No soy completamente crítica, desde luego —continuó Poesy—. Estoy bastante impresionada de ver que ha regresado, por su cuenta. Pero, una vez más, esa era mi intención. Imaginé que su hermana sería una buena carnada para traerlo de regreso, aunque jamás creí que de verdad se atreviera a desarmarla. Imaginé que se inclinaría por abandonar su vieja realidad si su propia hermana sirviera como cimiento para mi nueva realidad. Su crueldad hacia ella me sorprende.

Las palabras de Poesy sonaban por encima de su voz real y asemejaban el zumbido de las cigarras.

Kane tomó fuerzas de su resentimiento para responderle.

—No eres humana.

—Gracias —le dijo ella con cortesía. Luego se inclinó para recoger los trozos de la taza. Encontró el asa y la levantó. El resto de los fragmentos siguieron al asa como una marioneta; se unieron entre sí hasta reposar en la palma de Poesy, en una pieza entera.

Un segundo después, salía vapor de esta y Poesy dio un sorbo, con un gesto casual.

Como un rayo, Kane dirigió un golpe directo al rostro de Poesy. La descarga resplandeció hacia los costados, pero la desviación hizo que el té salpicara el vestido blanco perfecto de la reina.

—Eso fue —lo miró con evidente desprecio, del rostro goteaba té—, su último acto de indiscreción.

Clavó las uñas en el aire y una sujeción telepática se cerró alrededor de Kane. Lo golpeó contra en trono y allí quedó suspendido bajo la mano invisible de Poesy.

—Es momento de invocar al telar —dijo mientras se secaba el rostro con la capa.

—No puedo —respondió Kane, por primera vez orgulloso de su ineptitud—. Y aunque pudiera, ¡lo destruiría antes de permitirle usarlo!

Poesy dejó de secarse el rostro y le sonrió de la misma forma deslumbrante con que lo había hecho en el Cuarto blando en la estación de policía. Esta vez se reía de él.

—Supongo que era demasiado esperar que la pérdida de tu memoria cambiara tu moral —dijo al serenarse—. Veo que no has cambiado ni un poco. Tanto potencial pero tan poco interés por el acto de la creación. Una apatía fascinante que esperaba manipular para convertirla en lealtad, luego de que la señorita Bishop, aún dudosa, borrara tus recuerdos. Eso fue un accidente, lo sabes, pero pensé que era buena suerte para mí. Me dio una oportunidad para trabajar contigo de forma directa. Tu poder, mi creatividad. Pero no puedo trabajar con un instrumento que ha desarrollado su intención.

—Jamás trabajaré contigo. No por voluntad propia. Me engañaste —le contestó Kane con desdén.

Ella se pasó una mano por el frente del vestido donde había una mancha de té, y esta se esfumó.

—Bueno, crear una realidad *es* un asunto engañoso —dijo señalando a las reveries mezcladas alrededor de ambos, y luego continuó—: pero claramente lo he resuelto. Lo difícil es mantenerlo. Una no puede esperar hacer todo sola; es necesario delegar tareas. Así que, busqué convertir a nobles mortales en dioses. Personas como tus amigos. *¡Los Otros!*

Aquello lo dijo con manos de jazz en gesto de burla.

—Y todo salió bien. Pero necesitaba más que un olimpo. Necesitaba poder. Necesitaba invocar un telar, una fuente de energía infinita para producir mis creaciones. Y necesitaba invocarlo de manera tal que pudiera controlarlo. Manipularlo. Y así apareciste tú.

Se inclinó sobre Kane. La piel brillaba como gemas frías debajo del maquillaje. Se aseguró que él la observara quitar la calavera opalina del brazalete. Esta resplandeció contra la luz baja del salón y reunió una guirnalda de palillos. Era una corona hecha con huesos.

Las cicatrices de Kane le ardieron al reconocerla. *Ella tenía el telar.* Lo había tenido con ella todo ese tiempo.

—Reconoces esto, ¿verdad?

La sujeción invisible que lo sostenía en el trono se aferró más.

—¿Te gustaría saber cómo invocar al telar? —Poesy hacía girar la corona con gesto inocente—. Es fácil. Primero, construyes un ambiente que pueda soportar una inmensa salida de poder, como una reverie. Segundo, neutralizas cada parte que pueda competir con riñas y enredos amorosos, así se mantienen ocupadas entre sí. Tercero, aguardas a que suceda el momento perfecto, en el que la misma tela de la realidad se deshilache, justo antes de que esta comience a desgarrarse. Eso te brinda la oportunidad de destruir la realidad vieja y comenzar la nueva.

Arrastró una uña sobre la mandíbula de Kane y le apretó el mentón.

—Y finalmente, revelas que el telar no es un objeto, sino una persona. Usted, señor Montgomery.

Kane dejó de tironear y ella continuó:

—Tú eres mi canal, mi instrumento, mi pequeña explosión de bricolaje. ¡Y pensar que la señorita Abernathy por poco arruina todo cuando te arrojó lejos de mí! Fue una buena idea hacer que tu hermana me mantuviera prisionera; sabía que tú vendrías a buscarla. ¿Lo ves? No soy solo belleza. Debajo de todo esto, también soy todo lo demás.

Kane oía las palabras, pero no las comprendía. Se desplazaban por su mente como pececitos de plata. El aliento de Poesy le enfrió las lágrimas que le rodaban por las mejillas. El sudor le hacía picar las sienes.

—Debo admitir que antes tuve un error de cálculos. —Poesy caminó por detrás del trono. Kane no podía mirar hacia otra dirección que no fuera adelante, hacia la multitud de espectadores inmóviles. Todo el movimiento del salón de baile se tensaba bajo la voluntad de titanio de la hechicera. Ella continuó:

373

»Tentarse a abrir el telar en un chico humano siempre es arriesgado, porque un día puede que su poder se vuelva en mi contra, por eso creé este artefacto. —Terminó de dar la vuelta y le bloqueó la vista de Sophia, que finalmente había llegado hasta Adeline—. Es una corona, sí, pero también es una prisión. Esta corona no solo da poder; lo quita. Accede al potencial más profundo de la persona, multiplica la concentración y me permite utilizar el poder de la manera que me plazca. Escuché decir que es muy doloroso perder la lucidez de esta forma. La última vez que la usé contigo, hiciste un desastre. Te tragaste por completo el mundo de acuarelas de Maxine Osman, y a Maxine incluida. ¡Y luego la señorita Bishop tuvo la audacia de intentar *quitártela*! No contaba con eso, tampoco. Bien por ella. Pero esta vez tus amigos no podrán ayudarte. Así que, mientras uses esta corona, eres mío. Mi caja de Pandora. Mi grial. Mi musa. Mío, señor Montgomery, para volver realidad cualquier cosa que le ordene.

—No. No lo haré —exclamó Kane.

—Es una pena que no quieras crear para mí. Creo que te gustaría lo que tengo reservado para este mundo miserable —le respondió con una mueca.

Le besó la mejilla y luego hundió la corona sobre su cuero cabelludo. Las cicatrices encajaban a la perfección. Se sentía familiar. Quemaba.

—Dulces sueños, mi telar.

En un instante violento, la mente de Kane se puso en blanco, como el borde caliente de una nube a punto de destapar el sol. Y entonces, estaba en otro lugar, arrojado al olvido de la corona. Su cuerpo, su mente, todo su ser, ya no le correspondían. Lo que sucediera con él, ahora le pertenecía a Poesy.

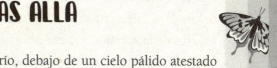

MÁS ALLÁ

Kane estaba de pie en el río, debajo de un cielo pálido atestado de nubes color pastel que se movían. El sol bajo se extendía sobre las orillas hundidas, dándoles la impresión nítida de ser acuarelas sobre un lienzo. El agua también se veía punteada con luces, y tenía pinceladas suaves en las diagonales de los juncos sobre los que Kane estaba parado. Rozó el agua con las puntas de los dedos y observó un cardumen de peces plateados rodearle los tobillos.

Un terror lo atravesó. Fue repentino y extraño. No se suponía que estuviera allí. Se llevó las manos a las sienes, la urgencia crecía en él. Luego se volvió a derretir en la frescura lenta del río. Era algo importante, algo importante que necesitaba recordar, pero no podía hacerlo. Pasó sin poder alcanzarlo.

Una piña aterrizó sobre su cabeza, rebotó en el agua y espantó a los pececitos.

Se volteó hacia la orilla, y vislumbró el viejo molino. Era una edificación majestuosa, enmarcada por una bonita guardia de árboles que se doblaban, como si escondieran la noble fachada del prejuicio y la curiosidad de Amity del Este.

La hermana de Kane, Sophia, lo observaba, implorando, con ojos blancos.

—Vamos, Kane. Es hora de irnos —dijo en voz alta.

Él caminó con dificultad hacia ella y luego se detuvo. Había alguien más con él entre los juncos. Una anciana que observaba el molino, atrapada en un hechizo de concentración rigurosa. Tenía un pincel en una mano y una paleta en la otra. Había un pequeño caballete que sobresalía del agua a unos centímetros a su derecha. Desde donde se encontraba Kane, podía ver los rojos y marrones intensos del molino sobre el lienzo. Combinaban con el color profundo de los ojos de la anciana, que con lentitud volaron desde el molino hacia Kane. Lo miró con una molestia incipiente.

—Ah, tú otra vez —dijo Maxine Osman.

Kane no tenía idea de cómo lo conocía. No tenía idea de cómo la conocía él a ella. Quiso no conocerla, porque tan solo pensar en su nombre, le devolvió ese terror repentino sin origen, como si tuviera que estar haciendo otra cosa. Se frotó las sienes otra vez. ¿Por qué las sentía apretadas?

—No deberías estar aquí —le dijo ella mientras secaba el lienzo con golpecitos—. Este no es tu mundo. Si te quedas aquí por mucho tiempo, como yo, quedarás atrapado.

—Lo siento, ya estábamos por irnos.

—¿A dónde?

Kane se encogió de hombros. Extendidas hacia al lado opuesto de la orilla, se veían las luces tenues de Amity del Este que caían como monedas lustradas contra el sol de la tarde. El día parecía infinito.

—¿Lo ves? —Maxine se quitó un jején de la oreja—. No lo sabes, porque, aunque la corona desea con ansias que te quedes, no perteneces aquí. Yo tampoco. Me arrastraron hasta aquí, creo, pero ahora estoy condenada de por vida.

—¿Qué significa eso?

Ella miró por encima al pequeño molino que tomaba forma sobre su lienzo.

—Significa que deberías irte si vas a irte.

—¿Ir a dónde?

–No dónde. Tienes que despertarte, querido.

–¡Kane! ¡Vamos! Todos están esperando –gritó Sophia desde la otra orilla.

Él echó un vistazo. Tenía razón. Todos los que conocía estaban esperándolo en el bosque oscuro del Complejo de cobalto. Veía una cascada de ojos pálidos, ojos blancos que le pedían que saliera del agua y se les uniera, continuara, que se pusiera en marcha. Kane sintió que una vez que saliera del río, no volvería allí en un largo tiempo. Tal vez nunca.

Se volvió hacia Maxine.

–Me siento un poco perdido –le dijo.

–Está bien. Lo estás. Te dije, no perteneces aquí.

–Aunque tampoco estoy seguro de cuál es mi lugar.

–Eso también está bien –Maxine revolvió el pincel sobre la paleta–. Eso es un problema que trae tener una gran imaginación. Es difícil encontrar tu lugar cuando siempre puedes imaginar uno mejor. Yo no me preocuparía por encontrar uno todavía. Eres muy joven. Tienes mucho tiempo para decidir qué quieres y luego volverlo realidad. Pero no lo lograrás si te quedas aquí.

Otra vez, el terror repentino volvió al él, y por un segundo, todo en aquella escena parecía erróneo. Falso.

Una piña le pegó en el hombro. Se volteó a tiempo para atrapar la próxima.

–Mi hermana…

–Esa no es tu hermana –dijo Maxine.

–Ella…

–Ella no es tu hermana –dijo con firmeza.

Sutilmente, el río comenzó a temblar. El vapor subía por el aire dorado formando arcos.

—¿Lo ves? Mira, la escena se enfadó. Mis colores se mancharán —dijo ella.

Kane dejó caer la piña en el río agitado. Esta flotó contra la corriente y se unió a la bruma. Tenía savia en la mano. Olió su aroma a bosque profundo y este le recordó a Dean.

Pero ¿quién era Dean?

—Creo… —Kane comprendió la profundidad insondable de lo que había visto, donde el monstruo olvidado de una vida entera se cernía detrás del velo de azúcar de aquel mundo—. Creo que tengo que irme —dijo, respirando con dificultad.

—Sí, lo sé. Ya te dije eso. —Maxine pintaba manchas de vapor en su versión del molino. Todo aquello parecía ser un gran inconveniente para ella.

—¿Y qué hay de ti? ¿Vas a irte o vas a quedarte? —preguntó Kane.

—Ah, estaré aquí. —Los labios apretados formaron una sonrisa esperanzada—. Estoy esperando a alguien. Estoy segura de que encontrará la forma de llegar aquí eventualmente.

Kane se volteó y le dio la espalda a la orilla, y a su hermana que estaba allí y a todas las otras fantasías que se habían reunido al borde de la reverie para atraparlo. Caminó por el agua hacia la bruma que se espesaba, para despertarse en el mundo más allá.

TREINTA Y NUEVE

ARRIBA DE NUEVO

Kane se despertó con un beso. Dio una bocanada de aire como si inhalara su propia vida desde la otra boca.

—Aquí estás —dijo Dean. La armadura de Dreadmare estaba en forma de hebras dividida entre la cadera y los hombros. Sus brazos se sentían suaves alrededor de Kane, como cuando habían estado en la pista de baile de la *Starship Giulietta*. Uno de los ojos titilaba con espuma de mar.

—¿Me despertaste con un beso?

—No, *tú* me besaste a *mí* mientras intentaba arrancarte la corona de la cabeza. Me tomó por sorpresa.

—¿Dónde está la corona ahora?

—Aún la tienes puesta. Nos está manteniendo a flote.

Kane notó que estaban, en efecto, flotando. Empujó la corona, que estaba bien ajustada, y los dedos rozaron a través de una luz incandescente que sobresalía de su piel. Había etherea empapando el aire en un crepúsculo de neón y hacía que los dos chicos no tuvieran peso. La luz los envolvía y los protegía, ocultándolos del caos del mundo que colapsaba debajo de ellos. Débilmente, Kane podía sentir todo. Más allá de su refugio, Everest era un bombardeo de cada reverie mezclada con la fuerza huracanada de aquel pandemonio. Seis mundos que peleaban para dominar al otro mientras cada uno se disolvía. Se enredaban cada vez más y más mientras se deshacían de una manera salvaje.

Kane sintió la violencia y se volvió hacia la luz. Recordó los momentos previos a que Poesy lo obligara a usar la corona.

–¿Dónde está? –preguntó entrando en pánico.

–Lejos por allí abajo. Ursula y Elliot la mantienen distraída, por ahora. Yo fui el único que pudo alcanzarte.

–Soy el telar –susurró su confesión–. Todo esto es mi culpa. Las reveries. Poesy captó a mi hermana para poder usarme. Y ya lo había descubierto, por eso le pedí a Adeline que me destruyera. Porque soy el telar.

Dean sopesó esas palabras con cuidado y afecto. Exhaló y su aliento quedó atrapado en el espacio que había entre ambos.

–¿Y qué harás esta vez?

La visión de Kane se nubló por las lágrimas.

–No lo sé. Arruiné todo cuando volví aquí. Todo fue acorde al plan de Poesy.

Dean se agachó para mirar a Kane a los ojos. Él todavía llevaba la mochila puesta, así que Dean pasó las manos por debajo de las tiras para poder darle un breve sacudón.

380

—No arruinaste todo.

—¿Qué?

Dean dibujó los símbolos del infinito a través de la camisa de Kane, sobre su piel.

—Poesy te dio una corona que enfoca tu poder, un plan que funciona solo si estás bajo su control. Pero ahora estás despierto. Todavía estás lúcido.

—Pero Poesy dijo que no me despertaría.

Dean se encogió de hombros.

—No importa lo que diga. Esta no es su reverie. Al menos no aún. Una parte de este mundo todavía le pertenece a tu hermana, y estoy seguro de que de ninguna manera Sophia permitirá un giro de trama que implique perderte.

El corazón de Kane se tensó además de sentirse poderoso, como si tuviera un segundo latido dentro de él. Allí afuera, entre el caos, podía oír un tañido solemne. Una esperanza, tan clara como las campanas y brillante como un rayo. La gracia y fuerza de su hermana. Todavía estaba fusionada a las fibras de aquel mundo que colapsaba; aún estaba viva y defendía a su hermano. Incluso después de que él intentara lastimarla.

Kane se rindió por completo al llanto, pero luego recordó una por una las fortalezas de las personas que habían peleado por él. No podía devolverles sus sacrificios solo con lágrimas. Tenía que demostrarles que él siempre había sido digno de ellos.

—¿Dónde está Sophia? —le preguntó a Dean.

—Allí abajo, en algún lugar. Ella y Poesy están compitiendo por el control de las reveries. Tu hermana debe ser muy fuerte como para haber durado hasta ahora.

—¿Y Adeline?

—Está con Poesy. Tenemos que ayudarla a ella y a los Otros. Adeline se está… apagando.

Kane dejó de respirar un momento. La última vez que había visto a Adeline, tenía el cuerpo destrozado. ¿Cuánto más podía resistir así una persona?

—Oye —Dean le habló con seriedad–, si tiene la oportunidad de matar a Poesy, debes hacerlo. He vivido mis vidas en mundos construidos por el dolor y la miseria de otras personas. Poesy tiene un sueño, y aunque sea un sueño amoroso, es solo de ella. No puedes hacer que se vuelva realidad para todos. Tienes que detenerla.

—Pero ¿qué hay de…

—Tienes que detenerla.

Dean le sostuvo la mirada a Kane. Dean, el misterio personificado, la paradoja hecha hombre. Kane pudo ver con claridad cómo pudo alguna vez ser su mundo entero. Pensó que, si tal vez sobreviviera a aquello, juntos podrían construir algo mejor, después de todo. Lo abrazó con fuerza. Sintió el olor a cenizas y sudor y debajo de su armadura, percibió su colonia. Pino, o algo parecido. Kane lo besó. Sus labios estaban lo suficientemente cerca para sentir el aire que se escapaba de sus pulmones. Entonces, fue el momento de tomar una decisión.

¿Evadir o interferir?

—Tengo una idea.

Kane le contó y entre ambos convirtieron la idea en un plan. Dean lo saludó de forma estoica, y se teletransportó fuera de allí.

Kane tuvo espacio para respirar, solo en su nebulosa. Observó el mundo que se desarmaba. Los planetas explotaban y las estrellas caían. Los horizontes se fracturaban y los océanos hervían. La tierra se quebraba y el aire se desgarraba. La ciudad de Everest, se mecía en su propia demolición lenta, despellejándose en trozos somnolientos grandes como las montañas.

Kane se sentía pequeño entre aquel caos. Una punzada brillante entre la resistencia, por encima del olvido sin sentido. Era muy escalofriante, pero ya no había lugar dentro de él para el miedo. Todas sus peores pesadillas se habían vuelto realidad, una tras otra, y aun así allí estaba, exhausto y asustado, sí, pero estaba vivo. Con esperanzas. Había sobrevivido y continuaría sobreviviendo.

Dejó que sus poderes se desplegaran como grandes alas, y entonces, la discordancia entera de las reveries lo bombardeó. Fue fácil encontrar a Poesy; las reveries implosionaban en dirección a ella, como una gran herida alrededor de la cual la carne burbujeaba y los huesos se hundían.

También reía a carcajadas. Porque por supuesto estaría riendo a carcajadas.

Kane respiró profundo y dejó que la etherea fluyera detrás de él. Encontró a Poesy sobre el escenario blanco, donde ahora yacían desparramados los añicos de los pilares, como consecuencia de la batalla. Elliot y Ursula estaban de pie, pero casi no podían sostenerse. Adeline, cubierta de polvo gris en su tutú ensangrentado, yacía sobre Sophia, cuyo vestido rojo ahora estaba harapiento. Poesy bebía de su taza, saboreando la implosión del mundo de Sophia.

Kane chasqueó los dedos y envió llamas de etherea en la capa ondulada de Poesy. La taza voló fuera de su alcance y se estrelló contra un pilar. La hechicera se volteó a él, era la primera vez que veía auténtico temor en su bello rostro. Luego desapareció y lo reemplazó la ira. Recurrió a sus amuletos sin decir una palabra.

Al verlo, Ursula soltó un grito débil de hurra, y luego cayó sobre Elliot.

–¡Váyanse! –les dijo Kane mientras se preparaba para otro ataque.

El poder que emitía la corona era inmenso, tan difícil de controlar que supo con certeza de que aun un pensamiento desviado podría destruir, transformar o crear. Ese era el poder que necesitaba para derrotar a Poesy, pero necesitaba que sus amigos estuvieran tan lejos como fuera posible.

–¡Corran! –les gritó y el resplandor de sus manos se extendió hasta formar rayos deslumbrantes de arcoíris que cortaban al aire mismo.

Poesy daba vueltas entre ellos como un pez saltando y la capa ondeaba detrás de ella. Sus amuletos se abrieron de golpe como fragmentos de reveries que colisionaron contra Kane en forma de olas de textura, sonido y visión. Kane quedó atrapado por un bosque de neblina, la humedad le cerraba la garganta, las corrientes balbuceantes le hacían cosquillas debajo de las orejas. Lo desgarró al golpear las manos y entonces, ingresó en otra reverie: un campo de batalla colonial plagado de zombis. Unos dientes podridos se hundieron en un hombro, en una muñeca, pero el poder de la corona le decía que aquel mundo era inmaterial y que podía destruirlo. Dejó que su resplandor ardiera; atravesó las hordas de zombis y los golpeó hasta la próxima reverie. Y lo mismo ocurrió con la siguiente. Y la siguiente. Kane las atravesaba como un flash, tan breve como un ángel cayendo por la película de cada mundo nuevo, hasta que, finalmente, regresó a la superficie del vacío que estaba colapsando.

Poesy esperaba a Kane para enfrentarlo sobre el escenario. Inclinó de golpe una mano hacia abajo y esta brilló: un diluvio de lluvia ácida cayó del cielo quebrado. Kane dejó que su propia consciencia se elevara para unirse a la lluvia y convirtió cada gota en una nube de mariposas.

—Tus preciados *Otros* han huido, y tus trucos son clichés catastróficos —le dijo con desdén, y las mariposas se volvieron escorpiones.

Kane pestañeó y estos explotaron en forma de confeti.

—¡Míranos! —La risa de Poesy resonaba como una sirena al transformar la realidad en una nube de serpientes.

Estas se dirigieron como cintas hacia Kane, pero él las convirtió en flechas y las disparó de regreso.

—¡Mira nuestro poder! No pertenecemos a este mundo. Pertenecemos a uno mejor. ¡Algo con integridad que solo *nosotros* podamos crear! Siempre ha sido nuestro camino. ¡Es nuestro *único* destino!

Las flechas cayeron como astillas de luz que Poesy recogió con sus uñas pintadas y las direccionó hacia Kane. Él las devolvió en forma de explosión de arcoíris y así, ambos quedaron atrapados en un duelo de vida o muerte, por el destino, no solo del mundo de Kane, sino de cada uno escondido dentro de cada persona. Por las realidades fantásticas de quienes las creaban con afecto para ellos mismos, que estaban en riesgo de quedar subyugadas a los caprichos de una mujer loca y su taza de té.

—¿Por qué luchas por un mundo que no lucha por ti? —preguntó la hechicera a través del torbellino y dentro de la mente de Kane—. ¿Por qué luchas para salvar una realidad que falla tanto todo el tiempo?

El duelo entre ambos colapsó en un silencio absorbente. Rayos y etherea se enhebraban en el vacío entre los dos mientras aterrizaban sobre el escenario.

—No lucho para salvar la realidad. Estoy aprendiendo a cambiarla —dijo Kane.

—El telar es un instrumento. No puede *aprender*. Tu rectitud es solo un lindo poema y nada más. Es momento de acabar con esto.

—Así es —contestó él con desdén—. Dean, ¡ahora!

Dreadmare se desplegó alrededor de Poesy, su cuerpo filoso le cortó y le rebanó la capa blanca hasta dejarla hecha jirones. Kane sintió la emoción del éxito cuando la sangre roció el aire, pero entonces el chirrido se detuvo. Se oyó un sonido desgarrador y de repente, Poesy regresó. Atrapó a Dean con un brazo mientras que con el otro se aferró al cuerpo agitado de Dreadmare. Le había arrancado la armadura.

—Kane —se quejó Dean con los dientes apretados. Poesy lo estrujaba y la mandíbula de Dean se rompió.

Los poderes de Kane fallaron. Una gravedad nauseabunda lo hizo caer de rodillas y la mochila le resbaló por los hombros. Luchó para tener el control exquisito que había logrado un segundo atrás, pero este había desaparecido.

—Sabes, me equivoqué con esto también. —Poesy sonreía con maldad al lado de la oreja de Dean—. Supuse que reclutar un interés amoroso taciturno me aseguraría acceso ilimitado a cada deseo del telar, pero tú nunca fuiste el agente que necesitaba. La señorita Bishop, en cambio, sí posee el rigor que exijo. ¿Te gustaría vivir, mi querida?

Poesy hizo un gesto rápido con la mano, y como si fuera una bandada de gorriones, la magia aleteó para todas partes y reveló un grupo escabullido dentro de la batalla. Elliot al frente, se tambaleó cuando Poesy dispersó la simulación. Ursula estaba a su lado. Detrás de ellos, Adeline permanecía agachada al lado de Sophia. Y entonces, de repente Adeline quedó sola cuando otra explosión de la mano de Poesy arrojó al resto y la bailarina quedó en el torbellino que la desarmaría.

—¡No! —imploró Kane.

La bailarina se balanceaba mientras la hechicera introducía su poder a cada latido. Las heridas de su cuerpo se pelaban como hojas levantadas del suelo. Se ahogaba y se retorcía al resistir el resplandor cálido que se extendía debajo del color escuro de su piel. La revivía. Se había liberado de aquellas zapatillas de punta horrorosas y sostenía una espada en los brazos. Lucía viva y poderosa, pero aún parecía a punto de desintegrarse.

—La señorita Adeline Bishop —ronroneaba Poesy—, la más inteligente, la más lista. Tuve el cuidado cuando creé mi olimpo, no solo de invertir poder en aquellos maltratados por esta realidad. Pero, aun así, todos los otros se rehúsan a verla por lo que es: un fracaso. Pero tú puedes. Lo sabes. Hay una posición de poder para alguien como tú en la realidad que imagino. A mi lado, serías todo.

—¿Por qué te ayudaría? —le preguntó Adeline. La voz sonaba débil y melancólica a diferencia de su ingenio mordaz.

—Porque si no lo haces, Sophia Montgomery morirá. Pero puedo salvarla, como te he salvado a ti. Puedo salvar a tus amigos también. Puedo rescatar cualquier alma que aprecies, pero solo si eliminas cada último pensamiento de la mente del señor Montgomery. Nuestro mundo jamás estará seguro mientras él posea la voluntad de deshacerlo.

Al principio, Adeline no quería mirar a Kane. Cuando lo hizo, estaba llena de preguntas. Lo estaba pensando. Él quiso extender un brazo para tocarla, pero sintió que su mano la atravesaría como a un fantasma. Existían en dos planos diferentes. Era más que la distancia lo que ahora lo separaba.

La voz de Poesy aumentaba como el canto de una cigarra.

—Cada vida que valoras por la vida que el señor Montgomery ha desperdiciado dos veces. Termina lo que iniciaste. Borra cada recuerdo de su mente.

–Hazlo –le dijo Kane.

Las preguntas de Adeline se volvieron sorpresa, luego asco.

–¿Qué?

–Hazlo, Adeline. Toma mis recuerdos –repitió él mirando a Sophia, a todo por lo que estaba luchando.

–No puedo.

–Tienes que hacerlo. –Y luego agregó en voz baja–: Cree en mí una última vez.

A juzgar por los dientes apretados, Adeline había comprendido. Se tambaleó hasta donde estaba él, y entonces, sus ojos resplandecieron como nubes grises de tormenta al abrir la mente de Kane. No había dolor en la telepatía de Adeline, solo el silbido de los recuerdos al desvanecerse bajo su mirada corrosiva. Los dedos de él se enredaron alrededor de las tiras de la mochila. Era imposible recordar lo que había estado haciendo, pero si continuaba así, intentando, tal vez habría una oportunidad para…

Los ojos de ella se oscurecieron y el rostro se le iluminó con una sonrisa. Había encontrado el recuerdo que Kane necesitaba que encontrara. Ajustó la sujeción en su espada y de una corrida elegante, atravesó el escenario y la clavó en lo profundo del pecho de Kane.

Él alzó el diario rojo un momento antes. No tenía idea de si el plan funcionaría, pero jamás sintió que la espada de Adeline le tocara la piel. En cambio, se había clavado en los pliegues de las páginas mágicas del diario con una resistencia breve y escalofriante. La punta letal se sumergía a través del portal del diario y más allá, lejos del corazón de Kane.

–¿Funcionó? –susurró ella.

Se voltearon hacia Poesy cuando ella comenzó a gritar. Arrojó a Dean lejos de ella, revelando una mancha roja que se extendía desde el estómago. El otro diario, el que Dean había estado sosteniendo abierto a sus espaldas, había direccionado la espada de marfil de Adeline lejos de Kane y directo a través de las entrañas brillantes de Poesy. Ella gritaba y se retorcía, aferrándose a su nueva muerte con sus uñas débiles y rotas. Entonces, Adeline blandió la espada una vez más.

El plan de Kane había funcionado. Elliot estaría tan orgulloso.

Poesy intentó tomar el brazalete y los amuletos para poder recuperarse, pero descubrió demasiado tarde que Dean se lo había arrebatado de la muñeca mientras ella lo sostenía.

—Imposible —gritó.

—Improbable —dijo Kane, y antes de que ella pudiera invocar la taza de té, él golpeó las manos. La tensión brillante de su enfoque completo explotó contra la dominación estridente de Poesy, e hizo que los trozos de la taza se hicieran añicos, cortando la atmósfera cuajada de la reverie. El Complejo de cobalto centelleó a través de los espacios libres, los bordes entre los dos mundos resplandecieron con una luz de neón mientras uno desgarraba al otro. La Realidad formal iba a ser destruida si Kane no lograba vencerla.

—Soy tu peor pesadilla —le aseguró Poesy.

—Ya no.

El poder enfermizo y vertiginoso del control de Poesy le falló y Kane supo qué hacer. La rodeó con su poder donde ella se encontraba y encarceló su magia enfurecida. Luego encauzó la mente hacia el resto de las reveries. Sabía que el poder de Poesy provenía de la manipulación, pero sin el material de otros, no tenía nadie a quien controlar, romper o de quién tomar prestado. Este era su fin.

Kane aumentó la consciencia y la depositó en un torbellino irreal como agujas de plata patinando por nudos gruesos tejidos. Primero, encontró a su hermana y sus amigos, maltrechos pero vivos en un bolsillo de la magia de Ursula. Más tranquilo, se concentró en el resto. La corona que llevaba puesta lo abría a una dimensión de omnisciencia dentro de él que sintió, por unos segundos, insondable. Ilimitada. Sintió, no, *supo* cuán simple sería destruir esos mundos por completo. En cambio, se encomendó a la tarea imposible de sentir los bordes de estos. Los cortes y las costuras. Cada relato tenía sus giros. Escudriñó a través de todos sin temer. Sintió la primera resistencia, luego la felicidad absoluta de la separación y finalmente, el alivio de desarmarlos de una manera amorosa.

Pero aún quedaba un nudo.

–Tú… –dijo Poesy, zumbándole en el fondo de su mente cuando comenzó a desarmarla–, y yo… no somos tan diferentes, ¿sabes?

–Lo sé –le dijo Kane.

Desarmar todo aquello debió haberle dolido mucho a la hechicera. El sonido que emitió no tenía comparación con nada que Kane hubiera oído alguna vez. Antiguo e inhumano y mucho más que un simple sonido. Era la ferocidad hecha sonido.

Y entonces, Poesy ya no estaba y no quedó nada más que el rugido polifónico de las reveries al enrollarse una por una en la mano abierta de Kane.

CUARENTA

RESOLUCIÓN

Kane pudo haber devuelto las reveries directamente al Complejo de cobalto, pero tenía que hacer una cosa más antes de quitarse la corona para siempre. Con toda la delicadeza que su mente golpeada pudo reunir, bajó sobre el césped recortado del jardín, cerca de donde Dean yacía acurrucado.

Primero, necesitaba pedirle disculpas. Con cuidado, se arrodilló al lado del chico e hizo lo mismo que Dean había hecho una vez. Trazó el símbolo del infinito sobre su espalda y le susurró:

—Dean, ya puedes abrir los ojos. Lo siento si te asusté.

Dean parpadeó y vio a Kane. Luego observó la extraña reaparición de los jardines de la reverie de Helena Beazley que Kane había creado alrededor de ambos. Al ponerse de pie, parecía no estar seguro de su propio cuerpo, como si esperara simplemente flotar.

–¿No… no desaparecí?

Kane le apretó la mano para demostrarle que no.

–Parece que no.

–Pero desarmaste a Poesy.

–Jamás le perteneciste, Dean. Eres tan real como los demás. Créeme. Por una vez, sé cosas –dijo dando golpecitos a la corona y con una sonrisa de satisfacción. Dean le devolvió otra más pícara.

–¿Kane?

Adeline se abrió camino a través de los invitados. El aspecto sucio que tenía de la reverie anterior ya no estaba, y ahora lucía el vestido del Asunto de los Beazley. Detrás de ella apareció Sophia. Tampoco tenía el vestido rojo, sino el conjunto dorado.

–¡Funcionó! –dijo Adeline al arrojar los brazos alrededor de Kane–. ¡No puedo creer que me hayas dejado leerte la memoria de esa manera! ¡No puedo creer que haya funcionado!

Él también la abrazó, tan fuerte como pudo.

Sophia también se abrió paso hacia su hermano. Tenía la mirada dura. Ahora estaba lúcida, y desde luego, tenía preguntas. Kane hizo un gesto con la mano, solo estaba feliz de ver a su hermana. Pero ella no le permitió que la abrazara por mucho tiempo antes de preguntar:

–Dime qué es real. ¿Acabas de asesinar a una drag queen hechicera con dos diarios de sueño y una zapatilla de baile afilada?

Kane miró a Adeline y luego a Dean. Ambos se encogieron de hombros. Iban a necesitar mucho tiempo para explicarle todo.

Le dio un golpecito en el hombro y le recordó:

–Suficientemente gay para que funcione, ¿verdad?

Sophia quebró el interrogatorio serio con una sonrisa habitual ante el viejo refrán que le traía alivio a su confusión. Adeline soltó un quejido irónico y Dean se veía muy avergonzado por la situación.

—Pero ¿por qué estamos de regreso aquí, Kane? Tienes todo el poder, entonces ¿por qué estamos en la reverie de Helena? —preguntó Adeline.

—Porque ellas se merecen otra oportunidad.

Allí, en la fresca luz blanca, fue fácil de encontrar a Elliot y a Ursula. Se apresuraron entre la multitud, con una mezcla de celebración y confusión. Ursula llegó primero y abrazó a Kane, enfundada en su grandioso vestido rosado. Elliot, porque era Elliot, de inmediato comenzó a elucubrar cómo sacar ventaja de la reverie.

—Vi a Helena. Está aquí. Pero ya no está joven. Está caminando sin rumbo con su vestimenta de siempre.

—Relájate, Elliot. Está bien. Tengo la solución. —Cerró los ojos y dejó que su mente rondara sobre las profundidades de la corona, manteniéndose fuera de su trampa maliciosa. Con todo el cuidado que puso, sonsacó a Maxine Osman.

Entonces, como un sol que amanecía frente a ellos, su reverie apareció cuando Kane la sacó de la prisión donde la tenía la corona. El jardín frondoso y el gazebo revivieron con sus acuarelas y aceptaron el cambio sin resistirse. Todo lo contrario, las dos reveries se fusionaron de una forma que parecía imposible imaginarlas por separado.

—Estamos corrigiendo un mal —explicó Kane. Las movió de regreso mientras la multitud se reunía alrededor de Maxine y murmuraba acerca de su extraña vestimenta y los pinceles de acuarelas que aún tenía en las manos. Luego, la gente se apartó y allí estaba Helena en el gazebo. Tenía puesto su suéter amarillo y las zapatillas ortopédicas. Pestañeaba ante los colores brillantes, como si le hubieran devuelto la visión luego de un largo tiempo en la oscuridad.

–¿Max? –susurró Helena.

Maxine se aferró a sus pinceles. La confianza distante que había mostrado en la conversación breve con Kane junto al río ya no estaba. Ahora estaba completamente presente, y temblaba al ver a la persona que había estado esperando.

La artista y la heredera se unieron en un beso para nada vergonzoso, porque ahora estaban en su propio mundo, un refugio para ellas solas, protegidos contra los giros de trama gracias al esfuerzo de Kane. Los creó con toda la perfección que le fue posible. Llenó el aire de aroma a miel y pétalos ligeros. Les colocó finas copas de champán en las manos. Cuando él levantó la suya, todo el mundo lo copió para brindar por Helena y Maxine, que permanecían de pie en el gazebo, hablando en voz tan baja que las palabras se perdían detrás de la música alegre que iba en aumento.

Dean lo tomó de la mano que tenía libre y le besó la sien, donde todavía tenía la corona.

–¿Por qué esto? ¿Por qué aquí? –le preguntó.

–Es una solución. Después de todo lo que les hicimos pasar, se merecen tener su felices por siempre.

Como siempre, los ojos de Dean se veían distantes. Habían regresado a su tono verde de espuma de mar.

–Pero esto es una reverie. No puede durar para siempre.

–No tiene por qué. Ellas sienten amor real, no es imaginario. Creo que van a estar bien luego de que todo esto se desvanezca.

Helena y Maxine se abrazaron y los invitados rompieron en un aplauso. Los Otros también gritaron de alegría y brindaron por las novias mientras ellas bajaban por los escalones para recibir los abrazos, el afecto de los invitados y los buenos deseos que el mundo tenía para darles.

Los aplausos aumentaron cuando Kane llevó la escena a su fin. Descubrió que no había mucho qué hacer para desarmarla. Estaban resueltas, las reveries de Helena y Maxine simplemente se dispersaron. No hubo violencia en el colapso. Solo alivio y un toque de nostalgia cuando los aplausos hicieron eco a través de las estoicas paredes del Complejo de cobalto que otra vez reaparecía alrededor de ellos. Todo, el jardín, el gran salón, la mezcla de reveries, había desaparecido, se había evaporado a la luz del sol que se elevaba sobre el río. Era de mañana, mañana real, en Amity de Este, y esta encontraba un grupo de adolescentes sin dormir que estaban de pie cerca de un molino quemado, que aplaudían y gritaban de alegría mientras dos ancianas miraban a su alrededor tímidas y confundidas.

Un enjambre de nudos iridiscentes flotaba entre los dedos de Kane; eran las reveries que había desarmado. Se dirigió a Sophia y sobre la nariz de ella, un nudo tituló dentro de ella. Hizo lo mismo con Maxine y con Helena, que se tomaban de las manos en su estado de aturdimiento. Luego se quitó la corona y se dobló del dolor cuando las viejas cicatrices se reabrieron. Se la entregó a Dean. El suelo brillaba donde estaban los amuletos restantes. Ursula los recogió con cuidado y Dean le entregó a Kane los restos rotos del brazalete de Poesy. El silbato estaba tan frío como siempre. Adeline fue la que encontró el amuleto de Poesy.

—¿La convertiste en un grillo? —preguntó al mostrarle un pequeño insecto de metal a Kane. Las alas perladas se sacudían, como si fuera a salir volando.

Elliot se aclaró la garganta:

—Creo que es una cigarra.

—Tiene razón —dijo Kane antes de que todos comenzaran a poner los ojos en blanco. No se atrevió a tocar el insecto, en caso de que le pasara la magia escondida en su piel. En cambio, cerró las manos de Adeline sobre él.

—Mantenla a salvo, ¿sí?

Adeline no sentía afecto alguno por Poesy, pero confiaba en Kane. Y asintió.

Elliot extrajo su teléfono y abrió los ojos como platos:

—Es el mismo día que cuando nos fuimos. Solo son unos minutos pasados de las siete. Todavía podemos llegar antes de que suene la primera campanada.

Todos se quejaron. No había forma de que fueran a la escuela, ya que Maxine y Helena necesitarían que las ayudaran a recuperar sus vidas. Y menos cuando Sophia saliera de su asombro en cualquier momento y comenzara a hacer un millón de preguntas. Tenían que estar presentes para todo eso. La escuela no era una realidad en la que pudieran estar en ese momento.

Elliot se quejó. Ursula caminó hacia Dean y se colgó de él y de Kane para abrazarlos uno a cada lado y dijo:

—Así que, Dean —sonrió mirando a ambos—, ¿te gustan las malteadas y las hamburguesas? Porque tenemos una tradición y creo que ahora eres parte de ella.

EPÍLOGO

Era Halloween y Kane se encontraba sentado en la cocina de Ursula, observando a Elliot con la mirada fija en una receta de cocina escrita a mano, manchada de grasa.

—¿Dice que tamice cuatro tazas de harina? ¿O que use cuatro tazas de harina tamizada?

—¿Qué dice? —preguntó Kane.

Elliot se llevó las manos a las caderas. Para Kane se veía tan apuesto con el delantal, y se lo había dicho varias veces. También le había sugerido que se quitara la camiseta, pero ya eran demasiadas las burlas que podía soportar para Elliot antes de hacerle creer a Kane que estaba cubierto de sanguijuelas.

—Dice: cuatro tazas de harina, tamizada.

Kane sonrió y se encogió de hombros. Sonó el teléfono de Elliot, que estaba sobre la mesa, y Kane se lo sostuvo al lado de la oreja para que el dueño no lo manchara con harina.

—Hola, Urs.

La escuchó y luego echó un vistazo a las instrucciones y dijo:

—No dice —continuó escuchándola—. No sé por qué. ¿Hay alguna diferencia entre jengibre molido y jengibre picado?

Debió ser una pregunta escandalosa, porque Ursula ni siquiera le contesto antes de cortar la llamada. Elliot parecía aún más confundido, y Kane esperó que comenzara a quejarse otra vez. Observar los intentos insaciables de Elliot para impresionar a Ursula era su hobby favorito más reciente.

Elliot movió los hombros hacia atrás y estiró el cuello.

—Tamizaré la harina, solo por si acaso.

—¡Bien dicho!

En seguida comenzaron los gritos de los hermanos pequeños de Ursula al entrar corriendo a la cocina, disfrazados. Adeline y Sophia los seguían.

—*¡Bang, bang!*

—*¡Brrrum, brrrum!*

Adeline hacía ademanes lentos para agarrarlos y ellos la esquivaban, felices de ganarle impedir que los atrapara.

—¡Huyan de la reina de los piojos! —rugió Sophia—. ¡Sus piojos los comerán mientras duermen! ¡Jamás volverán a dormir!

—Demasiado pronto —gruñó Elliot. Uno de los niños se arrojó sobre Sophia. La empujó con las manos con fuerza.

—¡No podrás! Mi armadura es mágica. ¡Kane me lo dijo! —le gritó el niño.

Tenía puesto un traje de bombero. Ambos. Querían ser como su papá para Halloween.

Adeline arremetió contra ellos, pero se enderezó y se agarró una mano.

–¡Pequeños trols desagradables! –se quejó. Los niños gritaron y salieron corriendo de la cocina. Las chicas corrieron detrás de ellos.

–Creí que Sophia los estaba ayudando con los disfraces –observó Elliot.

–Creo que está haciendo un trabajo espléndido –rio Kane.

La cocina se cubrió de sombras de color jade cuando Ursula y Dean aparecieron en el medio cargando bolsas de compras.

–Crisis evitada –anunció ella y comenzó a extraer contenedores brillantes de decoraciones de Halloween de una de las bolsas.

–Tuvimos que ir a tres tiendas distintas –dijo Dean, cansado–. Debimos haber ido solo a una, a la tienda de artesanías, pero Ursula dijo que sería extravagante.

Ella lo ignoró.

–¿Joey y Mason están vestidos? Ya va a ser hora de irnos.

–Adeline y Sophia los disfrazaron, pero ahora los están persiguiendo por toda la casa, amenazándolos con piojos que les comerán los sueños –explicó Elliot.

Ursula hizo una mueca:

–Demasiado pronto. –Y luego desvió la atención hacia la pequeña catástrofe de azúcar que había provocado Elliot durante su ausencia.

Él iba y venía frente a ella y le preguntó:

–¿Tamizas la harina antes de medirla o lo haces después de tamizarla?

Hubo una pausa larga antes de que Elliot obtuviera su respuesta. Finalmente, Ursula dijo:

–Es lo mismo.

Comenzaron a discutir. Kane los observaba con una sonrisa en el rostro. Todos habían estado preocupados con su drama por mucho tiempo, y con razón, pero desde que habían derrotado a Poesy había espacio y paz suficientes para que surgieran cosas nuevas. Ursula y Elliot hacían la tarea juntos luego del entrenamiento. Salían a correr juntos antes de ir a la escuela. Siempre invitaban a Kane y él siempre les decía que no. Los observaba desde la distancia; prefería ser testigo del afecto que crecía entre los dos desde una distancia segura. Era la mejor cosa más rara.

Adeline y Sophia también habían estado pasando tiempo juntas. Lo último que supo Kane fue que estaban trabajando juntas en un libro sobre una chica rica que conoce a una luchadora rebelde. Él las oía hablar por las noches.

Esa también era la mejor cosa más rara, y él se mantenía fuera de eso. Aquellas historias lo rodeaban, pero no le correspondía inmiscuirse. No hay que alimentar a cada uno de los pájaros, decía Ursula. A veces era mejor confiar en que las personas resolverían sus asuntos por sí mismas y estar allí para ellas en caso de que no pudieran. Esa era la estrategia más novedosa en cuanto desarmar las reveries, y hasta ese entonces, funcionaba bien.

Dean tomó asiento en frente de Kane. Se tomaban de las manos por debajo de la mesa, aunque el vínculo entre los dos ya no era un secreto, y ellos no decían nada. Desde que habían escapado de la reverie múltiple, sus interacciones estaban llenas de momentos silenciosos y pensativos. Dean parecía crecer en ellos, y Kane disfrutaba la forma en que Dean demostraba su fortaleza debajo del autocontrol. Además, el silencio entre los dos jamás se sentía vacío. Para Kane, se sentía lleno de música que solo ellos podían oír y aquellos pequeños gestos eran su danza favorita. Era lo más cómodo que jamás se había sentido con otra persona, y a veces, tenía que recordarse a sí mismo que debía expresarlo. Como en ese momento.

—Me alegra que estés aquí. Me alegra mucho, de verdad –le dijo. Dean sonrió.

—No creí que regresaría. Ursula es imparable. Jamás conocí a alguien que supiera tanto acerca de dulces. ¿Sabías que fabrican azúcar de granos grandes? Se llama "azúcar granulada" y por alguna razón es más cara.

—Es para decorar. Los cristales más finos no se ven tan bien sobre el caramelo derretido.

El rostro de Elliot de iluminó con una sonrisa estúpida:

—¿Vamos a hacer caramelo?

—No, no vamos a hacer caramelo –contestó ella, muy ocupada y seria con la cocina. Y repuso–: *yo* voy a preparar caramelo. ¿Sabes lo fácil que es que se queme el azúcar? Mira, toma aquel termómetro para dulces. Te mostraré.

Ambos volvieron a sus quehaceres.

—¿Ves? Es raro –susurró Dean.

—Ah, no seas malo. ¿Esto es raro? ¿Entre todo lo que vivimos?

El comentario le soltó una sonrisa rara y avergonzada. Esa una expresión que a Kane le llevó mucho esfuerzo descubrir. La voz de Dean se puso más seria:

—Hablando de eso, ¿dónde está tu corona?

—En tu casa. Sobre la repisa de libros.

Los iris de Dean resplandecieron con un color esmeralda traslúcido mientras registraban en cada repisa.

—¿Dónde?

—La de arriba de todo.

–No está allí.

–Busca en la repisa del medio. Cerca de *Las brujas*.

Dean sacudía la cabeza al buscar. Habían guardado la corona en caso de que la necesitaran otra vez, pero hasta el momento las reveries habían sido mucho más sencillas con la ayuda de Dean. Aun así, a veces, Kane presentía algo que hacían ondas sobre el velo de la realidad afuera de las reveries. Cosas que hablaban como con un zumbido, que parloteaban, como Poesy. Sus hermanas, tal vez. Quienes sean que fueran, o lo que sea que fueran, si llegaban al pueblo, Kane estaba listo.

Luego de una pausa, Dean asintió.

–La encontré. La señorita Daisy se la llevó a la cama otra vez.

–Déjala –dijo Kane con una sonrisa.

Afuera, el vecindario estaba colmado de niños que salían a celebrar el último atardecer de octubre a cambio de dulces o trucos. Dos bomberos de miniatura corrían a toda prisa por la acera. Los Otros los seguían; mientras se topaban desfiles de niños que paseaban sin prisa, disfrazados con trajes difíciles de maniobrar. Había dragones y hadas y princesas y robots. Había ninjas y arqueros y niños que usaban trajes de artes marciales como disfraces. Estaba la exquisita manada de vampiros, gatos y superhéroes, pero algunos niños habían elegido disfraces más crípticos. Uno de ellos estaba metido dentro de un cilindro de cartón, pintado como una lata de sopa, sin nada más que unas ventanitas que le permitían ver.

–¡Me encanta tu disfraz! ¿Qué se supone que eres? –le habló Adeline al pasar por su lado.

–Una lata de sopa.

Ella frunció el ceño. La lata siguió caminando como un pato, sin molestarse.

Kane y Ursula se quedaron más atrás. Caminaban con Mason, que no podía recibir un solo dulce sin intentar comer. La madrastra de ella le había hecho prometer que administraría la ingesta de azúcar de los niños, pero hasta ese momento, eso implicaba que ella comiera la mitad de cada dulce. Kane también la ayudaba.

–Maxine y Helena parecen estar adaptándose a estar vivas y a… haber vuelto a la realidad, en definitiva –le decía su amiga–. Maxine está trabajando en una nueva serie. Criaturas mágicas hechas de piedras preciosas. Ella y Helena continúan pidiéndole a Adeline que les permita recordar un poco más. Ella solo les ha contado historias. Es tan tierno, la forma en que las escuchan. Dicen que quieren regresar, pero les dije que tendrían que convencerte.

–No creo que haya mucho que pueda hacer. Esas reveries se resolvieron. Ya no queda mucho.

–¿Qué hay de los amuletos en el santuario de Poesy? ¿Crees que esas reveries están a salvo allí?

Kane no lo sabía.

–Eso espero. Tenemos la única llave.

–Que sepamos –agregó ella.

–Guau, ya empiezas a sonar como Elliot –él se burló.

Ella le dio un empujón amistoso. Él le arrojó un dulce, pero este chocó contra una pequeña barrera y se cayó.

–¡Tramposa!

Ella se rio y continuó caminando hacia adelante con su hermanito, que pedía tomar algo de su bolsa.

Kane la observó adelantarse. Observó a Adeline y a Dean hablando, mientras Sophia y Elliot leían los ingredientes de una barra de cereales. Se sentía tan extraño, un sentimiento nuevo que apenas estaba aprendiendo a aceptar: alegría. Estaba acompañado de inmediato con melancolía, como solía ser la felicidad de Kane. Momentos como aquel pasaban con rapidez; aparecían con una agraciada sinfonía, como los bancos de peces plateados y luego desaparecían con la misma velocidad. Siempre sentía la necesidad de capturarlos y revivirlos una y otra vez, como su propia pequeña reverie. Su sueño detenido. Pero las cosas que se mantienen cerradas por demasiado tiempo están condenadas a volverse agridulces. Si algo había aprendido de las reveries, era el valor de escapar al exterior y cómo descoser las costuras donde las fantasías se encontraban con el mundo más amplio. Para Kane, se trataba de crear algo nuevo, algo mejor.

Poesy tenía razón. Eran parecidos en cuanto a sus objetivos. Aun así, los separaban los métodos. Y, por supuesto, el gusto. Poesy quería un lienzo limpio para su obra maestra. Kane se conformaba con trabajar con lo que tenía.

Cada vez más, se daba cuenta de que ya tenía mucho con qué trabajar.

Un dulce duro le golpeó el hombro.

—Ey, Montgomery, ya bájate de las nubes —le dijo Ursula en voz alta—. Papá llamó para avisar que las galletas ya están listas. Para cuando lleguemos, ya estarán frías para que las decoremos.

Kane pestañeó y salió de su fantasía y corrió para alcanzar a sus amigos.

AGRADECIMIENTOS

El hecho de que este libro, con toda su indulgencia excéntrica y llamativo lado queer, se esté publicando nunca dejará de maravillarme. Y hay mucha gente a la que debo agradecerle por eso. Si mi gratitud pudiera crear un mundo, podríamos vivir todos en un *loop* infinito de mi aprecio infinito.

Pero los *reveries* son cosas que inventé, así que deberá bastar con estos agradecimientos:

Primero, necesito agradecerle a la comunidad LGBTQIAP+, a la pasada y a la presente. A todas esas personas queer que existen con valentía de la forma en la que pueden, a todos los que tuvieron que existir para que alguien como yo, algún día, pudiera escribir un libro como este. Soy plenamente consciente de que escribo bajo el legado de personas que tuvieron menos que yo y mucho más que perder, pero que lucharon de todas formas. Estoy increíblemente orgulloso y agradecido de ser parte de esta comunidad. Y no es casualidad que para Kane la salvación llegara en forma de drag queen.

Muchos verán a Poesy como una villana, pero yo la veo como lo hace Kane: el poder hecho persona. No puedo agradecerle lo suficiente a las *queens* de mi vida por crear un mundo al que pudiera pertenecer, incluso siendo el niño salvajemente extravagante que fui (y aún soy). Lo que hago, lo hago por nosotros.

Por supuesto, le agradezco a mi familia a la que adoro y la que siempre me rodeó de amor y humor. Papá, tu sentido de la excentricidad y la exploración (y tu manía de traer pequeños recuerdos de donde sea que vayas) impactaron mucho en este libro. Mamá y Larry, el permitirme enfrentarme a *drags* en las calles de Provincetown tuvo consecuencias que se extendieron hasta hoy. Blase, David, Julia, Shoko, y Colin, gracias por aguantar todas mis payasadas. ¡Los amo!

A mi agente, Veronica Park, por su humor infinito, su astucia, e inteligencia. No puedo imaginar nada de esto si no hubieras estado ahí desde el comienzo. A Beth Phelan y todo el equipo de #DVpit. La mejor historia de origen del mundo.

A Annie Berger, mi intrépida y asombrosa editora, y a todo el equipo de Sourcebooks Fire, incluidos Sarah Kasman, Cassie Gutman, Todd Stocke, Beth Oleniczak y Heather Moore. Y, por supuesto, un agradecimiento especial a Nicole Hower, quien diseñó una portada tan magnífica que no puedo esperar a bordarla sobre una capa que llegue hasta el suelo, al supertalentoso artista de portada, Leo Nickolls y a Danielle McNaughton, que hizo que el interior de este libro se sintiera como en casa. Gracias a mi editor, Dominique Raccah. Trabajar con todo el equipo de Sourcebooks Fire ha sido, juego de palabras totalmente intencionado, un sueño hecho realidad.

He tenido la suerte de hacer algunos amigos fantásticos en el mundo del libro también. A mis queridos querubines: Phil Stamper, Claribel Ortega, Kosoko Jackson, Shannon Doleski, Adam Sass,

Caleb Roehrig, Kevin Savoie, Zoraida Córdova, Jackson MacKenzie, Mark O'Brien, Gabe Jae y muchos otros. Gracias por todo el apoyo, consejos y regaños bien merecidos. Y a Brandon Taylor, quien me sacó de una mala duda. Te debo una.

Por supuesto, a mis queridas amistades: Candice Montgomery, quien también es una lectora perspicaz y sensible; y Tehlor Kay Mejía, cuyos servicios de edición dieron forma a *Reverie* desde el principio. Ambas fueron fundamentales para ayudarme a contar la historia que quería contar. TJ Ohler y Taylor Brooke, cuyas notas fueron invaluables. Amy Rose Capetta, Cori McCarthy y Queer Pete (que no es una persona, sino un grupo de personas) y la familia de Writing Barn, me levantaron cuando más lo necesitaba. Kat Enright, Rachel Stark y Michael Strother, su apoyo al comienzo de *Reverie* marcó una gran diferencia. Sara Enni, tu trabajo en el primer borrador me dio impulso, inspiración y risas. Eso cambió totalmente mi forma de escribir (para mejor).

Y a mi gloriosa, absurda y usualmente gritona familia de amigos. Es sorprendente que haya logrado terminar este libro rodeado de personas tan hilarantes y cautivadoras como ustedes. Sin ningún orden en particular quiero agradecer a: Ryan y Ryan, Jess, Daniel, Tamani, Shams, Leah, Justine, Aurora, David, Tom, Jossica, Will, Fernando, Jess + Cody, Ben, Pam, Emily, Rachel y, por supuesto, Sal.

Por último, mi gratitud a mis lectores y a las personas que hayan encontrado un hogar en este libro. A todos los Otros allá afuera, espero que puedan crear el mundo que necesitan o, incluso mejor, el que desean.

Así que persigan sus sueños, pero cuidado con que los sueños los persigan a ustedes.

¡QUEREMOS SABER QUÉ TE PARECIÓ LA NOVELA!

Nos puedes escribir a **vrya@vreditoras.com**
con el título de esta novela en el asunto.
Encuéntranos en:

tiktok.com/vreditorasmexico

facebook.com/VRYA México

twitter.com/vreditorasya

instagram.com/vryamexico

COMPARTE
tu experiencia con
este libro con el hashtag
#Reverie